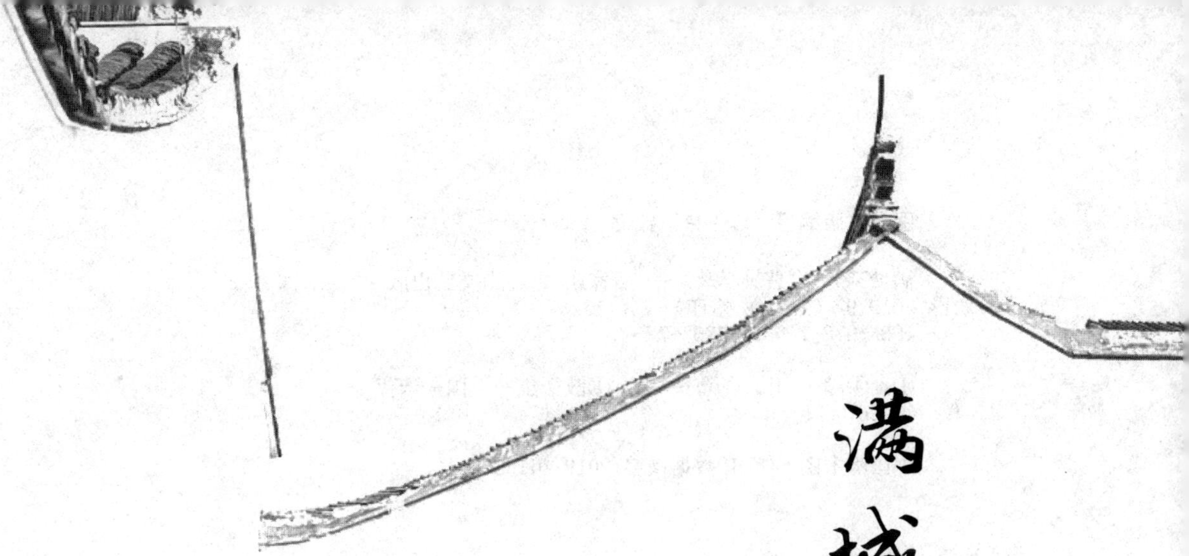

满城芬芳

曹勤学◎著

花山文艺出版社

河北·石家庄

图书在版编目（CIP）数据

满城芬芳 / 曹勤学著. -- 石家庄 : 花山文艺出版社, 2019.9 （2023.8 重印）
ISBN 978-7-5511-4763-7

Ⅰ. ①满… Ⅱ. ①曹… Ⅲ. ①散文集—中国—当代 Ⅳ. ①I267

中国版本图书馆CIP数据核字(2019)第138034号

书　　名：满城芬芳
著　　者：曹勤学

责任编辑：刘燕军
责任校对：李　鸥
美术编辑：胡彤亮
封面设计：景　轩
出版发行：花山文艺出版社（邮政编码：050061）
（河北省石家庄市友谊北大街330号）
销售热线：0311-88643299/96/17
印　　刷：北京一鑫印务有限责任公司
经　　销：新华书店
开　　本：700毫米×1000毫米　1/16
印　　张：24
字　　数：300千字
版　　次：2019年12月第1版
2023年8月第2次印刷
书　　号：ISBN 978-7-5511-4763-7
定　　价：75.00元

糟老曹（代序）

上学的时候，母亲常数落我："除了上学，你还会啥啊？"

想想也是，除了上学，学习成绩还说得过去外，没有别的特长。

洛河从村里穿过，和我一样大的孩子，水性都很好，狗刨、仰泳、立泳，样样会，不少孩子从桥头一个猛子扎下去，上百米就出去了。而我，狗刨都不会，只能在河边和打坯坑里往身上撩水。有一次河里的水缩下去了，最深处也只到脖颈，脱光下去后，尽兴地扑腾了半天。上岸后，却发现背心、裤衩不见了，被人偷走了，我哇哇地哭着，光着身子从路上过，用手捂着下身，生怕被人瞧见，毕竟有十几岁了，知道害羞了。从此后，再不去游泳。

那时候，多数的孩子都会上树，像猴子一般敏捷地上到树的顶端，偷摘枣儿，偷摘杜梨，偷摘桑葚，我不会，上不了半截，胳膊上、腿上就划出道道，便负责在树下接。那年代，地里打的粮食不够吃，便从树上找补。到了季节，会上树的孩子帮大人捋榆钱，拽洋槐花，够槐莲豆；我只能在竹竿上绑个弯钩，一枝一枝地拉近后再够。捉迷藏的时候，有的小伙伴藏在枝繁叶茂的树上，别人就找不到，而我只能在地面打游击。

没有别的玩，小孩子们到一块后往往来个摔跤比赛，我是常败将军，谁也打不过。别管个子大的，个子小的，比自己大的，还是比自己小的；别人稍一用力，我自己就会来个嘴啃地。既然是弱项，后来就不参加了，远远地站着当观众。及至后来，看过多少武打片，却从没和人打过架。

其他的游戏会是会，没一样拿手的。摔三角，打台，弹杏核儿，推铁箍，都玩过，也常玩，但是都不拔尖；若是赌输赢，输得多，赢得少。

母亲说我除了上学还会啥，透露了我学习还行。小学一至五年级，我一直是班长；初中两年，担任学习委员；上了高中，优秀生多了，就不是班干部了。上小学的时候，代课老师不知道“针灸”的“灸”读什么，问我，我告诉了他；上初中时，语文老师把“指标”写错了，我当场纠正，老师把大拇指竖到半空。除了学习好，还表演过文艺节目，全公社歌咏比赛，我唱了京剧《智取威虎山》选段，领过一张写着“以资鼓励”字样的奖状。有一年冬季，县里组织深挖大军，把村里的耕地深挖二尺，说是地表的土壤没有了肥力，把地下的土挖出来换上。五更天，我便和另一个同学赶到工地，在一个小土屋里，对着扩音器，说唱天津快板，给社员们鼓劲。

后来上班了，妻子常埋怨我说：“除了上班，你还会啥啊？”

想想也是。教学那两年，吃住在学校，一周才回家一次；后来到机关了，因在村里住，距县城有十几里地远，常是天亮就上班，天黑才回来，回到家啥活也懒得干。有一次，有人找我做生意，我犹豫了半天，没有和他搭伙。妻子问我，咋不干呢？我说，单位领导重视我，许多工作靠我做，我不能分心，不能辜负领导的信任和期望。现在听起来像采访典型的话，却是当时我的真实想法。

有一年，县里搞计划生育突击，我在指挥部的宣传组，每天要写几条新闻，在县电视台播出；县领导每晚必看，看完新闻再开会。我就很少能回家了。责任田的小麦需要浇水了，我回不去；妻子一个人又不能浇，便叫了一个邻居帮忙，一直浇到后半夜。后来，有人给我开玩笑说，大半夜让老婆和一个小伙子在地里，不怕出事啊？

我虽是上班的人，但家里还有地，被称作“一头沉”干部，意思是除了上班，还得顾地里的活，没有人家“双职工”轻松。别的“一头沉”干部是下班后就往地里赶，我却怕吃苦，怕出汗，下班后在家里坐着，也不去地里看一眼。星期天下地，也是晚去早归，天热就不干，再忙也得打个盹。干了好几年的农活，没学会犁地、耩地，扬场技术也是一般般。因力气小，柴油机摇不开，每次都要别人帮忙。不会开“三马”，不会开拖拉机，往家运小麦、黄豆、玉米时，赶着毛驴车；牲口不听话，一鞭子打下去，就惊了，把车子翻到了路边的沟里。

后来开了个小卖部，还和人一起籴红小豆，然后再卖；还卖过农药和玉米种。籴红小豆的时候，张不开嘴吆喝，让伙计喊，我过秤，头一天赚了七十块，高兴得到处炫耀，令全村人都知道了。近处籴不来后，骑着自行车跑到百里之外，结果，两手空空，屁股上还渗出了血。

虽然除了上班啥都不行，但上班也没啥成绩，仕途从来不顺，同事都比自己进步快，和自己资历相同的一个个升职后，才弄了个最小的官。深挖原因，却是因为自己有点小脾气，还有点小个性，不会讨领导喜欢，不太懂官场套路。不过，看简历，挺热闹，虽没掌握过实权，但各种头衔都有，书记、部长、会长、主任、局长，最后还当了个作协主席。

如今，很多人在议论我时会说：“除了会写点东西，还会啥啊？”

想想也是。若说爱好，除了看书、写字，还真没有别的，杂七杂八的一概不上瘾。麻将很少打，也很少看别人玩；围棋根本不知道多少子，象棋只知道个马走日，象走田。在老家住的时候，和人玩骨牌，二十四张牌，每人拿六张，赌的也是一毛两毛的，玩一天最多输赢十块钱。赢了，赶紧到小卖部买瓶罐头，买袋洗衣粉；输了，就把嘴噘起来了，晚上睡觉都想着怎样挤“瞎八”挤“大五”。

酒量也不行，年轻时喝一斤没事，后来，身体有点小恙，便戒酒了；戒了两年，开始放松，先是只喝一杯红酒；过了一段时间，喝半瓶啤酒；再到后来，喝一两白酒、二两白酒，遇上“对路”的人喝半斤。不过每次坐场的时候，都说不能喝，说好几年没喝了。知道底细的，根本不听解释，还说我不实在；不知道底细的，也就不劝酒了。有一次参加个婚礼，心里想喝点，可是桌上有人说，老曹不喝酒。我便附和着说，不喝酒，不喝酒，八年没喝了。刚要动筷子吃菜，又有个人说，老曹现在减肥，不吃肉。我只好把举起的筷子调转方向，本来看准了鸡腿，却落在了“姜汁藕片”的盘子上。

别人都是两天一小聚、三天一大聚的，会各种朋友，拉各种关系，套各种近乎，我却爱清净，不上班时能在家坐上一整天不出门，坐得僵硬了，去摆弄一下花，喂一下鱼。别人张口就是哥啊、叔啊，我的嘴笨，叫不出口。关系好的，再大的官，没称呼过职务，直呼其名时多；关系一般的，最多就是喊个老张老李。我也知道人家不乐意，都愿意听职务，把科长喊成局长不脸红，把摆摊的叫成老板不心虚，可就是张不开嘴啊！

还有一样毛病，见到爱摆谱的，能躲就躲，不能躲就点个头、打声招呼了事；到了人多处，大气不敢出，放屁也不响，生怕人家说出风头。

别人说我会写点东西，其实也写不好，只是爱好而已。前几年出了本书，名字叫《凑合》，却招来了麻烦，人们见到我，说啥都是“凑合”了。最近想出另一本书，起名叫《随意》，好心人听说后，劝我赶紧改书名，说一个《凑合》，一个《随意》，让人当笑料吗？于是就改名为《满城芬芳》。

除了写作，还喜欢摄影。用手机拍，每次都发到朋友圈，点赞的多了，会欣喜一阵子。县城小，拍了一段就不新鲜了，于是就往外地跑，往山上跑；

糟老曹（代序）

5

前一阵子到太行山拍红叶，这几天又去邻县拍银杏林。前几年不敢发自拍，现在隔三岔五就晒一张。

老曹啊，老曹，活了大半辈子了，没活出个样子来，说来说去是个糟老头。我就不明白，这么糟的一个人，咋就能混到今天，还整天傻乎乎地乐和。

目录

◎时间煮雨

◎阡　陌

◎寸草春晖

目录

3▷

◎清歌留欢

◎家门口

◎埂在新坡绿

◎心阅朝夕

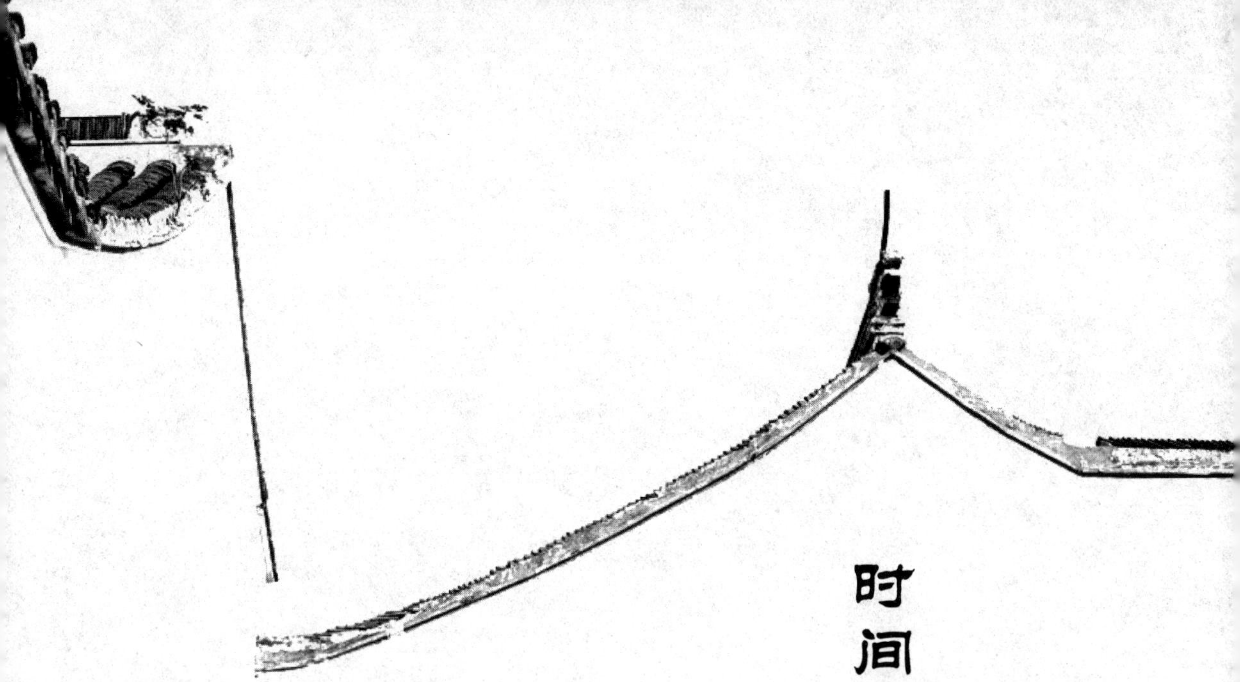

时间煮雨

时间煮雨

3

美哉鸡泽

天未破晓，公鸡就啼叫了，一只鸣起，带动一片，一片响应，轰动所有，哏哏咕——哏哏咕——近处的，远处的，遥相呼应；母鸡不甘示弱，抖擞精神，咕咕，咕咕咕，咯咯哒，和着公鸡的啼叫。公鸡的冠子竖得高挺，充了血的红；母鸡多肥硕，足有四五斤。此时，有口哨吹响，鸡们昂着头扇着翅齐刷刷地奔出去，奔向草地，奔向树林。庄稼人牵着牛、扛着犁下地了，远处，已有吭唷、吭唷的号子声。

鸡鸣把夜幕撕开了，把红彤彤的太阳唤出来了。太阳硕大无比，新鲜得像刚从染缸里捞出来似的。她把半边天染红了，把树林和房屋染红了，把小河染红了，把宽阔的水域染红了。水面上，晃动着一片红彤彤，一会儿平静如镜，一会儿波光粼粼，一会儿聚拢，一会儿舒展。

鸟儿啁啾个不停，婉转的，长啸的，高亢的，低沉的；黄鹂，杜鹃，黄雀，画眉，百灵……扑棱棱，扑棱棱，从这棵树上飞到那棵树上，从这片林子飞到那片林子；一飞就是一大群，把树林晃动了，让树梢摇摆了，哗啦啦，哗啦啦。鸟儿向着太阳，沐浴着晨曦，钻入云端，盘旋林间，云集溪流，低回沼泽。有的小鸟唱着嘹亮的歌，欢快地飞翔；有的小鸟兴高采烈，啄着草叶和浮萍。

四条河流分支出若干条小河和溪流，逶迤在大大小小的村庄。小河恣意地淌，从高处流向低处。水流没有目的地，流到哪儿算哪儿：一会儿与这条河汇流，一会儿又与那条渠分开；在这儿缩成一条沟，在那儿又汪成一片洋。

沼泽地多芦苇，芦苇像疯长的庄稼参差不齐。风乍起，前仰后合地亲近水面。水浅处和小路边，疯长着鱼腥草、狗尾巴草、水白草。草丛中有许多的飞虫在蹦跶，蚂蚱最多，还有蟋蟀，以及许多许多不知名的虫，它们成了鸟的口中食。

池塘中游弋着水鸭和大白鹅，双掌划动，如橹赛桨；鸳鸯成双成对，不离不弃；青蛙一会儿在水里，一会儿在地面，游着，跃着；水面上浅飞着蜻蜓，红头顶，绿衣裳；还有燕子，箭一样地穿梭；白鹭和大雁拍打着翅膀，荡起朵朵浪花。

沼泽地方圆几十里，有树木铺就的小路，使村与村连接。村庄都不大，卧在水域的小岛，卧在冲积的沙滩。十多户，五六十口人，自然形成。房屋都不高，墙体或土坯或木头或石块垒成；房顶多芦苇，铺了厚厚一层，然后用泥巴糊。没有院墙，这家连着那家。

太阳升到头顶，没一丝毒辣，劲风从水面撩起，撩得空气凉沁沁的。树在摇摆，树荫也在晃动。杨树高大挺拔，枝繁叶茂；水曲柳亭亭玉立，婆娑起舞；粗壮的槐树，挂满一树槐花；苍老的榆树，串起滴翠的榆钱；蓊郁的水杉，把天遮阴了；浓密的竹林，把风加大了。

天上的云低垂下来，罩在屋顶，笼在水面，绕在林间。云雾缭绕，朦胧缥缈。高处的云像撕开的棉花团，像弹好的棉絮，轻飘飘，松柔柔；中间一层如灰色的烟，在风的吹拂下，急急地窜，惶惶地奔；离得最近的，着了浓墨，翻卷着，滚动着。雨是说下就下，即使太阳公公仍挂着笑脸。雨绵密的针脚，亮闪闪垂落到草地，草叶打了一个又一个战；雨又像鼓槌，砰砰敲打在荷叶上、绿藻间；雨忽又急骤，一个个小雨柱，溅起千万个泡，泡像香菇，泡像草帽，泡像小元宝。雨戛然而止，没一丝犹豫。

女人们端着木盆，到河边浣衣；女人们光着脚，挽着腿，露着白白的肉皮；她们握一个圆溜溜的棒槌，啪啪地敲打着；高一声低一声，嘎嘎地说笑。除了仍在田间劳作的人外，男人们在捕鱼：鲫鱼、鲢鱼、鲶鱼居多，泥鳅也不少，有的用网，有的用钩，还有的用叉；孩子们直接下水去摸，弄得满身泥巴。然后一个猛子扎进去，光溜溜地出来。还有在割荆条编箩筐的，有编苇席的。箩筐是用来放蛋的，每天都是几箩筐，一个木筏划进闹市，载回来的就是满满的收获。

高粱秆编织的席上，排满了大小不同的鱼，鱼鳞在太阳的照耀下，泛着银色的光。

夜幕降临了，炊烟袅袅，一家人团团围坐，坐在麦秆编织的圆墩上，坐在茅草编织的草苫子上，坐在芦苇编织的席子上。饭菜的香气溢满夜空。鱼有各种吃法，架火烤，开水煮，也有腌渍的；少不了各种蛋，鸡鸭鹅蛋外，还有鹌鹑蛋；莲藕磁丁丁，吃起来脆生生。

鸡钻窝了，鸟钻窝了，人也要钻窝了。月亮升起，白亮白亮，银辉似琴弦，拨弄得小河时而淙淙，时而铮铮，宛如古筝弹奏的小夜曲。一切似乎安静了，此时，却传来了狗吠，声音穿透夜空，穿进水中，把青蛙叫醒了。青蛙来劲了，聒噪不止，池塘里的，沼泽地里的，小河中的，一起呐喊。

……

洺河汤汤，孕育毛遂俊才；蒹葭苍苍，传颂亨苌诗章；飞鸟祥瑞，助佐晋侯霸业。

两千多年前的鸡泽，魂牵梦萦！

满城芬芳

也许是两千六百年前晋侯的一声呐喊，也许是战国名士毛遂气贯长虹的怒吼，也许是汉朝毛亨、毛苌传唱《诗经》的响亮，千年古县鸡泽，播撒着不屈、刚烈、执着、热情的种子，散发着醇厚、绵长、幽远、浓郁的芳香。

曾为广泽阔水——洼地水泊，水草丰美；河汉纵横，流水淙淙；芦花飞扬，百鸟呈祥。湿润的气候，肥沃的土地，江南的景色，民风淳朴，物阜民丰，人们安居乐业，生生不息。

沧海桑田，岁月留痕。若干年后，洼地变为平原。平原辽阔，一望无际，树木蓊郁，桃李芬芳。

一

鸡泽的土地，与辣椒有缘。

传说，隋末唐初，山东人梁建成背一兜辣椒种子，从陕西岐山过鸡泽，看望哥哥，在小梁庄（吴官营）撒下一畦，不几日，冒出绿绿的尖儿；再几日，摇曳出颤巍巍的苗；成棵之时，一蓬蓬的枝叶下，结出串串细长、翠绿的果。人们不知为何物，每天到地里观赏，见其由绿变红，由细变粗，由稀疏变稠密，甚是新鲜。

我看，这只是传说，从多个资料看，辣椒传入中国是在明朝，是郑和下西洋时带回的。辣椒原产于南美。

不管是哪个朝代吧，辣椒钟情于这片土地，钟情于这里的人，这里的人对她也格外垂青。他们精心侍弄她，打扮她，她披红戴绿，出落得风情万种，娇羞的神态下掩藏着一颗炽烈的心。一畦扩展到一亩，一亩变为十亩，然后再变百亩、变千亩、变万亩。辣椒遇到了最适宜的气候和水土，她在鸡泽安了家。

辣椒娇俏动人，修长、光滑、丰腴，弯出长长、尖尖的角，形似羊角，人们取其形，唤她“羊角椒”。

明朝万历年间，鸡泽有宦官贾桂，回乡探亲，品尝辣椒美味，爱之深，爱之切，携带几串入皇宫，孝敬待他不薄的皇帝。御膳房大师傅手艺好，煎、炒、炸，烹出独特的风味。皇帝食欲大增，龙颜大悦，连连道好，鸡泽辣椒从此成为贡品。贾桂也因此得宠，升为惠王府左丞。

惠王府左丞是干吗的？我也不知道，史书如是记载。

鸡泽辣椒，一种就是几百年；鸡泽辣椒，品质越来越好。种植面积最大的年份，达到了二十万亩，占了全县耕地面积的一半。到了采摘的季节，到处红彤彤一片，那鲜艳的红，映红了天，映红了地，映红了流水，映红了房屋，映红了一张张笑脸。一筐筐，一篓篓，一袋袋，一车车，一堆堆，一场又一场。椒农数着一沓沓的票子，合不拢嘴。

鸡泽的“羊角椒”好在哪儿？人们这样总结：皮薄、肉厚、油大籽香、辛辣适中、维生素 C 含量最高。

不是王婆卖瓜，怕外地人不信，怕没有说服力，鸡泽人用实践来检验，来认证。将新摘的辣椒绕到食指上，绕了一圈又一圈，辣椒竟完好无损，换上外地的辣椒，恐怕早就断成了几截。还有，晒干的辣椒，用手搓一搓，满手都是油，凑上去闻一闻，扑鼻的香。若用纸张包裹，不出几天，浸出的油就会将纸张洇湿。

鸡泽人吃辣椒也是出了名的，有人专门炸辣椒段：锅里放上油，然后把切好的辣椒段放进去，待炸出黄皮、黑皮后，出锅。这个时候你尝尝，那是一个香啊！比大鱼大肉还香。炸得轻了，就会辣，辣中带一丝香，辣得舌头都打战，香得牙根咻咻响；辣得满头大汗，汗毛奓开，不住声地哇哇叫。越嚼越香，半碗辣椒段不一会儿就吃光。

辣椒炒鸡蛋更香。多多的油，碎碎的辣椒，磕上几个鸡蛋，一搅和，黄中点缀着红，想少吃都不能；本来一个馒头的饭量，一下子吃了仨。南方人爱吃辣椒多是应对潮湿气候对肌体的影响，鸡泽人爱吃辣椒是因为它的香。

几乎所有的炒菜都要放上辣椒，炒豆腐，炒血块，炒萝卜丝，炒土豆丝……春节酥鱼，要放上辣椒；炖羊肉的时候，也忘不了用辣椒祛膻。

每家每户都在炒辣椒，每个人都在吃辣椒。辣椒的香，弥漫在天空，充溢到大街小巷。

每户农家的房梁上、窗台上都挂着一串串红辣椒，即使城里的人家，灶台前也常放着辣椒。辣椒还在民俗中扮演着重要角色：出嫁的姑娘手里要攥把辣椒，外出游子兜里装把辣椒，闹新人时饺子里包个辣椒……

到了1996年，中国特产之乡命名委员会将鸡泽县命名为“辣椒之乡”，这是第一个享受此殊荣的县。辣椒成了鸡泽的名片，辣椒就是鸡泽的代名词。提起鸡泽，必先想到辣椒；说起辣椒，不能不提鸡泽。鸡泽被称为椒乡，县城被冠之椒城。辣椒成了一种荣誉，被赋予了文化的特质。

后来辣椒加工企业多起来，辣椒酱、辣椒粉，剁椒、辣椒色素等产品蜚声海内外。更令人自豪的是，鸡泽的辣椒越过中原，越过荆楚，来到三湘，来到了毛泽东的家乡韶山。鸡泽与韶山毛氏一家亲，韶山栽植了鸡泽的羊角椒。鸡泽与韶山联袂，南北辉映，红遍全国。韶山的杜鹃花，鸡泽的红辣椒，竞相绽放异彩。

二

香的不仅是辣椒，还有鸡泽的酒。

晋侯会盟时，各路诸侯喝的就是鸡泽人酿的酒。那一碗碗飘着粮食壳的酒，喝得荡气回肠，喝得气壮山河；荡漾着红高粱的浓烈，飘逸着五月小麦的清香。

宋时，司马光送好友聂之美来鸡泽任县令，也是冲着鸡泽的酒好喝而来，因为早年的司马光穷得喝不起酒，这在他的《别聂之美》一诗中可以得到佐证：

客宦常漂泊，离怀徒自劳。
贫无衣换酒，空有涕沾袍。
木叶寒犹在，江湖暮更豪。
行舟远不见，赖有片帆高。

中国的白酒，最好的就是茅台和五粮液，这是毋庸置疑的，就连不喝酒的人也常提及。有人可能一辈子也没喝过这两种酒。喝过的，就少不了沾沾自喜，甚至忍不住炫耀两句，似乎喝茅台、喝五粮液是一种地位和实力的象征。

有谁知道，五粮液酒厂的第一任厂长就是鸡泽人，是南下干部胡光志。胡光志早年参加革命工作，经历过淮海战役，参加过百团大战、渡江战役，随刘邓大军挺进过大别山，有着 20 年的军旅生涯。后来转业到地方，从 1957 年开始担任四川宜宾五粮液酒厂厂长，一下子干了 24 年。他不忘家乡，在 1973 年，他带了两个技术人员前来指导，帮助家乡筹建酒厂，用的就是“五粮液”酒厂的窖泥，采用的是五粮液的酿造工艺。经过两年的努力，终于生产出了鸡泽人冠之“五粮酒”的佳酿。

五粮酒与五粮液，一字之差。五粮酒用的五种粮食是：小麦、大麦、玉米、高粱、糯米。

借用“五粮”两字，沾了五粮液名气大的光，但是鸡泽的五粮酒，确实没给五粮液丢脸，有着与其比肩的美名。

商标只是一方不大的红纸，有不显赫的“五粮酒”三字，注册的是“金鸡”牌，取县名一字，寓金鸡报晓之意。别看没有任何包装，只是一光溜溜的玻璃瓶，20世纪七八十年代，五粮酒一瓶难求。最紧张的时候，县长写批条才能供应两瓶酒。

鸡泽的酒好，多因鸡泽的水好。鸡泽境内有三条河流贯通，洺河、留垒河、滏阳河川流不息。从资料上看，另有支渠55条，斗渠126条，全县河渠总长271公里。地下水位10~13米，水层厚度为50~60米。水资源丰富是一方面，更重要的是水质好，喝过鸡泽水的人，都用一个“甜”字概括。鸡泽水到底怎么好呢？我让水厂的朋友提供了数据。他说，水的各种成分含量，他不能一一说下来，但是有个数字能说明一切，检验水的质量，有101个项目，鸡泽的水全部达标；对可检可不检的另外5项也进行了检验，全部达标。全省水质排名鸡泽位列前三。

还能说什么呢？那就多喝鸡泽的水、多喝鸡泽的酒吧！

有一自称是喝遍了天下美酒、对酒鉴别为专家级的贵宾来鸡泽做客，招待他的企业负责人心生一计，在酒桌前放置两个高脚杯，让他鉴别哪是五粮液，哪是五粮酒。贵宾满脸的不屑，嘴里哼一句“这不是小菜一碟吗”，品过之后，左手指一杯说，这个是五粮液。右手指一杯道，这个是五粮酒。主人再问，确定吗？贵宾答，如果错了，我喝一瓶。结果，还真是把五粮液当五粮酒，把五粮酒当五粮液了。那客人把酒桌拍得山响，然后长叹一声，唉，小河沟里翻了船。

人们对鸡泽五粮酒给予的评价是：窖香浓郁、入口绵甜，酒尾干净，回味悠长。

鸡泽的酒出名了，如同鸡泽的辣椒。鸡泽酒厂开发了五粮系列酒。从20世纪80年代开始，鸡泽接连上了几家酒厂，虽然商标不一样，名称不一样，但都是采用五粮液的工艺，在周边地区及几个省份享有盛名，畅销不衰。一个小县，有八家认证的酒厂，是不是绝无仅有呢？

喝了鸡泽的酒，打个嗝也香。难得的是，喝多了不头疼，不难受。喝醉了，睡上一觉，立马清醒。因此，主人在劝客人喝时，都会来一句，喝吧，喝得再多也不头疼。

不知道从何时开始，没人再用小酒盅喝，全用大杯子喝酒。正式开始之前，每人先喝一大杯，名曰“冲开溜”。一大杯，二两半，若是酒量小的，已是承受不住。可是，酒场上的鸡泽人，酒量都不下半斤，七八两的酒量算一般，喝一斤酒的属正常。鸡泽人爱喝鸡泽酒，鸡泽人必喝鸡泽酒，在县内喝，出了县还是喝，鸡泽人会把酒带到外地喝。

有一次我在保定喝酒，主人问，能喝二两吗？我没有直接回答，只是嘿嘿一笑。笑声没多少怪异，却被他们听出味道来了：绝不是二两的量。那天我喝了足足一斤，令他们瞠目结舌。其实，咱的酒量在县里根本排不上名。

这几年，喝大酒的人渐渐少了，人们意识到了醉酒的危害，喝的都是文明酒。用大家的话说，喝好，别喝醉。说归说，谁也把握不好这个度，一闻见鸡泽的酒香，心先醉了。

三

近几年，小城添了另一种香，那就是花香。

鸡泽的传统树木中，有杨、柳、槐、椿、榆、枣等。这是最普遍的，是北方大地处处可见的树种。鸡泽村村栽种，房前屋后都是。这些树好活，特别是杨树和柳树。

原先，县域内有不少“树仙”，有的幸存下来了，有的没躲过浩劫。城隍村的八百年古杨、浮东村的六百年古槐，仍顽强地活着。它们饱经风霜雨雪，书写着传奇。

原先，大街上绝对没有花草的，不少人家的洋漆盆沤了，就用它种花；或在院子一角，栽那么一两株：指甲草、西方莲、送闺女花，鸡冠花，洋马儿菜等，实在想不出更多的名字了。指甲草我印象最深，女孩子采一朵，捣碎，抹到指甲上，用花叶包住，用细线绕几匝，早晨醒来，指甲就被染红了。这自然的颜色，让人也显出自然美来。男孩子也染，在小拇指的指甲上。有的把脚指甲也染红了。至于送闺女花，它的学名叫胭脂花，能当胭脂搽脸的，是女孩子的专属；洋马儿菜开着好几种颜色的花，因为好活，养的人就多，亲戚之间也有相送的，采一枝插进盆里就能活。

如今的县城，多的还是槐，只不过是国槐和刺槐了。大街上有，公园也有。国槐少不了华贵，是鸡泽的县树。最香的就是刺槐了。嫁接过的刺槐，一棵树上开着两种颜色的花，红花悦目，白花赏心，三十米远的地方，香气已经扑过来了。最长的街道上有合欢树，习惯叫作榕树的，一到了六月，散发着沁人肺腑的香。那种香，浓得化不开。县里陆续地引进了多个品种的花，百花齐放，姹紫嫣红，小城的人大开眼界，仿佛到了异国他乡。譬如樱花吧，几个公园内都是成片栽植，到了开花季节，变成真正的花海了，深粉的，浅粉的，白色的，一簇簇，一朵朵，迷乱了眼，迷乱了心。不爱花草的人，也被这柔情融化了；铁石心肠的人，也有了诗意了。樱花是日本的国花，是武汉大学校园内的胜景。其实，很多人可能不知道，樱花就是从中国传到日本的，它产于我国的华中地区。

公园一角有芍药园，含苞待放时最好看，此时叶片最粉嫩，红中透着白，让人不忍心去触碰，只好站在远处观望；连蜜蜂也是轻轻落下，花蕊上浅浅一吻后，就飞到别处。还有那丁香，簇拥着锦绣，散发着清芬。木瓜海棠，紫玉兰，紫薇，蔷薇，曼陀罗，虞美人，矢车菊，银杏树，都在这里落了户。更有那格桑花，绽放出高原上的芬芳。

过去是“闭月羞花”，姑娘的美颜让花自惭形秽；现在是美女见了花，自叹弗如，不敢与其媲美了。

满世界的绿，满眼的红花。县城不算大，绿地面积大，花草品种多，几条主要道路两侧，一眼穿不透的绿。林地遮天蔽日，凉风习习，清目爽身。花园多，公园大，景观多，单毛遂公园、诗经湿地公园就占地八百多亩，水在这里泛波，花在这里吐华。两园相连，山水相间，鸡泽的历史文化在这里一一体现。

上了点年纪的人徜徉在街头、公园，发感慨地说，想也不敢想，变化这样快，老了还能见到这样的景象。七八十岁的老人自我劝慰道，多活几年吧，好好享享福！爱旅游的人回来说，走过了很多地方，看到过很多美景，说实话，哪儿也没有家乡好。

曾经，连我们自己都瞧不起家乡，偏、小、穷，脏，几乎就是它的写照。可是如今，它是全国园林县城、河北省洁净城市和文明县城。一切都变了，天天在这里生活的人都快不认识它了。

四

鸡泽还是个充满了墨香、文化气息浓厚的地方。

与毛遂自荐有关，十多个成语就诞生在这里，除“毛遂自荐”外，还有“脱颖而出”“一言九鼎”“挺身而出”“歃血为盟”“三寸之舌”“两言可决”等。自古燕赵多慷慨悲歌之士，鸡泽的毛遂啊，和由其诞生的成语，也带着豪气和悲壮，闪着剑光的凌厉。

县城街道命名也透着历史的气息：诗经路、自荐路、毛遂大街、会盟大街、祖望大街、梦蛟路等。王梦蛟是明万历进士，曾任保定提督、直隶巡抚、云南京畿道监察御史、南京京畿道监察御史，一生为官清廉，刚正不阿，为皇帝重用。齐祖望是清康熙年间进士，历任湖广巴东知县、提督总兵刑部郎中、陕西巩昌县知府、河南皇粮道台等职，被称为“再世包公”，还曾参与《康熙字典》的编纂。齐祖望老家还有“六尺巷”遗址，留有邻里要和睦相处的美谈。

翰墨香气在毛亨、毛苌笔下越发悠远。《诗经》的整理、传唱，让全世界的人记住了他们，记住了鸡泽。相传，《诗经》的开篇《关雎》就是毛苌的老丈人所作，这是多么了不起啊！

鸡泽人才辈出。明朝鸡泽人氏郭润著《春秋宗传》，刘锡著《钝菴文集》，康应乾著《澹宅遗稿》，殷渊著《蒙冤录》，清朝殷岳著《留耕堂诗集》，苑育蕃著《深柳堂诗集》，齐祖望著《素心堂集》《增补洗冤录》，王宽著《菊花百韵诗》。

在这些文化名人中，尤以殷岳文学成就最高，他和永年的申涵光、张盖为明末清初畿南三才子，是清初北方著名的诗歌流派——河朔派的代表人物。在此，辑录一首殷岳的《客云间有怀凫盟》：“正初君北辕，嘱我守故栖。厌我汗漫游，指及往者迷。计君才抵燕，柴门系马嘶。嘶声动客愁，心迹自乖睽。冬卧贺兰麓，春泛吴淞溪。形精铄岁华，半载极东西。夸父死逐日，丈人老灌畦。劳逸非齐物，吾当任天倪。”

我是绝对没有想到，在人人说他人浮躁、自身也浮躁的时代，鸡泽有那么多写诗、写词的达人，这些人年龄不一、学历不等，写诗的热情不减，不仅擅长现代诗歌，更有精于格律诗以及各种词牌的。比较活跃、专业的有云水禅心、包子军、清风等。

先读一首清风的绝句《七夕》：

一道银河两渺茫，相思更觉一年长。
鹊桥今夕通天上，天上人间共一堂。

再读云水禅心的《南乡子·晨练踏春有感》：

料峭乱春光，万树初芽泛青黄。访遍遂园寻觅觅，深藏，枯叶丛中隐暗香。

桃艳羡群芳，灿烂独株喜欲狂。谁立枝旁留倩影，阳光，共与花枝入画廊！

还有包子军的《一剪梅·何言悲秋》：

菊满东篱酒满杯，看尽浮云，雁已南飞。西风更是意难追，一叹花黄，再叹人非。

莫道芳华去不回，明月波心，何事言悲？来年春早起惊雷，花也精神，雨也微微。

他们的诗词合辙合韵、工整规范，意境优美，意蕴悠长，不是透着最浓的墨香吗？

哦，鸡泽，有着辣椒香、酒香、花香、墨香的小城，香气四溢，魅力四射，闻名遐迩。椒乡人的期盼是：每天炒个辣椒鸡蛋，喝上一壶小酒，悠闲在花园里，吟诵两首小诗。愿时光悠悠，好景伴到老。

汤汤洺水

一

远古，鸡泽百里沼泽，蒹葭苍苍，水草丰美，百鸟呈祥。后世，百姓口口相传、颇为自豪地将 “鸡泽”定义为：鸟栖溪旁意为鸡，水草相依名为泽。是啊，极目沼泽外，鸡泽有沙河、洺河、滏阳河、牛尾河自南向北贯穿，四条河流在不大的版图上，极为璀璨耀眼，犹如一条条白丝带、一串串明珠绽放出夺目光华。有文描述鸡泽为“右绾沙洺，左萦漳滏”。

牛尾河乃漳河支流。

清朝东柳人齐祖望在《邑令朱公治沙记》中说：“天下能利人、亦能害人者，莫如水，吾邑之水四，利害各殊。洺利多害少，漳利少害多，沙及旧滏皆有害无利……”由此可见，在县域内的四条河流中，古时的洺河是条利河。

县志记述，“洺河在城西五里，源出山西太行山，自河南武安达邯郸西北，二流双道，仍合为一，东经永年临洺镇，又东至辛庄堡入县境仝家庄东北经南双塔、臻底村北至柳下、城隍营，又北至韩固、沙阳，入顺德府南和县界，至宁晋入泊。”

这段文字中的地名，随着时代变迁有所改变，顺德府是今天的邢台市，仝家庄即双塔镇的仝庄，而所说的柳下，是俗称，是我的老家——东柳村。

是的，洺河从柳下经过，洺水流经家门口。洺水潺潺了几世纪，垂柳依依了几春秋。

水有灵性，有水的地方就有景，而洺河的景不仅是水流，还包括了两岸的田畴。鸡泽古代有八景，其中之一就是“洺浦春畦”：

“城西五里即洺河畔也，鸡民恒勤，农桑青畴，绿野且遍村墟，而极目平川，锄雨犁云者，唯洺浦为大观……”

好一个“锄雨犁云”！一幅唯美的画卷。

一望无际的田野，绿油油的庄稼，田间荷锄劳作的农民，为何成为一景呢？最充足的理由还是因为傍着洺河。洺河水潺潺流动，洺河水波澜不兴，洺河水涛声阵阵。河流两岸，有垂柳摇摆，有呱呱蛙鸣，有捕鱼欢歌。一方方、一畦畦、一垄垄的禾苗，有水的灌溉和滋润，必是浓郁茁壮、硕果累累；老农地头歇息，靠在岸边的垂柳下，光着脚，盘腿而坐，优哉游哉……

清朝江苏进士、来鸡泽做县令的王光燮到此游览，触景生情：

春风冉冉入洺溪　宿来连云千苗齐

欲话桑麻停短棹　忽听布谷垄头啼

一个阅尽江南风光的人，到了洺河岸边诗情大发，足见流水、桑田的美。春风荡漾在水面，掀起层层涟漪，河面宽阔，小船漂动，桨声橐橐，岸边的布谷鸟啁啾不停，如诗如画的景象让人陶醉！

洺河温驯，洺水乖张，她温柔体贴，又暴躁无常。雨季，山里的水来势猛，一泻千里，有些惊心，多些动魄。王一鹗是曲周人，明朝的兵部尚书。有一次从京城回老家，路过鸡泽小韩固村，正值洺水泛滥，他住在小韩固，夜晚从高处观看波涛汹涌的洺河，不禁浮想联翩：

古渡黄昏后，胡村此暂留。
一溪迟渡马，六月强高楼。
华发西川思，青灯半夜愁。
偶经名丧我，雅志在林邱。

王一鹗惊讶于一条洺河就阻挡了去路，就阻止了马的前行，他在这个略显荒凉的小村，在青幽的油灯下想起了苏轼的命运，他感叹世事无常、人生无常，他自我安慰，一切都无所谓，还是把兴致投入山水之间吧！

我怀疑诗中内容的真实性。小韩固村外有桥，曲周与鸡泽距离不过三十余里，小韩固距当时的鸡泽县衙也仅三四里，若要还家，晚饭时分足能到达；若要到县衙歇息，以王一鹗兵部尚书的身份，应是求之不得之事。我想，他的内心多是对洺河景色的一份爱恋。换句话说，不是洺河的水阻拦了他，而是他的心搁浅在了洺河。

洺河，我们从史册中触摸到它的形态，从诗词中了解到它的脾性，站在岸边，又真实地感受到了世纪的沧桑。

二

只是到后来，洺河不再是利多害少，它完全变成了一条害河。之所以如此，皆因：“上泄下堵，宛若牛腹，洪水下泄，如浸巨泊中。”

洺河的上游没有河岸，每次都是漫溢过来，形成一个大的冲积扇，所流经的地方，只留下一道浅沟；洺河的出口是一个狭长的通道，上游的水根本来不及排泄。

洪水每次来临，听到的最多一句话就是，水从南边一漫敞过来了。一漫敞，不管这个词准确与否，所有人都理解为漫无边际、信马由缰地流淌。水将河沟灌满后，在河床上恣意地闯荡，而河床就是河沟外的开阔地，就是长着禾苗的庄稼地。所以，即使流量不大，来势不猛，庄稼仍有可能受淹。本地人常说的一句话是，不怕县内下雨，就怕武安滚山水。只要武安下暴雨，洺河就要来水，鸡泽西部的几个乡镇就要遭殃。

疏浚，似乎是洺河必不可少的工程了。因古代时洺河是条利河，鲜有疏浚的记载；从当代水利志上看，洺河有多次疏浚的记录。古人记载的洺河在县城西五里已成往昔，如今十里有余。这就是在疏浚洺河的过程中，将河段由东往西做了移动；从20世纪50年代开始，每过三五年就疏浚一次；再近些，1973—1978年五年间，在“一定要根治海河”的号召下，每年都有一次疏浚。我印象尤其深刻的是1977年10月的那次，县里安排了从各村来的2500多名民工，对东柳大桥以南至柏枝寺村东的洺河段进行疏浚。当时，工地上红旗招展，人喊马叫，排子车、手推车、马车、拖拉机，争先恐后，日夜奋战。

但是，局部的治理，不能够解决根本问题。

1963年，那场20世纪以来最大的一次洪水，让河北以及华北其他的几个省份遭遇了最严重的水灾。而鸡泽的洪灾，就是先由洺河引发的。当时，一连下了六天的暴雨，是1917年有雨量记录以来最大的一场雨。沥涝成灾、平地几尺水深的时候，洺河出现了每秒6000立方米的流量。这样的流量，洺河不可能不决口；洺河上游的水流涌动着平地上的水，势头勇猛。沙河与洺河相邻，沙河的一个支流又是与洺河汇流，决堤之后，我的家乡是水天相连。后来，洺、沙之水，从县境的西南向东北倾斜而下，冲出了一道深5米、宽100米的大沟，它冲垮了濒临县城的牛尾河堤，水灌入县城，成为泽国。

家住西柳村的一位离休干部，多年后用快板形式记录了当年的情景：

一九六三年，刮大风，黑三阵，红三阵，黑风红风拧成绳。光刮大风不要紧，到后来，瓢泼大雨往下冲。六月十三下大雨，下到十八天放晴。下得遍地都是水，河满沟平把船乘。洺河决堤更可怕，平地大水起波浪，冲倒房，泡倒墙，孩子老婆齐叫娘。乡里就往省里报，省里把电话通北京。毛主席派来飞机百十架，又送米，又送面，又送油饼又送葱。扑通通，扑通通，甩的是白面大烧饼。

爷爷讲述过 1963 年洪水到来后，村里发生的惊险一幕：有个人去地里摘瓜，回来的时候，水流湍急，河堤被冲垮多处，必经的大桥也渐渐被水围绕。进村，已不可能，他只好在桥头呆立着。到了晚上，夜幕下的水流波涛诡谲，仿佛有魔鬼在发出怪叫。他害怕了，万分惊骇，他惧怕被水冲走，惧怕真的有魔鬼出现。他给自己壮胆，先是喊着村里一个个人的名字，后来就是一声声地喊娘了。娘！娘！！娘！！！一个正值壮年的汉子，处在生命的关口，用喊娘的方式减压、求救，令人顿生悲切！过了三天三夜，水开始降落，家里人将晾晒粮食的大簸箩拉过去，让他坐在里边，一下一下地再拉回来。

1963 年的那场洪水，对我而言是个传说；我亲历的 1982 年、1996 年、2000 年、2016 年的几场洪水，仿佛就在昨天。

1982 年那场洪水，冲垮了村里的大桥；1996 年，我在齐腰深的水中把爷爷、奶奶从挨着村边的住处背到老宅；2000 年发大水的时候，本家爷爷突发疾病，我们几个抬着床，从急流中往县医院送；2016 年，洺河最高流量达 5700 立方米 / 秒，相当于黄河壶口瀑布的 5 倍之多，是设计流量的 30 多倍，让鸡泽四个乡镇的 28 个村进水。县里紧急转移受灾群众，对 13000 名群众进行了集中安置。

这几次洪水都是一漫敞过来的。你若站在村边向南望，在你的视线内，水如海边的涌潮，流经之处，庄稼即刻遭殃，矮的庄稼被淹没，高一点的如玉米、高粱，不长时间内就弯了腰；水流到村边，流向低处的时候，形成小瀑布；村边低矮一点的人家，开始进水，他们倒腾粮食，倒腾牲口，就连狗也跟着转移；大街上的水流，宛如小河在淌，每家赶紧用土堵挡门口……

我家地处村中间，又是最高处，水从门前流过，但没有进院子。1996 年洪水来时，挨近河岸住的两户人家过来，我们一起吃饭。那多年不用的风箱，又在呱嗒呱嗒地响；已经生锈了的铁锅，依然煮出了北瓜米饭的甜香。

水退下去后，凡是进水的人家，弥漫着浓烈的潮湿味道。那难闻的味，钻入你的鼻腔，扎进你的头颅。半年，一年，久久驱之不散。还有，被水浸泡过的房屋，外墙上先是留下一道浸水的印痕，后变为泛碱的白道儿，它标注着当时洪水的高度。这条印痕是历史，是洪灾留下的痛。

一把把铁锹，一袋袋沙土，一道道堤防，一夜夜坚守，组织转移的车辆，来自四面八方的支援……每次抗洪救灾，都会有感天动地的人，都会有可歌可泣的事，都会让人感到社会主义大家庭的温暖。可是，有谁愿意被救助，又有谁愿在胸前戴一朵这样的大红花？

三

有河从村边过，有水在小河中淌，自然是美景，自然是居住的好地方。平原地区地形单一，不像山区，有峻岭，有峡谷，有茂密植被，有泉水叮咚。平原若没有水的点缀和环绕，即使再广阔，也没有生机和灵性。洺河有灾害，给人带来损失，带来痛苦，同时，也让生活充满了欢乐和笑声。

并不是每次都是波涛连天，并不是每次都造成水患。我的记忆中，洺河就是一条旱河，很多年份，河底都是干裂的，连杂草都不生长。从2000年以来，连续干涸了十五个年头。倒是在20世纪70年代，洺河多有流水，它没有漫过河床，没有造成涝灾。

那是怎样的情景呢？

水慢慢地流，水缓缓地淌，水面上皱起一道道波纹，波纹向前涌动，一波赶着一波，催促着前边的，带动着后边的；它们粘连到一起，打着节拍有韵律地涌动着。风乍起，波纹变得扭曲，水面像揉皱了、扯断了的绸缎。风轻了，波纹又像人的肋骨，一条条，闪着晶亮；更像龙骨，一排排，蔚为壮观。

还有很多的漩涡，漩涡有大有小，有急有缓。漩涡往往裹挟着柴草，或者是淤积的泡沫。有的漩涡在一个地方停滞不前，越来越有劲；有的随着水流向前移动，或直线，或曲线；有的在流动中变大，搅动起半个河道；有的逐渐地变小，小着小着就没了。水面往往有蜻蜓飞翔，它们扇动着翅膀，在水面上表演着，一会儿飞得高高的，像要插入云层；一会又滑翔下来，像要一头插进水里。又有了燕子，有了不知名的鸟。它们都是从哪里飞来的呢？它们又住在哪里？好像谁也不知道。

我们村几乎没有不会水的，我们这个年龄的，都是好水性，有很高的技术。他们一手甚至两手举着东西，从河这边游向那边；有的人能在水里一动不动待上十几分钟；有的人猛子扎得深，“老牛大憋气”达半支烟工夫。水大的时候，有的孩子从桥上倒仰着下水，一个猛子凫出五六十米远；不会水的女孩子也会在河边撩着水嬉戏。几乎，村里的男人们都呛过水，口中都有洺水的味道，鼻腔中都有从腹腔泛上来的酸腥。

水来的时候，一张张渔网就登场了，平时不知道谁家有，此时，仿佛每家都有一张网。只要有水，就有鱼；只要有鱼，就有打鱼的。水刚过来的时候，水急，鱼少；过几天，水面平静了，河岸上就会有很多的撒网人，他们使劲地把渔网撒圆，一网又一网；谁撒得圆了，就会围过来一堆人，瞪大眼看打上来的鱼。只要闪闪发亮，就是有鱼了，呼啦一声，都帮着去捡。水流的时间越长，鱼长得越大。到后来，除了撒网的，钓鱼的也多了，他们一个个站立在河边，从草丛中顺手抠一条蚯蚓，然后将鱼竿轻轻一抛，几乎是眨眼间，往上一提，准有鱼甩着尾巴上来。一直到断流，水变得浑浊了，河底的几个深坑里，仍有不少的鱼在翻腾——我们叫作“翻坑”。人们拿着篮子、筐子、舀子，轻易地就能将它们捞出。每一家的房顶，都有晾晒的鱼；高粱秆扎的箅子上，排得密密麻麻。鱼下锅了，放足醋，沸腾的时候，满村缭绕着鱼香。甚而，有水的季节里，每个人的衣裳上、手指缝里都沾有鱼腥。平原的小村啊，让人怀疑是渔乡。

“城隍村儿，柳下村儿，一年四季吃麦子儿，洺河沟里流流水儿，小白卷子就酥鱼儿。”是啊，我们这里有一句流传得很广的话：城隍、柳下，不吃麦子吃啥？水淹后，从上游冲来的地表土层有很大的肥力，不用上肥料，小麦也会长得秆粗穗大；每次洪水过后，水位上升，一根扁担就能从井里提上来水。在田间，用铁锹挖个三五尺深的坑，就会有水汩汩地冒出。因此，即使第二年干旱少雨，也有足够的墒情，小麦照样是颗粒饱满。我们这一带的土质属胶泥地。胶泥地上的小麦，生长期长，产量高。

打下的小麦让每家都是仓满囤尖，但是经历过旱灾、涝灾的村民，舍不得粜出一斤粮。他们每天围着粮仓转，看着它，心里才充盈，说话有底气，腰杆挺得直。

几经洪灾的乡民，多了些对洪水到来的坦然。水刚来的时候，几乎都是从家里跑出来，挤站在河岸上。“来水了！”“水过来了！”一个传着一个，一声比一声高，声音里跳动着激动和喜悦。从上游漂过来瓜果了，有西瓜，有甜瓜，有茄子，有北瓜……他们趴在桥中间的栏杆上，把头低下去，把身子抻下去，把舀子伸过去，他们使劲地够着，不停地打捞着。

2016年的7月，村里很多人家进了水，且涨势迅猛，在情势紧迫的情况下，县里组织机关干部做群众的转移工作，大喇叭上喊，到每家每户催。可是，村里人谁都不愿意离开，他们带着一份轻松，包着饺子，煮着排骨，逗着孩子笑。县里的干部急了，说再不走就走不了啦！一位大嫂一脸的轻描淡写：“没事，水大了我背着你游出去！”

河岸住着许多人家，两岸的房子一年比一年高。瓦房低了，就盖小楼，现在多是二层、三层的小楼了。一栋栋的小楼，若有碧波荡漾的洺水环绕，恰似来到了江南！

我有一个愿景：洺河淙淙流淌，洺水澄澈碧透，洺河流域的百姓再无创伤；在河流两旁，还原“洺浦春畦”景象，尽显田园风光；洺河不一定笔直，但要弯出柔美；洺河不一定宽阔，但要水流通畅……

天降奇才，17 岁周子定霸中原

一

若不是我的家乡在春秋时留名，我不会启封那段纷乱的历史。时间过于久远，书简斑驳，拓片剥落，纸页泛黄，串不起完整的史册，钩沉不起清朗的记忆。赫然入目的，只有“春秋争霸”四字，它的注脚，分明是乌云、纷争、流亡、会盟、战争。即如编钟吧，亦仅存低沉、悠远的游丝在苍茫天际的边角缭绕。

春秋的历史就是一部大国争霸史。东周末期，周王室衰微，苟延残喘，周天子无力回天，对诸侯宽容、忍让、软弱。你想，郑庄公都敢向周桓王开战，大将祝聃这个愣小子敢以箭射杀周天子。这王朝的大厦不是将要倾倒吗？这国王也真是名存实亡了。

不过，诸侯们再不把国王看在眼里，再把国王架空，还是要打着国王的旗号征讨他国、扩张自己势力的。“兴师不请天子，然挟王室之义，以讨伐为会盟主。政由五伯（霸），诸侯恣行侈不轨，贼臣篡子滋起。”诸侯之间通过战争进行扩张、争霸，出现了一百四十多个诸侯国。

“春秋五霸”就是那个时代的产物。其中齐桓公、晋文公两位是最标准的霸主，他们两个为后世公认，史称“齐桓晋文”。

齐桓公是第一个实现盟主地位的，晋文公是第二个。齐桓公有“葵丘之盟”，晋文公有“践土之盟”。晋悼公在晋文公之后60年，邀九国诸侯到鸡泽会盟。

我的家乡鸡泽，就是从此时开始被载入史册的，如今已有2600年的历史。《左传》载：“鲁襄公三年（公元前570年）六月，公会单顷公及诸侯，己未，同盟于鸡泽。”

鸡泽，这个面积不大的小县，有着不凡的身世：春秋时先属卫国，后属晋国；战国时属赵国；秦朝时属巨鹿郡地；西汉初为广平县地……直到隋开皇十六年，也就是公元596年，鸡泽才作为县名用到今天。

为什么选在鸡泽会盟呢？古时的鸡泽究竟是怎样的景象？

古代的鸡泽，地势低洼，沙、洺、漳、滏四条河流从境内穿过，还有许多大大小小的湖泊和沼泽；又因水面广阔，树茂草密，引来百鸟翔集，莺歌燕舞；有湖，有草，有树，有河，气候湿润，空气清新，水草丰美，百鸟争鸣，民风淳朴，有一片世外桃源般的净土。

不过，当时的“鸡泽”只是作为一个地理名称出现的，是一个湖泊的名字。湖为泽水，泽之周围有百鸟栖息，鸡为百鸟之首，故名鸡泽——“鸡以氏泽，泽曰鸡泽”。

二

说争霸，说会盟，必先提到公子小白，必先从“葵丘之盟”中晾晒后继者的底版。

小白就是齐桓公的名字，姜姓，吕氏，齐国人。小白的名字很温雅，不论其肤色如何，总让人以为是白皙的，进而想到倜傥潇洒的公子哥形象。

公子小白的确是贵族，是公子哥，他是姜太公吕尚的第十二代孙，齐僖公第三子、齐襄公弟。只不过，齐国国政混乱时，他也不能稳稳当当地过日子，他逃到莒国躲避。在公孙无知杀死了齐襄公之后，公子与他的哥哥公子纠争夺王位。管仲原是辅佐公子纠的，在公子小白回国路上曾射杀过公子小白，公子小白诈死，提前回国继位。

鲍叔牙举荐管仲，齐桓公难忘一箭之仇。鲍叔牙劝道："如果你重用了管仲，以他的加倍忠心和才能，可以替你射得天下，与射你一箭的伤痛相比，孰轻孰重呢？"齐桓公深明大义，任用管仲为相。

得一人得天下。管仲在齐国推行了一系列的改革，使齐国很快成为强国。

齐桓公自有"可爱"的一面，他虽为国君，却常常喜怒形于色。要会盟时，卫国来迟了，齐桓公便与管仲商量讨伐卫国。他还没开口，就被宫中的卫姬看出来了，因他脚步抬得高，脸上有怒气，见到她后又是眉眼一挑、神色一动。当决定不讨伐卫国时，又被管仲猜出来了。小白问管仲是怎么看出来的？管仲说，上朝时你给我作揖很恭敬，说话也缓慢；面对我时，脸上有惭愧之色。小白哈哈大笑。

齐国自身强大后，管仲帮齐桓公提出"尊王攘夷"的口号。周天子虽然不再像过去那样号令诸侯，但名义上还是天下的共主；齐国若想称霸，必须打出维护周天子威信和地位的招牌。"攘夷"就是驱逐夷、狄等少数民族的势力。这也正是中原各国的共同心愿。

公元前651年，齐桓公与宋、鲁、卫、郑、许、曹等国的国君，以及周襄王的使者宰孔在葵丘会盟。齐桓公率诸侯盟誓："诛不孝，无易树子（不能随便废立太子），无以妾为妻。尊贤育才，以彰有德。敬老慈幼，无忘宾旅。士无世官，官事无摄（公家职务不能随便兼摄），取士必得，无专杀大夫。无曲防（不要堵塞河流），无遏籴（不要囤积粮食禁止邻国购买），无有封而不告（不要分封而不报告盟主）。”

盟辞既有政治内容，又关注了道德、伦理、民生，天子不怒，民众拥护。孔子对齐桓公和管仲有很高的评价：“桓公九合诸侯，不以兵车，管仲之力也。”孔子还在《论语·宪问》中说：“管仲相桓公，霸诸侯，一匡天下，民到于今受赏赐。”这是孔子对桓公霸业的充分肯定。“霸”，好就好在“一匡天下”，在社会无序的情况下，通过霸业把天下匡范合一起来。

这样好的诸侯，自然就要受到奖赏。周襄王派宰孔把祭祀文王和武王的肉赐给齐桓公，表示对他的特别敬重。因为按照当时的礼制，祭祖的肉只能分给同姓国家，而齐国是姜姓。齐桓公挺懂礼貌，慌忙下台阶跪拜，宰孔说，天子念你年事已高，又有功于王室，再晋升一级，就不必下阶拜谢了。齐桓公赶紧说：“天威不违颜咫尺，小白余敢贪天子之命无下拜？”于是，下阶，拜谢，登堂，恭受祭肉。

从此，齐桓公以中原诸侯盟主身份，得以“挟天子以令诸侯”。在将近一百年里，各国诸侯会盟达 26 次之多，用兵有 28 次之多。葵丘（今戚城）成为名副其实的古代联合国。齐桓公成为第一个霸主。

《史记·齐太公世家》赞说：“恒公之胜，修善正，以为诸侯会盟称伯，不亦宜乎！”

只是，齐桓公到了晚年，变得昏庸了。

三

说到晋文公，许多人不清楚，若说重耳，知道的人就多了。若再不知，提起“寒食”的来历，恐怕就鲜有不知的了。重耳就是晋文公，晋文公就是重耳。

重耳流亡过多个国家，介子推一直跟随着他。断火断粮后，重耳性命危在旦夕。介子推忠于他，把自己腿上的肉割下来，煮成肉汤让重耳喝，使他起死回生。重耳成为国君后，对有功的大臣进行封赏，独独忘掉了介子推。介子推带老母隐居绵山，重耳派人去找，找不到；后来火烧绵山，逼他从一条道上出来，他却和老母抱着一棵大树被活活烧死。为了纪念这位功臣，重耳下令全国这天不准起火燃灶，只吃冷食。

重耳先流亡在狄，后到齐、曹、郑，然后再到秦国，他遭遇了不同的态度、不一样的对待。洪迈在《容斋随笔》中这样写道：

> 晋公子重耳自狄适它国凡七，卫成公、曹共公、郑文公皆不礼焉，齐桓公妻以女，宋襄公赠以马，楚成王享之，秦穆公纳之，卒以得国。卫、曹、郑皆同姓，齐、宋、秦、楚皆异姓，非所谓“岂无他人，不如同姓”也。

流亡了19年、流亡到7个国家，卫国、曹国、郑国与他同姓“姬”，对他却“皆不礼焉”；而不同姓的齐桓公将女儿许配给他，宋襄公赏了他80匹马，楚成王设国宴以礼相待，秦穆公把五个女子甚至自己的女儿怀嬴嫁给他。

这段文字让我惊讶、唏嘘：古代，女子亦如礼物吗？而多情的晋文公一一笑纳了。

晋文公真是性情中人啊。早在戎狄时，他就娶了酋长的女儿季隗。在离开狄时，他手执季隗衣袂，泪眼婆娑，说：“待我二十五年，不来而后嫁。”季隗回答说：“我二十五年矣，又如是而嫁，则就木焉。”我现在已经25岁了，再等你25年，就躺倒棺材里了。待重耳成为国君之后，还真把季隗接来了，只是将两个儿子留在了狄。

晋文公自有异人之处。逃到曹国的时候，曹共公听说他有“骈骨”——肋骨并在一处，几无隙缝。便派人在他沐浴之时偷偷观看，到底看清楚了没有，不得而知，有人却看出了别的门道：“吾观晋公子之从者，皆足以相国。”不但重耳气度不凡，连他的随从狐偃、赵衰、贾佗都可以相国，这样的人，不成就霸业才怪呢。

《国语》记载了晋文公即位后一系列的改革措施：“安排百官，赋职任功，弃责薄敛，施舍分寡。救乏振滞，匡困资无。轻关易道，通商宽农。懋穑劝分，省用足财、利器明德，以厚民性……”

公元前632年，晋楚发生了城濮之战，晋取胜。晋文公大会诸侯于践土（今河南省境内），与各国约定要求尊重周王室。这旗号一打，如齐桓公的“葵丘之盟”一样，顺应天意民心。

参加会盟的有晋、鲁、齐、宋、蔡、郑等国，晋被推为盟主。周天子给晋文公极大的面子，册封他为“侯伯”（诸侯之长），并赏赐他黑红两色弓箭，予他自由征伐的权力。

“践土之盟”与齐桓公的“葵丘之盟”正好相距二十年，晋文公成为继齐桓公之后的第二位霸主。

四

史籍，自来不会完全公允。以《春秋》说，它本是春秋时代各国史书的统称，那时不少诸侯国都有各自按年代记录下来的国史，只是到了战国末年，由于战乱、天灾等种种原因，各国史书先后失传，只有鲁国的《春秋》流传了下来。假若晋国的《春秋》也在，我想，有关晋悼公的史料不会像现在贫乏。

晋文公之后，经历了晋襄公接霸，晋景公失霸，到最后晋悼公的独霸中原。

晋悼公的身世不一般，他姓姬，黄帝的姓，在晋国为国姓。他爷爷的爷爷就是晋文公重耳，他是晋襄公的曾孙，其祖父名捷，其父惠伯谈，堂叔是晋厉公。“贵族”一词似乎就是像晋悼公这样的人的代名词。他有个美誉叫“周子”。

周子10岁时在单国的单襄公跟前做事，单襄公察其色，听其言，观其行，赞之："立如苍松，目不斜视，听不侧耳，言不高声。"单襄公是个有大能耐的人，看人极准，临死时他嘱咐单顷公：周子不弃根本，必为诸侯，不可慢待。

同齐桓公、晋文公一样，他也有逃亡的经历，他在秦国避难。在栾书、中行偃派程滑杀死晋厉公迎接他回国即位时，周子摆了下架子，对接他的人说："我开始的愿望并没有到这地步，到了这个地步就是上天的意志。人们要求有国君，这是为了让他发布命令。立了之后又不听他的，还哪里用得着国君？你们几位用得着我，就在今天，用不着，也在今天。"大夫们忙顺着他的话说，哪能用不着你呢？晋国不能没有你啊，这都是大臣们的愿望！

14岁的晋悼公，一个翩翩少年，一个身体还没发育成熟的孩儿，刚登位，就显示了他的"铁腕"和不凡——驱除了周厉公的七位死党，将余孽清除干净。14岁的孩子，搁到今天，还不会洗衣服，不会做饭，还动不动哭鼻子呢。

鸡泽会盟前几天，周子亲弟弟杨干驾车在行进的队列中横冲直撞。大臣魏绛勃然大怒，将杨干的车夫杀掉。周子气不过，说在会盟盛事就要进行的时候，出现这样有损他威望的事，实在是奇耻大辱，便要杀掉魏绛。羊舌赤对他说："以往，魏绛忠心不二，侍奉君王从来不逃避任何危难，有了罪过也不会逃避惩罚，你不用杀他，他必定能自动前来请罪。"

话音刚落，魏绛来了，向仆人交上一封信，让他转交周子，就要拔剑自杀。周子打开书信一看，上边写道："君王会合诸侯，我岂能不执行军法军纪？君王的部队目无法纪，军中的官吏不执行军法，那么再没有比这更大的罪责了。我正因为怕犯下这一大罪，才敢连累杨干，我没有其他的办法。我对下属有失训教，以至于用大斧杀了杨干的车夫，我罪孽深重，怎敢不服罪？请把我交于司寇请求赐死。"

这时候，周子感动了，热泪盈眶，顾不上穿鞋，光着脚丫就跑下来了，对魏绛说："弟弟没有教育好，是我的不是；你若自杀，是加重我的过失啊。"

魏绛沾大光了，从鸡泽会盟回去后，周子任命他为新军副将。

如齐桓公重用管仲一样，周子对魏绛厚爱有加。在霸业已成后，以郑国赂晋的"乐（乐器）之半赐魏绛"，让魏绛有了金石之乐。

周子知人善任。中军尉祁奚请求告老还家时，周子问谁可接替他，祁奚推荐了自己的仇人解狐，晋悼公便要立他，可是解狐突然死了。周子再问祁奚，祁奚推荐了他的儿子祁午。正在这个时候，羊舌职死了，周子又问祁奚谁可接替羊舌职，祁奚推荐了羊舌赤。最后，周子让祁午做了中军尉，让羊舌赤辅佐他。

《晋悼之立》记载了周子即位后的一系列施政方针："始命百官，施舍，已责，逮鳏、寡，振废滞，匡乏困，救灾患，禁淫慝，宥罪戾，节器用，时用民，欲无犯时。"

晋悼公即位之后就开始任命百官，赏赐众人，免除欠债，照顾鳏夫寡妇，起用被废黜长居下位的贤良，救济贫困，援助灾难，禁止邪恶，少征赋税，宽恕罪过，节约器用，在农闲时使用农民，个人的欲望不和农时冲突。

对照一下晋文公上任之后的改革措施，再看晋悼公的举措，可谓一脉相承。后人对晋悼公给予高度评价：论谋，不减于晋文公重耳；论智，不屈于郑庄公寤生；论略，不低于齐桓公小白；论才，不逊于楚庄王熊旅；论仁，不亚于宋襄公兹父；论势，不弱于秦穆公任好。

周子事业的巅峰，就是在鸡泽会盟时称霸。

五

晋悼公对齐桓公仰之慕之，对先祖晋文公敬之爱之，他想学先贤之举，兴霸王之业。

晋悼公三年，即公元前570年，为了联合诸侯共同对付楚国，单顷公、鲁襄公、宋平公、卫献公、郑僖公、 莒犁比公、邾宣公、齐国太子光以及陈成公的使臣袁侨等诸侯，应晋悼公邀请，如约来到鸡泽参加会盟大会。

又是为了与楚国作战。齐桓公、晋文公也是为对付楚国而会盟。楚国原本蛮夷之地，后来实力增强，敢与任何国家抗衡。

鸡泽景色好，占卜更好，隐士长玄设坛占卦："卦曰广平，鸡丘盟书；晋地兴师，天不佑楚。"

就更没说的了，各国一齐同意来这里会盟：鸡泽！鸡泽！

时值六月，本是暑热难当，鸡泽却凉风习习。参加会盟的各国兵士身穿铠甲，手握刀戟、利剑，在战马嘶鸣、铁蹄嗒嗒声中进入鸡泽的境地。会盟的地点，是距今县城东十五里的古广平国、平干国的所在。这里有漳河环绕，有蓝莹莹、清凉凉的湖泊，有浩渺无边的水泽；这里绿树成荫，鸟也唱，花也香，白鹅塘中嬉戏，鱼儿河里跳跃；这里有朵朵荷花竞相开放，有浓密的芦苇飒飒吟唱，有一篷篷渔船往返其间；这里有清凉的风、蔚蓝的天、洁白的云、恰如避暑胜地，亦如西子湖滨。

会盟的号角响彻天宇，打破一方宁静。经过几个月的准备，会盟台建成，台高过丈，台面宽广，基座、台阶、廊柱均为石材，台面上矗一大殿，飞檐斗拱，四壁均为浮雕，雕龙画凤。台四周旌旗猎猎，遮天蔽日。

会盟前，晋悼公成竹在胸。鲁国已成自家兄弟，宋国有过相助之功，郑国被打得服软，吴国刚与楚国交战，其他国家早已归顺，所以，他觉得各国都会接受邀请前来会盟的。此时也证实了他的判断。只不过，吴王因路远未来参见，吴国派吴王弟弟寿越前来晋国解释。

是啊，搭的不是戏台子，不是让人来看戏；这是世界大舞台，没有政治优势，没有军事实力，没有强劲的国力，你想称霸，想让它国臣服，你算老几啊？！

会盟的日子到了，九国诸侯率兵而来，队列整齐，群情振奋，呐喊如雷。晋悼公与九国诸侯依次登台，向东观望，眼见一轮红日冉冉升起，更有薄薄的云、轻轻的雾被染成红纱。湖水深处，波涛翻卷，如一条白练腾空而起，宛若游龙现身。晋悼公顿生豪迈，带领各国诸侯祭拜天地之后，大声领读会盟辞文：凡我同盟，同心同德，既盟后，强者兹弱，同心伐楚……

此时的晋悼公年方十七，正值青春年少、血气方刚之时。他胡髭浓密，喉结凸起，声带发出沙沙之音，自有一股威武。

阅兵开始了。各国军队从盟台前一一走过，他们身着不同服装，肩扛手提各种兵器，他们在台前展示自己的奇技神功：有的骑马射箭，百步穿杨；有的剑戟相击，刀光闪闪；有的肩扛巨石，比试膂力……晋悼公爱打猎，忽从盟台上跃下，飞身到一匹枣红战马背上，弯弓射箭，将一飞翔的大雁射落……

会盟第二年，戎狄部落前来示好，也结为同盟；许灵公事楚不参加会盟，晋国派武子率师讨伐，许国也臣服于晋。

晋悼公在位时，曾七次会盟，同盟国发展到 17 个，辖区相当于现今的苏、豫、皖北部，晋、冀、鲁中南部广大地区。与楚国争霸，重新确立了晋文公时代的霸主地位。当时，晋国也如当今的联合国了：卫国发生内乱，由晋国大夫去安定；就连周天子的叔叔陈生与卿士伯舆的争权斗争，也得晋国派人去仲裁解决。

齐桓公的“葵丘之盟”、晋文公的“践土之盟”和晋悼公的“鸡泽之盟”被称为春秋时期最重要的三次会盟。

惜哉！晋悼公英年早逝，30 岁就撒手人寰。

六

我又一次来到盟台旧址。所谓的旧址，不过是长辈用手指给晚辈并留下一句“就是那一片”的地方。它早已夷为平地，连一块石碑、一个亭子、一堆石块瓦砾也没有，更看不出当年的雄壮。这里生长着四季庄稼，高粱、玉米、棉花、辣椒，累累果实，稻谷飘香。风依然轻盈，云依然轻灵，只是没有了湖泽，没有了青葱树木和嫣红莲荷。晋侯盟台，被时间风化，被风雨侵蚀，所有的记忆模糊一片。春秋的风云也如过眼烟云。

后世的人，从这里挖出了陶陶罐罐，挖出了金鼎石马，挖出了弓箭矢石，但是，晋悼公已成久远的传说。读遍汉赋、唐诗、宋词、元曲，也找不见悼公的赞歌。

这实在是悲哀。我看余秋雨的《文化苦旅》，看守经卷的王道士把一车车的国宝让外国人盗走，还有人在莫高窟的门前给他建了道士塔；吴国的西施被送与夫差，还有人为她建寺塑像；更有那苏小小，一代名妓，有多少人为他泼墨、献歌。周子，一代霸王，定霸中原，却被人遗忘；晋侯盟台，空无遗址。听说仅有北京天坛的一个碑上留有只言片语。

清乾隆十八年，鸡泽县令王光燮重修了盟台，但只是在一亩二的地面上建了一个台高五尺、宽广各一丈六尺的微缩版盟台，后来还毁于战火。我的东柳老乡、清朝进士齐祖望有《会盟台》诗一首：

周灵御极颁王命，
晋悼称雄尚霸才。
九国君臣争霸主，
千秋事来见古台。
旁临古水轻烟散，

背接高城远翠来。
多少旌旗飞绕处，
流霞满目野花开。

只不过，齐祖望没有李白、王维、苏东坡的名气大，诗作仅在鸡泽流传。

后听说，1933 年 4 月，时任鸡泽县县长饶秉衡在盟台旧址树碑，并作《晋侯盟台记》。碑记中有晋侯会盟的背景和概况，有对晋悼公的评价，有民国中央政府和省民政厅保存条例之要求，有对清朝重修盟台的感喟，有立此碑之意义。碑文曰："……当此强邻压境，国难日深，保留两千年圣址以唤起国人注视；俾游斯土者，触目惊心，藉知御侮之道重在团结。虎豹在山，而藜藿为之不采；子弟和睦，而强盗为之改容。则晋悼之功不可没，而春秋之足以挽回世道人心，尤不可以不读已。"

可惜，此碑仍埋在地下。

我看，晋悼公是极为罕见的天才君主。他不是天子，却有天子的雄才大略；他不是霸主，却比霸主勇猛威武；他只是束发之童，却能气定神闲、运筹帷幄。在历史上，他应有一席之地。

我看，为图大业，他能与狄友好；为了制楚，他能与吴国远交；为了国家，他不计仇怨用魏绛。他是奇才，他是英才，他是天之骄子。

然三旬而薨，实在可叹可惜！

"悼公"，取英年早逝，天才陨落而悲痛、哀悼之意。

当晋悼公即将离开这个他热爱的人间时，他回忆起短暂的一生。他脸上始终漾着笑，他觉得他没有虚度三十年的光阴，他觉得最辉煌的时刻、最壮丽的篇章就是鸡泽的会盟。他以会盟自傲，以鸡泽为荣，他在心里说，鸡泽，是我一生难忘的地方。

归来吧！小毛公

唱了两千年的歌，歌声悠扬；吟诵了两个世纪的诗，诗韵悠长。

《诗经》，从远古走来，咿咿呀呀；《诗经》，在华夏传唱，悠悠扬扬；《诗经》，走向世界，铿铿锵锵。

毛苌，《诗经》传人，你的名字越来越响亮，你的功绩千古流芳。

秦始皇下达焚书令，毛亨和你将竹简藏于毛遂墓中，为了传给后人，你远离家乡，来到河间；那里有你的安身之地，那里成了你编注、传诵的乐园，那里有尊儒的刘德，那里有虔诚的学生。你在那里将《诗经》绪衍，你的歌声传遍大地神州。

从周朝到春秋，五百年的诗歌荟萃成册；你以《潍》为名，不忘家乡鸡泽；齐、鲁、韩、毛四家作注，只有毛诗流传。《诗经》，五经第一篇，诗集第一部。

河间献王刘德，兴修礼乐，崇奉儒术，收集典籍，修君子馆揽众儒生，建日华宫为你讲经。因传经有功，刘德封你博士，你被尊为“小毛公”。从唐代始，你享奉文庙，与左丘明、卜子夏、公羊高齐名。及至后来，宋徽宗加封你为乐寿伯，明嘉靖年间又被尊为先儒。

时空转换，斗转星移，诗经永恒。从河间，到全国；从汉代，到今天，《诗经》深入人心，经久不衰。“关关雎鸠，在河之洲”“蒹葭苍苍，白露为霜”“桃之夭夭，烁烁其华”“呦呦鹿鸣，食野之苹”……其朗朗上口，情景交融，美不胜收。

追根溯源，周朝有岐山，岐山有毛国，民以国为姓，叔郑乃毛姓始祖。后因东征有功，巨鹿封地，毛姓在这里繁衍兴盛。鸡泽为巨鹿郡地，毛苌为毛氏四十世孙。毛苌生于斯、长于斯。

毛氏名人辈出，灿若群星。毛遂一剑成名，气吞云梦；毛亨作训诂，传于后人；毛藻、毛释之、毛鹿、毛舜、毛文纲，皆有彪炳史册之作为。

毛氏从鸡泽走出，鸡泽是毛氏发祥地。从鸡泽到河南荥阳，到浙江衢州，到江西吉水，到云南永胜，到湖南韶山，毛氏血脉相连，毛氏兴旺发达。更为荣耀的是，韶山与鸡泽一家亲。韶山是伟人毛泽东的诞生地。

韶山毛氏祠堂的门楣上有：“注经世业，捧檄家声。”那是对你编著《诗经》的褒奖，是对毛义辞官守孝的赞扬。

鸡泽有毛氏宗祠，这里供奉着毛氏先祖。每年，全国毛氏家族都要来这里击鼓鸣钟，焚香诵经。

维天之命，
于穆不已。
于乎不显，
文王之德之纯。
假以溢我，
我其收之。
骏惠我文王，
曾孙小笃之。

归来吧，小毛公！

你远离故土，远离先祖，远离亲人，孤魂难安。回到生养你的鸡泽吧，家乡在呼唤你，毛家人在期待你。“青青子衿，悠悠我心，纵我不往，子宁不嗣音？”多年无音信，想你盼你。“傧而笾豆，饮酒之饫。兄弟既具，和乐且孺。”给你盛上美酒，来个一醉方休。

归来吧，小毛公！

鸡泽有毛遂公园，有诗经公园，这就是你的家园。这里有蒹葭，这里有桃花，这里有伊人，这里有柏舟。可与毛遂对望，可在自荐阁抒怀，可在长廊放歌，可在湖心荡舟。尽可觅得诗之景致，尽可领略战国风云、秦汉古风。

归来吧，小毛公！

如今之鸡泽，被誉为人居圣地、飞鸟天堂。行行垂柳起舞，树树紫槐飘香，排排梧桐叶茂。湖泊如明珠，小河似银练。“燕燕于飞，差池其羽”“宛彼鸣鸠，翰飞戾天”“鹤鸣于九皋，声闻于野”。采葛，采薇，采蘩，采苹，采苓，撷得草香，祛除忧伤。你可在诗经路上散步，你可在鸟语花香中诵经。

归来吧，小毛公！

“瞻彼淇奥，绿竹猗猗。有斐君子，如切如磋，如琢如磨。”家乡人热爱《诗经》，传唱《诗经》；家乡人钟情你，无限崇敬。成立诗经研究协会，探诗经之渊源，品风雅颂之意蕴；创办诗经学校，让传统文化熠熠生辉，让中华经典代代传扬。

回来吧，小毛公！

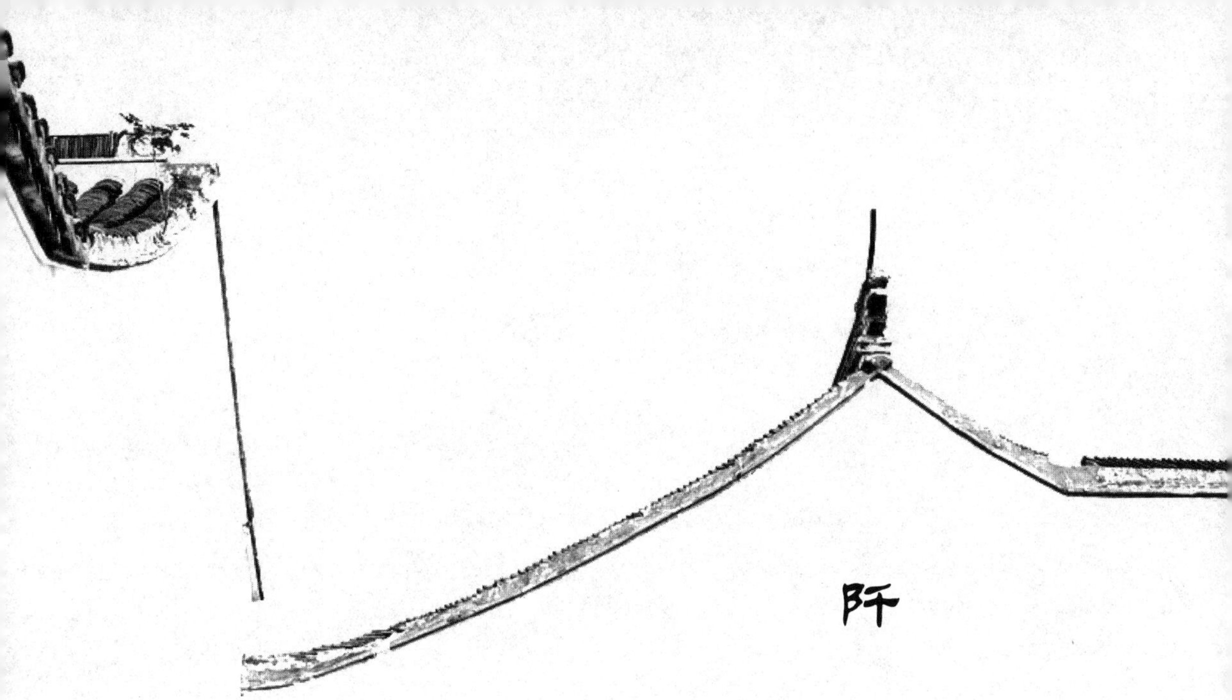

阡陌

阡　陌

43

五月记忆

不记下这些，20 世纪 80 年代后出生的年轻人不知道当年过五月是怎样的情景，不了解父辈们经受了怎样的苦难，也闻不到馒头的麦香。

——题记

一

还没进五月，心就吊到了嗓子眼儿，紧张的气氛弥漫在村庄上空、田间地头，家家户户都在准备着，每个人的神经开始绷紧，连拉麦、轧场的牲口也咴咴叫着，开拔战场似的。男人们去集上、庙会上钉镰刀，至少要三四把，顺便再捎顶崭新的草帽。除了镰刀，还买几把大杈、扫帚、木锨。

工具要置备，吃的也要采买好，麦收一开始，就顾不上赶集上会了。蒜头、蒜薹是必备的，另外买几斤豆荚、西红柿，以及顶花带刺的黄瓜。再到小卖部称几斤白糖，说是喝白糖水不上火。

女人们也不闲着，缝制装麦子的口袋，连捆口的布条也撕好。她们把男人们买回来的蒜和蒜薹腌上，把积攒的鸡蛋腌上，有的人家还腌上鸭蛋、鹅蛋。过五月，跟过节一样准备着。

麦场也要早早地泼好、积好。积好的场光光的，面上还有旧麦秸积在里边，露着毛毛茬。以后的几天，场面有些潮湿，大人小孩都爱光着脚丫在上面行走、奔跑，凉爽从脚心串到五脏六腑，又从七窍拱出来，十分舒畅。

刚过芒种，麦穗就发黄发焦，连续的干热风又使麦穗歪起脖、弯着腰；间或有几株泛着青绿，不影响整个麦田的收割。俗话说，八成收，十成丢。人们等不及了，要开镰了！

五月的天亮得早，四点钟的光景，天色就麻灰灰的了。星星和月亮依然闪烁，但没了一点璀璨。睡在树上的公鸡开始打鸣，门楣和窗棂上的麻雀喊喊喳喳。老人醒得早，打开吱呀响的门，清清嗓子，擦一把脸，就霍霍地磨起镰刀，一把，两把，三把，有几口人就磨几把。磨刀石上洒了水，磨几下，用指头肚儿刮刮，看锋利了没有。过一会儿，老人对着每间屋子喊起来：天亮了，快起来！尽管都还瞌睡，谁也不愿动弹，但都强打精神，麻利地穿着衣服。扣子系错了，领子在脖颈里压着，头发乱蓬蓬，一切顾不上了。揉揉眼，手握镰刀，骑上车就飞了。此时，路上已有不少人，除了骑车的，有步行的，还有赶车的，走近了才能看清，远看只是个黑影。碰见了，就打声招呼，道声早啊早啊。天还有些凉，穿短袖的禁不住打个寒战。

麦畦多是六垄，也有九垄的。大多以三人、九垄为一单位，每人割三垄，中间三垄算是开头镰的，右侧为二镰，左侧为三镰。头镰必须开在前，二镰三镰随其后，并将割下的麦子放在头镰的堆上，便于捆个儿或叉起。割二镰的比较顺手，割一把，顺势放下来；三镰的就别扭些，放的时候，手还得翻转一下。

早起割麦子，除了凉快外，麦芒不那么尖锐，麦秆也有些潮湿，便不扎手。

人们都是埋着头，弯着腰，一声不响地往前赶。才磨的镰刀非常快，唰，唰，唰，轻轻一搂，留下齐整的麦茬。会别把的人算行家，他们左一把右一把地别着，几把下来就是一大堆。不懂行的，割一把，放一把，耽误许多工夫。

有麦秆上缠着青草的，多是打碗碗花，茸茸的，绿绿的，连着麦秆被割掉。麦垄里常有一两棵才长出的杏树苗、桃树苗，十分稚嫩，就把它移栽到了垄沟边。偶有几簇不太成熟的麦穗，成了割麦人的零食，手一搓，嘴一吹，露出饱满的麦粒，嚼在嘴里，很筋道，特有的香。那白色的汁液，牛奶般漫溢在齿间。

割得正起劲，远处有喊声：兔子！兔子！循声望去，一只兔子在麦茬间飞奔，人们跟着喊：逮住它，逮住它！因为知道根本逮不住，并不真正去追，惊慌的兔子很快消失在视野中。人们不无遗憾地说，如果有一个细狗在就好了。

偶有被惊起的鹌鹑，腾地飞向别处……

二

当日头照在撅起的屁股上时，人们感到腰酸腿疼，便伸直腰，再倒仰几下，摇摆几下，然后坐在麦堆上歇。有人已经口渴，就把带来的塑料壶里的水灌下去，一口气能喝两碗多。过一会儿，送饭的来了，才炸的馃子和糖糕，或自家烙的油饼，就上咸鸡蛋，或者糖醋蒜，蛮有滋味。他们向附近没送来饭的人家喊：歇歇吧，先垫垫！那边的人挥挥手，不用，不用，一会儿就送来了！

一干活儿，个个狼吞虎咽，饭量猛增；因为饿，觉得饭菜比平日好吃得多。饭进肚后，干劲却差得远了。疲乏迅疾地蔓延了全身，手也有些胀，有的还起了泡。腰很难直起来，筋骨断了一般。起先，割几丈远，站直身，回头望一眼，算是喘口气了；现在，割几把就得停一停。加上太阳越来越毒，草帽并不能完全遮挡，脸上火辣辣的。麦秆麦穗失去了柔软，触碰到裸露的胳膊上，针刺一样疼，立马就起红点。

除了天热、腰酸外，难熬的就是渴。带来的水，不到半晌，就见底了。机井的水透心凉，喝下去能“炸”了腮，但谁都不想后果，哪怕“炸”了腔也无所畏惧了，如饮鸩止渴。有的人把嘴凑在出水的管子口，有的人趴在垄沟边，把头伸过去，咕咚一阵，还有的人用手捧起来喝。喝过之后，就往脸上撩，甚至往胳膊上撩，还脱掉上衣，光着脊梁，往身上撩。更有甚者，把背心湿透，拧一把，直接穿上身。这时候，他们的心里就别提有多爽了。

凉水不解渴，过不了半小时，又得过来。逢到没有开井，就去找废弃的井，用小桶提水。往往，水面上飘着柴火末子、枯草叶子，还有一些飞虫，但谁也不嫌脏，把表面的脏物一吹，照样像牲口一样饮起来，喉结一鼓一吸，有爆破的危险。有来地头卖雪糕和冰袋的，但是带得少，走不多远就被抢购一空。喝冰袋里的水，比蜜还甜。不管喝多少水，都渗进身体里了，又全蒸发出来了，整晌不用撒尿，即使尿，也很少，颜色黄。

男劳力毕竟有耐力，苦累能忍着；女人们，特别是年轻的姑娘，割麦的速度越来越缓慢，她们扭曲着身子，艰难地向前挪着。可能是没了力气，也许是镰刀钝了，很难齐刷刷地割掉麦子，使劲扯，就把麦根拔出来了，还带着一团土。她们怕晒，怕把一个冬天加一个春天才抹白捂白了的皮肤晒黑。她们怕扎，穿着长袖，每个扣子都系上，袖口也系上，不裸一点儿皮肤。她们在叹气，怨叹农民这么苦，盘算着怎样才能跳出农门。

不仅仅是姑娘，上班吃公家饭的小职员同样惊悸于麦收，他们在麦收的前两个月，甚或刚过春节，就开始哆嗦。但是，无论怎样不情愿，怎样恐惧，过五月总要回家帮忙的，不能找任何借口，不能敷衍应付。说是帮忙，干活都不行，他们不改装束，还不时地拿出小手帕，揩拭一下冒出的汗。干不了半天，割不了一块地，干部的架子就散落一地了，因为那样是出不了一点儿活儿的。他们脸上全是汗，用手抹拉一下，一把汗珠子；身上也汗津津的了，沾在衣服上，极不舒服；头发像水洗了一样，还冒着热气。他们把上衣甩了，把裤管挽起，呸地往手上吐口唾沫。他们在心里叫苦：怎么寒窗苦读十多年，念了大学，坐了机关，还离不开土地，还要遭这样的罪呢？

上班的小媳妇咬牙顶着，干一天行，第二天就不回来了，电话再打，也不打照面了。

唯一不叫苦不怕累的，就是没结婚的小伙子来女方家帮忙，天再热，汗再多，干活也不停歇，干到晌午，招呼也不打一声，骑上车子就回家了。

一个壮劳力，一天割麦最多不过七八分地；吃不得苦的，一天不过半亩。

三

五月的天空，虽不像六月变化无常，但也不是一成不变。某一时刻，会刮过一丝阴凉的风，飘来几朵乌黑的云，或落下一阵急促的雨。这都不怕，怕的是连阴雨，那样就有损失了，闹不好颗粒无收。所幸的是，这个季节连阴雨少，多年不遇一次的。下一场中雨还是有的，即使中雨，也直接影响收割。盼的就是雨过天晴，雨下过之后，太阳如火球滚动，那样，不到半天，麦子就会被烘干。

有盼着下雨的，下一场小雨，在早晨，那样就可以多睡一会儿。能睡一个囫囵觉，是麦收期间最大的享受。能多睡一小时，比给两百元还高兴。正所谓有钱难买黎明觉。如果是半夜落一阵小雨，天没亮就停了，以为能休息一天的人，会更加懊恼，他们会仰面骂老天爷一通。

从开镰起，四五天之后，多数人家的麦子全部割倒了。割完之后，就是装车，把割倒的麦子装到车上，拉到场里。装车更苦。套一毛驴或者骡马，拉一排子车，顺着畦子，走一段，装一段。排子车容积小，一车装不了多少。车前后搁上一种叫作“羊角”的护栏，车后尾拴一粗粗的绳子，用于揽车上的麦子。麦个儿好装些，散在地上的，就得收拢到一起，抱成捆往车上放。

装车最少需要三个人，一人牵着牲口，一人在车上排放，一人往上递。有的牲口听话，便不用牵。麦秆麦芒碰到哪儿都疼痒。穿着长袖也不行，它会穿透布料，直刺皮肤。越往上越不好装，得把麦子举过头顶。够不着了，就用杈叉，麦子往往散落满地。

装车需要技巧，麦穗朝里，麦秆向外，对头摆放；铺一层后，中间压一层。先从前到后，又从后到前。还得掌握平衡，看是否前后左右失衡。前轻后沉会把车辕翘起来，前重后轻又会让牲口吃不消，装偏了，就会翻车。装车技术高的，能拉走半亩地的麦子。

本来快要装好，刮来一阵风，将车上的麦子掀起半边，车上人赶紧趴上去压住，四肢还伸展，控制最大面积。如果是旋风，人们就会冲着旋风的方向，呸呸呸地吐口水，意在驱赶走晦气。

车装好了，车上的人用脚踩压一通，然后用大绳刹紧；车上的人喊“一”下边的跟着喊“一”，随着喊声把绳子扯紧；车上又喊“二”，车下的随着节拍再用力。嘭，绳子从中间断了，麦个儿从车上滚落……

大家就开始互相埋怨，高一声低一声的；即使是弟兄，脾气不好的，有可能对骂。就算不开火，也不会立即再装，坐在地上能叹半天气。歇够了，骂完了，才又气不忿儿地干活。

拉麦子要过垄沟，车往往会向一边倾斜，每当此时，两条胳膊就得使劲按压一侧的车辕，甚至把身子吊起来才能平衡。压不住了，车就翻了，另一边的人有可能被压在车下。

更可怕的，是驾辕的牲口突然受到惊吓或者发了脾气挣脱掉缰绳，拉起还没装好的车子飞奔。车上的麦子散落满地，车子被拉得散了架，掉了车脚（轱辘）还在跑，遇着了玩耍的孩子，就会酿成悲剧。

四

麦场有大有小。最早，一个责任组一个麦场，所有人家的麦子拉过来，分开垛起来。后来就分开了，变成两三户了，本家的或者弟兄几个一个麦场。再往后，每家每户都在自己的地头辟一个二三分地的小场。分开的好处是缩短打场时间。

最传统的轧场方式是，套两至三头牲口，拉一碾磙，在场里转圈。从边上起，排着往里，圈由大变小；然后又从里到外，圈由小变大。轧几遍了，就得翻场，用大杈将麦子挑起来，翻转再轧。

牲口费力地拉着，不时地哞叫或嘶鸣几声，像在抗议，场上的人却总嫌牲口转得慢，一边吆喝，一边用鞭子抽打。牲口要屙屎，就得赶紧接。有专门制作的粪兜，竹条编的。没接住的，就用铁锨敛走。牲口慢，一晌轧一场，最多轧半亩地的麦子；如果有四五亩地的麦子，就得好几天。

后来有拖拉机带镇压器的，三四排铁磙子，咣当咣当在场里转。拖拉机跑得快，轧得就快，翻场的跟着快，半亩地的麦子最多也就个半钟头。

拖拉机数量少，要排队，心急的人等不及。又因论小时收费，节俭的人家便不想花这个钱。

刻骨铭心的，是后来的小型脱粒机。本是机械化了，却把人往死里整。脱粒机千把块钱，因一年用不了几天，单户买太浪费，几户便按地亩数摊钱。可是，就会有二三十亩或者四五十亩的麦子等着脱。虽然转个不停，一天也就脱个三四千斤。假如四五十亩的麦子都靠着这个，下来就得十多天。你想想，还不把人累死。

脱粒机要柴油机带动，按皮带的长度，分别固定好，距离有一丈来远。

如果皮带长，转速就慢，柴油机就费劲。

柴油机和脱粒机的声响都很大，汇在一起，震耳欲聋。

脱粒小麦，需要七八个人，既要分工明确，又需配合默契。也算是流水线作业：用三齿钩从垛上捯下麦子；把捯下来的麦子叉到脱粒机跟前；往脱粒机里填塞麦子；把麦秸叉走垛起来；把脱下的籽粒用簸箕撮走。哪个环节慢了，都会影响进度，谁也偷不得懒。

填塞麦子的最费劲、最脏，一刻也不能停，不能让机器空转。一般是脱谁的麦子谁在这个位置。还不能心急，脱粒机没那么大的胃口，强塞进去，会积在里边，打成团，让机器转不动。如果那样，就得赶紧停下来，把那个团一点一点撕出来。柴油机吃力的时候，会冒出黑烟，像得了哮喘。有时候就憋灭了火。再摇柴油机，烟囱会喷出黑烟和火星儿。怕燃起大火，有人就想办法，在烟囱口包一湿毛巾，让明火喷不出来。

填得少，麦子就如水一样流进去；填得多，两手就用力一直推送。

小脱粒机能把麦秸与麦子分开，但麦糠和麦粒掺和着，只好先撮到场中间，等脱完，把麦糠扬出来。

如果说割麦子腰受不了，装麦子胳膊受不了，那么，脱粒时，就是五官受不了。即使戴着口罩，戴着草帽，戴着眼镜，一场下来，也会变成个土人，变成个泥人。鼻腔堵塞得发痒，打几个喷嚏，流出来的鼻涕是黑色的；耳朵里也灌满了，耳廓里有，耳孔里也有，能挖出两指甲耳屎；眼睛几乎被蒙住，只能看到个白眼球，眉毛根本找不到；卷起裤管，看不到皮肤原色了，尘土伴着汗水，成黑泥了，用指甲挠一下，显出五条白道，用手去搓，一个大泥蛋。

机器停下来了，所有的人歪倒在地上。烟瘾大的嚓地点着烟，口渴的忙抢水喝。有人把鞋片当枕头，躲在麦秸窝，眯上一会儿。也有人开骂：农民，农民，名字就不好，农，脓！等孩子考大学，打死也不上带“农”字的大学！

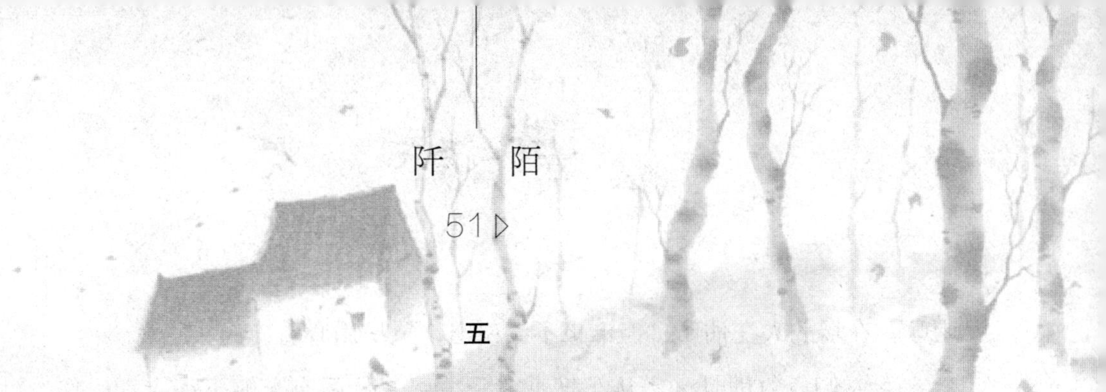

五

打下来的麦子列成长长的一溜儿，像道山梁。场打扫得光光净净，留足了扬场的空间。抬头望天，云彩荫翳了半个太阳，场边的一棵柳树轻轻地摇摆着枝叶。太阳虽然耀眼，总有一丝凉掠过脊背。正是扬场的好时段，挥动木锨，划一道又一道金色的弧。

只有到了这个时刻，人们才会长长地吁口气，额头上的褶皱才会舒展开，心头的喜悦随着麦堆的增高而加大。好大的一堆麦子，让早年受过饥荒的老人顿增豪气。

扬场人分站在麦堆两边，一下接一下扬起，木锨与麦子摩擦的声响，听起来是那样悦耳。麦子落在前边，麦糠刮到麦堆后边，没被刮跑的麦秸和麦糠，用扫帚分掠在两边。

扬场是个技术活儿，不是每个庄稼人都会的。会扬场的把式，能在微风的情况下，将麦子和麦糠分开，粒是粒，糠是糠。

掠场人的草帽若被风刮跑，麦子就会落到头顶和脖颈。光头倒无所谓，掠场的往往是妇女，浓密的长发里一旦落进，需一粒一粒地去择。掠场人的扫帚，在麦子堆上轻轻滑动，麦堆渐渐成为一个凸起的山包。

扬场的、掠场的都光着脚丫，在麦堆上任性地踩着。没人说脚丫脏，也没人嫌脚丫臭。仿佛，馥郁的麦香早已沁入心脾，脚丫上的汗臭早被赶跑，脚丫早已变得干燥、洁净。

穿着鞋的，待扬完场后，坐在麦堆一旁，将鞋里的麦子倒出来，足足有一大把。

待全部扬好之后，人们并不心急装袋，而是坐下来抽袋烟，或把扬出的麦糠推到场边，有的就填埋进附近的大坑。他们还会抓几个麦粒，放到嘴里咀嚼。在场的人在估产，但谁也不会说出，只是用心看，用头脑算。

女人们急急地赶来，从车把上摘下竹篮，从后座上解下一大摞口袋。竹篮蒙着崭新的毛巾，里边是热腾腾的白馍，以及才煮熟的鸡蛋、鸭蛋，还有买来的馃子、啤酒。这些是祭场用的，让神灵享用的。神灵吃过之后，人们才能吃。女人在一旁插上香，磕几个头，面对麦堆，将竹篮举过头顶，嘴唇微微翕动，默默地祈祷着。

之后，一家人围拢过来，吃着竹篮里的白馍、鸡蛋、馃子，喝着没有冰镇的啤酒。麦场里没有洗手的水，多是将两个巴掌拍打几下，就开始大口地吃。讲究的机关人，用手捏着食物的一个角，不让脏手沾染，嚼到手触的地方，干脆扔掉那一口。

开始装麦子了，这也有讲究，从一个边角装起，而不是从大堆的上头和中间，仿佛那样会少掉似的。多是从东南角，先将簸箕插进去，然后用手拨拉。抻口袋的人赶紧撑开袋子口，麦粒便像瀑布流进去。一个袋子能装八十来斤，最大的也就百十斤。这样也好，卸车的时候好扛，装太重了就背不动。

一袋，两袋……十袋，十一袋……二十五袋……三十袋……人们在心中数着，默记着。越到后边，麦子装得越慢。装得慢，就好像永远装不完。

种两亩麦子能装二十多袋，五亩地的麦子就能装五十多袋。布袋一个挨一个，一袋靠着一袋，袋袋鼓囊囊的。

女人开始系口袋。麦收前准备的布条、塑料绳派上了用场。装得不太满的，绕上两匝，就能紧紧地系住，多是活扣；装得满、系不住口的，就捧出来几捧。个别人家故意不装满，十袋麦子能装出十二袋，为的是面子。家庭条件不好，担心娶不上媳妇的，更是把产量往虚里报。

全部系好后，人们才开始点数。其实早点好了的，只是验证一下。因为排得紧，又不规则，点得就很费劲。眼睛一会儿抬高，一会儿放低，从远处到近处，又从身边望到最外边的那一袋；食指指着袋子，一高一低，左一下，右一下，像音乐指挥。

点清了，比去年多几袋，亩产九百来斤，笑了，哈哈大笑了。

六

拖拉机满载刚收获的小麦，在不宽阔的路上跑着。车兜满满的，码得也整齐，足有四十多袋。路不平坦，雨水冲刷的沟壑和多年积累下的坑洼，令满载的车辆东摇西晃。坐在车斗上的人，随着车的摇晃而摇晃。他们表现出少有的沉着。几千斤的小麦，壮着他们的胆量。

小麦拉回家，心里才真正踏实了。即使刮再大的风，下再大的雨，也没有丝毫的惧怕和慌张了。相反，人们会更加高兴，因为开始秋种了，正需一场透雨。

现在，最要紧的是踏踏实实地睡个大觉，睡到自然醒，睡个轮回，把十多天的觉补回来。当然，还要美餐几顿，把身子也补补：割几斤猪肉，宰几只公鸡，包韭菜或丝瓜水饺，擀面条，摊煎饼……喝啤酒，要做上几个时令菜，不能光喝酒不吃菜。

街上卖桃、卖杏的吆喝声多了，喊着用麦子换。杏本不该吃太多，却换了一筐子；桃是小毛桃，没有甜味，核还特别大，不管它，换上十多斤。又过了几天，有卖苹果的了，一斤小麦换一斤苹果。人们仍是换，换上一堆青涩的苹果。平时，连五斤苹果也舍不得买的。人们大口地啃咬起来，吃一个不过瘾，就连续吃仨，吃一口吐一下皮，吐得满地都是。人们回到了物物交换的年代。

西瓜下来了，卖西瓜的同样换算好了斤秤，多少麦子一斤西瓜。换，怎能不换呢？又是半口袋的麦子，一点儿不心疼。麦子仿佛就是土坷垃。

女人们也懒得蒸馒头了，都提着篮子，掂着口袋，到馒头房换回够吃几天的馒头。一斤三两麦子换一斤馒头，不管合算不合算。馒头房的蒸笼有十多屉，一笼接着一笼蒸，满院子的蒸汽。

所有吃的东西，都可以用麦子换，连小卖部的商品都可以换。节俭的农民们，显出少有的慷慨，没有过的大方。家里的粮缸储满了，粮圈囤满了，谁还在乎这点？

回望五月，感慨颇多，各种滋味在心头。五月，劳动强度最大，心理压力最大。是对体力的挑战，也是对精神的挑战。家乡父老坚韧的生命，在五月得到充分的体现，不得不令人尊重。

五月，是九个月耕作的回报，是我们当地农民收获的季节，一年中最大的收获就在五月。起码，吃的不成问题了，把多余的粮卖出去，又有一笔收入。这样说来，再苦再累，能不热爱五月吗？同样，经历过“五月”的小职员们，同样存储了一笔宝贵财富，在以后的日子里，不管遭遇什么样的困厄，都能勇敢面对，坦然处之。还有，经历过几次“五月”劳作，身体变得格外健壮。

经历过那个年代的五月，未尝不是件好事；没有经历过的人，未必不是缺憾。那震撼灵魂的五月，每当回忆起，就感慨万千……

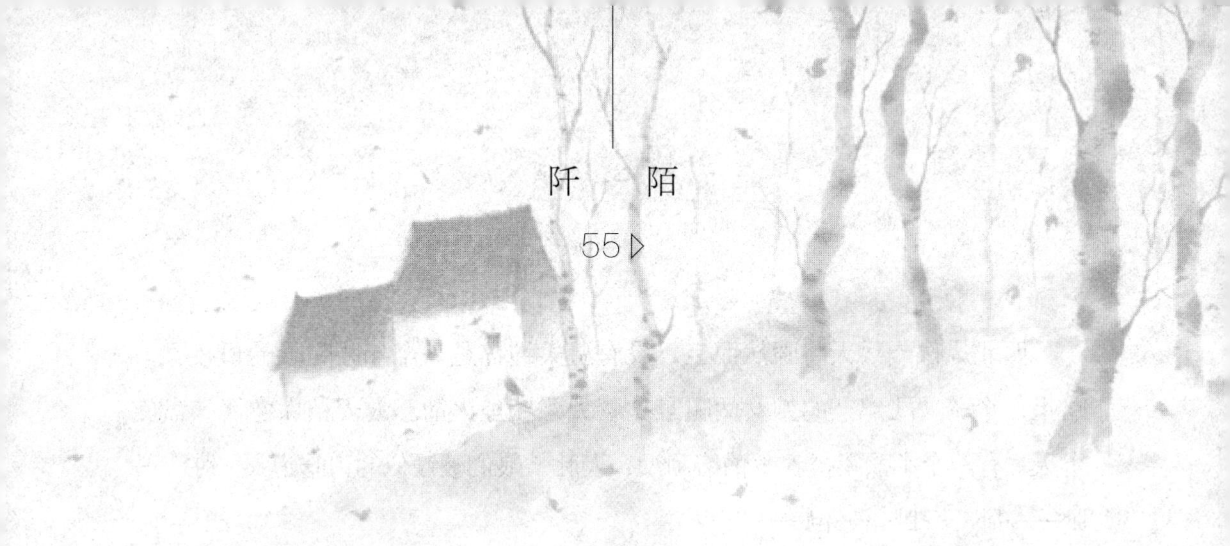

过　五　月

成熟的小麦将太阳的光束一缕缕拽向大地，大地蒸腾出八个月的烦躁与压抑，天地间浑然成了热气流碰撞与交配的空间，把小麦烫得嘎嘣嘣直响。

大烟锅挂在了墙上，戏匣子锁进了箱柜，绣花针别在鸳鸯图上。吱吱响的毛驴车上捆着干粮布袋和水壶。

没有雀燕的呢喃，没有眯眼躺在大柳树下哼《二郎探母》的悠闲，在麦浪里颠簸，在大地间震颤，动作是一样的单调和频繁。

老汉的汗在脊梁上打转，永不服气的脾气逼他老割在前；二小子说一顿吃六个馒头撵不上老汉算不上好汉；大妹子不忍心将整个冬春用“奥琪”才抹细了的皮肤晒红变黑；在机关供职的小职员像进了生死场咬着牙硬拼；吃商品粮的小媳妇买了两斤西红柿豆角回家要“意思意思”。

太阳浮肿得占了大半个天。

谁家的毛驴在发情，认定在场里跑圈圈的“小手扶”是穿红绸绸的大母驴，歇斯底里地叫着“我爱你”。

大竹篮送来了油条鸡蛋啤酒咸菜疙瘩大蒜头。牙齿磨得亮霍霍。

驴车拉来了一座山，场里眨眼冒出两道岭。

西北风像天兵天将骤然而至，没有温柔纯粹是一个拤腰瞪眼的母夜叉。路上一个骑“飞鸽”的妇女两腿紧夹着大梁在坐火箭。大麦秸垛像飞碟盘旋上天。有两个小孩紧搂着生怕给刮没，大肚子娘们破锣似的口吃道：“卧——卧——卧——卧——倒——”

太阳像发泄完了的小公牛，软塌塌、满面羞红地躲进了大帐篷。小职员坐在毛驴车上直打盹，梦见全身褪了一层皮，脑瓜子里的零件一个一个都换掉，浑身疲惫、轻松自如地喝醉了酒，口里一个劲地直喃喃：过五月，真过瘾，真来劲！

57

阡　陌

第一台小麦联合收割机开进村的时候

一晃，十多年的时光过去了。每当忆起，心头还是有些惶恐。

依然是五月，麦穗金黄的季节，一缕缕麦香扑面而来，继而沁人心脾。

麦香总是伴着紧张而来，收获又总是与苦累相生。

芒种刚过，麦穗由黄变白，麦芒更加干硬和尖利。麦浪滚滚之时，也是心潮不平之际。

早就做好了准备。尽管有了收割机，有了脱粒机，但是，割麦打场的农具一样不少地准备着，镰刀，扫帚，扬场的木锨……最紧要的是，做好了心理准备，打仗一样的准备。

而就在开镰收割的那天，一台联合收割机开进了村。

村里沸腾了。村里人都知道它的厉害，以前用的收割机是单纯收割的，这个可是一遍清的。他们先是从电视上看到过，后来又从见过的人口中得知。当看到这个庞然大物后，他们相信了它的能耐。

联合收割机是一个村干部从外县的亲戚家叫来的。很多人想使用它，想过一个轻松的五月。也有嫌价格高的，说每亩四十五元太贵。

关键是，不可能都来使用它——村里有几千亩小麦呢，单靠它一个，需要多少天呢？历来，五月都是抢收。

想使用的人家还是不少，纷纷要求着给自己家先收割。开车的指指那位是亲戚的村干部，说，谁想用跟他说。

我自然加入了这个行列，从小没干过多少力气活的我，对过五月有一种发自内心的恐惧。过五月，身上掉一层皮，心灵受一次创伤和震撼。我早就盼望有联合收割机进村的。

联合收割机下地了，轰隆隆的。很多人跟着，车开到哪里，人就跟到哪里，说是排着号，有时候也不按次序进行。那位村干部成了最吃香的人。

收割得再快，一天下来也就是四五十亩的样子，跟着的人没几个能当天收割了的。如果你就要使用，就得有耐心，就得有毅力。有的人就半途而废了，有的人在心里打退堂鼓了。天不等人，麦子已经不能再等了，干热风每天呼呼刮着，干燥的风熏烤着每个人的脸。风一吹就要甩下很多的籽粒；一变天，就有可能烂在地里。

我一直跟了三天，总是从早晨跟到天黑。跟了三天后，还没轮上。妻子说，别等了，有这工夫早收割完了。我摇头，一副坚决的样子，说，哪怕再等三天，也要用它。

终于，这天的黄昏，村干部对我说，你先回吧，明天一早，开到你的地块。

天还没亮，星星都还在闪烁，远处有狗吠，近处也有了鸡鸣。依稀能看清村外的小路和麦田。我骑着摩托带妻子去地了。即使是五月，凌晨依然有些冷，妻子在我身后打着哆嗦，紧紧地依着我的脊背。

我们来到了昨晚收割的地块。可是没听见声响。他们没工作吗？

看清了联合收割机的位置，我走了过去，只见村干部和那位司机和衣躺在机器的一旁，呼呼地睡着。还有这块地的主人，靠着车轮打盹。

我等了半个小时，看天已快亮，就摇动村干部，天亮了，醒醒吧。

村干部很不情愿，他揉揉眼，然后看看手表，说，车坏了，还得修。

我的心一下子凉了，比这个早晨还凉，满以为今天就能把小麦收割了呢。忙问，好修吗？什么时候能修好？

村干部说，不知道。

我问司机，他说是掉了两个螺丝，还得进城去买。

我说，告诉我是多大型号的，我去买，但是……你们今天无论如何得给我割了。

司机告诉了我型号，我骑着摩托进城了。

当时县城的门店大多没有开门，过五月，都要回家割麦子。费了好大的劲，才找到。

司机安好后，就发动了车，还得先把没割完的地块割完。这个我倒能接受。

可是，要离开这个地块的时候，围过来一堆人，他们挥舞着拳头，大声地嚷嚷着，说着一个比一个充足的理由。

我没有说话，我的眼睛只看着村干部，我在看村干部说的话到底算不算话。

村干部指着我，对大家说，他已经跟着三天了，我答应了他的，不能变了。

就有人过来，这个给我说，我那块地就在附近，不到半个小时就割完了。那个又说，家里还有急事，不能等了。

我一概不回话，我知道，他们这些理由都不充分，都是编造的。

有人不管这些，把司机赶下来，上去就要开。司机苦笑着，就要让给他，这时候，我大喊了一声：先别动！

都不知道我要做出什么举动，个个一脸疑惑。

我拿过扳子，说，谁先割我都没意见，我得把我的螺丝卸下来！

这下，村干部和司机都慌了，连连说，不能，不能，先给你割，先给你割。

联合收割机撵着我的摩托跑。后边有十几辆摩托跟着。路上的浮土很厚，摩托开过，荡起一片狼烟。

我以为胜利了，为我的绝招暗自兴奋。

谁知，收割机突然停在了路上，我回头看，是邻居老万和他的老婆拦住了车。

他们两个站立在路中央，手里举着镰，在喊叫着什么。我返回去，看是什么情况。

老万和老婆都是快六十岁的人了，他们说，两个儿子都在外地打工，没有回来，他们有十多亩的地，没有力气和时间割。

我的心在此时似乎变得很硬，几天的疲劳和煎熬让我失去了同情心，我说，谁也有理由，我让给你们倒可以，你看看后边的人，他们都比你们还急，还有更充足的理由，答应了你一个，就得罪了所有的人。

老万说，你就心疼一下你大爷吧。

我在犯愁的时候，骑摩托的队伍已经跟了来，弄清情况后，有的装好人，说，你是上班的人，有觉悟的，照顾一下老人吧！

我说，那可说好，割了他的就割我的。你们答应吗？

谁也不吭声，有个年轻人又上了司机座，说，先割我的！谁说了也不算！

司机不让，两个人就要打架。

村干部站立在车头，说，我从来说话算话，答应了的事不能变！他让司机往我的地头开，然后又去劝说老万，放心，两天时间内保证把你们的小麦全收了。

谁知，老万已经不相信任何人了，他和老婆仰面躺下，四肢伸展，叫喊，你们把俺轧死吧，俺不活了！

我的心一下子软了，我看不得这样的场面。对司机挥挥手，说，去吧！

我和其他人都在地头等着。太阳越发毒辣，晒得地上冒着烟，晒得脸上干巴巴的。

一个卖冰袋的骑着自行车来到了地头，叫喊着：冰袋，谁要冰袋！又凉又甜！

轰地一下，都过去了，一箱子的冰袋瞬间抢光。

我再次地观望了这支队伍，他们和我一样，多是在外边上班、家里有地的“一头沉”干部，多是戴着墨镜、大腹便便、腰上挂着一串钥匙的人。他们怕过五月，怕那又苦又累的超强度的劳作。他们的腰包里比纯农民们要鼓些。

人们纷纷讨好着村干部，把冰袋往他手上递，说尽了好话。有的说，咱们的关系你知道，你得看面子；有的怀旧，说，你家有事的时候我可是帮了大忙的；还有递烟的，“4·7”“迎宾”，有的拿出更好的“石林”，偷偷塞进村干部的口袋。

我不管这些，我有撒手锏——那两个不起眼的螺丝。

老万的这块五亩多的地收割完后，还想再割剩下的其他地块，但是地远，我没答应，司机也不愿意。老万没再说更多的话。

车开动了，后边的摩托紧追不放。又是一片狼烟。

快到地头时，车又停了，我的地要经过一条小路。路窄，两边都是麦田，开不过去。我还真是疏忽了这点，完全没有想到。

小路刚容得下一辆排子车，距离我的地还有一百多米，涉及三户人家。

他们都在用镰刀收割。

我问最边上的老周，你用不用联合收割机，我让你先割。

老周摇头，说，割不起。

我问第二户老齐，老齐说，你没看我地里已栽下辣椒了吗？不但我不能用，你也别想了，总不能轧了我的辣椒苗进地吧？！

我气得没话说了。再等，也是无望啊！

我望望天，不知道什么时候已经聚集了那么厚的云。风开始变得有些凉。怕是要下雨了……

五月，找寻那暖心的麦色

五月总是刻骨铭心的，最初的记忆是过五月的超负荷劳作，人晒成了黑人，胳膊上脱掉一层皮，腰折了一般，灵魂如出了窍。我曾说在割麦前一个月就浑身打战，一个朋友为了在言语上压过我，说他一过春节就开始恐惧，将近半年的时间处于不安之中。五月虽然劳累，可是有收获，在缺粮特别是缺细粮的年代，能美滋滋地吃上几个月的白馍，是我最向往的事。五月的天空飘荡着的麦香，沁人肺腑；那翻滚着的麦浪，一片金黄，呈现的是最暖心的色彩。

20世纪80年代末或者是90年代初，我和几位文学青年办起了文学刊物，名字就叫《五月》；我在报纸上发表的第一篇散文是《过五月》；最近要出版的散文集，名字拟定为《五月的记忆》。五月似乎是镌刻在脑海、印记在心中了。五月真的是收获的季节，带来那么多的美好。

今年的阳历五月，我经历了人生中的一次大苦痛，又是让我刻骨铭心。这个月份有立夏、小满这样带有诗意的节气，还有劳动节、青年节、母亲节，以及年轻人过的“520”节，我却度着最煎熬的日子：父亲生病住院，我一直陪护在病房。在这里，忘记了季节，忘记了外边的丛丛绿、枝枝红，更嗅不到那泛着麦香的气浪，望不见暖心的麦色。我只知道，今年五月的天气有些异常，雨下得很大，一场赶着一场下；外边的气温达到了38摄氏度……

这里的情景是，病房中的几张床显得很拥挤，病人插着各种管子，个个发出痛苦的呻吟声；一袋又一袋红色、黄色、白色和无色的液体不停地输入，之后又源源不断地排出；病人家属现出焦躁和憔悴不堪的神色……人们完全置身于另一个世界。人在这里完全没有了尊严，无论是病人，还是病人的家属：多么高贵的头，也得低下；多么挺拔的身子，也得弯下；有规律的生活，一下子打乱；难以忍受的气味，均匀地呼吸；不能再杂乱的声音下，倒头便能呼呼睡着。还要对医护人员表现得唯唯诺诺，对每一项医嘱言听计从，之后连声说着谢谢；每天的费用单子让你惊呼着，张大了嘴巴，但又说不出什么……

术后的几个昼夜我没有离开过父亲，几乎是目不转睛地望着一滴滴的液体输入父亲的身体。在照顾病人方面，我是笨拙的，如今不得不尽我所能，细心地照顾着父亲——很多从没有做过的事情，做过了；很多不熟悉的事项，变得得心应手了。望着父亲一脸病容，我只能把眼泪掉在肚里。不是谁的亲爹，谁不会心疼。我愿为老爹付出最多，毫无怨言。

将近一个月的时间内，我在微信里没有了任何声息，好友们觉出了异常，纷纷微信我，或者打电话，询问是不是有什么事发生，我忍着没有说出。到了后来，对两个朋友说了近况。他们急忙安慰我，让我在照顾好父亲的同时，注意休息。那一刻，我的泪水哗哗流下。原来我是最脆弱的。

我想了很多，人的生命轨迹能随时改变，一定要珍惜每一寸光阴，珍惜生活中所有的美好；当面临病痛或遭遇厄运时，也不要沦陷在痛苦的泥潭中，要坚信“飘风不终朝，骤雨不终日”。生命中不全是美好，生命中也不全是灾难，把美好充分地占有、享用，就是对生命的尊重、对人生的敬仰！

父亲的身体恢复得很快，出院的前一天晚上，我在似梦非梦中望见了一望无际的麦田：我在麦田里奔跑，我在麦田里翻滚，麦浪一会儿把我打下去，一会又把我托起来；后来我仰躺在麦田里，使劲地嗅着麦香，迷醉在暖暖的麦色中……

当思乡成为奢望

一

十七岁前，我没有独自离开过家乡；十八岁时，到一个小城读师范。本来直线距离180里，当时车不通，辗转另一个城市，加起来300里。不远的地方，因要离开家乡，离开天天相守的亲人，心头不免有些失落和孤单。开学的一段日子，有几次怔怔地望着天上挂着的圆月，遥想着家乡的明月是否更加清朗、圆满。思念最浓时，站在小城的旧城墙，极目远眺，在缥缈幻影中找寻家乡的轮廓，哪怕能从猎猎北风中嗅到她的一丝气息。

当时还不知道柳宗元的《与浩初上人同看山寄京华亲故》，如若了解，定会在高处大声朗诵：

海畔尖山似剑芒，秋来处处割愁肠。

若为化得身千亿，散上峰头望故乡。

没有影踪，没有气息，希望之后是失望，随之来来的是伤感。在学校没待一个月，就想回一趟家，与家人见一面，到村里再转一转。那时通信、交通不方便，全靠书信来往。一个月的时间，我往家里写了5封信，给中学同学写了不下20封信。发信的同时，希望收到回信。每天上午的最后一节课，心就一直悬在收发室，眼巴巴地瞅向那里，仿佛亲人、邻居、同学在那里等候我、呼唤我呢。

虽然看不到面容，听不见声音，但见信如见面，宛如亲友就在眼前。书信是减少思念的最好形式。记得有位儿时的伙伴给我来信说：昨天晚上村里放电影，我们几个像往常一样去家叫你，才要张口喊你，猛然想起你上学走了。

我相信内容的真实性。虽是简单的几句话，已令我有些小感动了。

除了上学这两年，我再没有长时间待在外地了。参加工作之后，出差到某个地方，最多待上十多天。后来家里有电话了，每天都要打个电话，报个平安。

虽然上着班，我仍然没有离开故土，依然居住在村，生活在我那个熟悉的环境里，和亲人，和邻居，和好友每天相见。我兴致勃勃地吃着碱味大的馍馍，炖着白菜豆腐粉条，嚼着让人冒汗的辣椒，吸溜着疙瘩汤、面条、绿豆汤，喝着熬锅水。从学校回来，就奔到地头，种植那一亩三分地；我裸露着肩膀，挥舞着锄头、镰刀，耕种着，收获着。我讲着浓重的方言，街坊邻居喊着我的小名。

我说不上怎样爱这片土地，但要让我离开它，定会依依不舍。我已成为家乡的一分子，与这片土地休戚相关，与村里的人融为一体。洺河的水和我的血液已浑然一体，我的肤色被五月的干热风吹黄、熏黑。

后来到县城上班，县城距家也就十多里地。家里有老人，我每个星期天都要回家看看。不但看老人，还会和邻居闲聊着地里的庄稼、养着的猪羊，谈论着每家的婚丧嫁娶。我与我的邻居相处得十分融洽。

再后来家里没人住了，我还是经常回去。即使是一片空宅，即使是老房旧屋，只要进了门，心里就轻松，就觉得真实。没有人在家住，老屋里弥漫着潮湿和土腥味，可是闻着这样的味道，没有一丝的不快，反觉得勾起了往昔的岁月。我在院里种了几棵果树，石榴树、柿树、山楂树和桃树。自然，原有的枣树比我年龄还大，那芳香扑鼻的枣花和红红甜甜的果儿，逼迫我一次又一次地亲近它。我还种了菠菜、韭菜、西红柿、豆角。每隔几天回来一趟，闻着枣花香，赏着桃花开，割一把头茬韭菜，摘几个带露水的西红柿，满载而归。

那一天想起了刘邦爹的故事。刘邦做皇帝后，将父亲从江苏的丰县接到关中，尊他为太上皇。太上皇自然能吃香的、喝辣的，能颐指气使，也能看大戏、玩蛐蛐。但他却享不了这个福，整天闷闷不乐。刘邦问，你还要咋样？做了人上人还不满足？老爹说，住在关中没有在丰县好，听不到乡音，看不到斗鸡遛狗，吃不到路上卖的饼。刘邦说那好说那好说，很快建了一座与丰县一模一样的新城，且取名为新丰，下令将丰县居民全部迁至关中，满足了他老爹的愿望。

咱不是刘邦爹。城里乡下来回跑吧，二十分钟就能到家。

后来回村少了，家乡仍如在眼前。刚碾的小米，才摘的绿豆，刚掰的玉米棒，总有亲戚、邻居送来。东西虽不贵，商场也能买到，享用的却是那份新鲜，那份亲切的味道，体味着浓浓的乡情、亲情。

读他人，特别是古人的思乡诗词，看有关乡愁内容的文章和电视片，我就想啊，一辈子了，我从没有与家乡真正地分开。我没有思乡的机会，也写不出思乡的文章，思乡竟成为一种“奢望”。

二

早年的洺河多水灾，它淹没庄稼，冲毁房屋，造成灾害。家乡人垒墙盖屋的机会多，个个成了修房盖屋的好把式。经济搞活后，人心不再安分，他们不再囿于二亩责任田和“老婆孩子热炕头”，他们背起行囊，天南海北地去打工、去挣钱。然而，没有大本钱，没有大本事，创办不了企业，也做不了别的生意，多是靠体力、靠苦力做建筑工。盖房是看家本事。

我记得很早的时候，谁家盖房，邻居、亲戚全去帮忙，没有工钱一说，大工垒墙，小工搬砖提泥，只是管顿饭；早起和晚上锅饼、米饭、咸菜丝，中午用腥油炒白菜。上梁的那天，让每个人喝杯酒，吃片肉。后来，没有帮忙一说了，工钱是年年递增。因为是体力活，劳动强度大，收入比较多。按目前行情说，大工一天在200元以上，小工不低于150元，抹墙每天能挣到300多元。

从家乡向全国辐射，从盖平房到盖高楼，从小县城到大都会，到处都有他们的足迹，到处都有他们的作品。一走几个月，想家吗？想。能不想家吗？不能不想。家里有老人，家中有老婆，家中有小孩。但是，他们更想钱，他们需要钱，他们舍不得来回的费用和耽误的时间，他们想给家人带回成捆的钱。家人也想他们，同时也想钱，家里需要很多钱。年轻男子想老婆，请几天假回来了，没过两天，老婆就催着赶快回工地，等天寒地冻时再回来。是啊，盖房是季节性的，到了冬季，到了三九，他们就回来了，直到春节后再出去。

小住两日，分别的时候，没有叹息，没有眼泪，没有不舍。妻子把手一挥：夫君啊，挣钱的日子莫想家；夫君啊，不要留恋热被窝。赶紧走吧，赶紧走吧！

就想到了《西厢记》的情节。崔莺莺在送别张君瑞时，有这样一段戏词：

> 恨相见得迟，怨归去得疾。柳丝长玉骢难系，恨不倩疏林挂住斜晖。马儿迍迍的行，车儿快快的随，却告了相思回避，破题儿又早别离。听得道一声去也，松了金钏；遥望见十里长亭，减了玉肌：此恨谁知？

当然，张君瑞是赶考，他们是盖房；崔莺莺是张君瑞的未婚妻，他们是多年的夫妻。尽管，崔与张有了“一夜情”。

哦，也许正因有一夜情，才如此多情。

在外边打工的男人，靠打牌喝酒度漫漫长夜，他们似乎以此麻痹神经、遏制激情。他们不是王伯成，吟不出《别情》：

多情去后香留枕，
好梦回时冷透衾，
闷愁山重海来深，
独自寝，
夜雨百年心。

在家的女人不但要照看好老人、孩子，还有地里的庄稼。她们的担子要比往日重得多。

就有了“留守”一词。第一次看到这个词，竟误以为是“看守”。留守老人，留守妇女，留守儿童，空巢，一个个新词诞生了。在多数人心里，留守的人皆为弱势群体，他们让人生发出怜悯和同情心。

大姑娘也出去了，她们到纺织厂，到电子厂，到宾馆、饭店……她们挣钱不少，就是工作时间长，一天多是工作10个小时，还有12个小时的。挣了钱，她们就开始打扮，买衣服，买化妆品，买首饰，掸去乡下尘土，贴上城市标签。她们在很短时间就学会普通话，学会了城市人的生活方式。她们对家乡似乎没有多少感情，她们厌烦了乡下的凄风苦雨，不愿在毒日头下晒红白皙的皮肤。

有的就私订终身了，有的就嫁到外地了。以她们的身份，很难嫁入豪门，很难定居城市，很难与心目中的男人结为夫妻，但是，她们宁愿租住在城市的一个角落，宁愿住在两间旧房中。家中的父母先是坚决地反对，不停地抹眼泪，每晚做着噩梦，慢慢就接受了“儿孙自有儿孙福”的古训。这些嫁到外地的姑娘，像是断线的风筝，飘啊，飘，过着不安定的生活。但她们不想家，最多是隔几天给爹娘打个电话。

有嫁了又离的，毕竟，工作不稳定，收入没保障，举目无亲，生活习俗不同。好在现在都不再把离婚当回事，不影响名声，无关乎节操。何况，农村男孩多，女孩少，男女比例严重失调，离婚的女人同样是香饽饽。

在外边上大学的，都不想回来了，一旦毕业，就急着在大城市找工作。是啊，外边的世界很精彩，外边的就业机会多，外边挣得比家里多。上大学不就是要脱离农村、脱离小县城吗？上大学就是要开辟一片新天地、开始一段新生活啊！因此，即使是独生子女，只要能在大城市扎根，没有几个人愿意回来的。这样的例子多了，家长们也就渐渐接受了。他们说，只要孩子幸福，当大人的不能说别的，不能太自私。待儿子在城市买了房、娶了媳妇，接他们去住时，他们连半句怨言也没有了，只剩下哈哈大笑了，笑得眼睛眯成缝，笑得皱纹打成蛋。他们巴不得孩子在国外安家呢。

亲人在身边，家乡就在身边，还思念家乡干吗啊？非要去写一首诗、填一阕词、唱一段曲吗？

才上学的小孩子，也要往外送，说是不能输在起跑线上。小学、初中、高中，全不在户籍地就读。家长们把全部的希望寄托在孩子身上。近则几十里，远则几百里，十来岁的孩子本来是没长出翅膀的雏鸟呢，现在也要试着飞了。这样也好，培养了孩子的独立生活能力，铸就了钢铁一般的意志。试想，他们长大了，到外地工作了，还会想家吗？不会的，他们从小就把他乡当故乡了。

我的几个朋友的孩子，远在美国、日本、英国、澳大利亚、西班牙、爱尔兰、韩国，他们在那里学习，在那里工作，没有听说谁家孩子想回来。倒是有个朋友的孩子，留学半年，想回家过春节，朋友不让，儿子说已经买飞机票了，可朋友丝毫不为所动，就是要磨炼他，让儿子退了机票。

不管在哪儿，不管回来不回来，再也没有相思之苦了。即使在海南，坐飞机三个小时到家了；即使在上海，坐高铁五个小时就回来了；即使在国外，加上微信就能看到日常的活动。

更为关键的是，在没有饥寒之苦的今天，哪里都能安身立命。谁还会有马致远“枯藤老树昏鸦，小桥流水人家，古道西风瘦马。夕阳西下，断肠人在天涯”那样的悲苦呢？

三

偶然的机会，我结识了小吴，小吴是江南人，小桥流水的地方。她来我们这里创业，开了一家门店，现已形成规模，有了两个分店。算起来她来这里快二十年了，她在这里结了婚，生了子，买了房。小吴说她每年回老家一次，在家待上几天，其他时间都在我们这里。我问她，想家吗？她说，这里就是我的家啊！她又说，南方人和北方人不一样，北方人恋家，南方人创业，四海为家。是啊，的确如此。一个小县城，有多家南方人的门店，他们一来就不走了。有家理发店，在这里开了足足有三十年。当时理发是北方人不屑的职业，如今街上却是一家挨着一家开。

南方的景色美，你不想念小桥流水的居住环境吗？我问小吴。小吴说，咱们这里也不错啊，南方有的，咱们这里都有。

我诧异，都有什么啊？我没觉出啊？

小吴说，南方的花草树木，咱们这里几乎都有，比如说银杏树，比如说木瓜海棠，比如说紫玉兰，比如说紫薇花、虞美人等；公园的凤山上还有格桑花，白的，红的，煞是好看，置身花海时，真的像到了西藏，到了高原。

在秋风飒飒、蓝天白云的映衬下，心情格外清爽。我会在秋天落叶时节，把银杏叶子做书签，望见她，就像望见了家乡。

可是，北方小城的水没有江南多啊？

小吴舒口气，说，怎么说水少啊。咱们这里不是有龙湖、有六方湖、有东湖、有北湖吗？不是有环城水系吗？环城水系50多里呢，有水，有树林，风景赛江南哟。我每天都会沿着环城水系骑车，从不间断。我还见很多珍贵的鸟在水边嬉戏，像鹭鸶、红腿娘子、苍鹭、鹡鸰等。咱们这里有不少摄影爱好者，我在微信上看到过他们拍的照片，很好看。开句玩笑吧，除了没有企鹅，什么都有了。

我们都大笑，哈哈大笑。

那你生活习惯吗？比如说饮食。

怎么能不习惯呢？南方人不就是离不开大米吗？不就是爱吃鱼吗？现在哪里没有大米没有鱼呢？还有，我爱吃辣椒，咱们这里可是著名的辣椒之乡啊！我还会不满足吗？

小吴一口一声地说着“咱们”。

我转换了话题，你知不知道吕止庵的《后庭花》？它是说外地景色美更容易引起思乡情。她摇摇头说不知。我便朗诵了出来：

芙蓉凝晓霜，木樨飘晚香。野水双鸥靓，西风一燕翔。立残阳，江山如画，倦游非故乡。

她还是笑，说，我读书少，只是最近朗诵起了《诗经》，听说传《诗经》的毛苌就是咱们这边人，你们都在朗诵，我也背会了几首。不过写的不是思乡，是写好风景的。

我让她背一首，她站直身子，用指尖勾一下前额的发丝，吟诵起《小雅》中的一首了：

鹤鸣于九皋，声闻于野。鱼潜在渊，或在于渚。乐彼之园，爰有树檀，其下维萚。他山之石，可以为错。

鹤鸣于九皋，声闻于天。鱼在于渚，或潜在渊。乐彼之园，爰有树檀，其下维榖。他山之石，可以攻玉。

思乡情，我们只能在唐诗宋词元曲中去品味，去体会，这看起来是一种情感和文化的缺失，实则是生活在这个时代的幸运。

老　家

好多天没回老家，心惶惶的，坐立不安，神不守舍。便与妻说，走吧，回家看看。妻不太情愿，但没明确反对。天热，谁都想猫在家里。

老家傍依在洺河故道，是一个有着万余人口的平原大村。古时，河道两旁垂柳依依，浓荫密布，小河里水声潺潺，蛙声阵阵。村以柳取名，诗意盎然。

如今，行驶在回家的路上，眼帘中再无河畔的垂柳，也无浪拍河岸的美景，蛙的呱呱鸣叫成了虚构的童话。 一个以农为生的村庄，有了现代人的生活气息。

说是老家，家里却没了亲人，只有一处空旷的院落和破旧的房屋。爷爷奶奶去世快二十年了，父亲他们在市里住，退休后也没回来。老家没了亲人，却毕竟是老家，何况我在这里生活了近三十年，童年，少年，青年，人生的最好时光在这里度过。家中的房屋、院落、树木都镌刻着我成长的影子，老家的街坊邻居都在我的脑海铭记，老家有我喜怒哀乐、爱恨情仇的永久记忆。一段时间不回来看看，思念的绳子就拉拽我。

刚进门，眼前便出现了一幕没有想到的景象，长着枣树和石榴树的院子里，聚集了那么多的人。有两拨打扑克的，一伙坐在枣树下，一伙围在石榴树旁。打牌的人不多，观众不少，算起来快二十人了。打牌的个个光着膀子，把砖垫在屁股下，拿着报纸或纸箱片当扇子。他们在斗地主，一元两元地赌，赌资不多，都极认真，出一张牌思考半天。谁赢了，就把赢的钱踩到脚底下，赢多了，就把整票装起来；输了，就从脚底下抽出来给赢家，脚底下没了，不情愿地从兜里掏出一张大票。

见我回来，个个客气地打招呼。老群问，咋回来啦？有事吗？我实话实说，没事，就是回来看看。老卷接着问，回来有啥看的啊？住在城里多好，还舍不得这破烂的家？我突然冒出这样的一句，穷家难舍嘛。

打过招呼后，他们继续打着牌。我打开老屋的门和窗，把潮湿污浊的空气放出来。

老家的宅院有六间堂屋，三间东屋，两间西屋，都是爷爷在世时修建的。堂屋是瓦房，分两次盖的。先盖的三间在西边，也就是西堂屋，我和妻子当年居住，抬头看，房顶上的一根椽子上写着，一九七八年修建。后盖的三间东堂屋，是爷爷奶奶居住的，我记得是一九八一年修建的。前后相隔三年。

东堂屋那三间，自爷爷奶奶相继去世后就上了锁，象征着继承权的钥匙由父亲掌握，一年也打开不了两次。如今已是锈蚀斑斑，恐怕钥匙很难插进去。父亲大多是在清明节回来，上坟之后，把箱柜中的被褥拿出来晒晒。被褥是爷爷奶奶在世用过的，有粗布，有洋布，但是没绸缎。父亲一直舍不得扔，每次晒过之后都整整齐齐放好。其实谁心里都明白，被褥已没半点用处了。父亲似乎把其视作遗物保管了吧。

我们居住的三间西堂屋，房顶有了几个透着天的窟窿，到了雨季，雨水从瓦缝中灌入，泥浆便落入屋内。如今，两个桌子上落下一层厚厚的泥土。我懒得打理，任由堆着。靠东墙的包厢床上，有一个已沤烂的凉席铺着，凉席上有几块坷垃和老鼠屎在横躺着。墙由于雨水的侵蚀，也裂了缝。有一根檩条也快折了，用一根柱子支点着。地面十分潮湿，起了一层碱。站立在屋中间，竟有一股阴森的氛围。我最担心的是书籍和日记本，早年读过的几百本书，写下的几十本日记，都在一个柜子里储藏着。假若屋子在一次大的雨水中倾倒，那些书和日记还能挖出来吗？这样说来，该早早地收拾起来了。

东屋最老，有四十多年了，西屋年轻些，也有二十大几年子。东屋临街，土坯内墙，原本就没住过，后来让一远房亲戚开了诊所，权当给我们看家。诊所里多是中药，在一个个布袋里放着。布袋挂在墙上，满满当当，一进门，中药的香气弥漫全身。开门诊的亲戚爱热闹，除了看病，就吆喝人喝酒打牌，这里便成了闲人聚集的地儿。

西屋实际上是存放东西的棚子。我盘点了下，现在存放的东西有：一个老式织布机，一个纺车， 两把锄，一张铁筢子，一个打坷垃用的木榹，还有就是四个用来存放小麦的水泥缸。这些，真的称得上历史文物了，说有用没用，说没用有用。织布机残缺不全，纺车没了撑子，锄头和铁筢子锈得没了光亮，存放小麦的缸没有一粒小麦。

家不住人 ，屋不通风，没有人气，房子便旧得快 。如今，前后邻居都盖了新房，有的还是二层或三层小楼。在四周新楼房映衬下，几个旧房子就特别显眼。妻子对此很不满意，一直不愿回家，觉得没一点儿脸面。确实也如此，我们居住的是全村最宽敞的一条大街，整条大街上，数我家的房子破，数我家的房子矮，与整个环境很不相配。

见我看屋，便有人凑过来，老海说，翻盖一下吧，屋快塌了。老军说，把这片宅子卖了吧，会有好价钱的。老臭说，临街盖两层小楼吧，租出去，一年有几千块钱的收入。

我发着怔，不知如何对答。对这件事，似乎还没认真思考过，更没有成熟的意见。现在想想，宅院无论如何是不能卖出去的，老家任何时候不能丢，这个思想必须坚定；盖楼出租也不划算，村里的租费很低，几十年都捞不回本；翻盖一下，最少也得十几万块钱，盖好了，谁来住？我这样的年龄，还有一点儿老家的情结，儿子是断断不会考虑的，他现在除了给本家的长辈拜年外，从不回去。将来孙子对老家就没半点感情了。我就想，老家的概念，究竟能在几辈人的头脑里存留？

日头正冲头顶，打牌的人收拾了摊子，老群、老卷、老军、老海、老臭们热情地留我去家里吃饭，开门诊的亲戚嚷着要到村里的饭店安排。我一一拒绝着，不想麻烦他们。其他人也都让着，非要我吃饭后再返回。我说，自己开着车呢，不能沾酒。老军就说，喝点啤酒。老群建议，喝酒后睡一觉再走。我笑了笑，说，去哪睡觉呢？家里连睡觉都不能了。他们也都笑了。

开车要走了，这些打牌的邻居都给我挥手告别，老卷说，什么时候去找你的时候，你可管我们的饭。我说那没问题，随时欢迎。老海说，找你办事的时候，你可别不见。我拍胸发誓，只要我能办的，不说二话。最后他们一齐说道，记着常回来！别忘了家！

忘不了家的。家里有老屋，家里有织布机和纺车，家里还珍藏着我的日记和书籍，那是我不能丢弃的财富。家乡有我最淳朴的街坊，有我光屁股一块儿长大的玩伴。枣熟了的时候，我要回来摘，石榴红透的时候，我要回来采。那红红的枣，红红的石榴，又会唤回我美好的记忆。

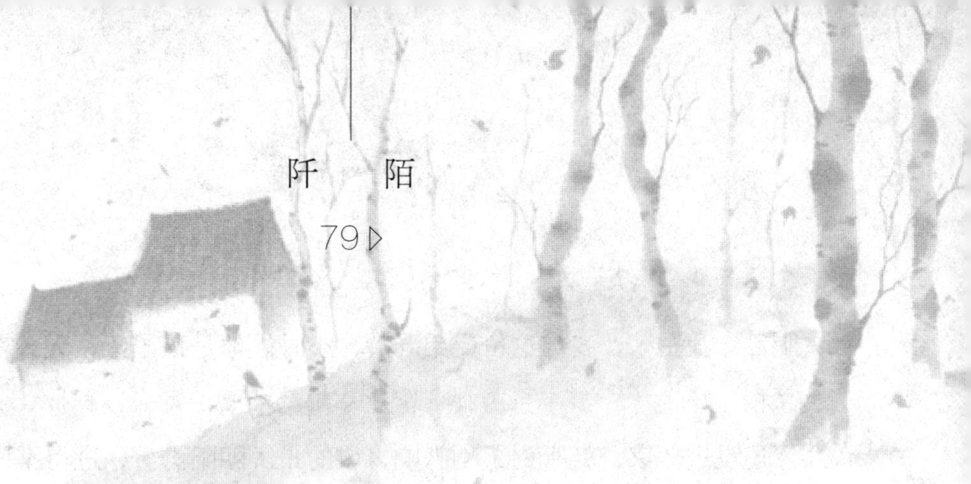

乡愁，是渐行渐远

城里的饭店里，有一对夫妻经营着南方特色小吃，招牌上也是南方某个地域的名称；听口音，看外貌，两口子像本地人。我便好奇，问老板，您是外地的还是本地的？

老板四十来岁，说话直白：俺是东柳村的。我问在哪条街住，他回答说小桥那边。

小桥我知道，我们村有两座桥，平时称其为大桥、小桥。小桥建造年代晚。“小桥”的意思是河东，是一片新建的区域，和原来的村隔河相望。

与我一起吃饭的朋友便嘎嘎地笑，指着我问他，你认识他吗？老板摇摇头。我说我也是东柳的。后来，老板娘给上菜，我问，你娘家是哪儿的呢？她笑笑，东柳的。我问在哪片住，她说在西场。我说那就是第八生产队了。她愣了，你怎么知道？我说，我也是东柳的。朋友听后又是嘎嘎地笑。

小桥、西场、王谷囤、老庙坑，这些地方我都熟悉，至今没忘。

国庆节期间，本家的一个兄弟给我电话，说儿子明天结婚，要我今天回去喝酒。我去了，我与这位兄弟同龄，小时候他是孩子王，天天在一起玩，关系相当好。

还没进他家，就听到了喇叭响，放的是《朝阳沟》；进得家门，但见小彩旗拉了一串又一串，大红灯笼挂在了枣树上。满院子的人，笑声不断。当院盘一大锅，正在熬菜。我与熟悉的人一一打着招呼，并找寻和猜测着哪个是要结婚的侄子。寻不见，便问本家兄弟，哪个是我的大侄子呢？你叫过来，看我认识不？他把儿子喊过来，我上下打量一番，没半点印象。他对儿子说，这是你大爷。侄子红着脸，喊我一声大爷，忙去了。

是的，我们村是个大村，有上万人口，谁也不可能认识所有的人，特别是不在一条街住，不是一个年龄段的；何况，我离开村已经三十年了。村里的人多有不认识我的，我认识的村里人也很有限，虽属正常，也着实悲哀。

我有很大的失落感，毕竟我的根在东柳，我生于斯长于斯，虽然已经离开，但老了必将回归。

回来得少，是因为家里没有人住，只有一片老宅。老宅年久失修，屋里也没拾掇。即使如此，我一两个月内必要回去看一次的。看谁呢？没有明确对象，也许就是为了不在乡邻面前变得陌生，也许就是证明自己没有忘本，也许就是为了望一眼老屋。每次回去，多是在附近的一个小卖部门口坐一会儿，谁从这里经过，就打一声招呼。不认识的，就询问身边人，这是谁的儿子？这是谁家的媳妇？不过，还是有很多不认识的，有很多记不住的；不认识我的人，更是把我当作了客。

我还经常向人打听，谁谁还在不在（活着没有），谁谁的孩子在哪儿工作，谁谁搬进城里住了？ 对故去的人，常常是长叹一声。有时候就将目光投向老人们经常晒太阳的墙根，那里，太阳依旧，面目已改。

聊以自慰的是，村里的每条街、每条巷子、每个区域的名称牢牢记在心中；村里的大街小巷怎么走，哪儿通哪儿，不用打听，即使黑夜，也不会迷失；走到哪条街，都有认识的人，都亲热地打着招呼。这些，又能让我感受到温暖，不至于在感情上“沦落”为异乡人。

乡愁，是对山的依恋，是对水的缠绵，是对土地的热爱，是对亲人的思念，是对故去的怀想。对于我，与村里的人们形同陌路，同村里的生活渐行渐远，才是最大的乡愁。

青色、青涩，没有情色的记忆

太阳准备歇脚，拉起红纱幔；铅一样的云趁机围拢过来，空气中有了湿湿的黏度；树叶们抖动着瘙痒，发出了咯咯的笑声。放学了，我一溜小跑到家，头栽进水缸，咕咚咕咚喝几大口。然后，拿起镰刀，背起箩筐，准备去打猪草。打猪草是我每天必须干的活儿。

出发之前，总不忘带上一块玉米饼子。那个年代，永远吃不饱。饼子在竹篮里放着，竹篮挂在屋顶大梁上。我脚踩一条板凳，使劲地够着，随时能甩跌下来。当仰脸挺胸用两个指尖夹出的当儿，脸上流露出的是得意神色。先将饼子的中间用大拇指摁出一个坑，再从罐子里捏出一撮盐，然后撒上一两滴香油搅拌。这就是最好的吃食了。

燕子和小鹿早已等在门口，每个人手里同样有一块黄饼子。燕子和我穿着背心短裤，小鹿则光着脊梁。跟随我们的是三条毛色不一的小狗。我喂的那条叫“顺驴”，脾气特好；小鹿的那条叫“杂种”，黑脑袋白屁股；燕子的那条狗长着四只眼（眼睛上方有两个黑点），我们给它取名叫“包袱”（没一点儿道理)。它们摇头摆尾跟随着我们，眼馋着手中的黄饼子。

村外有一条河，河床上长满了草。我们多在那里割草。草的种类很多，最钟情的要数大碗花、燕得衣、刺菜芽、醋溜溜等(这些草的书名至今不知道)。我们先不慌着割草，我和小鹿脱得赤条条的，一头扎进小河。我们叫喊着、嬉闹着，无拘无束。燕子不会水，也不敢脱光。我和小鹿鼓动她，一人拽住她一只手往河里拉。燕子圪蹴在了河的最边缘，一捧一捧地往身上撩水。我的猛子扎得远，憋一口气就游到五十米开外了。小鹿淘气，从河边抠出淤泥，将整个头顶糊住，像一个头盔。

夕阳染红了西天，原先铅一样的云被浸染成粉红色。我们赶紧背起箩筐，沿着河床割草。这个时候，草尖上已有了一两点的露珠，草丛中不时地蹦出蚂蚱，还有促织。狗们追逐着地老虎。草湿漉漉的，我们寻找着猪爱吃的青草。燕得衣最有营养，掐断枝叶，里边就流出奶白样的汁。割刺菜芽的时候，只能找那些最嫩的，否则不但扎手，猪也不好好吃。醋溜溜好酸，有时会不由得放进嘴里咀嚼。能割到马耳菜最好，猪最爱吃。

燕子突然压低声音说，看，前边是一片红薯地。燕子的意思不言而喻。红薯叶是猪最爱吃的，割起来也快。但生产队有看护庄稼的，不允许割的。夜幕完全降临的时候，我们挥起了镰刀。唰，唰，唰，一把，又一把，没有几下子，箩筐就填满了，便使劲地踩踏，让箩筐里的草实了又实。

就要打道回府了，小鹿说，刨几块红薯瓜吧。我摇摇头，村边有民兵，万一……小鹿说，没事，红薯叶也是不让割的。咱不从大路上走，直接从前面的玉米地里穿出去。都不说话了，悄悄地用镰刀挖红薯堆。那些隆起的地方就是目标。我们不愿意连根拔起，那样整棵红薯秧就死掉了，第二天也容易被人发现。红薯块有大有小，全都带着泥土。我们将红薯埋在箩筐最底部，满载而归。

猪哼哼个不停，仿佛早已知道有美食了。我没有把草完全倒在猪圈，而是抓出两大把。呱唧，呱唧，猪吃食的声音比婴儿吃奶的声音还好听还甜蜜。

几块红薯瓜不敢露出来，我怕挨训，和小鹿、燕子已商量好，第二天偷偷找个地方烧着吃。

母亲给我端来饭，说，快吃吧，今晚村里演电影，《小兵张嘎》。

我三口两口扒拉完饭，掂起一条小板凳急跑了出去。

看电影是那时候最大的快乐。我喊上燕子和小鹿，掂着板凳占地方了。村里原先有个庙，后来是供销社，是个最宽敞的地方，是演电影的最好场地。

占下了地方，赶紧做的一件事就是挖尿坑。电影开始放映后，就很难再出去，挤出去后就别想再回来。中途想撒尿，就掏出小鸡鸡尿在小坑坑里。我和小鹿各挖了一个，还替燕子挖了一个，燕子红红脸，但也没说什么。

放映机已经摆好，灯泡也早点亮。整个场地明光光的。因为有一点儿风，银幕在街道中间轻轻地摆动着。

人越来越多，每个人的脸上都是灿烂的，就像在过节。人们迅速地找好位置，然后焦急地等待着影片的放映。

电影还没开演，村支书先握住麦克风讲几句。讲的内容我们不感兴趣。讲完之后，就招呼村里的民兵，要求维持好电影场秩序。

村里的民兵早已集合完毕，每人手里握着一根竹竿，哪里出现拥挤了，他们就用竹竿敲他们的头。

银幕上出现了一个金光闪闪的五角星，“八一电影制片厂”的字样赫然入目。《小兵张嘎》虽然是黑白电影，但我们仍看得很带劲。

演到日本翻译官吃西瓜的时候，有人起哄了，那时我们叫“打夯”。外围的人拥挤起来，像潮水一般压向中心；里边的人慌了，跟着站起来，生怕被压倒。待站稳后，又一二三地呼喊着往外拥。整个场子完全乱了起来，所有的人大呼小叫起来。就在这时，民兵冲到了第一线，他们挥舞着竹竿，噼噼啪啪地在人的头顶上敲着，有的竹竿敲劈了。不少人捂着脑袋直喊疼。村支书临危不惧，握住麦克风，大声喊道：“有了阶级敌人了，赶快把他们揪出来，不能让他们的阴谋得逞！”

小鹿拉了拉我的手，让我跟着他出去。我不情愿，他就使劲拉，还拽了燕子一把。我们埋头从人群中钻出，只见小鹿手里掂了四五个小板凳。快，快送回家。小鹿是趁着人“打夯”的时候，从别人的屁股底下摸到的，他想据为私有。

第二天上早自习的时候，我们热烈地讨论起《小兵张嘎》中的情节，还模仿起其中的角色。燕子给小鹿扮鬼脸，羞他偷走别人的小板凳，小鹿意会，却学起日本翻译官的腔调，老子在县城下馆子都不掏钱，吃你几个烂西瓜还……他妈掏钱？小鹿言下之意是几个板凳算不了什么。他学得极像，逗得全班同学大笑。

挥之不去的乡野情结

这是怎样的一种情结啊，每至月夜，漫步郊外，便油然升腾起一种欲望。是早年的经历刻下了太深的烙印，还是尘世的喧嚣迫使我找寻情感的寄托？我不明白，也不求甚解，只是盲目地向往、追求。很多年了，虽然难以实现，还是在企盼。年越长，思绪越绵长。

有一幅画慢慢向我走近，由虚幻到逼真，田园意境。满月的晚上，远、近处的庄稼沙沙作响，玉米和高粱的枝叶上滚动着细密的水珠，豆棵上有蝈蝈如弦子拉响。草庵前留一片空地，盘一锅台，煮几个玉米，两盘毛豆，然后在瓜地里拽几个甜瓜。

看瓜，是个好差事，看瓜，充满了诱惑。甜瓜是我最爱吃的，还有已不多见的酥菜瓜、笨菜瓜、打瓜。吃打瓜要用小勺挖，瓜瓤挖完了，就喝里边的汁。打瓜没有西瓜甜，却不会坏肚子。吃过之后，拍拍鼓胀的肚子，打一个饱嗝。

其时正值酷暑，即使野外，仍有些闷，便脱光了，一丝不挂，沿着河堤走一段，然后一个猛子下去，游在缓缓流淌的小河中。水流是那么舒缓，晒了一天，又是那么温热，身子融入其中，有如纤手柔柔地抚摸。游累了，玩够了，躺在河边的淤泥上，糊满身泥巴；仰望明月，静听小虫嘤嘤。

月亮西斜，有几朵云在周围游移，有时像撕扯开的棉絮，有时又像一块染黑了的纱幔。回到草庵，躺在凉席上睡，一会儿就进入梦乡；鼾声如雷，狗儿被聒醒了，围着草庵汪汪地叫。

到了冬季，场光地净。草庵已不能遮寒，就垒了土屋，用泥垛起来的；不要太高，高了就显得空荡，就不暖和了。屋口朝东，屋的南北墙各留一小窗口。屋内盘一土炕，留足烧火取暖的洞。睡觉前，烧几捆玉米秸和高粱秆，把炕烧得热热的。灰烬处，埋几把花生、大枣。烧熟后，剥去壳和皮，烧嘴烫牙地吃，嚼一下，刺啦一声响。那枣烧成了黑皮，抠掉烧焦的部分，专吃里边的肉。嘴周围一圈黑，像浓密的胡子；两腮留下指头印，成了大花脸。

屋外做饭有些冷，就在屋的一角盘上锅灶，烟囱就在门的一侧。早起喝绿豆小米粥，粥不要太稀，再加些北瓜，或者蔓菁、红萝卜。菜就在坛子里，一坛是腌渍的青辣椒，一坛是茄梗。茄梗就是茄皮——茄子采摘完，将茄棵用虎口钳连根拔起，然后用锤子轻轻砸开皮，顺着纹路剥。根部的皮厚些，越往上越薄。茄皮洗净之后，就在锅里煮，撒上盐，加上花椒茴香，煮熟之后就能吃了。满满一大锅，每顿饭搛上几筷子，够吃许多天。茄梗的味道香香的，嚼起来很筋道。中午就要炒上两个菜了，先有个炖菜，大白菜、粉条、豆腐煮在一起，越烂越好；再炒个白萝卜丝，多放点红辣椒。天太冷，想喝二两，就炒个花生米，煎个鸡蛋。晚饭，就是玉米面做的糊糊了。依然，粥中放些红薯干什么的。红薯擦成薄片，晒干后储存起来的。吃起来既绵又甜。

北风飕飕，挂着的草苫子啪啪作响。便裹紧被子，缩起身子，蒙住半个头脸。屋很小，又烧过炕，所以并不冷。不一会儿，伴着呜呜的风声入睡了。天亮不愿意起，就一直蜷着，拧开收音机，听会儿新闻，再换台听戏剧，然后再哼首歌。直到肚子咕咕叫，才不情愿地起来。掀开门帘，一股冷风袭来，小屋的热气跑了一半。放眼一望，啊哈，好大的雪！那么耀眼，晃得睁不开眼睛。

地上已积了一拃厚，天空仍飘飘洒洒，盘旋飞舞。多好的景色啊！这是最令人期盼、求之不得的！银色的天宇，白茫茫的原野，素洁的世界。做个深呼吸，然后啊啊地吼几声，任雪花洒在脸上，打湿温热的唇。

撵兔子的好天气！牵上狗，循着兔子的爪印，在白茫茫的田野里走着、跑着、奔着。雪咯吱吱地响，脚底不断地滑溜。摔倒了，就爬起来，拍打拍打，头也不回地撵下去。不一会儿，身上就出了汗，脸上也汗津津的，口腔和鼻孔都冒着白烟。终于，发现了目标，狗猛地挣脱牵绳，嗖地蹿出，疯也似的追赶。渐渐，狗成了一个黑影，兔子成了更小的黑影。再过一会儿，小黑影被大黑影叼着。

挥不去的乡野情结啊，在骨髓里植根，在梦中萦绕，成了黑白照片，成了永远的寄托。

故乡的桥

一段记忆总能将往事勾起，一个符号标记着不老的过去，一座小桥牵绊我无限的情思……

那个年代，哪里都是红色的海洋，连村边的小桥上也雕刻、披挂着政治口号。桥柱、桥栏杆除了“一定要根治海河”外，还有几条当时的流行标语。字一律是红色的，很鲜艳，很醒目。河水流经桥头时，也像被着了色，红彤彤一片。

村边的桥头，出村时必要经过，去地里干活也要通过这里。那个年代穷，干活回来时，总有人偷庄稼地里的果实，比如玉米棒啊、高粱穗啦、红薯啦。村里有民兵，其中一项任务就是搜查，具体内容就是翻箩头，看你割草、拾柴火的箩头里有没有集体的东西。下晌回家的社员，一个个接受着搜查。一旦有了玉米、高粱、红薯什么的，就被没收，还要被教育一番，严重的，还要开批判会。那时，做生意、赶庙会是不允许的，站立在桥头的民兵，不让一个做买卖、串亲戚的经过。一旦发现秤杆，就要被折断；发现什么商品，就要扣掉；串亲戚蒸的白馍也要被没收。那个年代，还时兴背语录。我记得，有一年的正月初二，漫天雪花在飞舞，寒风呼啦啦刮个不停。可是走娘家、串亲戚的特别多，我们几个孩童顾不上去串亲戚，每人手中握着一根长竹竿，上系一寸宽的红布条，当作红缨枪，顶风冒雪地站立在桥头。一个裹羊肚手巾的老汉过来了，他扤着装满馍馍的竹篮。我们走上前，喝道："站住！"老汉战战兢兢，打着哆嗦，眼皮都不敢抬一下。"快背一篇毛主席语录，否则不能过桥！"老汉大概是个文盲，用哀求的口气说道："我只会背一句，行吗？"还没等我们答应，他就急忙说了一句"为人民服务"。看着老汉可怜，就放行了。不一会儿，一个穿绿军装的叔叔骑着自行车过来，他真行，一口气就把《愚公移山》整篇内容背下来了。

岁月更迭，小桥依然，河水悠悠。岸边的柳树已是茂盛，枝条妩媚地摆动着腰，河床上遮一片绿荫，绿荫下是湿漉漉的小草。天空飘来一朵朵云，投向小河，卷起层层浪。小桥被各种商品广告所覆盖，蓝色的，绿色的，黄色的，黑色的，白色的……五彩缤纷。谁家卖鸡蛋也写得清清楚楚。小桥的负担跟着沉重起来，各种载重车从上边轧过，震得轰隆隆响。桥栏杆被车撞得残缺，露着粗壮的钢筋。后来，桥头边成了一个农贸小集市。卖菜的在吆喝，买水果的讨价还价。农药、化肥、种子，一应俱全，要啥有啥。过五月打场，热得汗流浃背，渴得嗓子冒火，来到桥头，两毛钱的冰袋赛过雪碧、健力宝，咕咚咕咚，一口气喝完，比啥都甜都爽。有一个叫"二猴"的小伙子，弟兄四个，家境贫寒，他就靠在桥头卖各种小食品，一分钱一分钱地挣，攒够了钱，在岸边盖起了全村第一座二层小楼。本来是破落户的他，成了姑娘们青睐的对象。结婚那天，他给每棵柳树戴上大红花，挂上红绸布，那景象，简直叫一个红火。

许多年过后，桥也有些苍老了，腰身似乎也有些佝偻了；一块块青石还原了本色，虽失去了早先的光滑和鲜亮，却增加了不少的质朴和冷峻。这次回老家，发现桥南、桥北的绿柳更加浓郁，河两岸一座座小楼相继建成。河岸全铺成了柏油路，桥头的一片空地成了休闲娱乐的小广场。几个石凳一张石桌，就是下象棋打麻将的好地方。很多人争抢着健身器材，当成了一项娱乐。河边钓鱼的多了起来，城里人也赶到这里凑热闹。到了晚上，村中的几个老人把锣鼓敲得震天响，一大群妇女和着节拍扭起了秧歌。更有凤凰传奇的节拍，让不少年轻的、年老的女人跳起了广场舞。也有跳交谊舞的，很多人围观。有人告诉我，到了晚上，桥头不时走过谈情说爱的情侣。我问，村里人相互熟悉，一旦被瞧见，会不好意思吗？那人拍着我的肩膀说，老哥，啥年代了？城里人的浪漫，村里人早学会了。

哦，故乡，故乡的桥，故乡的人，跟着时代节拍，一切都改变了模样。

秋在乡下，月照农家

秋天的景色称得上清爽宜人，秋天的色调应是浓墨重彩。最好的图画绘在乡下的田野里，绘在农家的院落里。乡下人迷恋在秋的景色里，陶醉在丰收的喜悦中。

田野里，谷穗是金黄的，金灿灿的，它的籽粒饱满，像细密的小珍珠；棉花是雪白的，在浓密的叶子间喧腾；苞谷穿着绿衫子，吐着红缨子；一沟沟一排排的大葱直挺挺，绿意盎然；辣椒又是鲜红的，垂挂在墨绿的帐篷下；大豆也要成熟了，豆荚由绿变黄，有的开始炸裂；那满坡的高粱红得像一把把小火炬……

最快乐的是采摘。谷子先是被齐刷刷割倒，然后用镰刀、剪子切穗。谷穗沉甸甸的，抓在手上还不安生，活蹦乱跳。摘棉花是女人的拿手戏，两只手左抓右挠，把花儿握成团，把朵儿拉成絮。棉花心花怒放，咧着大嘴傻乐，敞开心扉抒情。含羞没放开的也被泼辣的婶婶嫂嫂们从桃里拽出朵。辣椒细细的，长长的，尖上打着卷，就像山羊的角。辣椒的颜色不同，成熟程度就不同，先摘最红的，过几天再采摘由浅红变深红的。掰苞谷的时候，醉人的是响声，咔嚓，咔嚓，掰一个，响一声，一晌下来，苞谷就堆成了山。

庄稼收获完毕，人们并不急于卖掉，总要在家里放一放。每户的小院都成了博物馆。玉米棒褪下包衣，挂在大小的树股上，还在平房的边沿，垒起高高低低的城墙；辣椒连成一串串，搭在窗前、梁上，瀑布似的；棉花晒在房顶，远看像一片云；刨回来的花生带着泥土，一把把从棵上摔下来；最迫切的还是去碾出新的小米，那个香啊，那个黏啊，几辈子喝不够。人们把自产的谷子碾成小米，把玉米磨成面送给城里的亲戚们，算作最贵重的礼物了。乡下人眼望着累累硕果，幸福漾在脸上，甜蜜荡在心中。

乡下的月亮比城里的亮，到了八月，没了暑气的溽热、潮湿，她光洁如洗，纤尘未染。村外，白亮如昼，促织拨弄琴弦，抖动着月亮的银辉；村中，月亮穿过疏密的枝叶，将大把的银钱洒落；每一个农家小院哟，摆着果盘，点燃香烛，女主人对着明月祈祷、祝福，那虔诚的跪拜里，承载的全是庄稼人的朴素情怀。

不知不觉就到了中秋。我的记忆里，庄稼人没有专门待在家里过节的，大多还是在地里，在不停地收获着。中午要吃一顿饺子，晚上要品尝月饼。赏月只是年轻人的事，有的唱一首思恋的歌，有的吟几句宋词、唐诗。

时光荏苒，人生倥偬。这几年的情景变了：机械化程度高了，秋收的过程短了；种的作物缺失了，色彩有些单调了；出门打工的多了，侍弄庄稼的少了；不少人家搬进了城，住上了楼；该团圆的时候，却天各一方。农家的院落啊，多少有些空落，有些寂寥。

月盘皎洁如初，悬挂在中天，朗照在乡间。在外的游子，根系家乡，魂牵田野，陡增乡愁。那秋的色调、秋的绚烂和收获的喜悦，常在梦中浮现，且绽出笑靥。

十五的月亮

十五的月亮真圆，将凉爽的夜照得丰盈起来。不想在林立的高楼间堵心，不想受嘈杂的声音纷扰，便与两人相约走出城外，漫步在静谧的乡野，徜徉于纵横的阡陌。即便有中秋晚会，不看也罢，还是到乡野赏月的好。泥土味，青草味，庄稼发出的飒飒声，让灵魂回归故乡，让思绪回到了少年时代。举头望月，我有吟咏一首关于月亮诗词的冲动，但又怕路人嘲笑，就忍不住清清嗓子，啊啊了几声作罢。

月光如水。月亮近旁的一丝丝云就像荡漾开的水波。月亮倾洒的银辉，让天地间的一切变得轻柔、曼妙，让人的心灵得到净化。白天与夜晚，两个截然不同的世界，造就完全不同的心境。有月亮和没月亮，异样的景色，不一样的心情。没有月亮的夜晚，多少有些阴森、恐怖、不安；月亮高挂，就给人以浪漫、柔和、神秘。而八月的月亮最澄澈，八月十五的月亮最圆满。你看，一轮明月挂天穹，满目清辉撒人间。

我就想，月亮本是常见的，不是稀罕之物，为什么人们多在中秋赏月呢？细一琢磨，不禁感慨，人们之所以此时赏月，是因人追求完美所致。月亮常见，但月圆的晚上有几个？能看到月圆有几刻？月有阴晴圆缺，且不说漆黑的夜晚，也不说月牙的缺憾，单就季节来说，春天的月僵硬，夏天的月虚胖，冬天的月清瘦，只有中秋的月啊，澄澈、充盈、温柔、多情，人们的心情最好，寄托的情思最深。所谓月圆人团圆。

好静谧啊，远离喧嚣真好。在这样的美景下，唤起了对农家小院的纺车、池塘边的蛙鸣、村头的狗吠的记忆。我与人说，此时此景，真想席地而坐，喝一壶老酒，把心田滋润，把情思抒发，然后将满窖的酒洒向月宫，让月亮沐浴琼浆，透出醉人的光晕。

同行的人渐渐没了雅兴，催促我一起回家。我留恋不舍，不住地仰头观赏。月亮，越发璀璨；怀抱中的星，在她的映照下，变得黯然失色。我在寻找附近的池塘，那里，定会天上一个月亮，水中一个月亮，她们相互辉映。小石子投过去，又会有无数个大小的圆。小路上有谈情说爱的少男少女，有的在拥抱，有的在热吻，全然不顾周围的眼睛，不顾星星的偷觑，不顾月亮的照耀。月亮含羞，忙扯过一层薄纱，遮掩起半个脸。也有孑然一身的，仰望着明月，倾诉着对远方的他（她）无尽的思念。现在的年轻人真好。

触景生情，我回想起当年的初恋。那也是一个月圆的夜晚，有一个诗情画意的天地，我们肩并肩走在城外的小路，我们唱着歌，吟着诗……直到现在，我仍能忆起她的倩影：一双清澈的眼睛，一对长长的辫子，一袭红红的长裙，一双黑色圆口带袢布鞋。很是纯洁，很是美丽。也许，岁月沧桑了容颜，经历钝化了情感，但那份初始的美好永久地留在了心中。

我酝酿着情思，用最美的语言描绘着月亮，描绘着略透清凉的冰轮。文字编辑好后，我想用微信发给她，以唤起她美好的回忆。不为别的，只为分享今晚的心境，只为她不被尘世所累。可是，她在哪儿呢？她的手机号呢？与她可是三十年没联系了。我哑然失笑了。但是写好的话不发出去，又感觉白白浪费感情，就随便编了一个号，反正是11位的数字，怎么也有人收到。

然后就发出去了。我想，任对方是谁，赞美月亮的词句人们多是会喜欢的。

不一会儿，就有回复的短信：好文章，好情致，好羡慕。

我心里一阵愉悦，但我心底还是希望对方是个女人，因为女人是水做的，女人温柔如月，把最美的月亮写出来，送给如水的女人，不是最最浪漫的事吗？

月亮清纯，我心如初，别用淫邪的目光瞧我！

写到此，手机弹出今晚十点发射天宫二号的消息，正好，将我的这篇短文捎给嫦娥吧：祝愿她永远美丽，且给人间带来同样的美丽！

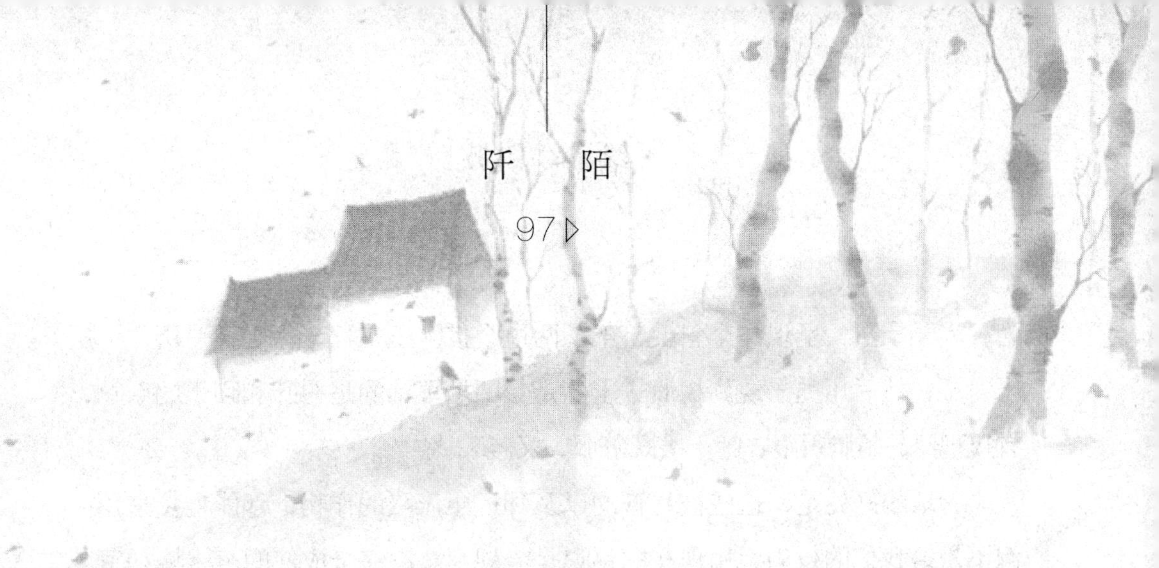

看　地

1975 年，我上初中。秋假的时候，生产队长安排我看地。生产队时期，庄稼收得少，地里的农作物常被人偷盗。看地的任务就是看管好庄稼，防止被盗。

我们生产队的庄稼地离村远，都在村南六七里的地方，我和王小平看管的这块地叫“杨树地”。说是“杨树地”，其实早没了杨树，一棵也没有，传说早年间有棵三人合抱粗的柳树。

我们才十几岁，还是个半大孩子，身体正在发育，喉结还没凸出，没有力气，没有威慑力，假如真有人偷盗，我们细胳膊细腿的，不但抓不住人，反而会被揍。不过，我们在地边来回走动，就没人敢明目张胆去偷拿，毕竟做贼心虚。

我们先在地头挖了个圆坑，直径有一尺多，深度也有尺把；一端刨出个烧柴的口，另一端留出烟囱口。然后，从家拿来炒菜用的铁锅，把锅搁上去，用麦秸泥糊好。

能吃饭了，然后就安排住的。我和王小平先清理出一片空地，挖出一个尺余深的凹槽，然后砍了一捆树股子，都是一把粗的，搭起庵子结构。庵子为“人”字形，呈现一个斜坡，架子两边全搭上玉米秆，一层摞一层，一层压一层，然后用绳子绕到树股子上固定。凹槽里铺的是树叶和晒干的杂草，有尺把厚，暄腾得很，睡上去既舒服，又暖和。

看地的好处是，这些被看管的以及邻近生产队的作物，都能直接享用。倒不是给我们的权力，用现在的话说是潜规则。没完全成熟的玉米棒和豆荚我们煮着吃，红薯和花生既能生吃，也能烧煮。我们在煮吃的同时，在灶坑的余烬中埋下红薯块或花生。黄豆、绿豆、红薯、玉米棒、花生，每天吃，顿顿吃。我们年龄小，却知道为家里省俭。看地一个月，我们没从家拿一个馒头、半块饼子，只是拿过咸萝卜。这些东西天天吃，还真是没吃够，吃起来蛮有滋味：玉米棒还在锅里滚腾，手就伸了进去，用手握有些烫，赶紧丢进碗里，用筷子夹，夹不住，就用嘴去啃咬。火里埋的红薯也急着吃，有的还没烧透，有生块，就一口一块地吃了起来。花生也是，吃到嘴里能听到“哧”的炸响——就像烙铁放到了水里。再看，每个人的嘴唇都涂上了黑圈。我们变着法子吃，把红薯和绿豆煮在锅里，一直添柴，煮得烂透了，其间用勺子不断搅动，让红薯和绿豆化成糊。

我们把不结棒子的玉米秆叫做甜秆，嚼起来时，水分很大，味道也甜，仅次于甘蔗。我们每天都在吃甜秆。还有矮些的高粱秆，甜度比玉米秆还大。

也有开荤的时候，棉花地里有蝈蝈，母的籽多，一晌能逮十几只；还有“扁担”，书上归为蚂蚱一类的；烧好后，把头一拔，带出的屎扔下，吃起来也很香。下了雨有天牛，煎着吃也好。后来，用弹弓打麻雀，用链条和火柴棒做的枪射击爬地虎。这些都成了美餐。

躺下睡的时候，地里的蝈蝈、促织叫了，还有青蛙的声音从远处的小河边传来。有这么多的小生物做伴，静谧的夜晚显得不寂寥，还不时地听到别的声响，连庵子上铺排的玉米秆也发出声音。这些都不怕，就怕有蛇。后来听说，蛇嗅到人体味道后，会绕开走，我们就安然了。

有月亮的夜晚，觉得特别美，像走进了一个如梦如幻的世界。月色很温柔，照在哪里，哪里就温柔起来；月辉很温柔，撒在哪里，哪里跟着温柔。所有的庄稼都温柔了。我们躺在草丛中，仰望星空，瞭望田野，看嫦娥美丽倩影，听身边蟋蟀琴音，犹如到了仙境。渐渐地，露水下来了，有些潮湿，我们不情愿地钻进庵子。

刮风的夜晚，我们会钻进庵子，说一会儿话，然后呼呼睡去。若是下雨天，就着忙了，怕漏雨，怕从庵子四周渗进水。就赶紧抱更多的柴草，砍掉更多的玉米秆，扔在庵子上。还会用铁锹铲土，把庵子的底部垫高。雨下来的时候，我们钻进庵子里不敢动弹。雨打在上边，如落在了头顶，噗噗噗，嗒嗒嗒，随时能渗透下来似的。

我和王小平都是负责任的人，每天不停地在庄稼地四周走动。遇到下晌时，就站在地两头，或者在路边，紧盯着每个路过的人，防着他们拐进去，拽个玉米棒，或摘两把棉花。有的人背着箩头，说是割草，一不小心，就会顺手牵羊，逮住啥是啥，讨一点儿便宜。

即便如此，农作物还是不断地被盗。让我们丢人的是，曾经有一个长畦子的玉米棒被掰光；还有，棉花地里的一大片，包括还没开的花骨朵，全部被剪刀剪走。生产队长警告我们，再这样下去就不让我们看地了，就要扣我们的工分。

农作物被偷，很多时候应该是发生在晚上。我们还小，贪睡；一旦睡着，雷声、炮声也难以惊醒。但我们不能再麻痹大意了，就决定倒班睡，一个前半夜值班，一个后半夜。说心里话，即使这样，也不起多大的作用：天黑，什么都看不清，真有贼钻进地里，你也看不见；即使看到了、听到了，你喊，或者撵，他随便藏个地方，你就找不到；只要他蹲着不动，你走到他跟前也难以发觉。能把贼吓跑，就算不错了。我们想。

我们还点起火堆，照亮天空，也让他们知道有人在看地。有时候还故意咋呼："有贼了，快来人啊，抓住他！"或者喊："看见你了，别藏了，快出来吧！"王小平值班的时候，故意喊我的名字，让我从这一边或那一边截住；我值班的时候，故意喊王小平的名字："小平，小平，快点，把铁锹拿上，拍死他狗 × 的！"还故意地急跑几步，弄出很大的响声。

有一天，我替换王小平值后半夜班，我顺着小路悠然地走着，还唱着样板戏。虽然不着调，但是嗓门大，老远就能听到。唱着唱着，突然发现有个人影在棉花地里闪了一下。我停住唱，屏声静气，壮着胆子向黑影走去。棉花地里看不到垄子，就用手扒拉着腰深的花棵。还没走近，那个黑影飘动了。我就一边喊王小平，一边急追。我看到黑影不大，跑得也不快，推测是个年龄不小的妇女。这就给我壮胆了，我不怕她了，她未必能打过我。

追啊追，一直追了三四里，总算追上了。那个黑影蜷缩成一个团，只有呼哧呼哧的喘息声了。我也上气不接下气，心口怦怦地跳。我让她抬起头，她很听话，这一看不要紧，她就是我们生产队的刘老太。刘老太家是有名的穷，全队、全村没有比她家更穷的了。刘老太五十来岁，生了六个孩子，家里常常缺吃少穿，八口人只有三条被子。

刘老太的头还没抬起来，就哇哇地哭了，她一边哭，一边说，饶了我吧，家里不能过了，孩子们连个过冬的衣裳都不能做啊！大侄子啊，你就可怜可怜你大娘吧，你小时候吃过我的奶啊！我是看着你长大的啊！她哭着，说着，还往地上使劲地磕头。

我没有立即答应她，没说行还是不行，先问她偷过几次，这次又偷了多少。她说就这一次，然后让我看手里的小包袱，大约有三四斤。我听大人们说过，偷棉花的人往往藏在身上。我就往她身上瞥，只见她的上身和下身都是圆鼓鼓的。不用说，她的全身塞满了棉花，也不用看，她的裤腿早就用布条绑住了。

刘老太还在哭，还在说着可怜可怜我吧。我的心软了，我听娘说过，我小时候确实吃过她的奶，这个恩情不能忘。但是，我怕生产队长再次警告我，扣我的工分，或者直接不让我看地。

怎么办好呢，我榨干脑汁，想出了一个自以为很好的办法。我装着不知道她身上藏着棉花，只让她把兰花包袱里的棉花掏出来。她听从了我的话，把包袱里的棉花掏干、丢净，然后急匆匆地、头也不抬地消失在了夜幕中。

我脱下衣裳，把她掏出来的棉花包好。我光着脊梁，向庵子走去。我叫醒了王小平，说刚才撵着一个贼跑了好远，贼扔下棉花跑了。王小平问，没看清是谁吗？我对他说是个年轻人，跑得快，离得远，根本看不清。

第二天，生产队长带着社员来地里干活，我把用衣裳包着的棉花交给他，并叙述了昨晚追贼的情景。队长说，干得不错，值得表扬。然后让我把棉花先放好，等下晌的时候再给他。

天快黑的时候，社员们都回去了，还不见队长来。我想，可能是队长忘记了，等明天再说吧。我就要把棉花放到庵子里的时候，队长的老婆来了，她向四处望了望，小声对我说，拿来吧！

她放进了背着的篓头里，用早先割的草盖上，然后，走了……

一株绿，半袋黄

看到一文，《炊烟起处是故乡》，说每次望见故乡的炊烟，就闻到了安宁、祥和的味道，心里就感到暖融融的。

是的，镌刻在脑海最深的印记，就是故乡那袅袅升起的炊烟。早晨的炊烟在霞光里氤氲，天空湛蓝，炊烟轻盈；中午的炊烟在白日照耀下，看不见了形色；傍晚的炊烟在余晖下缭绕，加深了暮色。伴随着炊烟，飘摇着馒头和菜的香。

之后，是一声高过一声、此起彼伏的让家人回来吃饭的喊声。在早年的记忆中，家乡的影像就是炊烟，这种情景弥漫着温馨。

除了炊烟，还有鸡的啼鸣、猪的哼唧、狗的吠叫，以及拉车、犁地的牛马的哞叫，它们奏响了乡村交响曲。

再延伸开来，是村边的景物：春天有飘香的油菜花；初夏有绿油油的麦田，五月有起伏的麦浪、打麦场、麦秸垛；秋天就是成熟的玉米、谷穗、棉花、大豆了。当然，村边的枣树已红满了枝头。

这些镜头组成的胶片，就是故乡的视频，是我们这一代人的乡愁。

在煤气灶、电磁炉替代了柴火，大型机械替代了牲口、犁耙，本来散养的鸡鸭只在养殖场饲养，没有了炊烟，没有了吃饭时的呼喊，没有了马的嘶叫和牛粪的热烘，看不见了麦秸垛、高粱秆的今天，对故乡的念想是什么呢？

有人说：房子高了，一半的人家盖起了二层小楼；通信发达了，电话线、网线以及其他什么线如网织一般；果树多了，除了以前的枣树，有了核桃树、柿子树、樱桃树；汽车增加了，除了面包车，有了十几万二十几万的小轿车；有了休闲去处，有村民活动室，有街心小公园……

还有人说：乡村宁静，太多的人进城居住和打工，留守老人和儿童多，白天的街上看不到多少人，到了晚上更加静谧；乡村干净，有了专门的清洁工，街道洁净，墙面粉刷一新；乡村自然环境好，出门就是满眼碧绿……

都对，他们说的都对，时代在前进，社会在进步，村民们生活改善了，居住环境改善了、文明程度提高了，生活方式改变了，还享受着交通、通信等带来的方便。

但我说的不是这个，我要找一个能代替炊烟的标识。提到故乡，首先会想到什么，最让人念想什么？

有吗？

想了又想。想了又想。想了又想。绞尽脑汁后，茅塞顿开。如今，故乡让人念想的是城里人引以为稀罕的野菜和其他绿色食品。

吃多了大鱼大肉的城里人，把眼睛盯在田野里的野菜。第一场春雨刚下过，畦边、垄沟、慢坡，就萌生出翠绿的荠菜。城里人开着车，满地寻找那一株绿。铲子轻轻铲下去，带出湿土和泥腥。然后又有了茵陈、曲曲菜、蒲公英，还在盐碱地寻到了很少见的羊角菜；到了夏天，扫帚苗、杏儿菜、马儿菜，成了盘中餐；秋天，地里的红薯叶、胡萝卜缨成为做蒸菜的主材。

故乡的亲人、邻居，知道了这个嗜好，就代他们挖好了，然后一袋袋送进了城里；家里人熟悉地块，能找出最嫩、最肥的那株绿。一晌的工夫，能挖两大包装袋。

城里人不会让故乡人空着手回家，给他们带回两瓶酒，拿几包烟，还有没喝完的茶叶。

野菜只是个引子，老家的人还会把刚碾好的小米，刚摘下的蔬菜，才扬净的绿豆，新磨的玉米面，给他们捎来半袋。小米黄灿灿的，玉米面黄灿灿的，菜上带着露水。那个新鲜，那个诱人，早已把人的胃口吊足。如今超市里什么都有，不一定不新鲜，也足以买得起，可人们就认定老家的好，吃起来放心，喷喷香。

后来，人们不满足，或者说不愿意再麻烦亲人，也是想回归、体验早年的农村生活，就去村里租半亩地，种菜、种瓜、种果树，不打药，不施化肥，百分百的无公害，成本再大，毫无怨言。

更有人租住在了村里。他们在院子里种上丝瓜、眉豆，搭起了葡萄架。到了夏秋，满院的翠绿，满院的绿荫，满院的果实，满院的凉意，满院的欢喜。

哦，故乡的炊烟没了，故乡的绿、故乡的黄、故乡的情还在。故乡，仍有牵挂，仍有联系，仍让人心向往之。不过，我的心里存有不安，将来吃够了野菜，不再以小米为优时，替代那株绿、那袋黄的又是什么？

种 画

平原的孩子是先吃到柿饼再吃到柿子的，对柿饼的印象非常深刻。小时，不知道柿饼是由柿子加工而成的，以为柿子是柿子、柿饼是柿饼呢。

柿饼是和黑枣、核桃联系在一起的，都算是山货，是长在大山里的。黑枣这几年见得少了，早年黑枣多，便宜，人们也常挂在嘴边。大人们吓唬小孩子时常说的一句话是，别哭了，再哭就把你换黑枣了。小孩子立时就止住哭，仿佛真要被卖到山里。山里可是有虎、有狼，还有狗熊、豹子的。

柿饼比黑枣高档，一年吃不了几次。柿饼的口感好，甜，柔，筋道，拉出的红丝最好看，还有柿饼上面的一层霜，最吊人胃口。过年的时候，谁家也要买点柿饼的。

如今，柿饼价格不低。在超市，带包装盒的，几斤的样子，就七八十元，甚至上百元，能当作礼物送人。

柿饼给我的印象不错，但是柿子就不行。对柿子的记忆有点糟。

十一二岁时吧，我跟着爷爷赶庙会，在小摊上买了几个柿子。没有洗，也没剥皮，张嘴就吃。那柿子特别软，特别烂，吃完后嘴上留下好多浆汁，看上去很难看；手上也有汁液，从指缝儿往下流。没有小手绢，也找不到别的擦，就往嘴两边使劲抹，左边一下，右边一下；然后将手上的抹到一棵大树上。不一会儿，嘴角的柿汁结了疙疤。庙会上人多，谁看见谁笑，弄得我哭着向村外跑了。

从那时起，好久不想吃柿子。

再吃柿子是参加了工作的时候。记得去一个同学所任教的学校玩，他买了几个柿子让我吃。我一下子吃了三个。到了晚上，肚疼了，拉肚子了，拉了一次又一次，难受得整个晚上哎呀哎呀地叫。

从此，我是看见柿子就胆怯。

前些年，有独院的人家几乎都栽了柿子树。有一次，我去一个朋友家，他在院里正用一个长长的竹竿够柿子。他给我拣了一个大个的，熟透了的。我本不想吃，可是不吃又没理由，就大口地吃了。谁知，待了不大一会儿，肚子就开始咕噜响了；再过一会儿，肚子就翻江倒海了。在客人家解大手似乎又不好，就告辞回家。路上，肚子叫得更欢，就赶紧用意念控制，想着高山流水……

这之后，只要出门在外，一个柿子不敢吃。

柿子好吃，但不能多吃，不仅是我，所有人都一样。柿子属寒性食物，吃多了伤身体。还有人说吃多了柿子容易得结石。

柿子树多了，柿子多了，卖柿子的少了，吃柿子的人也少了，谁也不再把柿子当作稀罕物。水果门市，街上的地摊儿，有苹果、香蕉、葡萄等水果，却很少见到柿子。

要我看，如今，柿子树的最大价值在于观赏了，它就像一幅画，给人带来视觉上的享受，真真的秀色可餐。种柿子树，就是种画，特别是在树叶掉光、只剩下一个个柿子的时候，更是一幅绝佳的画儿。风是画笔，霜是涂料，瓦蓝的天空做幕布，那火红火红的柿子，像燃烧的火种，点亮你心之向往，你还会被它傲然寒霜的风骨所震撼。

冬　花

先是有霜花的
然后有了冰凌花
一把旋刀
雕刻出白的红的萝卜花
还是多调些馅吧
拌上雪花
数九的那天
煮一锅沸腾
那翻滚的饺子汤
也成了朵朵浪花
原来冬季
也是如此缤纷

一直以为冬天是萧条的，立冬这天，我写了一首小诗，发现冬天开着不少花呢。

早年在农村住，煤火开得小，屋里冰冷，早晨醒来，抬头一望，窗玻璃上开满了花。说是花，也有树的枝杈，有动物的形象，大胆想象的话，能看到美丽姑娘的秀发呢。

进城后，城里有暖气，屋子里温度高，窗花就少了，只是在去年，煤改气的时候，晚供了几天暖，又见到窗花了，倍感亲切，不停地用手机拍照。

冰凌花你见过吗？冰凌花开在三九四九严寒天气。一场大雪过后，天空放晴，气温回升，煤火炉冲着房顶的那片雪，开始消融，化了的水，又将周围的雪融化，从房檐的“滴水”处，滴滴答答落下；夜晚气温骤降的时候，这些滴答的雪水结成冰，直挂在“滴水”下，状如一个倒挂的火炬，大的就像一道瀑布。消融的水不断地从上边流过，火炬便越来越大，瀑布便越来越长。我们统称为凌锥。凌锥也像花。

最早见萝卜花，是在村里走街串巷吆喝的“十样菜”，卖者拉一辆排车，车上放着用木头做成的几个格子，放着不同的小菜。萝卜腌成的咸菜，刻成不同的花形，吃起来便觉得味道不同。当年种萝卜多，白萝卜，胡萝卜，蔓菁，没事的时候用刀雕刻成不同的形状，实际上就是闹着玩，用来哄小孩；也有削成一朵花或小动物的，摆在桌上，充当工艺品。现在高档一点儿的饭店，上菜的盘子上，往往摆出用果蔬刻出的造型，有用萝卜的，有用西红柿的，有用黄瓜的。萝卜能雕刻成玫瑰、月季、蝴蝶等，有的就直接命名为萝卜花。

说饺子汤翻滚成浪花，实在有些牵强。不过，冬季里调上一大盆大葱羊肉馅，或大葱牛肉馅、白菜猪肉馅，馅里多放些姜丝、五香粉，隔三岔五包上一顿饺子吃，心里一定会是美滋滋的。为什么说冬天吃就好呢，冬天人闲，冬天有当年储存的大葱，冬天的馅子保鲜好，冬天多吃些肉比夏天好，尤其是羊肉。滚沸的汤像汩汩的泉眼，热气漾在脸上，肉香扑鼻，不看成浪花才怪呢。

雪花是冬天常见到的，说雪是六瓣的，说雪像梅花，是把雪往花的概念上靠。无论什么形状吧，反正是把雪叫成了雪花的。漫天飞舞的雪花，让冬天有了生机，有了诗意，谁还会说冬是萧条、孤寂、冷峻的呢？大地被雪覆盖后，就是一幅美图、一朵朵最美的花啊！“忽如一夜春风来，千树万树梨花开”是人人皆知的诗句，“雪似梅花，梅花似雪，似和不似都奇绝”，知道这句的人也定不会少。

冬天真正开得好开得艳的是梅花，梅花开在最寒冷的季节，在缺少色彩的世界分外夺目。鲁迅写雪时这样说：“雪野中有血红的宝珠山茶，白中隐青的单瓣梅花，深黄的磬口的蜡梅花；雪下边还有冷绿的杂草。”公园里有不少蜡梅，人们把踏雪寻梅当成了很有情调的事。若是室内，几乎所有的花开着，君子兰、杜鹃、丹顶红、仙客来等等。到了春节，水仙花清新怡人，有把人一下子带到春天的感觉。

依我说，最美的还是新郎胸前戴的大红花。尽管现在什么季节都有结婚的，但冬天依然最多。冬天穿深色衣服的多，别上一朵大红花，格外喜庆。新郎手中举着的那朵玫瑰花，馨香沁人；新娘脸上绽开的笑容，又是世上最美的花。

快要走出冬天的时候，春节来了，人们喜迎新春，燃放绚丽的礼花，一下子就将天地着了色；那窗花在心中描绘，有“春”的律动，有“福”的佳音，开放出“吉庆有余”，开放出“花开富贵”。大地苏醒，万物萌生，那一朵朵迎春花“带雪冲寒折嫩黄”，惊艳了我们的眼眸。

心中有爱，处处有花；心中有花，冬也如春。

立　春

立春那天，我们绕环城水系健身运动，还真是，这天天气特好，温度明显上升，好像从冬天一下子迈到了春天，开始流溢着暖暖的味道了。河里的冰变得薄了，有的已然消融，从这些冰层中淌出一股清冽的水流。我拍照片发在朋友圈，外县的一个同学怎么也不相信是这个时节。

水系的上空飞着几种不知名的鸟，有的落在树上，四顾张望；有的盘旋着，忽高忽低；有的顺着小河的路径，从南到北或从北向南直飞。还有水鸭子，脚尖轻轻地点在水面上，张开翅膀，箭一样地滑翔。

朋友老郝是个热爱生活的人，他描绘了几个立春时的景象。他听老人们讲，立春这天，用火镩在地上插个眼儿，上面放片鸡毛，到了打春这个时点，阳气上升，能把鸡毛吹起来，飞呀飞，一直飞上天。还有，早播花卉，立春前不出苗，到了这天，出苗率极高。再一个是关于蜜蜂的，说没有关王的蜂王从立春这天开始产卵，早一天也不产。

人们向往春天，把美好的意象给予春天。

好像立春就是春天的开始了。其实不然，立春第二天就降温了，零下八九度，冻得打战。这天，我回村里参加一个婚礼，北风劲吹，裸露的地面荡起一层尘土，飕飕的冷风直钻人的脖颈、脊背。新娘穿着婚纱，露着光光的胳膊，起着鸡皮疙瘩。新娘的心里再热，也禁不起寒冷的侵袭啊。

走在大街上，风顺着街道窜着，如脱缰野马。我们总说冬天不冷，说今年是个暖冬，到了屋外，才能感受到冬天的滋味。

幸好，立春后没几天就是春节，立春的节气里多了欢笑和热闹，让春的气息吹散了冬的冰冷。人们开始购置年货，打扫房屋，收拾院落，蒸过年吃的包子、枣馍馍等。也就是说，过了腊月二十，年味越来越浓。

大年初一，我开车出得城外，眼见一层层薄雾缭绕在路两旁的树丛、村庄。她浅浅的，淡淡的，轻飘飘，忽悠悠，朦胧，静谧，让人怀疑来到江南，来到世外桃源，甚至是到了仙界。

后来的几天，一直有薄雾，薄雾里有一丝凉意。这也是立春才有的景象吗?

雨水这天是正月初四，是人们欢庆春节的时节，年味正浓。

在经历了天寒地冻、干冷多风的一个冬季后，在千呼万唤没有唤出大雪飘舞、银装素裹的冰莹世界后，急匆匆来了个雨水节气，让人怦然心跳，眼眸有了细雨霏霏的幻象，有了雨丝、雨帘、雨幕的佳境。继而想象到雨与地面的轻吻，想象到那种湿润和萌动。

雨水的时节很少下过雨，只是去年，飘飘洒洒了几日，是少而又少的情况。今年，雨水第二天，天阴得沉沉的，天气预报说有雨夹雪。到了中午，天上真的飘下了雪花，只是不一会儿，很少的几片。雨，没有一丝。

这时节，天忽冷忽热。初八这天，雨水的第五天，最高气温达到了十六摄氏度。初九这天，气温就下降了八摄氏度。初十又开始升温。在这冷冷热热中，春天还是一步步逼近了。在河坡，你会看到去年流水的痕迹；在坑洼处，留下的脚印里几乎能汪出水。

看电视得知，安徽的歙县梅花盛开，观看者如潮涌；还有江西的三清山，出现了瀑布云，景象蔚为壮观；只是琼州海峡的浓雾让车辆受阻，让过年的人心里也添堵。

不管怎么说，万物开始有了生长的迹象。单说大棚菜吧，价格比年前明显下降——以韭菜来说，年前是三元一斤，现在是一块五。按年俗说，初十这天也该吃饺子，我就包了韭菜馅的。韭菜透过面皮，显出一层绿，不由得一下子有了食欲。

看《舌尖上的中国》第三季的时候，有了春饼的介绍，先不说春饼里卷着的几种青菜，单这春饼的名字，已经让我的心酥了。

说是这两天有雨，那么，我就静静地期待吧，在我内心深处，仍不相信有雨能来。

早春几个节气的名字都很有诗意，立春，雨水，惊蛰，哪个不让人在心中荡起春意呢？从名字上就能感受到温暖和美好。包括后来的春分、清明、谷雨。

按《月令七十二候集解》中说："万物出乎震，震为雷，故曰惊蛰。是蛰虫惊而出走矣。初候，桃始华；二候，仓庚鸣；三候，鹰化为鸠。"意思是惊蛰就开始有雷声，雷声惊动冬眠蛰伏的动物出来。桃花就要开了，黄鹂就要鸣了，鹰就转化为鸠了。

就像立春仍寒冷、雨水不下雨一样，你千万别指望在惊蛰的节气里听到雷声。蛰伏的小虫虫们、小动物们倒有可能活动，我能想到的也就是蛇，蛇会从洞里探出头，逶迤在衰草和残叶间，以及新冒出的嫩草丛中。朋友老白否认我的说法，说，蛇不会出来的，蚂蚁也不会出来，青蛙更不会出来。我问，什么会出来呢？他只说是毛毛虫。毛毛虫包括哪些呢？难说其名。

我总觉得，所有的节气可能在南方正应时。

惊蛰还没有到，我想象不出更多的动物、植物将是怎样的形态，只能靠以往的经验，回忆这时节的景象：山上的残冰发出炸裂声，化为春水；花蕾乍放，透出嫩红；翠绿的柳条爆出新芽，挺立枝头；小草破土而出，展示旺盛的生命；还有那翻动土地的犁铧，掀起一层层浪……这一切，都是有声音的，惊天动地，把人们带入一个全新的世界。

到了这个时候，你才发觉，春真的来了！

秋　寒

白露才过几天，天就凉了，又下了场雨，天就更凉；特别是早晨和晚上，凉得让裸露的胳膊有些禁不住了。

今早，天阴得很沉，树叶发出飒飒声；还没出屋，就觉出冷来，便想加衣。四季轮回，本是自然现象，然而，每到清秋，我的心头总是猛地一凛，仿佛经受不起那种突袭的寒意，让我无心观赏秋景，无心领略“蒹葭苍苍，白露为霜”的美。

秋凉表现在皮肤的变化上。夏天，可以裸露出更多的肢体。皮肤是舒张的，柔软且富有弹性，像发酵好了的面、蒸熟了的馍；毛孔都张开着；而秋天，皮肤就变得紧致了，变得瓷实了；再凉些的时候，白皙的皮肤像着了釉彩，涂了铜色；如果穿得薄，打上几个冷战，就有些黑黢黢的了。

秋寒是从第一片树叶落下开始的，飘下一片，就会有第二片；叶子一片一片掉落，秋寒便日甚一日。孤单的落叶也没带来多少伤感，震撼的是在飘零之时，把自己燃烧成金黄色，在飘飘摇摇落地瞬间，发出生命的绝响。这该有多么壮美啊！我要说，它让我们心醉，也让我们心碎。

本来，秋天的景色美不胜收，山峦红叶漫卷，田野金黄洒遍，像一幅幅油画，更有收获的喜悦。天，高远而深邃；云，洁白且淡然；即使是风，也少了轻狂。这季节，莲藕肥硕白嫩，鱼儿肉鲜味美，螃蟹自不必说，让人垂涎欲滴。还有中秋佳节，皓皓明月，把酒临风，欢声笑语不断。

也许，正因为秋天景色如诗如画，才让人生发出更多的感叹。秋天是抒情的季节，留下的诗词中却不乏感伤。柳永的“此去经年，应是良辰好景虚设”，纳兰性德的“谁念西风独自凉，萧萧黄叶闭疏窗，沉思往事立残阳”，李清照的“红藕香残玉簟秋”“花自飘零水自流”，虽都是倾诉相思之苦，却都由秋景引起。

自然，引起伤感的多是晚秋之景；秋色正浓之时，很难有如此心境。尤其霜降节气，花不再红，柳不再绿，草不再青，一切都褪了色，呈衰败气象；大雁南飞了，鸣叫得凄惨；鸭子噤声了，摔落一地毛。自然，也有人在秋意正浓之时，就有了好景不长之感慨。你说哪个季节是由盛到衰的呢？想来，只有秋季吧！

怎么冬天彻骨的冷，反而没了秋的寒意呢？只因人们早已有了御寒的准备。棉衣早早准备好了，取暖设备齐全，天再冷，不会冻病冻伤；即使朔风阵阵，寒气逼人，气温零下二十摄氏度，室内仍会温暖如春。从心理上说，冬天的冷在人们意料之中，天不冷就不正常了，不下大雪就成了怪象。雪的景色最美，雪在冬天最暖心。毛主席笔下的雪让人心生浪漫：“山舞银蛇，原驰蜡象，欲与天公试比高。须晴日，看红装素裹，分外妖娆。”山岭像蟒蛇飞舞，丘陵像白象奔跑，红日与白雪辉映，这景象比秋天还美！

还有，经常挂在嘴边的一句名言，让人有了暖意，多了向往：“冬天来了，春天还会远吗？”是啊，冬天过后，就是草木萌发、蓓蕾初绽的春天，那是风儿吹着短笛、雨儿哼着情歌、蝶儿翩翩起舞的季节啊！忍一忍冬的寒冷，迎接春的回归，心头哪还有寒意呢？有的是怦怦心跳、热血奔腾。

秋是从繁华走向衰落，冬是从荒凉迈向明媚。心中有了念想，有了向往，就不会寒冷，就会感到美好。

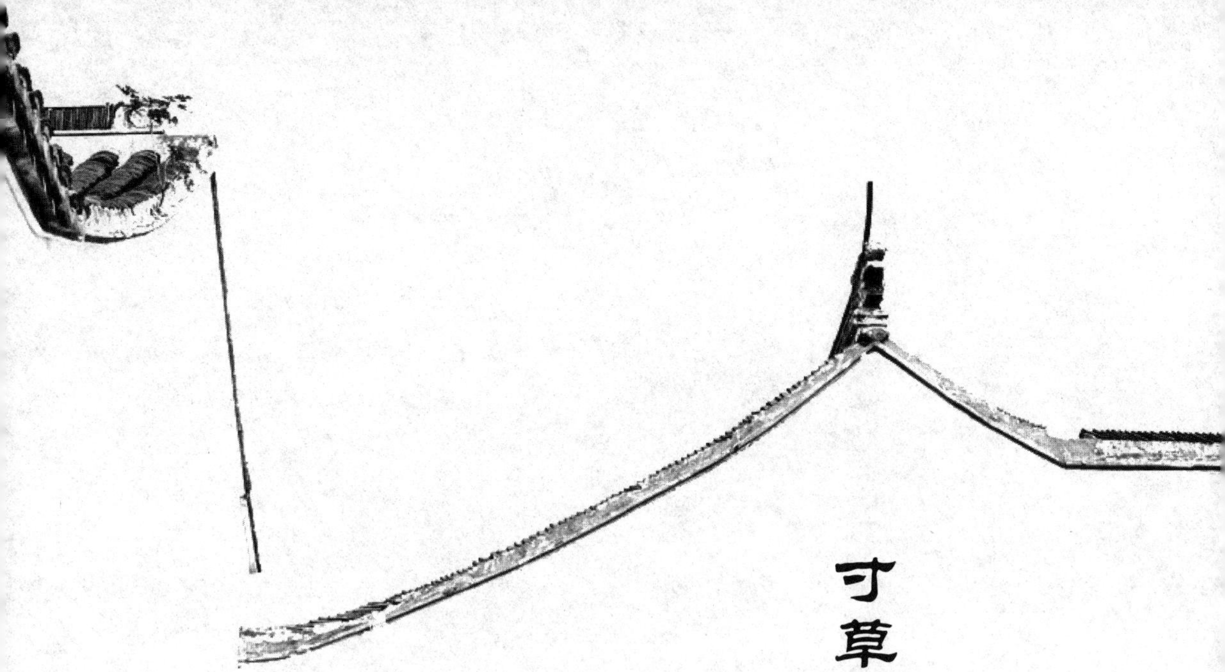

寸草春晖

父　亲

父亲把几本封皮颜色不同的日记本递给我，让我有时间看看，说上面记载着的大事和他的部分经历，于我并不知情。我承认，我对父亲了解得不多，在过去五十多年的生活中，我与父亲在一起的时间，加起来不会超过六年；父亲是个沉默寡言的人，我也属于不善言谈的；他不说，我不问，即便是父子，也相知甚少。

那本绿色封皮的日记本里，记载了他的军旅生涯。

父亲是工程兵，当兵走的那天，心中是兴奋的，激动的。农村孩子向往大军营的生活，向往红五星和绿军装，向往一种全新的环境和体验。

火车开到石家庄的元氏县，鲜花如海，欢呼如潮；然后一声哨响，站好队，齐步走，来到了一个叫东尖庄的村庄。好了，这里就是你们的驻地，这里就是你们的军营。首长安排着，让他们住进了一户户农家小院。父亲和他的战友们个个目瞪口呆：这就是部队？这就是军营？这就是未来生活的地方？他们的番号可是北京军区某部啊！

没几天，他们来到了昌黎，执行爆破任务，将山石炸碎，作为建筑材料。昌黎的山并不陡峭，但是也难攀登。上山没有路，只能踩着能放脚的地沿儿；

山上枝丫交错，荆棘丛生，只能弯腰侧身行走。他们的鞋磨破了，军大衣挂破了。正是春寒料峭的季节，风依然尖利，他们感到了阵阵寒意；炸飞的石子翻腾起滚滚狼烟，每个人的身上又都落满灰色的粉末。

到了晚上，他们睡在昌黎二中的教室里。教室里没有床，只能席地而卧；一个教室里挤着三十多个人。一个北风呼啸的晚上，风把窗户掀开了，窗扇咣当过来，又咣当过去，窗玻璃碰得粉碎，他们却浑然不觉。实在是太累了，累得鼾声四起。到了后半夜，天空飘起雪花，雪花拧着劲、打着旋进来，再晃悠到被子上。三十多名战士，没有一个人醒来。只是温度骤降，本能地将被子蒙住头，身子蜷缩成了个团儿。每个人的被子上都覆盖了一层雪，被罩由草绿变成了雪白……

父亲常常对着灰色的山、灰色的天发呆，他想念家乡，思念亲人，甚而后悔不该来当兵。

后悔只是一闪念，父亲没忘记当兵的职责，他在撑着，他给自己加油鼓劲。他们来到北京的通县、大兴，来到天津的蓟县；他们在河北的三河扎营，又在山西的繁峙安家。在父亲的日记本上，我看到了一串串陌生的地名：段甲岭，张家湾，梁各庄，姚辛庄，马头，长凌营……

他们是流动的军营，他们是山旮旯的兵。

父亲当兵一当就是六年。在部队的六年，面对的是沉默的大山，无际的田野，破旧的房屋，袅袅的炊烟；耳边回响的，是山石的崩裂，机器的轰鸣，以及农家的狗吠和鸡鸣。

当兵六年，父亲六次被评为“五好战士”，两次见到了毛主席，多次见到周总理。这样的荣誉，父亲一生感到荣耀。

在一本蓝色封皮的日记里，我读到了父亲当装卸工的劳苦。

父亲复员后，来到邯郸北货场工作，当装卸工。北货场虽在市区，与当兵时的环境不一样，但面对的依然不是高楼，不是商场，不是公园，不是城市的繁华。闪过的是一列列冒着浓烟、鸣着长笛，从远方来、到远方去的火车，面对的是堆积如山的货物。那个时候，叉车不多，多凭人力装卸，要由他们的肩膀装卸。

父亲最难忘的是一次卸大盐。六个人，六车，每车六十吨，六个小时卸完。六，一个多么吉祥的数字，可是，对于他们来说，却是压力和劳累。他们做了分工，四个人在车上，两个人在车下，倒替着干。车上的人将大盐包抬起，喊个一二三，递到车下人的肩膀上。其实，哪是用肩膀扛啊，两百斤的盐包肩膀上搁都搁不住的，都是用脊背来驮的。盐包刚一落到脊背，身子就猛地往下一沉；重力压在脊背的下部，只能反转胳膊，用手往上托举；手死死地抠住麻袋的两个角，手指插进去，在盐疙瘩里找支撑点。脊梁压弯了，喉腔里发出吼声；手指憋得通红，指甲都要劈了。每一步，都是那样吃力，能把地面踩个坑。汗珠挂满了脸，汗水打湿了衣服，湿了的衣服被风又吹干，吹干了的衣服上泛出板结的碱花。

还有，卸化肥的时候，气味呛人，呛得眼睛睁不开，呛得鼻涕流下来；喷嚏是连着打，打得通透，眼泪鼻涕哗哗流；手上沾了化肥，抹到哪儿，哪儿就痒。一天下来，肩膀上发红，脊背上发红，头晕眼花，浑身发软。

装卸工的工作，和当兵的时间一样，一干，又是六年。

父亲是高中毕业生，在当时的工人队伍中，算得上是知识分子，算得上是文化人。也算是人尽其才吧，后被调到北货场人事室工作，成为技术定额员。其间，父亲参加了铁道部的统一考试，因成绩优良，被定为助理经济师职称。父亲还在铁道科学院的杂志上，发表过论文，在石家庄分局组织的论文比赛中，获过二等奖。我就想啊，当过六年工程兵和六年装卸工的父亲，不仅有一双粗粝的手，一副宽阔、坚实的肩膀，还有严密的逻辑思维，以及一定的文字功底。

父亲的另一本日记，纸张皱巴，字迹模糊，那是被泪水打湿、浸泡过了的。

那一年，母亲病了，开始以为是淋巴结核，治疗半年仍不见好，父亲便带着母亲到市医院检查，后又到石家庄白求恩国际和平医院确诊，结果是淋巴瘤。天塌下来了，父亲的头要炸裂了。他不敢相信这一切是真的，不敢相信厄运突然降临，这令他猝不及防。当着母亲的面，他显得很平静，一离开，就满脸泪花。

母亲住院后，父亲一步不再离开了，他珍惜眼前的分分秒秒。父亲在日记里，详细记录了每一天的治疗过程，还有他每天的心情。在从医院回来的公共汽车上，他买了一份报纸，映入眼帘的第一个字就是“死”，那是文章标题中的一个字。父亲是唯物论者，但还是打了个寒噤，他预感到了不幸将很快降临。为了瞒住病情，父亲把每个药瓶上的“说明”都抠掉，然后粘上白胶布，再用圆珠笔写上治疗淋巴结核的药名。后来，母亲得知是绝症后，对父亲说，三个孩子我都给你养大了，虽然都还没有成家，但有你在，我不再为他们担忧；苦的是你，你要照顾好自己。母亲还说，公婆已经年老，正需要我去伺候他们，可是，我对不起他们，也只能靠你了。

父亲哽咽着，一句话也说不出来。望着母亲蜡黄的脸，他心如刀割。

母亲病逝后，父亲沉陷在痛苦中不能自拔；面对黄土堆积的坟头和坟前那棵柔弱的小树，他一遍遍地叫着她的名字，他不相信四十二岁的生命就掩埋在这里。苍天冷漠，黄土无情。

在父亲的日记里，有多首怀念母亲的诗，虽说最多算上打油诗，但我知道，那是父亲最真挚的感情，那不是用笔写出来的，而是心的诉说。

每年的清明节，父亲都要回来，在母亲的坟前默默站立一会儿。有一年不能回来，给我写信说，一定要拿着录放机，在母亲的坟前放几个豫剧段子。他说，你母亲生前最爱听豫剧，你挑选几首她喜欢的。

在我的印象中，父亲是个一丝不苟的人。单从日记上就可佐证。

日记记录的所有内容，不单记着哪年哪月哪日，几点几分都写得清清楚楚，大事这样，小事也不例外。父亲在给我妹妹办理城市户口的时候，前后跑了十几次，他把经过了哪些机关，经过了谁，扣了哪些印章，交了哪些费用，一一罗列下来。在找乡里的一个主管领导时，这个领导正在地里浇地，就把钥匙交给父亲，让父亲到乡里找谁，盖章后把钥匙再交给谁。他一笔不漏。

父亲又是个特别节俭的人。父亲在市里工作，母亲和我们在老家居住，父亲与家人一直过着两地分居的生活。邯郸到鸡泽，120 里，他从没有坐过公共汽车，不舍得花那一块六毛钱。我记得，父亲每次从邯郸回来，总是骑着那辆“飞鸽”牌自行车。骑自行车要四个小时，但父亲从不怕累。父亲的自行车一骑就是十几年，保养得却如新买的一样。我听母亲说过，父亲每月的伙食中，有细粮和粗粮，他总是把细粮换成粗粮，把多出的粮票换成粮食，然后捎到家，让我们多些口粮。我记得，在我上师范的时候，途经邯郸回老家，想买两袋点心带回去，我买的是袋装的，父亲埋怨说，买散装的就行，用草纸包起来一样，能省几毛是几毛。

父亲没有任何的癖好。他从来没抽过一根烟，没有喝过一杯酒，没有打过一次牌。究竟什么原因，我无从知道。不管是什么牌子的烟酒，不管是在什么场合，父亲从没有一点点的欲望。别人给他递烟递酒，他总是摆手拒绝。在我的家族中，不吸烟是共性的，不仅我的直系长辈，就连本家的叔伯们、兄弟们，也几乎没有抽烟的。但喝酒的不少，酒量大的也有很多。我就想，无论当兵还是装卸工，父亲的生活都是寂寞和清苦的，如果能抽烟，能喝酒，既可解忧愁，又能驱疲劳的。母亲逝去对他打击大，喝一场大酒，痛哭几场，也能减轻痛苦啊！可是，他为什么不呢？我不得而知。

父亲不善言谈，不喜交往。父亲的嘴多少有些笨拙，从没有发表过长篇大论，总是三言两语就把话说完。父亲没有至交，即使过去的战友，常来往的也就三两个。多一事不如少一事，似乎就是父亲的人生信条。但父亲不希望我像他一样不善言谈，记得我上师范时，父亲给我写的第一封信就是让我爱说话、多交朋友。

父亲有些执拗。在我等待分配工作的日子里，我没日没夜地读书，读哲学，读文学，读历史。有一天晚上，我在看长篇小说，父亲与我对面坐下，先是一句不吭，待我合上书本后，父亲说，以后不要看小说了。我问为什么，父亲说，这些书对你将来的工作和生活没什么用处，相反，会学坏的。我不听，第二天照样接着看。父亲愤怒了，上前就把书夺走了。其实，我的文学爱好还是父亲培养起来的，《人民文学》《小说选刊》《小说月报》等刊物，都是父亲让我认识并喜欢上的。我弄不明白，父亲怎么就产生了看小说会变坏的观念呢？许多年后，我的长篇小说出版，我寄给父亲一本。没几天，父亲打过来电话说，你的书我看了，还真不错呢。

这就是我的父亲。

有时候我就想，父亲的生活态度，是天生如此，还是现实塑造出来的？或者兼而有之。我给他的评价，正如所有了解他的人给的那样：一个实实在在的好人。

这一句就够了，再有，就是多余。

坚强的脆弱

那是一个凉透脊背的时节。已是晚秋，天格外空旷寥落，田野里的作物多已收获，碾光的场里堆起了谷秸垛。我和爷爷开始准备耩小麦。那些年，犁耧锄耙的活计我学会了不少，能给爷爷搭把手，但干起活来没耐力，往往是干会儿歇会儿，爷爷总是催促我。

我靠坐在柴垛旁，想喘口气，打会儿盹。毕竟，我是吃公家饭的，年纪也轻，手上还不想留一手茧子。

恍惚之际，脚脖处倏地划过一丝怪异的凉，我噌地一下弹跳起来。定睛一看，是一条斑驳的蛇从我光着的脚上滑过。蛇有井绳般粗，有三尺多长，它哧溜一下钻进了柴堆。我惊骇不已，啪啪地跺脚，呸呸地吐几口唾沫，想把不吉利驱赶走。

天要黑的时候，我拖着一身疲惫回到了家。奶奶独自在院子里伫立着，呆滞地望着天上的一抹云。还没钻窝的两只老母鸡咕咕地叫着觅食，奶奶忙从麦缸里抓了把麦子向它们撒去。

奶奶告诉我，母亲身上长了一个疙瘩，县医院怀疑是癌，父亲带母亲去省城了，要做进一步检查。

母亲住的屋子上了锁，窗户关得严严实实。我顿觉昏天黑地，蹲坐在了墙根下。我的喉结像有什么东西梗着，胸腔有东西堵着，一种不祥的预感在头顶盘旋。如果母亲真是得了癌症，家里就塌了天，日子就没法过了。

过了几天，我到单位请了假，与舅舅一起奔往省城。母亲住在白求恩国际和平医院。

医院里的空气总是有些浑浊，气氛也显得沉闷，穿病号服的人随处可见。父亲的脸显得憔悴，才几天的工夫，冒出那么长的胡须，一下子老了十几岁。父亲悄悄给我递个眼色，把我叫出病房，说经过检查，已是癌症晚期，不能做手术了。父亲头埋得很低，声音略带沙哑，似有些哭腔。父亲告诫我，现在还瞒着你母亲，只说是淋巴结核，你不要在她面前流露悲哀，不要让她有丝毫的察觉，在剩下的日子里，尽量让她开心。

我使劲地点着头，答应着父亲的请求。我的泪无休止地淌着，我想哇哇大哭。母亲才四十二岁啊，她含辛茹苦地把我们兄妹几个抚养成人，还没得到一点回报呢。老天爷啊，你咋这么残忍啊！一个旺盛的生命难道就这样轻易地被摧残？

我不会装得若无其事，只有躲避着母亲的眼睛。有时我也会挤出一点笑，但是很勉强，也很做作。

一段时间过后，母亲出了院。

我没有再去上班，不再做任何事情，时刻陪在母亲跟前，与母亲说笑。村里的喇叭响了，唱的是豫剧《花木兰》，母亲十分爱听，让我去告诉放喇叭的每天放一次。为了让母亲高兴，我学着唱了起来。声音虽然高亢，却根本不着调。母亲笑得泪花子都出来了。母亲开心，我就十分高兴，就一遍又一遍地学着女声，还做着一些动作，甚至跷起了兰花指。

我从城里一下子买回好多的蔬菜和水果。母亲想吃什么，我就买什么。

我要尽可能地让她多吃些好东西。一段时间内，母亲并不像个患有绝症的人。母亲说，我不会死，我还能吃东西；我不能死，你们兄妹几个还没成家。我要坚强地活下去！

很快就到了冬天，这是一个寒透天宇的冬，屋檐坠着凌锥，光秃的柳枝上挂满了霜雪，每一个角落都结着冰碴。我将炉火生得旺旺的，让小屋温暖如春。

我开始翻阅医学书刊，查询民间偏方，让母亲在化疗的同时，有更好的治疗方法。我从一本养生保健书上看到一套治疗癌症的健身操。我反复研究，认真练习，按着图例一招一式地学。很快，我当起了母亲的老师，每天天还没亮，就走到村外，教母亲做这套保健操。母亲裹着围巾，穿着厚厚的绿色军大衣，显得很笨拙；母亲很用心，做得很规范，发誓一定学会，一定治好自己的病，一定坚强地活着。每当说这话的时候，母亲总是把拳头握得紧紧的。

凛冽的寒风没能挡住我们——村外的河岸上，枯枝飘摇，衰草凄凄，我们挥动手臂，拨开雾霾追寻生命的阳光；飞舞的雪花没能冻僵我们——茫茫天地间，生灵瑟缩，万物扭曲，我们摆动脚步，渴望奇迹的诞生；冷嘲热讽没能动摇我们——大街小巷里，白眼相向，讪笑、攻击，我们扭动腰身，吐故纳新，抖擞久已疲惫的精神……

春节的时候，母亲的病不但不见轻，反而一天天加重，后来，有一只眼睛也睁不开了。那天，舅舅带来一个偏方：在鸡蛋壳上敲开一个小孔，放进一个壁虎，然后蒸熟吃。我问母亲敢吃不？母亲思索片刻，握起拳头，坚定地点着头。母亲的求生欲望很大，这个时候哪怕就是毒药，只要能治好病，也不惧怕。壁虎在冬天很少出来，后来在没住人的旧房的墙缝里寻到了两只。我们将壁虎整个塞进鸡蛋内，在锅上蒸腾。母亲本来胆子很小，小虫子什么的都怕。壁虎形状丑陋，蒸熟后更加恐怖。母亲不顾这些，闭着眼不看它，嚼了没几下，就要呕吐。母亲强忍着，捂住嘴，憋口气，用舌头搅动了两下，使劲地往下咽。终于，咕咚一声，鸡蛋与壁虎一同进了肚子。这时，母亲的眼泪夺眶而出。

母亲一天天消瘦，母亲的身子越来越虚弱。死神正一步步逼近。母亲也预感到了，她开始向我交代后事。我阻拦母亲说下去。我说，不，你不会死！我一定救活你！

母亲说，儿啊，我知道你不信鬼神，不迷信，可是我们现在没一分能耐了，要不，你去找个有本事的人给我看看？母亲握着我的手，似是在央求。那一刻，我感觉到母亲的手很有力。

为了让母亲痊愈，我跑到邻村一个号称“刘半仙”的家中。我给他带去好烟好酒，求他给指点迷津。“刘半仙”焚起香，闭着眼，口中喃喃着什么。一会儿，右手扳着左指，数数一样数过来数过去，然后说母亲是被一个蛇精缠住了，他用了好大力气已经把蛇精“破”了，说回家只要在神像前再烧三天香就会好的。

蛇精？我在想，是不是那天我在地里遇到的那条蛇啊？那条从我脚上滑过的色彩斑斓的蛇。莫非“刘半仙”说的蛇精就是它？我可没伤害它啊！

我按着他交代的去办。一连三个晚上，我都跪在神像前祈祷。母亲让妹妹搀扶着，和我一起跪拜神灵。母亲在磕头的时候很用力，想用虔诚打动神，想着心诚则灵，让神保佑，磕得额头都有些红肿了。

任何努力都无济于事。一九八五年的农历二月二十九日，刚吃过晚饭不久，母亲去了，到另一个世界去了。母亲带着遗憾，带着伤心，带着无限的眷恋走了，这年，才四十三岁。

母亲太年轻，生活太残忍，世道太不公啊！我们兄妹三个捶胸顿足地哭喊着。成殓母亲的时候，我看见母亲的眼睛没有闭紧，她依然在望着她最亲近的人，她依然握着拳头，述说着坚强。

好人怎么就不能长寿呢？母亲的坚强怎么就这样脆弱呢？ 问苍天，苍天不语；问大地，大地沉默。是谁在主宰这个世界啊，是谁在摆弄着芸芸众生呢？

母亲的坟墓就在村外不远处，每年扫墓的时候，我都要在坟前默默站立一会儿。我总觉得，母亲依然在注视着这个让她依恋的世界，依然在依恋她的每一位亲人，依然在渴求好好活着。

我想，只有好好活着，珍惜健康的生命，才能宽慰母亲，才能让母亲的坚强有个注脚。

痛不回头

半夜下过雨，路面有些滑。从县城到老家，有十里路。十里的路程中，七里是油路，三里是土路。刚骑上车，便滑溜了几次，急转向，车把发出吱呀声。我壮着胆子没下来，还没进村，背上已是汗津津的了。

早春的雨，带来满目清新，空气中流动的也是清新。房屋，树木，街道，就连每一家的院落，院落中的物件，刚洗过了一样，处处透着清新。湿漉漉、凉爽爽、又有些暖洋洋的气息，拍打在脸颊，摩挲着眼角、鼻梁、耳廓。

回来也没要紧事，爷爷要在村边种二分地的菜，让我从城里买些菜种送回来。

奶奶忙着给我做早饭。爷爷、奶奶上了年纪，手脚不利索，我忙动手帮着做。平时，他们在吃饭上不讲究，不管什么菜，往往做一大锅，上顿吃了下顿吃，一天三顿不变样。我回来了，爷爷不让我吃剩菜，要炒个菜。

爷爷撩起门帘，从里屋拿出一个西葫芦。我忙接过来，放在水盆里洗。西葫芦的表皮有些皱，色泽也暗淡，少了原有的嫩。我问爷爷，还是我上次回来买的吧？怎么到现在还没吃？爷爷说这个季节西葫芦挺贵的，当稀罕物呢。我埋怨他们太省俭，好东西都放坏了。

奶奶在砧板上麻利地切着。奶奶的手虽有些颤，切起菜来还算利索，切得快，切的片也匀。菜刀在砧板上发出均匀、脆亮、悦耳的响。

爷爷从纸箱里摸出两个鸡蛋，在菜锅边轻轻一磕，蛋清和蛋黄就拉成了溜儿，和西葫芦、辣椒搅在一起，红，黄，绿，很搭配的颜色，很馋人的味道。

要吃饭的时候，爷爷坐在罗圈椅上一动不动，手上还夹着一根香烟，一副若有所思的样子。爷爷平时不吸烟，今天怎么破例了？爷爷平时和蔼可亲，今天怎么这样深沉？

我催爷爷快吃，爷爷嗯嗯了两声，却没动。爷爷几次盯着我，欲言又止。我不好意思追问，只说，吸烟不好，最好一根不抽，平时酒也不要多喝，最多两小盅。

爷爷听话地把半截烟扔掉，用脚踩灭。爷爷拿出一瓶豆腐乳，用筷子夹出来半块，抹在馒头上蘸着吃。我让爷爷吃西葫芦，他说豆腐乳更好吃。

为了让爷爷高兴，我挑了几件开心的事说给他听。我说我准备去乡镇任职，说媳妇在城里开了个门市，说两个孩子在学校得了奖状。爷爷脸上泛出笑容。

吃罢饭，把嘴一抹，就要回城。爷爷撵着我跟出来。爷爷将我的自行车支起来，然后捡起一根小木棍，抠起车瓦子和轮胎上的泥。他弯起腰，埋着头，颤抖着手，一点一点地抠。我很惭愧，忙抢着去做，爷爷不让，直到把所有的泥巴全划拉下来。爷爷又返回屋，端来半盆水，把一块毛巾浸湿、拧干，将车把和车圈擦了个遍。望着爷爷粗糙、干裂的手，我的泪水在眼眶里打转。我觉得爷爷对我太好，而我心疼爷爷太少。

爷爷的腿脚有些沉，但坚持着送到大街上。过门槛时，还为我掂起车后座。刚出门，我便跨上车，使劲地蹬出老远。我本想扭转头，给爷爷打声招呼，让爷爷快回家。可我想，一家人不用那么客气，话多了倒显得生分。

爷爷的声音从身后传来，路上慢点！多回来！

快要进城了，我仍猜不透爷爷有什么心事，有什么话要给我说。父亲在市里工作，回家不多，家里的事多是我帮着爷爷做，爷爷有什么话也总是先给我说。爷爷是想让我回来住吗？爷爷七十九岁了，行动不便了，奶奶八十一岁了，耳聋眼花了。他们没本事了，需要人照料。还是家里有什么大事要交代？爷爷去年得过脑血栓，他对自己的身体很担忧，说再犯病恐怕就没得治了。

天黑下不久，我正在给孩子辅导作业，单位的值班人员上气不接下气地跑过来，说，老家来电话，你爷爷摔了一跤，让马上回去。

我的脑袋嗡的一声响，这一跤，对爷爷来说恐怕是致命的。

我带着孩子和妻子一起回家。天已经黑了，路也看不太清，我们骑得飞快，心里慌慌的。

堂屋里站满了人，全是本家老少和好心的邻居。他们静静地站立着，一声又一声地叹息。炕上，爷爷闭着眼，喉咙呼噜着，嘴角有血迹。村医征求我的意见，问是否让县医院来车。他还说，这种病按说不要乱动，但是村诊所没有氧气，没有吸痰机。我当机立断，先就地治疗，然后看情况再定。我让本家两个人去县医院找氧气瓶和吸痰机了。

九点多，我发现爷爷的呼吸越来越微弱，间隔时间也越来越长，有几秒钟没一点儿声息。后来，微弱的喘息声也没有了。医生听了一下，拔掉了输液针头……

墙上的挂钟嘭地一声响，时针折断在一九九七年农历二月十三日二十一时三十分。

爷爷，爷爷，您不能走啊！您还有话要给我讲，我也还有话要给您唠。我好后悔、好痛苦啊，今天，回城的时候，怎么就没回头给您说句话、道声别呢？我怎么就这么不懂事？！您能原谅我吗？您能饶恕我吗？还有，我如果在家住，您是不是就不会摔跤，就不会离去啊！

我抓着爷爷的手，一声一声地叫着。那发自心底的痛，感染了在场的每一个人，他们无不掩面而泣。

我和爷爷最亲，我是爷爷一手抚养大的。父亲早年在部队服役，后来转业到市内，回来得少。上小学第一天，是爷爷牵着我的小手送到校门口的；上中学时，是爷爷骑着自行车，每星期送我到县城的；高考复习，是爷爷托人从外地给我邮寄复习资料的；毕业后，是爷爷凭面子给我找了一份好工作；责任田里的活儿，多是爷爷顶风冒雨帮我干的。

七八岁的时候，我淘气得整天不着家，有一天，村里来了个耍把戏的，引来好多人围观。爷爷就满村找我。我们村大，九条大街，十二条小街，五十多条巷子，爷爷从村北头转到村南头，从村西头喊到村东头，见人就打听，见孩子堆就跑过去问。当找到我后，玩把戏的已鸣锣散场了，爷爷急得直跺脚，嚷我到处乱跑。

我上师范时才十七岁，由于此前从没到过任何地方，入学后便十分想家。我在给爷爷的信中流露出这种情绪，盼着早些放假。一天上午，正在上第二节课，我无意中从窗口向外望了一眼，只见校园的小道上，有一个人背着包，正向教学楼走来。我的眸子一亮，爷爷来了？我不顾老师的制止，迅即从楼上跑下来。爷爷说，知道你想家，又不能耽误课，我就来了，来这里住几天。爷爷还说，怕你钱不够花，给你带了钱，别省俭，想吃啥就到街上买。

爷爷的品德和为人影响着我。爷爷在村里当了三十年会计，没算错过一笔账。爷爷最早办起皮毛加工厂，是全县第一批万元户。爷爷有了钱掰碎花，日子过得清汤寡水。可是他对邻居、对乡亲，就十分慷慨了，为老姚家买过耕地的牛，给老高家买过柴油机，给全村人打了吃水井。爷爷当过两届县人大代表，多次被县委评为优秀共产党员。

……

哀乐低回，苍天垂泪。村支部破天荒地为爷爷开了追悼会。那天，村里的人都来了，一个个念着他的好。有人感叹说，爷爷最多算个村官，可县里、乡里的干部都知道他；爷爷没当过一把手，可邻居的大事小情都找他调解、帮忙。

爷爷，孙儿永远不会忘记您。多少年过去了，我时刻记着您对我的爱；做任何事情，我都想到您会要求我怎么做。

写到此，我猛然觉醒：那天，爷爷心事重重，定是冥冥中有一个声音向他传递了信息，他知道寿限到了；他坚持把我的自行车擦得光亮，是想最后一次为他的孙儿做点事；他送我出来，目送我远去，一定是想多看我一眼，与我做最后的告别。

而知道自己寿限的，一定是在尘世中有功德的人。

妻子不在身边的日子

妻子去苏州看女儿，背着大包小裹。

妻第一次出远门，怅然写在脸上，挂在腮边，我鼓励她：没事，开着手机，随时联系。

进站的时候，妻眼含迷离，挥挥手，淹没在蜂拥的人流中。

车刚启动，妻就给我打电话，说找到铺位了，上下铺是两个小姑娘，对她很客气，要我放心，并嘱我回家的时候慢点。

结婚三十年了，我和妻还没有真正分开过，只有在我出差时小别几日。待我归来，她仍会抱怨，说整宿整宿地睡不着。

并不是情有多深，爱有多浓，老夫老妻了，没有那么多的情爱和浪漫，多是一种习惯、一种依赖吧。当然，我们的关系确实亲密，感情没有打折扣——表现之一是，无论春夏秋冬，无论天气好坏，每晚我们必要一起散步的。虽没有手牵手，但一定是肩并肩。不少人带着羡慕和戏谑的口气说，你们形影不离，真是恩爱夫妻啊！

回到家，我给妻去了个电话：我到家了，你到哪儿了？妻说出了城市名字，然后告诉我晚饭怎么做。

我照着妻说的去做了，其实也就馏了两个包子，煮了一碗面条，炒了个西红柿鸡蛋卤。

洗完碗，我又惦记起妻，问她吃的啥饭，喝没喝汤，车上的空调凉不凉，还要她早些休息。妻一一做了回答，然后说，就这样吧，没事我就关机了。

晚饭后，我仍去散步了，多年的习惯不会轻易改变。路上人很多，大多熟悉，就不停地打招呼。所有人都惊讶，问，怎么就你自己呢？伴呢？我简单地应道，出门了。

一直走出城外，比平时多了十分钟，妻不在家，回家也没说话的。路边的小树林影影绰绰，枝叶摇晃出哗啦声响，像有人在给我打招呼。我左看看，右瞅瞅，以为妻子就在身旁，就在不远处等我，或者闪跳着给我捉迷藏。可是，连个影儿也没有。我感受到了落寞，甚至有些许的恐惧。原以为要过一段自在日子的，没承想，没了妻的陪伴，却如丢了魂失了魄。返回的时候，我来到一个广场，坐在长凳上，翻看着微信；眼睛疲劳了，索性躺在长凳上，遥望着星空。

回到家，看了会儿电视，上网玩了会儿游戏，躺在床上翻了几页书，然后关灯睡觉。

我是个爱清静的人，常以独处为享受。我本以为会很快睡着的，谁知，辗转反侧之后，仍是难以入眠。没有妻在身边，不大的房间显得很空旷；没有了妻的呓语，反而觉得不踏实。闭上眼数羊吧，一会儿山羊，一会儿绵羊，数着数着，恍惚出现一只蓝色的羊。就百思不得其解，就反复地琢磨，到底有没有蓝色的羊，蓝色的羊又预示着什么？结果，头脑愈发兴奋了。

第二天，我上街采购，买了足够吃一星期的食品。买了一大袋馒头，买了豆角、西红柿、黄瓜、菜花、茄子，买了鸡腿、排骨和鱼，还买了几样水果。心想，以前做饭少，妻不在家，正好练练手。

一个人吃，总不能每顿去炒几个菜吧？那样的话，既麻烦，又浪费。可是，每顿只做一个菜，又觉得单调。早起打豆浆的时候，我将豆渣留下，准备摊豆渣煎饼。我见过妻摊饼的步骤，便学着做了，可是到了翻饼的时候，却怎么也翻不过来，饼软得连不成块，成了碎渣。我想是面粉放少了，又抓过一把，放在小盆里搅匀。然而，又有些稠了。我生自己的气，这么简单的事都做不成。反复几次后，不是面多，就是水少，便气呼呼地将一大盆面糊倒进了垃圾桶。我打电话给妻，诉说了遭遇，妻说，不会就别做了，不是太好学的，等我回去了再吃。

后来，想吃手擀面条了，却犹豫着不敢下手。我倒是擀过两次面，如今她不在跟前，没了手把手的指导，万一擀不成呢？难道把那么多的面粉都扔掉？再说，手擀面条与机器轧制的又有多大区别呢，费那个事干吗？

附近就有小吃店，为了图省事，就不断地去吃小吃了，油条，豆浆，包子，混沌，烧饼，肉夹馍，酸辣汤。

早晨好应付，中午和晚上呢？一天三顿小吃是受不了的，会很乏味的。去饭店吗？去饭店可就不是一个人了，起码有三五要好的人，既是喝酒吃饭，也算开心解闷。说实在话，这几年，我基本上不喝酒了，特殊场合被逼无奈了，只喝一小杯红酒；肉食也不愿多吃，起码肥肉不吃，吃也是一两口。如果和大伙去饭店，又多是自己主动联系的，一次两次不喝酒行了，每次不喝，就说不过去了：不喝酒来饭店干吗？不吃肉来饭店干吗？不喝酒吃肉来饭店花这个冤枉钱干啥？！

于是就开了戒，先是喝个一两半两的，后来禁不住劝，半斤酒轻易地就下了肚。喝到肚里还没事，头不晕，脸不红，思维清楚，语言不乱。这下可坏了，因为以前我总是以身体有恙作为不喝酒理由的，不喝酒的“名声”早打出去了，酒桌上没人再劝我的酒。现在又喝了，又能喝了，不是自扇嘴巴吗？最大的损失是，以后再想不喝就没门了，编什么理由也没人信了。猫抓了，狗咬了，血压高了，做了疝气手术了，说啥也不管用了。功亏一篑啊。

早起洗脸的时候，发现毛巾脏了，想换一块新的，却忘记搁哪儿了，就乱找一气，翻箱倒柜也没找到。我再打电话问妻，她说，这点事也打电话啊，这可是漫游，不够电话费呢。后来想换个衬衣，还是找不到，再问妻，她烦了，说你怎么就这么马虎呢？

妻有个好习惯，东西放在哪都是固定的，用的时候一下子就能找到；而我是信手乱扔的，有时候一个物件能找上半天。

妻远行前叮嘱我，每天把房间打扫一遍，别弄得脏兮兮的放不下脚。

一起床，我就扫地拖地，居室的角落都不放过，然后用抹布将家具、门窗、洁具都揩拭一遍。看起来活不算大，做下来也得半个多钟头，竟累得直不起腰，喘不过气。一天，两天，三天，我都耐着性子做了，到了第四天，心就烦了，有什么必要呢？有什么意义呢？

与妻分别半个月后，心情越发糟糕了，我就每天打电话。其实也没什么讲的，话显得很干巴，如同与陌生人的寒暄：天热不热啦，下没下雨啦，这两天都吃什么啦，水乡的蚊子是不是很多啦……说着说着就没话了，还舍不得挂，就一阵沉默。

那天，我终于沉不住气了，我想直白地告诉她：你不在家，家不像家了。可是这么说，又怕她戗我，想了想，就来了句缠绵的话：早点回来吧，有点想你了。

妻咯咯地笑，然后说，我也想早点回了。

这一刻，我简直热泪盈眶了。妻子，三十年的厮守，身相随，心相通。那熟悉得不能再熟悉的一切，变得越来越亲切了，越来越难舍了。守住这份平凡，拥有这份相思，享受这份真情，是我余生的追求了！

岳母的生日

岳母今年八十七了，三寸金莲摇了多半个世纪。

岳母哺育了五个儿女，五个儿女又养育了十六个孙子、孙女、外甥、外甥女，待到他们都成了家，又增加了几十口。凑到一起，热热闹闹一大家子。

平日，谁忙谁的，谁过谁的日子，谁有谁的小天地，只有在春节和岳父、岳母生日的时候才会团圆到一起。

岳母八十七岁了，五个儿女是她一口一勺喂大的，十六个孙子辈的也是绕膝长大，隔辈的亲情更加浓厚。如今，已进入暮年的她，满脸沧桑了。

岳母却从来没有庆生，晚辈们没有单独给她过过生日。

岳父与岳母的生日相隔一个半月，岳母在前，岳父在后。他们的两个儿子都有一大帮朋友，他们在想，老人都八十多岁了，一定要把生日过得热闹点。就邀请了朋友，邀请了关系好的邻居，让他们一块来喝酒。可是，村里有习俗，不是儿孙不是亲戚关系的，多是给男寿星过生日，极少给女寿星过的。再说，岳父岳母生日间隔短，让朋友连续来祝寿，觉得过意不去，因为谁来也不能空着手啊。

最后就商定，两个老人的生日一起庆，在岳母生日这天，说是给岳父过。

亲戚朋友都来了，屋里院外，满满当当，连大人带孩子，有一百多号人。酒席准备得很丰盛，鸡鸭鱼肉打着尖，每个桌子上都是十几个大盘子。岳父被请到最显眼的位置，戴着寿星帽，接受着人们的祝福。有人举杯致辞：祝您福如东海，寿比南山，一年更比一年好！岳父就喝一杯。又有人说，祝您年年有今日，岁岁都平安！岳父又干了一杯。每喝一杯，岳父就说一遍：谢谢，谢谢，日子过得这么好，我一定活到九十九。

亲戚们虽然知道不是岳父的生日，但朋友们敬岳父，也只好跟着敬。岳父假戏真唱，接受着每个人的祝福。还向人炫耀，孩子们都孝顺着呢。

村里人喝完酒后爱吃炖菜，一百多人的炖菜要做一大锅。锅就盘在当院，十多仞的大锅。 岳母闲不下来，虽然手已是颤巍巍了，脚也立不稳，视力也模糊，仍要帮着女儿们做饭，她生怕她们做得不好吃。她一会儿切肉，一会儿切海带、切茄子，还不停地指挥别人：该放酱油了，该放醋了，该放香油了，该放味精了……

岳母的两个儿媳在院子里将蛋糕切好。蛋糕上有个寿桃，还有个大大的寿字，红红的，很鲜艳，她们就把它切下来给岳母——真正的老寿星——递过去，岳母顾不上吃，让先放在一边。

岳母将劈柴烧得很旺，火在灶膛里呼呼作响，火焰窜出来，像龙吐出的长舌。炖菜一般先是大火，后是文火。大火时，菜在大锅里翻滚；文火时，菜就咕嘟咕嘟地冒泡。肉和菜都烂了的时候，香气就弥漫了整个院子，还飘到大街上、小巷里。

饭菜好了，岳母将锅盖掀开，给每个人舀菜，碗一摞一摞地排放着，勺子碰到碗沿，发出一声又一声的脆响。这个时候，岳母的笑脸掩映在雾一般的蒸汽中了。

丑女婿俊媳妇

丑是娘胎带来的，后天的变化不大。从小，我是一个丑孩子；长大，还是没人说我俊；如今要到了老的年龄，照照镜子，仍是自惭形秽。

但我还是有疑惑的，我到底哪里长得丑了呢？鼻子是鼻子眼是眼的，仔细看，还是双眼皮呢。嘴不大不小，耳朵不偏不歪。五官没毛病，凑在一起，咋就不好看了呢？

上小学、上初中的时候，我的学习成绩好，在班里担任班长、学习委员。虽然长得丑，因当时的年龄小，那个时代又没有早恋的，班里的女生对我没有冷落；相反，不会答题了，还求教于我。上了高中，到了情窦初开的年龄，因高考刚恢复，都拼了命地读书，长得好、长得孬没人在意。

一九八〇年，我上了师范。当时，有爱情镜头的电影刚刚有，男女都是含蓄、娇羞的表达，就像《庐山恋》中的男女主人公，轻轻地吻一下就脸红。班里女生少，四十六名同学中，只有七名女生。咱长得丑，自然就没人在意，对于谈对象，咱想是想了，没有行动。偶有一次感情冲动，买了两张电影票，但终没敢给她。

参加工作的时候，虚岁二十，正是谈恋爱的年龄。当了一名中学教师，有一份固定的工作，家庭条件也不错，自然有媒婆找到门上。那时候，女孩子上班的少，多是住在县城、吃商品粮的人家，她们大多看不上家在农村的孩子。我虽然长得丑，上了两年师范，读了不少书，心也高了，气也傲了，一般的女孩还真看不上。

本村有一个高中女同学，个子高，长得俊，皮肤白，上学的时候经常在一起，相互之间有好感。有一回我的衣服扣子掉了，她还给我缝了。有人做媒，去女同学家说亲。女孩虽然长得俊，但没工作，媒人便以为问题不大。我当时没主意，认为谈成谈不成都行。不料，媒人回来后，报告了坏消息，她没说女同学的意见，只传递了女同学母亲的看法：他长得太丑，如果占个中不溜也行。我自然是气坏了，一向有优越感的我，不啻当头一棒。

我在乡镇一所中学教书，与县城的人接触少，与上班的女孩子见面机会不多。本家奶奶在城里住，关心着我的婚事。她托人给我介绍了一个老家是外地、已在本县落户、有一份好工作、长得又漂亮的姑娘。介绍人对我奶奶说，先让我看看你的这个孙子吧，如果中，我就去介绍。

那天，我骑着车，蹬了二十里的路程，去县城见了介绍人。自然，我是打扮了一番的，那时时兴喇叭裤，我也穿了一条；我还把头发梳得光溜。给介绍人说了几句话，我就走了，等着本家奶奶的回信儿。过了几天，奶奶没隐瞒我，对我说，不中了，介绍人说你丑，不敢给女方提。我的心糟透了，我开始自卑，我对这位介绍人恨之入骨。

一个是女同学的母亲没相中，一个是介绍人没相中。可想而知，两次相亲对我的打击有多大。我甚至觉得，他们这是在侮辱我的人格。

但我找对象的原则没有变：女孩子必须漂亮，哪怕没有工作。

遇到我现在的媳妇也是赶巧了，用某些人的话说，我是讨了便宜，交了桃花运。我与媳妇的哥哥是高中同学，她小我几岁。虽然同是一个村，但因村大，并没有多少了解。我见过她几次，印象中长得不错；她父母和她，对我不甚熟悉。高中毕业时，我们有全班同学的毕业照，他哥哥指给她看。毕业照是黑白照片，五十多人在一块挤着，她没看清，误认为另一位同学是我。那同学小圆脸，大眼睛，挺好看。她就点头同意了。后来见到我，她有些蒙，怎么不是照片上的那个人呢？她想说不同意，但没说出口。用她后来的话说，当时年纪小，什么都不知道，听从了家长的意见。

就这样，我们结婚了。如今结婚三十多年了，日子过得还算好。有人见到我，拿我与我媳妇做比较，说真是找了个漂亮媳妇啊！有人替她抱不平，说鲜花插到了牛粪上。闲得没事了，我媳妇也会长叹一声：这辈子怎么就与你过了啊！意思还是嫌我长得丑。我把媳妇的抱怨说给一个好友听，好友说，你有才，她有貌，你们是郎才女貌，正合适。我把这话学给媳妇，媳妇不屑：屁，别往自己脸上贴金。

想想，丑有丑的好处。至今，没有一个漂亮女子向我抛过媚眼，更没有美人向我投怀送抱；虽然我见了美女也会多瞅两眼，但只当作一闪而过的风景，眼中有影儿，心中搅不起波澜；打动我的，只有陪我度过几十年风雨的媳妇。我想对她说，女婿虽丑，有一颗善良的心；女婿虽憨，情到深处感动天。

媳妇威武

到了供暖的日子，天然气公司就忙了。家里新买了燃气灶，本要他们来给接口安装的，催了两天，没来。媳妇说，不等了，我自己来。她看了说明书，先把燃气灶安装好，然后，花五块钱割了一米长的管子，一块钱买了两个卡子，就动起手来。塑料管套铜管有些紧，她就一匝一匝顺时针拧，把手都捋红了，也没进去一厘米。后来挽起了袖子，再用些力，总算拧进去了。就试着看通气了没有，结果没反应，没一点火焰。突然想起来，燃气灶里还得装电池，就上街买了两节。以为这次行了，结果还是不行。想不明白是什么原因，就愣怔了半天；看看电池的正负极，安的也没有错。呀，原来是电池上的那层塑料纸没撕净。

我下班到家，媳妇对我说，弄好了，能做饭了，给你省了五十元。

不是省不省钱的问题，媳妇性子急，不愿意等，什么事都不能拖。

媳妇是有一双巧手的，本来我该做的事，她做了；我都干不好的事，到了她手里，顺顺当当做好了。

比如说，橱柜上的合页掉了，需要换个新的，她就到街上买了来，然后，拿起改锥、锤子，敲打两下，使劲拧几圈，就结实了。

暖水管漏水了，需要换一段新的，她就打电话，让水暖门市的人来换上。换的时候需要开关水管什么的，都是媳妇配合着完成。

下水道堵了，她给单元的几户人家打过招呼，说让门市的人来修；大家都说照你说的办吧，我们放心。水道通了，她先把钱给了人家，然后再去一户一户地收。

这好像没什么难办的，没什么大不了，让人惊讶的是，她还会补自行车的车胎。

那个时候，我们住的地方距离县城中心有三里，车胎跑气了，推到街上费力。刚好，门岗那里有补胎的工具，而门岗出去吃饭没回来。媳妇说，见过很多次补胎了，不行我就试试吧。

外胎需要很大的手劲才能剥开，她就用扳子撬开一个小口，然后顺着车圈往外赶，一只手还得用力往外扳，一不小心，指头就给挤进去，挤得生疼生疼。整个外胎剥下后，她把气门芯拔下来。按照程序，先给胎打气，待到一半气的时候，放在洗脸盆里试，哪个地方冒泡，哪个地方就有孔儿，就需要在那个地方补。媳妇很内行地用一个火柴棒插进孔里，算作标识。她用小锉轻轻去锉，生怕把胎弄破了，弄得窟窿更大了。第一次，她就是行家里手，在漏气的小孔儿周围，锉出了个圆乎乎的补丁块样；她又找到一条旧胎，照着锉出来的形状，剪出了补丁；挤上几滴胶水，用嘴吹吹，使劲按了上去；怕不结实，学着别人的样子，用改锥把儿砸几下。

媳妇骑车进城了，我生怕补不好，路上跑了气回不来，结果，到家的时候，车胎仍是圆鼓鼓的。

不要以为我媳妇是个女汉子，一点儿也不；相反，她很淑女，很温柔。若论长相，没有人说不好看的。五十岁的人了，还是细皮嫩肉的，身材也一直没变。我在乡镇的时候，有一次她去找我，有人见了，说实在太漂亮了；

就相互转告，把屋子围了里三层外三层。有个人不相信，认为无论如何我是配不上她的。当确信无疑后，说我媳妇是潘金莲。我理解他的意思，他不是说我媳妇像潘金莲那样妖媚、放荡，他在暗指我是武大郎，和媳妇比起来，一点儿不般配。

也不要以为她做家务不行。针线活自不必说，所有的女红都会，还做得一手好饭菜，就连春节时酥鱼也都是她去做。刮鳞，开膛，洗涮，都由她来；自然，酥鱼的所有配料也都是她定。买了白条鸡，她抡起菜刀，先把鸡头砍下来，再把鸡爪子剁下来，然后再一块一块地切割；砧板剁得当当响，整个楼道都听得见。

有人说，你媳妇什么都干，都做得那么好，那你一个大男人还做什么呢？

可以给你放一段“录像”：

早晨一醒来，她没顾上洗漱，就抓一把鱼食，赶紧喂鱼缸里的几条鱼。不是热带鱼，也不是什么名贵的鱼，就是几条锦鲤。鱼吃食的时候，不离开它们，一直等到全部吃完；然后，去洗一遍过滤的海绵。那都是鱼的排泄物，黑脏黑脏。

中午的时候，给花洒一遍水。家里有十几盆花，也不名贵，绿萝啦，君子兰啦，玉树啦，还有滴水观音、散尾葵、平安树等。洒完水后，没有侍弄的了，就把几个干尖、干叶掐掉，隔一段就施一遍肥。像君子兰吧，一年至少换三次土。

到了晚上，我就歪在沙发上玩手机了。看微信，聊天，发朋友圈。媳妇着急了，一把把手机夺过去，扔在远远的一边，嚷：“一个大老头子了，怎么和小孩子一样呢，整天离不开手机！”

嚷归嚷，没过半个小时，我又一把抓过手机。

我的结婚证

我本来是照了结婚照的，可是没用上，结婚的时候也就没有结婚证。没用上的原因是，结婚前两天，我才去公社找管民政的人，那天他不在；公社的另一个干部说，你明天来吧，明天在。

第二天家里的喇叭就响起来了，单位的同事开着吉普车来贺喜，乡邻和同学也都来了，我就没再去公社。

再过一天，就是正日子，谁还顾得上去办证？

后来也没想到去补办结婚证，婚已经结了，人已经到家了，已成事实了，又没人管，多那道手续干吗？

婚后，媳妇端详合影，说我照得不好看。我也知道不好看，人瘦，刀条脸，和她不般配。她是圆嘟嘟的脸，两颊分别有小酒窝。可是，结婚证上只要是男女两人就行，没有般配就办证、不般配就不给办证一说。

媳妇把照片夹在一本书中，过了段时间，却找不到了。

有一天，媳妇说，咱没结婚证，算不算合法夫妻呢？我说，按说，咱的婚姻不受法律保护，但是这是事实婚姻。

那……咱立个字据吧。媳妇想了一会儿，笑笑说。

我就找到一张稿纸，琢磨了片刻，写道：我和她（他）自愿结为夫妻，不准以没结婚证为由，不履行夫妻义务，更不得以此随便提出分手。立字为证。

我签了名，她签了名；我摁了手印，她摁了手印。她嫌我的手印不清楚，让我重新摁，我这回用大拇指，还用嘴哈了口气。

红色是蘸着唾沫从结婚对联上蹭下来的。

以后就是每年一份了，每到结婚纪念日这天，就立字据，签名字，摁手印。还专门买了印台、色红得鲜艳。有的年份忘了，就补办。后来说实在是没必要，就不摁了。

没结婚证也会遇到麻烦。那一年，忘记是计划生育检查还是育龄妇女普查，反正是必须有结婚证。我们借了本家婶子的结婚证，把他们的合影照撕下来，贴了一张我们临时拍的照片。应付过去之后，把自己的照片撕下来，把婶子和叔叔的再贴上去。

媳妇终于耐不住，说，咱去补办个结婚证吧，以后说不准还要用。我懒得去，回答说，走着说着吧，这么大年龄了，孩子都多大了，还去办，被人笑话。

再到结婚纪念日的时候，我们别出心裁，我背着媳妇在屋子里转圈，以表示我们永远相爱、白头偕老。

媳妇说，不能两圈，结婚多少年就背多少圈。

我就转十圈，转十三圈，转十五圈，转十八圈……

有一天中午，我正在午睡，媳妇从街上风风火火回来，进门就喊，快起来，快起来，免费拍婚纱照，免费，咱们快去拍吧！

疯了他们？免费！我有点儿不相信。

原来，他们是外地人，临时租了两间门市，给拍照的夫妻免费拍六张五寸的婚纱照，然后让你选择一张，放大洗；如果没相中的照片，可以不洗。当然，放大的时候就不是自费了。多数人都会选择一张的。

我按照他们的要求，穿上西服，打上领结；媳妇化了妆，安上了假睫毛，穿上了婚纱，头上还戴着一朵花。他们让我们挎胳膊，让我们扶肩膀，还让我在胸前举一朵塑料花……

洗出来后，我对着六张照片看，看哪张效果好。结果，我的形象没一张中意的：抿嘴，就显得噘；咧嘴，笑不像笑、哭不像哭。媳妇倒好看，化妆化得却让人看不出是谁。

媳妇找了一张，说就这个吧。我不同意。然后就怏怏地回去了。

时间就这么过着，一年又一年。没有结婚证，也没有离婚。

说着说着就大半辈子了。

这几年，县城结婚的男女都请司仪；司仪设计着台词，设计着规定动作，动不动就几千上万的。其中，少不了这样一个程序，司仪拿着话筒，问新郎和新娘：“无论他（她）将来富有还是贫穷，身体健康还是患有疾病，你都愿意和他（她）永远在一起吗？”

新郎新娘分别回答：“我愿意！”

参加过无数次的婚礼，见证了无数次的誓言，可是，“我愿意”的人，有真爱的，也有无奈的。有的过了一辈子，有的半路毁了约，有的一言不合就分手。而我们，到了五十多岁还没办结婚证，若论恩爱，一点儿不比年轻人差。

以为这辈子就不会有结婚证了，没想到，去年办了。因要贷款，需要各种证明、证件，其中就有结婚证。我们没有，怎么办？银行的人说，可以去办啊！

是啊，现在办结婚证很简单，两个人拿着户口本、身份证就行了。

没有刻意打扮，没有化妆，我穿了件烟色方格上衣，媳妇穿了件蓝色上衣，就去拍结婚照了，喜庆的是，照片底色是大红色的。然后去登记，工作人员让我们填了一张表，摁了两个红手印，不到几分钟，证就出来了——两个红本本。

回来的路上，媳妇问，他们咋没问咱为什么这时候才办结婚证呢？

我说，人家才懒得问，一天办多少本。

拿着红本，我感慨了又感慨，结婚三十年了，才办了结婚证，还是因为贷款。

我对媳妇说，往后好了，不用再背你转圈了。我们一起还债吧，二十年。

媳妇的话意味深长，是啊，还债，情债，夫妻是冤家，上辈子欠的情，这辈子还。我还你的，你还我的。

你愿意吗？

我愿意！

你愿意吗？

我愿意！

我们是真愿意。

生命火花

去年底，岳父再次住院，一回想，一年的时间内，已经是第五次住院了。即使在家，岳父也没有间断治疗，不是吃药，就是输液。身体稍有好转，在家坐不住，骑上电三轮，大街上游走一遭。年底了，本想好好过个年，可是病情加剧。那天商量着去住院的时候，他立马来了精神，从床上骨碌起来，说，马上就去吧！他仍充满了活下来的信心。

说来，八十四岁的高龄了，没毛病的人少。岳父患的不是急性病，也不是不治之症，是心衰。心脏功能不好了，又影响到肺。这次还发现肾衰竭。年纪大了，所有脏器都老化了。

其实，第一次住院的时候，岳父就把后事交代了。但在他心里，不认为就会死，交代后事只是怕万一有不测。

我记得，从七十多岁开始，岳父每年过生日时，都要向前来祝寿的人开一句玩笑，说你们今年来了，明年不一定能来。别人问为什么，他就说，哪能一直活着呢？

去年正月二十八，岳父生日的时候，以为他还要说这句话呢，结果，岳父没说，表情还挺凝重。是啊，人没病的时候，不太老的时候，对于死显得很豁达，没有一丝畏惧；真正处于死的边缘了，就十分地，或者说万分恐惧了。

那天，岳父望着满屋子的人，倒是说了这样一句话：以为这个生日过不成了呢。我们说没事的，活到九十没问题。他说，如果真能活到九十，咱就唱大戏啊！我说，舍不得离开我们吧！他点头说，是，是。

这次住院后，医生告知病情有发展，情况不妙。

治疗的头几天，岳父不能吃，不能喝，整天迷迷糊糊的。过了几天，能进一点点饭食了。又过了几天，又一点儿不能吃了。医生就给输白蛋白，补充一点儿营养。

岳父的头脑始终清醒，且眼不花，耳不聋。家人说什么话，都能听清楚。家人避开他去商量一些事的时候，他知道危险了。他显得很痛苦，整天一句话都不说。

到了春节，病情仍不见轻，让老爷子回家呢，还是在医院过年？医生说，看他什么想法吧，反正就是这样了，不会好转了。

普通人的观点是，人死的时候，还是在家里好。

家人就征求岳父意见。他先是犹豫不决，后来说就在医院吧。他在抱着最后一线希望。

到了正月十一，岳父突然说想回家了。大家遵从他的意见，拿了要吃的药和输液的方子，回家了。

到了家里，仍是不吃不喝，有时候喝口水也吐。岳父不是不想吃，是不能吃。有一天，他说，包点饺子吧！还吩咐要韭菜馅的，要把肉切成丁。儿女们就忙着剁菜，和面。待煮好了，热气腾腾端到他面前时，他一口没吃，只是闻了闻，说味道不错。

过了两天，岳父想吃猪蹄。就忙去买，买回来后，又说不想吃了。

后来岳父又说想吃杏罐头。家里人就再去买。买回来后，只是喝了里边的一口水。

有过几次后，儿女们心里就有了点烦，说老人是在故意折磨人。后来才想明白，他是想把过去最喜爱吃的东西都再看看、闻闻，最好能吃上一口。他留恋世上所有的美好。

他对儿子说，就这样等死吗（终于说出了这个字）？是不是再去市医院看看呢？儿子说，咱们去过市医院，治疗的方法是一样的。岳父不吭声，然后说，这次找个年轻的医生给看看。儿子嘴上答应，但没有行动，他们很清楚，八十五岁的人了，就像快燃尽的灯盏，去哪里都不管用了。他们心里纳闷，怎么说要找个年轻医生呢？

将近一个月的时间，他没吃没喝，只是输过几天液。我在心里说，人的生命说脆弱很脆弱，说坚强真是坚强啊！他生日那天，我还开玩笑说，过了八十四岁这个坎，你的病就要好了，再活几年、十几年都没问题。他点点头，相信了似的。

春节过了，元宵节过了，生日也过了，就连二月二也过了。院子里那棵玉兰树开花了。

就在春意渐浓的时节，他感知自己到要走了，要离开这个世界，离开所有的亲人了。他鼓足勇气，开始直面死亡。他唤老伴到床边，她以为他要交代什么。可是，他只是握了握她的手，什么话也没说出来。后来，两滴泪顺着眼角流出来。他在与生活了六十多年的老伴做最后的告别。不，是永别。

我就想，人要死去的时候，如果大脑混沌，什么痛苦都没有，该有多好啊！可是，直到死前几分钟，岳父头脑依然十分清醒，这应该是最痛苦的时刻吧！

岳父就像一盏灯，在耗尽生命最后一滴油后，忽地一下，不见了火花。

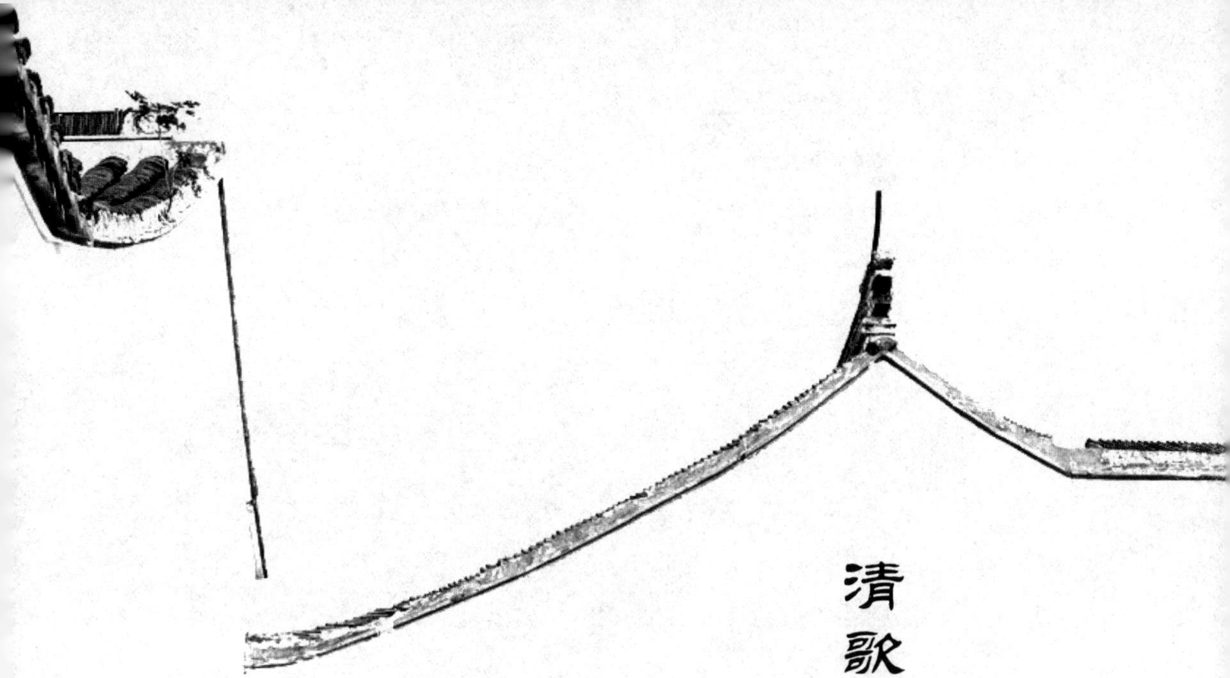

清歌留欢

老之将至

如果把人的生命分成几个阶段，按现在的说法，六十岁算是步入老年。我今年五十四岁，还有六年，就是老年人了，就会被称作“老头”。其实，在年轻人的眼里，恐怕我早已是老头了。虽然心理年龄比生理年龄要年轻，心里还不认为自己就要老了，甚至有些时候犯迷糊，到底是四十多岁了，还是五十多了呢？但是，在年轻人的眼里，我已是老人家了。从称呼上也能听出来，他们让娃儿喊我“爷爷”，想想吧，哪有年轻的爷爷呢？

我国目前的人均寿命，应该是七十五岁左右。也就是说，步入老年门槛之后，再过十来个年头，就要到另一个世界了。

对于死，没有人不怕。谁不怕死呢？作家阎连科说他刚过五十岁，就几乎天天想到死，死令他恐惧，令他感到人世的残酷。有的人说不怕，那只是挂在嘴头上的，只是说给别人听的，只是还没到死的年龄。八十岁的老人，提到死，也是浑身打战。

谁也得死，有早有晚。秦始皇不想死，寻长生不老药，能吗？

老之将至。进入六十岁，或者说从现在开始，该做些什么呢？做些什么才算是延长了生命的长度和宽度呢？有过怎样的经历才算是没有虚度一生呢？余下的岁月怎样过才能不留下遗憾呢？

想了想，还是从这几件事做起吧。

读一遍中国历史。中学时学过历史课本，时间久了，很多大事记不准了。再说，教科书上的内容有点概念化。找几本历史书读读很有必要。《二十四史》《中国通史》完全有必要通览。读了历史，就了解了人类几千年发生的大事。各个历史时期的制度、文化、人们的生活，以及改朝换代的帝王、扭转乾坤的英雄、推动历史进步的俊才，都就认识了。一个人活几十年，最多百年，经历一个朝代或者两个朝代，如果不读历史，心里装的也就是这几十年、上百年的事。读一遍历史，就了解了历朝历代的社会状况和人类生活。虽不是亲历，但仿佛看见了，听到了。这样，也算是拓展了生命的长度。

尽可能多地欣赏经典。经典都是历史长河中遗落下来的璀璨明珠，是最优秀的文化遗产。不欣赏经典，就不能领略这个世界的精彩，就不能享受人生中的美好。不读《红楼梦》遗憾，不读莎士比亚后悔。好的音乐，好的绘画，不置身其中也遗憾。虽然咱文化不高，还不敢称作文化人，但多少也懂点艺术，至少听过贝多芬、施特劳斯的交响曲，也见过毕加索、齐白石的画作。若再找高人指点指点，估计也能陶醉其中。

到一个陌生环境生活二年。从小到大，一直到老，一直在一个巴掌大的地方生活，总会厌烦。“谁不说俺家乡好”，这话也对，但只是听别人说，自己不会说。长居一个地方，不会看到风景，不会有新鲜感，也就少了幸福感。一天吃三顿肉，肉也就不是肉了，就成了茄子、冬瓜和泥块了。这个世界，还有别的气象，还有不同的风景，还有异于自己的人群，还有另类的生活。虽然到过名山，但对山区的生活了解得少；虽然看过大海，但没在渔村住过。所以，计划先在一个山村住一年，越幽静的地方越好；然后再到浙江或福建的一个小渔村住一年，能和渔民一起出海更好。

随心所欲过一段日子。从小在农村住，经历过艰苦的生活；从小就向往自然，向往蓝天白云；听惯了牛的哞叫，听惯了鸡的啼鸣，吃惯了白菜、萝卜和红薯；喜欢在田野捉蚂蚱、逮蝈蝈。离开农村，这些习惯也渐渐淡忘了。趁身体还好，再去经历一次，算是第二个人生。比如，待到下雨天，光着脚丫在路上奔跑；待到大雪天，牵着狗到野外逮兔子；或者搭个庵子在地里住几晚。一直期盼着，在北风怒号的大雪天，在黑咕隆咚的夜晚，戴着皮帽，裹着棉袄，跺着脚，在村外看不见路沿的小路上走。经常冒出一个念头，拿个凉席在广场睡一晚。这些都不是难办的事，要找机会一一去实现。既然老之将至，想怎样就怎样最好，不怕白眼，不畏人言，不怕落阴阳头名声。我自在，我幸福!

历史上有自以为是人物的人，为了让后人记住他，临死前刻了两块石碑，一个在海底，一个在山顶，说是地壳运动也不怕，总能露出一块。可是，人们还是没能记住他的名。特别赞成毕淑敏说过的话，咱不是大人物，不是名人，没做过惊天动地的大事，既不能百世流芳，也不会万年遗臭，干脆把与自己有关的一切，都带到另一个世界吧！穿过的衣物早点销毁，用过的家具、睡过的床当作劈柴，看过的书、写的日记也烧了吧！离开这个世界，就不给这个世界留下一点痕迹。最好是海葬，不能就深埋，不留名，不留物，就当没来过。

娶个吃商品粮的媳妇

如今的青年男女在找对象时，往往有一个条件，就是要求对方吃财政，只要能拿财政工资，其他条件都可适当降低。这让我想起了 20 世纪 70 年代末 80 年代初，人们找对象的最大追求、最高目标是找个吃商品粮的。

所谓吃商品粮的，是指有工作、没土地、靠国家供应粮油等食品的人。吃商品粮了，就是城镇户口了，就脱离了农村，脱离了农民，就能由国家安排工作。吃商品粮和现在的吃财政，意义很接近。

吃商品粮有两个渠道：一个是招工或当兵回来后安排工作的，或者后来考上大学或中专，毕业分配的；再一个就是父母有工作，都是吃商品粮的，儿女就自然是吃商品粮的人。当时的政策就是这样。

吃商品粮的人，有很大的优越感， 特别是那些靠着父母吃商品粮就能吃上商品粮的人，在人群中很显眼。因为注定吃商品粮了，注定有工作了，学习就不努力了，做什么都不上心了，单等着上班。上学的，在同学中间，就有点儿居高临下，就有点儿趾高气扬，就有了颐指气使；早早不上学了的，就混上一帮哥们儿，掏小虫，打弹弓，戴着“黑泡”、骑着自行车在县城街道来回地窜。

当时吃商品粮的人很少，没有现在吃财政工资的人多。如果男方是农业户口，女方吃商品粮，将来孩子就能吃商品粮；如果男方吃商品粮，女方是农业户口，孩子就随母亲，也只能是农业户口。

然而，男的是农村户口，想要娶一个吃商品粮的媳妇，是难之又难的。不能说没有，只是极个别的情况。除非是青梅竹马又受了电影、小说影响的；除非男方家庭条件好且又长得十分帅气的；除非女子长得丑，有几个麻坑、雀斑甚至有小残疾的……结婚之后，男的还得时刻看女方的脸色，还得给人家做饭、洗衣服，早起掂尿盆，晚上泼洗脚水。

男的转为商品粮了，要找个同样是商品粮的女子结婚，并不是那么容易，不是每个人能实现的。当时不知道什么原因——女同志上班的比例极小。

男孩子考学上班的动力来源于彻底摆脱农村，改变农民的身份，改变祖祖辈辈务农的历史。因为农村的生活太苦了，他们不想再吃父辈的苦；农民的身份让他们抬不起来头。为了改变命运，只有靠吃苦，靠拼搏奋斗来达到。他们的信念是，吃得苦中苦，方为人上人。

以为有工作了就能找到吃商品粮的老婆，以为进了城就摆脱农村了，这就大错特错了。实际情况是，一半的男子仍找不到吃商品粮的女子。

不得已就得找个农村户口的做老婆，还得回到农村，还得与农民打交道，还得在黄土地上种高粱小麦。因为老婆是农业户口，生下的孩子都是农业户口，都分着责任田，不种地干什么？一个人的工资哪够全家花？上班的男子被冠以新的头衔：“一头沉”。

“一头沉”干部上班时间高高兴兴、光光鲜鲜，可是，上班前间苗，下班后耪草，长袍马褂换短裤的时候，就一脸阴沉了。看到夫妻都是商品粮的人家买一篓子苹果、炒鸡蛋放半斤油、体力劳动最多是搬个煤球，嫉妒得腮帮子疼。

这可就苦了女的，当初“攀高枝”似的找了个吃商品粮的，为的就是过上好日子。他们挣着工资，旱涝保收，总比农民在风里雨里、土里刨食强，没料到，上班的男人都不愿再下地，地里的活多靠着女人摆弄捯饬，这样就比嫁个农民还吃苦。

何况，如果男子是吃商品粮的、女子是农民身份，那女的多是村里最漂亮的女孩。因为漂亮，从小受宠，哪干过吃力的活儿？她们就后悔了，说还不如嫁个农民呢，嫁了农民，光在家做饭就行了。

男人更来气，说，我奋斗了半辈子，还是没有脱离农村！我不着急……不着急，你还……着急！

听那口气，看那神态，“你还”后边似有“他 ×× 的”粗口。

迟来的墨香

我的文字变成铅字是1987年10月10日，在《邯郸日报》头版头条刊发了《鸡泽试行公费医疗保险制　医疗开支骤减》。虽然是一则消息，不是文学作品，但毕竟变成了铅字，且是头版头条，心内的喜悦可想而知。

一遍又一遍地看，觉得这天的天真蓝，这天报纸的内容真好。午休的时候，躺在床上，仍是爱不释手，眼睛死死地盯着自己的名字，觉得是那么熟悉，又是那么陌生，这是真的吗？真的是头版头条？真的是自己的大名？我想起了许多文艺作品中描写的情景，人遇到想不到的惊喜后，用指甲掐自己一下，看疼不疼。我也想照着做，但又觉得可笑，便象征性地掐了一下，然后嘿嘿地笑。

其实，我对写新闻稿件没有多大兴趣，我做的是文学梦。从上初中起，就开始读长篇小说。要知道，那时“文革”还没结束，找一本小说读，是很不容易的。但我还是读了《烈火金刚》，读了《暴风骤雨》，读了《林海雪原》。上师范的时候，是20世纪80年代初，那时，文学的春天来了，作家们拿起手中的笔，写出了一大批有影响力的好作品，可谓百花齐放、星光灿烂。也就是那个年代，我认识了王蒙、刘心武、刘绍棠、张贤亮、王安忆等，我被他们的作品深深打动，只要有一点儿时间和可能，就孜孜不倦地读；对王蒙的意识流更是佩服得五体投地。

读小说的时候，心中的梦想在一点点生长，那就是像他们那样，拿起笔来，写出反映时代的好作品。后来就写了，没日没夜地写，写了就投出去，等待着闻到墨香。但等来的是退稿，是失望。学校成立了文学爱好者协会，我是其中一员。我写了一篇散文，想不起来标题了，被抄写在学校的板报上，竟也有点成就感。

1982 年毕业后，我到一所中学任教，自费订阅了《人民文学》《诗刊》《文学报》《文摘报》《小说月报》等十多种报刊，当时我的月工资是 33 元。我还报考了“鸭绿江文学创作培训班”，每月写几篇作品，老师给予指导。

但是，无论怎样努力，所写的作品没有发表过一篇。绝望吗？绝望。绝望吗？不绝望，我矢志不渝地走在文学创作的道路上。

正是那篇头版头条的新闻稿，再次激发了我的创作热情，我开始写文学作品了。1989 年 7 月的一天，我写了散文《过五月》，我跑到邯郸日报社，想交给文艺版的编辑。那天很不巧，门锁着，文艺版的编辑都不在。我便从门缝塞了过去。

想不到的是，就在那个周末，7 月 12 日，《过五月》刊登了。反复地读过之后，向同事们炫耀：登了，登了，一个字没改。

后来，我们把“一个字没改”当成了炫耀的常用语。

然后就一发不可收拾了，连续发表了《妻子泪》《绵绵秋雨》等作品。那年，我还组织成立了五月文学社，使更多的文学青年投入写作的队伍。

如今，我虽然出版了长篇小说，还不断地发表一些短文，但是，我保持了一颗平常心，我没有多少成就感、优越感。文学繁荣的时代过去了，人们追求的目标变了；人心浮躁，追逐物质享受，追逐及时行乐，把文学看作崇高事业的人少之又少。人们对痴迷于写作的人，表面上说两句好听话，心里没怎么把你当回事的。甚而，有少数人在心里说，写那些东西顶个屁用！或者说，那算个蛋啊！

屁也好，蛋也好，都是别人的事，不要指望写作能带来多大的利益，不要指望写作让人把你看高。在很多人心里，写几篇文章，出几本书，不如弄个副科级干部当当，不如做生意挣两千块钱实用。

不为名，不为利，把写作当作爱好，就是我现在的追求。小路崎岖，有山花相伴；喧嚣相扰，我撷一叶芳草。张爱玲说，出名要趁早。我已是五十多岁的人了，早把名利看淡，但是我对文学依然挚爱，我每天仍会不顾疲劳地写作，仍会为了一个字、一句话赶紧跑到电脑前修改，仍会躲在卫生间抚摸着暖气片静静地读、静静地思。别人说啥，我一概地不听，一概地听不见了。走写作的路，让笑话的人走别的路吧！

好在，文艺的春天又来了！

35 年前，我当教师

一九八二年八月的一天，我拿着一纸调令，到一所中学报到。去的时候，已是下午五点了，学校里没有人，偌大的校园静悄悄的。学校除了教室之外，还有两排房子，是教师的宿办室。门都挂着锁，只有一个屋子的门上挂着帘儿。我敲了门，出来一位四十来岁的女同志，看上去像教师模样。她问:“你找谁？”语气中有些凉。我掏出调令，说:“我来报到。”她接过，看看，脸色也好多了:“啊，是吗？你叫曹学勤？听起来像曹雪芹呢。欢迎，欢迎，以后我们是同事了。今天是星期天，校长不在，明天来吧！”

我没有纠正她，我不叫曹学勤。

校长给我安排了课，让我教地理。我本想教语文的，但是语文老师不缺。地理也未尝不可，高考时，我的地理成绩在五个科目中考得最好。在复读班时，地理老师教得最好，让我们通过画地图记住所讲的全部内容。图上不但有山脉、河流，还有矿产资源等。

就要上课了，这是我第一次面对只比我小两三岁的中学生。

“同学们，我是新来的老师，以后教你们的地理课。首先做个自我介绍。”说毕，我用粉笔在黑板上写了一个大大的“曹”。

“我姓曹，曹操的曹。”

下边有了唧唧的笑。

“曹雪芹的曹。”我接着又说。

下边发出了呵呵声。

“还是曹禺的曹。”兴之所至，我又说道。

下边的笑声更大了。

第一节课的内容是《地球 地球仪》。我按照复习班老师的教法，先画张图。自然，现在需要画的就是地球了。

我的心扑腾扑腾跳，能不能画好呢？能不能画圆呢？这可是第一节课，这可是留给学生的第一印象！但是，没有时间让你考虑，同学们都在瞪着眼睛看你呢。

刷——粉笔在黑板上摩擦出声，我的胳膊在空中画了个圆。嘿，真不错！黑板上的圆真圆，接口处看不出一点儿痕迹。同学们发出唏嘘声，投来赞许的目光。

成功了，第一节课成功了！我为自己的成功高兴。我的心欢快地跳着，我有了教好学生的信心。

下课后，我听到了学生们的议论：

“曹老师讲得真好！”

“曹老师画地球画得真圆。”

“听说曹老师叫曹雪芹。”

学校缺英语老师，校长知道我在自学英语，有一天对我说，你教英语吧。我摇头，说根本就不行的。校长说，没有不行的，你教什么都行。校长这么看重我，我就接受了。当时，我跟着收音机学陈琳讲的英语才一年多一点儿。

学校里还有两名英语老师，各教一个年级。我怕自己教不好，就经常向他们请教。同时，我自学的劲头更大了。收音机上的英语一天播两遍，早晨五点多一遍，晚上九点多重播一遍。为了不错过每一次播放，我定了闹钟，逼着自己早起。

我还兼过生理卫生课。这门课有的学校不讲，因为中考的时候不考；有的老师讲到生殖系统时讲不出口，让学生自习。

有一天，我讲到泌尿系统，在黑板上写了一个“尿”字，问同学们，从语文上说，这是什么词性呢？

一个学生说，名词。

另一个学生说，动词。

我点点头，对，你们说得都对。可是，还有呢？

没有人说话。

我说，它还能当形容词呢。

同学们疑惑，你看看我，我看看你，最后一齐看向我。

我就胡诌起来：我们这里有个方言，一个人不服另一个人的时候，说，我不尿你！或者说，尿你没空儿！

同学们哗地笑了。

生理卫生课不重要，我就经常给同学们讲文学方面的知识。他们也爱听。记得有一次，讲起了丁玲和她的《太阳照在桑干河上》，讲了满满一堂课。

还教过音乐。当时文教局要求必须开齐课程，学校就抓我补这个缺。我本是五音不全的，可是像鸭子似的被赶上了架。当年正在播放《霍元甲》电视连续剧，里边的歌挺受欢迎，我就教《万里长城永不倒》。不会粤语，就用普通话。教室外就是公路，我们大声唱着，传得很远，有人就驻足听一会儿。当时我脸皮厚，唱得再难听也不怕。

我还学会了拉二胡，上音乐课时，同学们唱，我拉二胡伴奏。

当时的歌都好听，很流行，《我的中国心》《回娘家》《童年》等，百听不厌。后来想想，其实不教，大多数学生也会唱。

与所教的学生年龄间隔小，就少了些老师应有的尊严。课余时间还有学生找我玩。有一次一个学生在上课时捣乱，我打了他一巴掌，谁知道他死犟，把脸扭过来让我再打。搁到今天，事就大了。

第一年实习工资是 33 元，第二年定级后 41.5 元。没结婚，便吃住在校，星期天也少回家。做饭的是个老头，姓张，我们都叫他老张。老张爱炒茄丝，放的醋多、蒜瓣多、花椒多。我吃一份菜不够，就吃一份半，到了月底结账，一个月伙食费才 7 元。

下午放学后，学生回家了，老师们也都回家了。老师多是本乡的，没有住宿生，老师便不用住校。到了晚上，往往就是我与老张二人；我多是写小说，只有累了的时候，才找老张聊一会儿。

老张就给我说古。其实也不是古，就是他年轻时听到的一些故事。他说一个年轻人结婚后没几天就离婚了，原因是小伙子没“阳”了。

“没阳？啥意思啊？”我不解。

老张开始是吞吞吐吐，后来说得直接了些：“就是不起性了，没有和女人睡觉的本事了。”

从此，我得知了“没阳”的含义。

还有个老师偶尔也住校，但我与他凑一起的时候不多。他爱听豫剧，爱听《秦雪梅吊孝》。我不喜欢，宁可与老张说笑话。

我写小说的时候，老张就一个人坐在伙房门前打盹。停电的时候，到处一片漆黑，我就与老张掂上凳子在操场对坐。

到了谈恋爱的年龄，就不断地去县城见面。有的女孩看不起教师，一听说是老师，心就凉了半截。我说教师怎么啦，教师是干部身份。他们不信，教师怎么能是干部呢？

去县城的次数多了，校长就有意见了。有一天，我的一个同学到学校找我，问我在不在。校长心里窝着火，说了句很难听的话：“曹老师跟油人似的，咱抓不着。”同学把话学给我了，我对校长就有了看法。

有一天我又要进城，校长拦住说：“你可不能这样了啊，天天进城，还能教好学生吗？”

我将自行车支起来，掐着腰，仰起脸，吵架似的：“我做得不好吗？学校缺英语老师，我一边学，一边教；生理卫生课没人愿意上，我来上；没音乐老师，又是我来顶。进趟城怎么了？又没影响教学！你应该关心教师的生活。如果因为你不让我进城，让我谈的对象吹了，你要负全责。”

校长跑到文教局，找到管人事的副局长，诉苦道，我管不了他，你们把他调到别的学校吧。

一九八四年的秋天，县文教局从下边学校找几个能写材料的，有人推荐了我。办公室主任给我们出题，让写调研报告。我下去待了两天，写了一篇交上去。主任说好，局长说好，就把我调到文教局办公室了。

校长听说了，很不服气，大发雷霆：“看有正经没有，不好好教学的人倒进文教局了！”

算算，当教师整两年。

一声吆喝

祥爷七十岁的时候，吆喝声依然洪亮。有多洪亮呢？这么说吧，若是顺风，五里地没问题；没有风，三里之外能听到。祥爷是炸馃子的，除了在本村卖，还去外村。他是这样喊的：“甜——馃子哦！”“甜”拉得长，有十五秒长，后边三个字，也就一秒的工夫。毫不夸张地说，他的一声吆喝，我们有一万人口的村庄，哪条街都能听到。

很多人就崇拜祥爷，羡慕他七十岁了还能声若洪钟。其他走街串巷的小贩，见了他，自惭得大气不敢出一声。

吆喝得响亮，卖的馃子就多；听到喊声，人们就快步到街门口，等着他过来。有的等不及，就循着声儿找去。有的人本没有吃馃子的欲望，可是禁不住那响亮的诱惑，便也要买几个了。

万万没想到的是，大约二十年前吧，我也有了一次吆喝的经历。

我是公职人员，在县政府办公室上班，是一个科长，兼任着一个副县长的秘书。我从来没有做过买卖，更没有走街串巷吆喝过。可是，我竟改变了自己。

那年不知道什么原因，红小豆价格猛涨，一天一个价。有人说是日本受灾了，需要从中国进口。有消息灵通且与县有关部门有关系的人，在村里设立了收购点。邻居老杨说，价格这么高，从邻县的一些村籴了再卖，说不准能赚个钱。老杨只是说说，我也只是听听，并没有行动。可是家里的女人听说了，就坐不住了，赶着我们出去转转。

说来，因是"一头沉"干部，当时家里条件不好，平时省吃俭用，日子过得很紧巴。如果能挣个钱，家里就会宽松些。心想，骨子里的那点清高又不能当饭吃。

第二天是星期天，我准备要去了。叫老杨的时候，那天他要浇地。我又找本家一个原在县城上班后来下岗了的哥哥。我们在自行车后座上各拴了两条棉布袋，本家哥哥手中还掂了一杆能称一百斤重量的秤。

顺着村里的河沿，一直往南，走了约三十里后，往西一条小路上拐，到了邻县的一个小村。此时，我突然想起来一个大问题，谁吆喝呢？我可张不开嘴，尽管是在外村，碰不见熟人。我与本家哥哥商量，你负责喊吧！我来过秤。哥哥有些不情愿似的，张了张嘴，还好，没说出来什么。

"谁卖红小豆！"哥哥吆喝的声音不高，但还像那么回事。几声过后，并没有人出来问价。我鼓励他，学祥爷吧，嗓门再大点！哥哥便学老祥，可着劲喊，把脸憋得通红，脖颈上的筋都快蹦出来了。自然，与祥爷还是不能比。吆喝过后，他的嗓子变得沙哑了。

他忍不住，说，老弟，你就喊两声吧，不败兴。我摆手，不行，不行，我张不开嘴。

他又吆喝了几声，嗓音更加小了。

我的嘴张了又张，试探着能不能吆喝出来。我默不作声地设计着音长和韵律，想着怎样才能好听。我的嘴轻轻地张着，声音在嗓眼儿里滚转着。

到了村边，这里望不到一个人；有一棵打过了枣、只剩下稀疏叶子的枣树。风吹起，有些凉意。屏声静气之后，我很突兀地喊道：谁粜红小豆！哥哥冷不防，吓了一跳，随之拍起了巴掌。

一声吆喝，撕碎了虚伪，敲折了傲骨，人一下子世俗起来。

一声吆喝过后，原先的顾虑打消了，胆怯没有了，觉得不过如此。我像长了本事一样，平添了自豪。后来，我彻底地放开了，学起了祥爷的吆喝，声音里多了悠长、婉转的韵味。

又回到村中，哥哥和我一替一声地吆喝起来。很快就有人出来了，拿出红小豆让我们看，与我们讨价还价。一块六一斤，两个小时后籴了二百来斤。回到家，当即就卖给了收购点，每斤两块二，一斤就赚六毛。老杨媳妇见我们赚了钱，黑着脸埋怨起老杨。

第二天上班后，我坐到了副县长的对面，谈着县里的工作，完全变成了另一种角色。

邢　　冏

上午九点半，忽想起去邢台换驾驶证，便叫上同事小林。当年驾照是从邢台考的，换照便也要去邢台。要出门，小林说，让我开车吧！我说不用，回来时你再开。

说来，我的性子不稳定，有时候急，有时候慢。开车时急，高速路上车速常在每小时100公里到120公里之间。那年刚拿到本那天，在大广线开到每小时140公里。今天因要赶时间，速度也便快了些。我计算着，一个小时到达车管所，十二点前办理完毕。

路上车不少，但我还是尽量往前赶。不料，到得邢台南收费站附近，有警车和交警横在路中。交警喊我停车，我想证照齐全，怕他不成？交警要过驾驶证、行车证看，然后让我下车，走到一辆能拍照的警车前，对我说，你超速了。我说没有吧，一路上我时速没有超过120公里。交警说，这个路最高时速是100公里，你是117公里。随即，他们开了罚单，扣三分，罚100元。我说我今天换证，会不会受影响？交警说，你去工商银行或中国银行交罚款即可。

邢台车管所的路本就不熟悉，还要再找银行，我担心今天的事办不成。

小林打开手机上的导航，可是不好用，就打听着，然后按大概位置找去。七拐八绕找到后，就开始办理。按照程序，需要拍照、体检。倒也不费多少事，只是在分辨颜色时有差错。工作人员问我图上有什么动物，我不敢确认，因为我色弱。我说你给找个明显的吧。那人给我翻了两页，我说这是两只小燕子。他又问另一页，我说是大白鹅。除了大白鹅，还有一个更大的动物是什么？我看了又看，什么也没看到。旁边的一人说是兔子，可是我还是没看出来。后来又让我辨认了两种颜色，说，照顾你一下吧。算作是过关。我忙表示感谢，然后去大厅等待办理，可是人多，排号排到204，前边还有145个。

不愿意干等，趁此去找工行交罚款。找到一家后，说不收现金，需要卡。我说没有，服务人员就告知另一个地方能人工收费，只是路远。远就远吧，闲着也没事，就去找了。在新华南路和中兴大街交叉口找到后，又是排队，前边还有50多个号。不愿意久等，问工作人员微信支付可以吗？告知不可以，然后建议办卡。我说县里也没个工行，办了也没用。她说，那你就等吧。

等了一会儿，进度很慢，等不及，就想办个卡。有服务人员在一边提示，不长时间办好了。紧跟着，交了100元的罚款。因来得急，没带多少钱，只有250元。交了100元罚款，加上刚才过路费10元，和换证需要的拍照和体检27元，还剩113元。

已经到了中午，就在车管所附近找了个饭店。有小林在，总不能太过简单，若是自己，吃一碗面条或两个包子即可。于是就要了两荤一素三个菜，再加两碗米饭，共计55元，本想用微信红包支付，兜里有零钱53元，就没用微信。小店给便宜了2元。

很快就到了下午一点半，下午的上班时间。看电子屏幕，才轮到95号，也就是说，前边还有100多个号。那就等吧，有什么办法呢？可是，只办了5个号，又停了。我忙问，回答是联不上网了。看来今天还真够呛了，下班时也未必轮得到。就打听谁是负责人，想让他照顾一下。有人指着窗口一人，说那位就是科长。我不知他姓什么，用央求的口气说，科长，我们是外地的，四点钟还得回去开会，能不能照顾一下呢？科长说，谁都要照顾，照顾了谁，众人会投诉的。我又跑到服务台，看还有其他办法没有，一个三十来岁的女同志说，现在说什么都不管用，不联网怎么能工作？我说如果联上网了呢？女同志说，那你可以再去给科长说。

无奈之下，我问了大厅门口的戴小红帽的志愿者，问怎么能先办。志愿者说，如果等不及，你可以到 7 号窗口，那里可以办理邮寄。我说这个办法好。

7 号窗口的人很热情，把邮寄单推到我面前说，填吧。我眼花，小林替我填好单子，交了 10 元工本费和 20 元邮寄费。

回去时，小林说他来开车，小林的技术比我好得多。

快出市的时候，我看了看油表，问小林，能回到家吗？小林说，正常的话，应该没问题。

回去的路上倒没走冤枉路，很快就上了高速。我问小林，再来的时候能找到地址了吗？小林反问了一句，还会再来吗？我点点头，说，是啊，是啊，不会来了。

我对小林说，现在办什么事都需要身份证，小林说是，离不开的。我不由得就去找身份证，看在不在。身份证在，可是，却摸出了换证的照片，四张照片全在。我说坏了，还得返回，否则他们不能给办理。小林没说别的，就从南和路口下来，然后再上去。

进了市，还真找不到路了。就边走边打听，结果走了不少冤枉路。到得车管所，我没下车，小林跑着去交照片了。出来的时候手里还拿着三张，我说怎么没全给他们呢？小林说，人家说一张就够了。我不放心，又跑过去问，直到问清了才回来。

我又盯了一下油表，已经在红道上了。我问小林，怎么样，能到家吗？小林说，应该可以。我说咱还是保险些吧，到高速口加点吧。小林说行。

我只剩下 20 元了，我问小林，你拿着钱没有。小林说，今天还真没带，只有 15 元。我说那就用卡吧。

到加油站一问，说不能用卡。小林说那就冒一次险吧，应该能到家的。我不同意，这样的险还是不冒的好，万一搁到路上呢？就准备把我的 20 元和他的 15 元，共 35 元加了油。小林说，最多加 25 元，下高速的时候还得交 10 元呢。我说是是，就加 25 吧。

以为没事了，就打开了录音机听歌，我对小林说，这还不错呢，回来的时候没堵车，前几天一直堵车，一堵就是一个多小时。

话音刚落，只见前边的车已经慢下来了，小林说，毁了，估计是堵了。我说真是奇了怪了，啥都不能说，一说就灵，刚才说再也不去车管所了，结果返回去了；刚刚说今天不堵车，结果马上就堵了。小林小声说，咱一句话也别说了。

车往前一步一步地挪着，这个时候我却内急了。我说小林，你慢慢开，我去方便一下。他说你快点啊，应急道车都满了，不能停。我说行。他又说，你看不见我了就打电话。我还是说行。

解完手，还真看不见车了，因为堵车的路上不能停车。望不见，就打电话，谁知刚接通，手机没电了。这可怎么办？就沿着路边一直跑，跑了二十多分钟才找到。

我怕下高速时堵车，就给小林说，咱别从鸡泽口下路了，这几天经常堵，停的时间太长，到平乡吧。小林说，不能。我说怎么就不能了呢？小林嘿嘿一笑，说，到平乡多 5 元过路费，咱可是一分钱都没有了。

唉，真是的，没钱寸步难行。邢台之行真是倒霉透了。

过了一天，驾驶证寄回来了，望着它，长长地吁了口气，这次的有效期是十年，到那时，我就六十几岁的人了，假如还活着，也不想开车了，可以说这是最后一次换本。

本以为故事结束了，谁知道，麻烦又来了，手机上来一条短信，是“河北高速”发来的，上说 9 月 4 日我在邢临高速上超速，请到就近交警大队处理。我没当回事，心想肯定是那天的事，已经现场处理了，电脑上还显示，估计过一两天就没了。不料，过了一天，“邯郸交警”又发来一条短信，说 9 月 4 日上午 9 点 59 分在邢临线的某一处超速，请及时接受处理。我拿出来现场处罚的那张单子（幸好我没扔掉），对照了一下时间，上边写着是同一天的上午 10 点零 4 分，地点相同。奇了怪了，相隔五分钟在同一地点超速，可能吗？高速上能（敢）返回去再回来？且只有五分钟的时间。我让县交警大队帮忙查一下，回答说两次违章，不是一次。

我心想，看来这事还真是闹大了。我把这事给别人说了，有人建议投诉。我想，先别投诉，不要把事弄大弄复杂，都不容易。就想直接问问处罚我的高速交警队。经过一番周折，终于找到了他们的电话。电话打通后，我说了情况，说他们有现场处罚和非现场处罚，是不是弄错了 。接电话的交警说，那你抽时间过来一趟吧，核实一下。我没好气地说，因为一百块钱和扣三分的事我再跑一趟，产生的费用谁出呢？这交警还不错，让我加上他的微信号，把现场处罚单子拍照片发过去。他要我等几天。

等了两天，我在微信上问情况，他说他去外地参加一个培训，让我与另一个交警联系，说已经交代好了。他给我留下了另外一个交警的电话。

我给另一个交警打过去电话，说明了情况，他说查一下，如果反映的情况属实，他会给上边打报告。我忙说谢谢。

又过了两天，我打电话催问 ，他好像忘记了，让我把情况再说一遍。我说后，他说想起来了想起来了，已经打报告了。

过了几天，去网上查看，还没有撤，就问加微信的那位交警，这么简单的事情弄得咋这么复杂呢？他说了理由，说周末给答复。

答复的时候说，经核实，确实是一次违章两次处罚，说本来要撤了，具体管事的人这两天有事没来，说下周一定就撤了。

那就再等。等了几天，网上查询，还没有撤。说实话，这个时候我真有些气愤了，一股血流直冲脑门，然后就是眩晕。我不在乎这 100 块钱，也不在乎这 3 分，只是觉得太不该。我想投诉他们了，想到法院起诉他们了。因为处罚单子上写着 60 个工作日内可向省公安厅投诉，6 个月内可向某县法院起诉。

但我还是压住了怒火，还是不想找事。

再问的时候，说是打了正式报告了，核实之后就会撤掉。

中间就这样催问着，答复着。他们的态度一直很好，我也一直说着谢谢。

到了 10 月 9 日，我给交警在微信上留言：感谢前一段的热心帮忙，但是很遗憾还没撤除，我的车就要年审了，我等不及了，我要投诉。

交警说你先别，我马上问问是怎么个情况。过了一会儿，他给我语音留言，说上个月的 15 号就打正式报告了，没撤除是因为前一段工作忙，还有其他什么事。然后说，如果你非要投诉，也不是不可以，但建议等到本周四或五，如果那个时候还没撤，你可以投诉。我回答说，好吧，再等几天。

我都有点不敢去网上查询了，好像有了恐“查”症。到了周四下午，我实在憋不住，就打开了电脑。我已经下定了决心，如果今天还没撤，马上就投诉，不再等一分钟了。我输上车牌号，输上发动机后四位数，然后再输验证码。验证码不清楚，连续换了两次，等把“初”“把”两个字输入后，才打开了网页。

几乎有些不敢直视,慢慢地拉动页面,终于在“状态”栏见到“正常”两个字。我从椅子上站起来，“梆梆”地拍打着桌子，一副胜利者的姿态。

我想给交警发去微信，再次说声谢谢。可是，我忍住了，我说的“谢谢”已经有一箩筐了,不想再说了。他们有失误,现在改正了,应该给我说声对不起。

晚上散步的时候，我将换证的整个过程讲给同伴听。老秦说，你不早给我说，我侄子在县城专门办理这个业务，交一百元就把证拿到手了。

不用去邢台吗?

不用。

不用体检吗?

啥都不要。

嘁。

四季畅想

今天就要立秋了，其实很舍不得夏的挥手作别。夏天的阳光虽然焦灼刺目，空气中流淌着黏湿，但万物挺拔舒张向上，人的精神高涨亢奋。大汗淋漓让体内加快代谢毒素排出；口干舌燥后的矿泉水啤酒可乐雪碧让五脏六腑凉爽透顶；新鲜的西红柿黄瓜茄子吃起来呱唧呱唧脆响；红的桃子黄的杏子青的苹果紫的葡萄甜嘟嘟酸溜溜；一声炸雷，瓢泼大雨将天地搅动得迷迷蒙蒙……

酣畅的夏天去了，欢唱的秋天就会踮着脚尖悄然而至，看层林尽染累累硕果。红枣柿子石榴将姑娘的脸儿染得红彤彤，田野里黄的稻谷黄的苞谷黄的大豆金灿灿亮闪闪。天高了天蓝了云儿飘飘，水青了水碧了鱼儿哗哗。成群结队的鸡鸭在田野里叽叽嘎嘎，辛勤耕作的牛儿仰起脖子仰天长啸，蟋蟀拉着提琴拉着二胡拨着古筝唱着小夜曲。秋天是多么美好！

及至冬天，那遍野的庄稼变得空空荡荡，树枝干枯衰落发出声嘶力竭的哀号，所有的动物瑟缩着隐藏着冬眠着，人们包裹在貂皮里狗皮里牛皮里羊皮里。一场大雪光临，山川大地河流房屋银装素裹，爱打猎的牵着狗顺着脚印追赶兔子；爱吃火锅的围坐在一起，辣出汗水辣出眼泪辣出鼻涕辣出欢声笑语完全忘却冬天的寒冷，心中盛开着春天的温暖。

冬天来了，春天还会远吗？言语间，婀娜的春儿扭动着柔软的腰肢翩翩向我们走来。尽管春寒料峭，挡不住忠诚信使的脚步，悬崖边上俏丽的寒梅村边小河里松动的冰块河边柳树的点点泛青，还有那吹面不寒的杨柳风，哪个不是春儿送来的希望？沐浴着阳光的温暖享受着春风的抚摸吮吸着清新的雨露轻嗅花间的清香，聆听鸟语莺歌，欣赏燕舞雀飞。脱去厚重冬装的孩子们背着新书包开始了希望之旅，休息了一冬的农民铆足了劲投入到紧张的春种，外出打工的青年蓄势待发，每个人都走在希望的春天里……

不 夜 夜

夏夜是最不寂静的，白昼的流光散去，遗落下斑驳的影，延续着不尽的喧腾。朗朗的星空，明亮的月，撩动着小河潺潺。闪动亮光的波纹，音符一样叮咚。树叶翻卷着，抖落一身的燥。

河边的琴声和笛声，伴着或高亢或低沉或欢快或悲怆的南腔北调，在浮躁的、升腾着热浪的上空盘旋；喝扎啤的小青年像幽灵般出现，嘴里叼着烟，趿拉着鞋片，摸着白白光肚皮，哼着最流行的小调，那歌词，如在云里雾里；坠入爱河的男女，卿卿我我，窃窃私语，有时又发疯地追赶，或在草地上打滚；累了，衔一朵玫瑰，将腮边的相思洇红……

虽至子夜，仍有嗡鸣的鸟虫，它们长着夜的眼，趁着人们熟睡，恣意地叫着；刺猬激灵着，瞪着溜圆的眼，在成熟了果实的田间任意啃噬，甚至蹿到公路上，快速匍匐着；野猫在缠绵着春情，泪水打湿了的眼眶发出或黄或蓝的光，哇儿哇儿如婴儿的啼叫里，又多了一分幽怨凄切，多了一分爱意缱绻；雨水的敲打，让蝉蛹破土而出，急慌慌蜕掉外壳，展露娇嫩的羽翼和肉体；蝉因了夜的保护，可着嗓门鸣唱；青蛙不服气，鼓噪着，跳跃着，在水面上发出更大的声响。

植物也不安生，地里的小麦做最后的舒张；玉米破土而出，根壮叶肥；云儿飘过，一阵小雨，搅动所有的花和树呜咽；窗前的翠竹嘎巴嘎巴拔节，不大一会儿，就长出一拃；禾苗做着深呼吸，吐故纳新；连草丛也不寂寞，蹦跶着知名的蚱蜢和不知名的小虫。

熟睡的人们因着闷热，开着空调，发出嗡嗡的响；或让吊扇扑啦个不停，床单被掀起，蚊帐舞动成素洁的裙；有的人怕凉风侵袭，便将窗户打开，享受着大自然的抚摸。他们一丝不挂，四仰八叉，有的在梦中呓语，有的发出如雷鼾声；年轻人因为烦躁，因为身上的黏湿、汗腥，再次地冲凉；蚊子飞过来了，人们发着吃挣要拍打，却将愤怒扇向了自己的脸，发出啪的脆响……

夏夜不夜，夏夜不寂寥，夏夜有生机。夏夜有着百样的景，夏夜滋生着瑰丽的梦；夏夜生长着万物，夏夜演绎着悲欢；短暂的夜，有着精彩的故事和热切的期待。

有鸡才有家

说来，是20世纪90年代初的事了。

家搬到城里后，喂养的鸡却没有随着来。城里的家不是独院，也没有属于自己的房屋，是单位的办公室兼居室。鸡只好留在家里了。

留在家里的鸡共有三只，都是母鸡，下蛋的鸡。鸡是老鸡，喂养三四年了：一只是黄色的，一只是白色的，还有一只是黑黄相间——花色的。

老家没人住了，留下一处空院子和几间旧屋。没有人喂鸡，鸡肯定就会饿肚子。空院子里没有鸡要觅的食，即使有，也是以前撒下的、被风刮在最偏僻旮旯里的几粒麦籽或谷米。过不了几天，就再也找不到吃的了，只好在街上觅食。街上又有什么呢？没有人往街上撒食物。只好跑到邻居家，和邻居的鸡一起争食吃。

邻居多是容不得它来分食的，邻居的女人抓起半截树枝或者笤帚，轰赶它们走；鸡们惊恐地叫着，不理解为什么不叫它们吃，而主人家的鸡正在起劲地、头也不抬地嘣嘣啄着。

过了一会儿，见主人回屋，鸡又蹑手蹑脚回来；这次，主人还没过来撵了，主人家的鸡却在坚守着自己的阵地了，它们用尖尖的喙啄它们，厉害得能撕下一嘴鸡毛。

天黑了，鸡飞回来，在自己的窝里睡。其实已不能称之为窝了——到了晚上，鸡就落在树枝上，树枝就是它们的窝。我家的院子里有一棵长了七十多年的枣树，鸡们就落在上边睡。

我不在家住，遇到星期天或回来种地时才喂一次。我并没有将它们送人，或者吃掉。我觉得养几只鸡，家还像个家，否则，没有人住、没有鸡叫的家，会显出荒凉。

后来鸡的遭遇是可想而知的：没有人在家，它们定会孤单；没有人惦记，它们的眼神一定透着凄迷；没有人喂食，它们常常饥肠辘辘。

每每回到家，我先把街门打开，这是向鸡发出的信号，跑到邻家的鸡见了，飞也似的回家，在我的裤脚下啄着，表达着喜悦心情。好可怜啊，我喂养的鸡！我赶忙从粮缸里抓出两把麦粒，撒在院子里，任它们吃饱吃撑。

返城的时候，我看见鸡们一副不舍的神情，显出十分不安的样子，它们咯咯地叫着，像是一声接一声的叹息。那只白色的鸡撵着我走了好一段路。我往回赶了好几次，才停住了脚步，它痴痴地望着我。令我再一次泪眼迷蒙。

虽然在别人家觅食，鸡还是把蛋下到了自家。每次回来，我都会捡一二十个鸡蛋。自家的鸡下的蛋，吃起来格外香。

相隔一段时间再次回来后，见到那只黄色的老母鸡后边跟着十几只小鸡崽：老母鸡咯咯，小鸡仔唧唧。小鸡崽黄灿灿、毛茸茸。我明白了，黄母鸡孵出了小鸡。

原来，它们把蛋都下在了做饭棚子一角的麦秸窝里，没人捡，就一直在那里存放着。回来少了，攒下的鸡蛋就多了。鸡就孵着这些蛋，慢慢地，就孵出了鸡，一窝欢蹦乱跳的小鸡。

又过了一段时间，我再次回来。可是，半晌的工夫了，既没看到老母鸡，也没有小鸡崽的踪影。我忙去几个邻家打听，他们说他们也好久没见到它们了。

是被人宰杀吃了，还是被街上买鸡的人捉走了？或者被黄鼠狼叼走了？或离家远迷路了回不来了？我不得而知。

一阵怅然，几多凄楚。

在我的心里，它们是不会遭遇厄运的。它们定是飞到了遥远的地方，那里有青青翠草，那里有哗哗流水，那里有和煦阳光，那里有美丽田园，那里有蹦跶的虫子，那里有吃不完的食，那里有无数的好伙伴……

我就想，待我退休，回到老家，住在这片老宅，住进这几间老屋，喂养的鸡一定会回来的。到那时，它们就是一大群了，它们绕膝欢叫，争相啄食，其乐融融，家就是家了，家更像家了。

春雨过后挖白蒿

三月，接连下了两天小雨。三月的雨，自然是纷纷扬扬、淅淅沥沥的。雨下得不大，天却阴得沉，气温下降了几度。空气清新了，柳丝泛着嫩黄，草地上湿漉漉；人们都大口大口地呼吸着，赞春雨如诗如画沁人心脾。

春雨过后就是丽日和风，人们纷纷走出去，感受春天的美好。树枝葱绿，花朵初绽芳菲，小河流水潺潺，鸟儿也啾啾出欢和喜。我对好友说，若让我选择，到大山里漫游，累了，就在阳坡上四仰八叉睡一觉，方为最惬意之事。

说这样的话也不现实，能亲近自然的莫过于到郊外、到田间，去挖野菜。

春天，挖荠菜的多，挖白蒿的不多，一是人们多不认识，不了解其药用价值，它是中药材，有保肝作用；二来长白蒿的地块极少，我所知的也仅有两块地。

白蒿长在白地上，若是麦地或其他作物，地主是不会留下它的。白地就是春地，留作种棉花或蔬菜的，眼下还没来得及耕种。到了地块，因没有植物遮掩，白蒿暴露无遗，看得很是清楚。但因为春天干旱，才下过的雨太小，白蒿长得还不大。加之，白蒿的颜色虽不是白色，但背面有些发灰，因此需要仔细辨认。

到得一块地，先是零星地发现几株，便不管大小地挖出；越往里走，长得越大，也越稠密；有一小片白蒿，密密麻麻。手中的铲子嚓嚓个不停。同来的老兄有经验，说，越是密实的地方，棵越小，叶子越碎；不如找单棵的，长得大，叶子多，择的时候只要把根剪掉、把干叶薅下就行。

我们就找单棵的，果然，单棵的大且嫩。老兄说，这次的雨下得不大，若是下透，不几天就会长大，到那时，不一会儿就能挖一大袋。是啊，铲根的时候，地面上露出浅浅一层的湿土；铲子稍一用力，便是干土，没有一点儿水分。

我们把小一点儿的白蒿都留下了，留着它长大了再挖。尽管……也许会被别人挖走，但还是不愿意挖那么嫩小的。

挖白蒿时，邻边地的一位农民大哥问我们挖这个干吗，我说这是白蒿，学名茵陈，可以做蒸菜，也可以包饺子，吃起来肉肉的，特别劲道。他摇头说，没听说，也没吃过，俺当过柴火烧。老兄回答他，你说对了，三月茵陈四月蒿，五月把它当柴烧。我不禁哑然失笑，种地的人不知道叫啥，也不会去做着吃，而我们像挖宝贝似的。

现在的人不管做什么，吃什么，或者见到什么，都会拍照放到朋友圈。我也这么做了，拍了几张不同角度的图片，并加了说明：有一种野菜叫白蒿。不到一分钟，就有朋友问，从哪挖的？我也去！我不敢如实相告，都知道了，不到两天就挖没了，我还想下次再去呢。就回答说，从地里挖的。再问，具体位置？我仍用外交辞令回答，北边地里。朋友求道，再去的时候叫上我！我只好先答应下来。

我盼望着再下一场春雨，下大下透，那样，白蒿就会噌噌地长，长得嫩绿嫩绿，一揪就是一大把。谁再问我从哪儿挖的，我会大胆地告诉给他，与他一起接受春天的馈赠。

荣登榜首

定制了“微信运动”，每天的走路步数就有了记录。谁下载了这个软件，步数都能显示出来。你这一天走没走，走了多少步，朋友圈的人都能看到。到了晚上十点多，有一个总排名，谁是第一，谁是第二，谁排在了最后，一目了然。第一名的就是排行榜的冠军，就占领了封面。大家给前几名的朋友点赞；点的赞，不是大拇指，而是一个红心形，很鲜艳；有几个人点赞，就在心形上方显示出几的数字。

不是有了“微信运动”才散步。散步之于我，坚持了十几年，或者更长，快二十年了吧！没有特殊情况，我是每天必要散步的。什么算特殊情况呢？一个是天气原因，下雨，或者下雪，或者雾霾严重；另一个原因就是加班，或者有应酬，或者身体不适。总的说，特殊情况是很少的，一年之中没有几次。这几年，除了除夕看晚会不出来，大年初一初二也没间断。

散步，既是一项运动，又是一种生活习惯。不但不感到累，反而觉得很轻松。几个人走在城外的路上，天南海北地聊，云山雾罩地侃，想说什么就说什么。有一个原则，不议论周边人的是与非。我们几个人的共同话题是，联合国的事务，南海、钓鱼岛和黄岩岛之争；俄罗斯、韩国也不时地提起；南美洲和非洲的国家少有涉猎。还有就是养生方面的，引用某个专家的观点，谈饮食、运动、健康。也少不了生活方面的事情，如前几天就一直讨论用什么牌子的壁挂炉取暖好，有说“小松鼠”的，有说“万和”的；还了解了壁挂炉有套管和板换两种结构。除了共同话题，还各有所乐道的：“大雪纷纷”懂军事，把最新型的武器以及性能讲得头头是道；“赵钱孙李”爱介绍党史，把从网上看到的抗美援朝和长征中的一些细节讲得有板有眼；“茵陈飘香”研究历史多，宋朝的，明朝的，清朝的，有正史，有野史，讲起康熙和乾隆时期的历史滔滔不绝。而我，兴起的时候，常吟诵几句唐诗宋词。一起散步的“田间禾苗”感慨道，若问我什么时候最快乐，那就是散步这一个小时了！

说是散步，实则为快走；从家门出来，顺着人民路一直往东，一直到新东环，然后原路返回，来回五公里；走得快了，一个小时；慢了，七十分钟。

有了“微信运动”这个软件后，添了不少乐趣。

因为显示步数，还有排名，就尽量地多走几步，不至于太落后；本来每天走八千步，现在就想凑一万步。走到东头就该回来了，偏偏再转个小弯，找到个背旮旯，撒一泡尿。赞，不顶吃、不顶喝，仍觉出荣光来。且这里的赞，与朋友圈的赞有所不同：朋友圈点赞，有的是看人点赞，不管你的内容有无价值；这里的赞，都是按步数来点的。我的原则是，一万步以上的才点赞。

再者，就是风雨无阻了。去年冬天的一个晚上，零下十七摄氏度，是近几年罕见的低温天气，但是，为了在排行榜上靠前，为了多得到几个赞，我戴上护耳，戴上口罩，戴上手套，不顾天寒地冻，走出去了。到了半路，天空又飘起雪花；随之，刺骨的北风也呼呼地刮起，冻得一个劲地打战；便把领子竖起来，护住半个脸，还把棉袄裹了裹，掖了掖，硬着头皮走完了全程。今年伏天的一个夜晚，闷热难当，不动弹也出汗，我仍气喘吁吁地快走了五公里，热得像被水洗了一样。

这样说来，实则有较劲和攀比的心理了：你走八千步，我就走一万步；你走一万步，我来个一万两千步。目标是得到排行榜冠军，荣登榜首，占领封面；即使不能当第一，也要多获得几个红心形的赞。

我是很少能荣登榜首的，因为我只是晚上走；早晨很少走——即使走，也是在夏季的早晨。夏季太阳出来得早，人也醒得早。朋友圈有几个人，是早也走、晚也走的。所以，很难赶上人家的。偶有的机会，就是出差或爬山。

今年夏天，我去了一趟北戴河，出门办事的时候，尽量地不坐公交，故意步行。有天晚上，九点多的时候，我打开微信，看到已经是两万多步，占领了封面。心想，总算占领了一次，就坦然地关机睡觉了。谁知，第二天早晨再看的时候，与“田间禾苗”同样的步数；按说是并列第一，却让“田间禾苗”排在了第一，当了冠军，占领了封面。我有些气恼，怎么能这样呢？我无端地揣测，“田间禾苗”肯定是看到了我的步数，十点前又到院子里走了几圈。我甚至还怀疑，他是不是拿着手机，在屋子里使劲地摇晃了呢？

被动的是，由于没有设置好，我的手机不打开微信的时候不计数，只有点击了，打开了，才计数。我问过别人怎样设置才好，也按照别人说的弄过几次，仍不行。人家就嘲笑说，你不是苹果手机。

这样一来，我就比一起散步的人步数少，因为我并不是总开着微信。别人走一步是一步的，任何地方的走路都加起来了；而我，只记录晚上这一个小时专门散步时间内的步数。有一天，我对他们几个说，微信上说了，一个人走的步数最好是六千步，再多了无益。“茵陈飘香”淡淡一笑，说，他说他的，咱做咱的。

晚上走路是怎么计上数的呢？这也是从实践中得知的。我发现，在有WiFi的地方，打开微信，路上只要不打电话，不发短信，不看新闻，总之是不把微信的页面返回，没有网络也能计数。因此，每天晚上出来的时候，先在家把微信打开。半路上遇到电话打入，接听后，就不得不使用移动数据，这样就走流量了，多少就有些心疼。有时，看着是不重要的电话，干脆不接，到家了再回。仔细算来，也不沾光，回个电话不也得几毛钱吗？

昨天的事又让我觉得可笑。下午四点来钟，看着天气不好，担心晚上雾霾太重，就先出去走了。出门的时候，我是把微信点开了的。没走多远，看到一个画面挺诱人：一面墙上全是红色的叶子，红得耀眼，红得似火。我掏出手机就拍照，拍了一张又一张。心里还想，微信页面这时候是不是就关闭了呢？到了一片小树林，又见到不同颜色的树叶，就一连地拍照；几乎是走一路拍一路。返回的时候，又担心起步数是否计着；怕不保险，就使用了移动数据，自我安慰道，即使来的路上不算数，回去的步数也不少，假如晚上再能出来，又会在前几名的，说不准就荣登榜首、占领封面了呢。

到了家，没顾上换拖鞋，就打开了微信，查看微信运动排名，结果让我傻眼了：下午走的步数，一步没计上，还是上午的两千多步。接着按了几下键，还是没变，心里就十分失落，直想把手机摔了。到了晚上，“赵钱孙李”喊我散步，我说不去了，反正当不了冠军了，下午走的路也起到锻炼作用了。

有人说，费那心思、寻那苦恼干啥啊？本来是锻炼，本来想轻松，弄得反倒有负担了。我不这样想，我把它当作乐趣。年龄大了，追求少了，目标小了，再没个乐趣，生活不是太寡味了吗？何况，红艳艳的赞，荣登榜首的名，封面上的照，着实诱人啊！即使风轻云淡，自有一片蓝天。

说到底，不就是多走几步路吗？！

戒 酒 记

2011 年春，我的身体出了点毛病，从此，我戒酒了，滴酒不沾。不喝酒的感觉真好，神清气爽，体力也比从前好了。说实话，我对喝酒不上瘾，没有过飘飘欲仙的感觉。

知道情况的，渐渐也不再劝我喝；不知道的，就刨根问底，打听身上的哪个零件出问题了。我觉得这是个人隐私，便不说，或遮遮掩掩的。有一次，有个很横的人非要我说，否则必须喝一大杯。我迟疑着，不知怎么回答，有一位老兄替我解了围，说我做了疝气手术。

之后，我便以此为由不喝；可是，说得多了，觉得身体真的疼了一样。

大约过了半年时间吧，当别人劝酒时，嘴上仍然说不喝，拒绝的口气不硬了，多少有点喝的欲望。别人再一劝，就退了一步，说喝点红酒。开始是只喝半杯，后来增加到一杯，再后来就喝两杯。假若劝酒的人稍加热情，就喝下多半瓶。我有自知之明，自己多是陪酒，不是被请的贵客，主人多半不愿另要一瓶红酒单供我的。再说，红酒的价格也高，怎么也得在 50 元以上。

那天好友小王家过庙会，他特邀我过去热闹，还专门从门市上买了两瓶“长城”葡萄酒。那天我本不想去的，盛情难却，只好遂他的意了。他把两瓶酒都打开了，我只好都喝下去。两瓶红酒，令我醉得不轻。

伏天，葡萄能采摘时，我跟着别人学起了酿酒，15 斤葡萄，2 斤白糖，放进一玻璃坛子发酵。一个月后，就能喝了。由于技术不到家，酒色很淡，味道也有些甜。不管怎样吧，再遇到酒场，就用一个塑料瓶装上一二两。开喝的时候，自斟自饮，喝干为止。离开时，不忘把瓶子装进口袋，留着下次用。

一坛酒喝完后，就不带了。又开始说戒酒了，彻底戒掉了。我是想，如果从外边买红酒带去，就好像故意给主人难堪似的。有时候，为了不扫大家的兴，就倒一点点白酒，最多就是两小酒盅的样子。多数情况下我是不喝的，一点儿都不喝。

过了一年，再喝酒的时候，我会说，一年没喝了。在场的人总有人给我作证，说是啊是啊，一年没见他喝。便不再有人劝。

过了些时日，参加一个婚宴，一位朋友给我倒了半高脚杯白酒，说，喝了！我回绝说，不喝！一副斩钉截铁的样子。他嘿嘿笑了，拿我没办法，他知道我一直没喝。然后他向我身边的老夏说，喝掉！老夏学着我的样子回绝，结果那位朋友说，你不喝？你不喝就行了？你不喝试试？老夏苦笑道，老曹说不喝就能不喝，俺咋就不行呢？我说，我不喝众人皆知，你酒量大是有目共睹。

再过一年，我会对劝我喝酒的人说，我两年没喝了。

经常在一起喝酒的人，知道我断不了喝上几小口，那往往是在“特殊情况”下。比如冬季，上来几个凉菜，如果不喝光吃，肚子里就会不好受。就自找理由、自我宽慰地倒上一小口；或者是自己做东的时候，一点儿不表示显得没诚意。参加一个酒席，时间多在两三个钟头，桌上所有人都在兴高采烈地喝，你闷不出声着实受罪。何况，劝酒的人多会说，酒完全戒掉并不好，喝一二两对身体有益。所以，忍不住的时候我就抿几口。

几个不常见的朋友凑到了一起，兴致都很高。酒菜很丰盛，有人还从家里拿来珍藏了十几年的酒。有人给我倒酒的时候，另一个人说，你给他倒上也是白倒，好几年没见他喝了。哈哈，弄得我想喝也不能了。我当时还担心，假如再有个人说，他现在不吃肉了，我可该怎么办啊？那可是满桌的鱼啊、虾啊、肉啊，还有不常吃的烤鸭。

坦白地讲，这几年我也喝过几次大酒。一次是我过生日，几个要好的人来给我祝寿。一开始我喝红酒，但他们定下的白酒红酒换算比例不合理，他们喝一杯，我就得喝三杯。我怕肚子撑，就改喝白酒了。听着他们的福如东海寿比南山祝寿词，心花怒放，就不减半了，该喝多少喝多少，还主动给每个人碰了酒。那天，足足喝了一斤，不过头脑依然清醒。有人就说，可上你的当了，你这么能喝，却从没有畅快过，再说不能喝，可不能相信了。我解释说，今天高兴，超常发挥。

还有一次，朋友让我与他一起到省城办事，中午，邀请了三个贵宾，其中有两位美女。席间，我少了顾忌，以为美女的酒量不会大，我酒量再小也不会败给她们。我轻视着她们，敬几个喝几个。没想到，她们不但酒量大，还特别会劝酒。不长的时间，我失态了，非要和她们喝交杯酒。她们爽快地答应，我就喝了一杯又一杯。那天我是彻底地喝多了，回到家还站不稳，第二天躺了一天没动。常在一起的老赵打电话问我咋没出来散步，我说昨天喝醉了。老赵疑惑，说你不是有一斤的酒量吗？我说，喝了一斤半。老赵扑哧笑了。

我打开微信，在朋友圈郑重宣告：此生再不喝酒。

有人不信，给我打赌，说我最多能顶半年，以后还是会喝一点儿的。我说，我可不像别人，我说话算话，请监督我吧！

不管咋说，比有些人强，虽然没有践诺，但整整两个月，一滴酒没喝却是真的。

不知道从哪一天起，又开始抿一口、喝两盅了。

不是能喝不喝，也不是装、做作，是真不能喝，准确点说，是后遗症太大。现在只要喝上二三两，一晚上就别想睡觉了，翻过来掉过去睡不着，且是尿了一泡又一泡，一晚上不能合眼。找到医生，问怎么不喝水也尿呢？医生怀疑血糖高，做了检查，一点儿不高。又检查了其他项，医生也没能说出啥毛病。有人说是前列腺炎，我否认，前列腺炎尿量小、次数多，我的尿量不小。再说，不喝酒的时候不会出现这样的情况。

还有，一旦喝多，眼皮耷拉，头晕目眩，说话结巴，几天里打不起一点儿精神。

更重要的是，一旦喝多了，话就稠了，这可能是通病，但我说的都是胡话，把潜意识里的话都能说出来。清醒之后，恨不得扇自己的耳光。还会挨个打电话问，我昨天都说什么了？一句话一句话地回忆，一个细节一个细节地追问，让别人讨厌至极。

有人说，李白醉酒诗百篇，你爱写作，喝酒能激发灵感，喝一点儿有好处的。屁呢，对我来说，完全不是这回事。

所以，众好友还是不要劝我酒了。说起来，我真的是七年没好好喝了。

再活一遍，你还是你

老A病入膏肓，我去看他，他满脸悔恨地对我说，这一辈子活得太累，太没有价值，假如再给我生命，有下一辈子，我将活成另一种样子。

我就问他，你说说看，趁我生命还在。

老A不假思索地说，别在乎名利，别争强好胜，别与自己过不去，什么事都想开点，咋开心咋来，高兴一天是一天。他还列出具体内容，有钱就花，啥好吃就吃啥，哪儿好就去哪儿玩，养花钓鱼打猎下棋……末了，对我耳语道，喜欢的女人就大胆去追……

我禁不住笑，先是嘿嘿，继而哈哈，然后摇了摇头。

不可否认，老A的话语，完全出自于内心，是生命快要终结时的“诤言”，是他全部的人生经验。我也相信，人在临终时，说的多是掏心窝子的话，不需要修饰，不需要掩饰。

但在我看来，即使老A说得再正确，还是不可行，走不通。

我要说，假如再让你活一遍，你还是你，生命历程不会有大不同。看不开的事还是会堵心，闹心的事还是会让你抓耳挠腮。别人多占你个畦子边，你敢抡着铁锹把他打翻；别人多侵你半厘宅基地，你会气急败坏地要玩命；奖金比别人少二百，你会记恨领导好几年。假如再让你活一遍，为了家庭，为了生活，为了自己，为了老婆孩子，你该干啥还得干啥，还得风里来雨里去、白天黑夜奔波；该挣的钱还得挣，该省的还得省。活着就得一天三顿饭，活着就得把衣穿，活着就得有房住，活着就得顾娇妻。要得到基本的生活条件，就少不了流汗，少不了流泪，少不了流血。在经济条件不好的情况下，你不会也不能吃好的、穿好的、游山玩水、大把地花钱。说到底，你根本不能任性。你说想开了，该吃就吃，该喝就喝，咋高兴咋来，过逍遥的日子。可是，没有多余的钱，吃不起鲍鱼，喝不起洋酒，逛不起欧洲，泡不了洋妞。只能自我安慰地说，咱不稀罕这些，喝二锅头就行了，吃个花生豆、豆腐丝就行了；去欧洲干吗？门口的公园转转就行了，比哪儿也不赖；洋妞有什么好，语言不通没法交流呢。真要能想得这么开倒不错，怕的是内心堆满羡慕嫉妒恨。

这世上没有白吃白喝的事——如果说有，那是在你未成年、无劳动能力、靠爹妈抚养的时候；是在你年老丧失了自理能力、靠儿女照顾的年纪。

不在乎名利？不争强好胜？人一出生就自私，长大就有名利思想。争强好胜不一定能得到呢，还想晒着太阳喝着茶水剔着牙缝抠着耳屎等着天上掉水饺，然后再静静等着蒜瓣、醋？不去争，不去拼，什么都得不到，只能招来父母叹气、妻子怨气、孩子怒气。窝囊蛋、傻二小、刺毛碴的“桂冠”就都戴在了你头上。你是人，不是神，是凡胎肉身，不会对着显位不羡慕、对着诱惑不动心。别人当了科长当局长，当了局长当县长，当了县长当市长，你还是个小职员，咱还能牢记“宁静致远”？别人坐着小车嘟嘟嘟，咱骑着电车嘀嘀嘀，倒是环保出行，可小车溅你满身泥点子的时候，你能憋住不骂才是涵养。是，人不可能都当官，也不会都对当官感兴趣，总得有一样特长吧！总得有一样本事吧！写书你说杀死脑细胞多，做生意你说心眼少干不了，干重活你却没耐力。你说平凡最好，普通人的日子最好，我不与你抬杠，我猜你是遭受生活重创、心灵有疮疤、出于无奈时，才会说这句话。

你说你钓鱼、下棋，过优哉游哉的生活，又有谁能把鱼从小钓到老？有瘾吗？真要那样，恐怕你会烦死的。真要那样，杀生太多，心神不宁，不一定轻松。生活不丰富的人，不会有诗情；没有诗情的人，不会太快乐。现在没有桃花源，没有幽静的地儿，吃饱了撑的人太多，旮旮旯旯都人满为患。你说你要风花雪月，你要寻花问柳，先别说法律允不允许，也别拿道德来谴责你，只问你，凭啥呢，凭啥美女入你的怀？你是长得好，还是有权有势有钱？你说你有才有品位，没有刻苦读书，从哪来的才？皮囊空空的人咋能有品位？别人朗诵着“迟日江山丽，春风花草香”“不知细叶谁裁出，二月春风似剪刀”，你却还在背着“小老鼠，上灯台”，憋足了劲来了首“鹅鹅鹅”……你说与她脾气相投，那更是笑话，你啥都没有，谁能与你说得来，人家还是图你性功能好？再说了，色字头上一把刀……小心白刀子进红刀子出。你有那个胆吗？

这世界不是给游手好闲的人准备的，这世上不只有鸟语花香、诗情画意，天空除了白云朵朵外，还会有电闪雷鸣、风雨交加。有多少人，为了活得好点，他乡打工搬砖提泥；为了给儿女交学费，省吃俭用从牙缝里抠；为了修房盖屋，三尺的腰变成二尺一；为了升个一官半职，写了一人高的材料，还得给领导开车门掂包。不是愿意这样做，是生活逼迫你如此：上个幼儿园，一年就上万；专家动动嘴，就说是会诊；没有房和车，寡妇也不进你家门。

这个社会不是为你创造和设置的，谁都不可能按照个人意志行事。你有多种身份，你有多种关系，你要与形形色色的人打交道，你会有多种人生体验。你不能不求人，求人的时候不得不弯弯腰；没有贵人相助，你不会走太远；老同学老战友向你借钱，怎能说不；大舅子小姑子需要你帮忙，不能袖手旁观；工作中还可能会被误解，受排挤，遭诽谤，背黑锅，怎么可能超凡脱俗，我行我素，笑傲江湖？人在遭受打击、遭遇坎坷的时候，怎能没有痛苦、一下子就想得开？

老A的心理，老A的话语，其实我们不少人都那样想过，那样说过。不是吗？遇到年轻人非命，中年人病死，或者参加某人葬礼时，我们也会说，赶紧吃点好的吧，买两斤下水，买只烧鸡，到没去过的地方转转，把没享受的享受享受，高兴一天是一天，活一天是一天。可是，这样的话说过就说过了，过不了几天，就会忘得一干二净，该干啥还是干啥，依然沿着过去的生活轨道艰难地行走着。

有一年我生病住院，刚能下床的时候，隔窗俯视一个广场，那里有个合唱团在引吭高歌。我就想啊，活着，多幸福！活着的时候就该好好活，活得开开心心！我还不能活动时，望着街上川流不息的人群，就想，有个好身体真好啊！即使生活不富裕、不称心，吃个凉皮，喝杯啤酒总能吧！我想到了那个爽，发誓痊愈后啥也不想了，吃点喝点就行。可是，这样的誓言又能顶几天呢？

就像戒酒一样。有的人因喝酒出大事后，发毒誓再喝就死爹娘，就被车碾死，就遭雷劈，就不是人，可真正戒掉酒的又有几人？多是戒不了几天就开喝，能戒一年的就该戴英雄花。作为群体中的一员，有时候是别人由不得你来，更多的时候是自己管不了自己。

就像我们看心灵鸡汤文字一样，它能给我们带来生活启迪、人生经验、前进力量，让迷惑的心清亮、给遭遇创伤的心止痛、将颓废的心激扬，但谁也不可能天天喝着鸡汤生活，因为生活太复杂，复杂得没有谁能说得清，复杂得没有公式套。有人背了名人名言几百句，遇到事了还是手足无措不知道该咋办。

当然，如果真有来生，定会比今世活得明白一些，定会豁达一点儿，定会活得好一些，定会多一点儿快乐，但也仅仅是“一些”和“一点儿”。别说来生上“清华”，都上“清华”就不是“清华”了。

我想到的、我想说的，都没张口向老A说，我只让他回忆最美好的时光，回忆生命中的获得，让他不要后悔，不用自责，应该知足。我告诉他，正因为有欢乐，有痛苦，有成功，有失败，才是完整的人生。其实我的潜台词是，笑着离开人世吧！

命　儿

命儿，就是命，命运。儿化了的这个词，是我们老家人在说起某个人命好时特用的，说谁谁命儿不赖。若是命运不好，往往会用很重的口气说，唉，那个人命不好。

命，其实就是机遇，就是运气；比作打牌，就是手气。

早些年，有个邻居老庚，他把媳妇娶回来后，众人大吃一惊，那女子比老庚长得强百倍，长得比街坊的女子都俊。人们见到老庚，禁不住来一句，娶的媳妇可不赖啊！老庚挠挠脑袋，想着怎样应对，末了，来了一句：命儿好。一句命儿好，成了村里人挂在嘴边的歇后语。完整的话就是，老庚娶媳妇——命儿好。

我听说过，也见过被人称为命儿好的人。邻居老井，有三个儿子，上学的时候，成绩都不好；长成半大小子后，先后到外地打工了，都是建筑工，干费力气的活儿。老井也打工，年龄大，干不了重活，挣的钱没有儿子的多。儿子到结婚的年龄，老井对他们说，我也挣不了多少钱，帮补不了你们，盖房、娶媳妇的事，各顾各吧。三个儿子说，哪有不管孩子结婚的大人？埋怨归埋怨，怨恨归怨恨，爹既然这么说了，三个儿子也就认了。他们想，爹确实不容易，如果盖房娶媳妇的钱都由爹来出，砸锅卖铁也不够。他们各盘算各的事，个个拼了命地挣钱。还别说，几年后，弟兄仨各盖了一座房，而后都娶了称心如意的老婆。老井乐呵呵，一分钱没花、半点心没操就完成任务了。后来三个儿子都添了孩子，老井有了三个孙子。老井又对他们说，我和你娘身体不好，别指望我们，谁的孩子谁看吧。三个儿媳妇你瞪我，我瞪你，大眼瞪小眼，谁也没话说。老井和老婆仍然过着悠闲的日子。老井有个性，有钱就花，不攒一分钱，每顿饭都要炒几个菜，大鱼大肉吃不够。老井吃肉吃大块，买个猪耳朵，不切，用手提溜着，大口大口地嚼，弄得满手满嘴都是油，说这样吃才香，才过瘾。邻居们向我说起他的时候，都是说他命儿好啊！

村里还有个老相，人勤快，实在，能干，做着个不大不小的买卖，还种着几亩地，挣的钱比村里哪个人都不少。他有两个儿子，却是一个比一个不争气。大儿子爱喝酒，小儿子爱赌博，正经活不干，没钱就问老相要。这倒没什么，只要有钱就花呗。可是，大儿子出车祸了，把人给撞死了。老相把所有家底倒腾出来，又从亲戚朋友那里借了三十万才了事，弄得老相好几年回不过来神。过了几年，小儿子又出事了，因为赌博产生纠纷，把人捅伤了，且是重伤。公安要逮的时候，老相托各种关系要私了。除了给人家治病养伤外，又赔了二十万。老相的买卖不能做了，两片宅基地卖了一片，还欠了一屁股债。人们说起老相的时候，摇头叹气，说老相人好，也有本事，可就是命不好啊！

我也了解另外几个人，他们有命儿好的，也有命不好的。命儿好的，整天游手好闲，好吃懒做，脸白胖胖的，肚子圆滚滚的；他们赌钱就赢，做生意就赚；才说没钱花了，遇上修路，正好从他们的庄稼地过，一下子又补偿了几十万，好几年花不完。命不好的，爬天摸地，抠门省俭，一辈子辛苦，晒得黑不溜秋，瘦得皮包骨头，过得却比糠窝子还糟。人们常常用四个字总结：啥人啥命。

看电影，记得有过这样的情节：女主角遭受欺凌，受尽折磨，痛苦不堪，要寻死觅活的时候，当爹的，或当娘的，往往劝女儿道，孩子啊，认了吧，都是咱的命不好啊！

几乎所有的文学作品都是反映人物命运的。我们看外国文学作品也好，读中国小说也罢，都是在述说主人公一生或某个时期命运的。莎士比亚写的戏剧中，有喜剧和悲剧之分。既然是悲剧，人物命运肯定不好。

一个人的命好不好，不仅由自身决定，更多的是受周围人、社会及时代影响。如果你身边一帮秦桧、高俅那样的人，你命好不到哪里；如果单位里人人都是活雷锋，你的运气差不到哪里。老井为啥命儿好呢，三个儿子争气；老相为啥命不好呢，两个儿子是祸害；为啥《白毛女》中的喜儿命运那么悲惨呢，因为是在万恶的旧社会，有黄世仁这样的大地主；我们看《平凡的世界》，对孙少安、孙少平的命运扼腕叹息，他们是没有赶上农村改革时代啊！

抗战时期，蒋介石命令炸决黄河花园口，多少人背井离乡啊！1943年大旱，那是饿殍遍地啊！命好不好不是由个人能决定了的，是时代，是大自然决定的。当然，遇到了好时代，大自然的危害就变小了，对人构成的威胁也就小了。比如说洪灾吧，以前遇到洪灾了，一方百姓的日子就没法过了；现在呢，即使遇到一场几十年不遇的洪水，人的基本生活仍有保障。国家支援，外地志愿捐献，加上自力更生，日子照常过。2016年我的家乡受淹了，庄稼颗粒无收，回家看望亲戚的时候，他们说，也就是少收三四千块钱的事，在外边多打几天工就补回来了，完全是一副不以为然的神态。以前遇到天花病，就会有成百上千的人死掉；2003年遇到SARS，没多长时间病情就控制住了。

性格决定命运。林黛玉是个典型。林黛玉小性子，说话猫儿一样轻，心眼小得针鼻似的，看见落花就联想到自己的命运，别人送朵花又怀疑是最后剩下的。天天生闷气，哭鼻子，不生病才怪呢，不短命才怪呢。你看人家薛宝钗，那一个世俗啊，可是，人家该咋地就咋地，没人说她不好。

贪欲也能使本来顺风顺水的命运发生改变。比如说有的官员，已经是所谓的“人上人”了，非要贪满屋子的钱，几辈子花不完，时间久了发霉腐烂。还有的官员，包养情妇……最后，不是让人逮了，就是跳楼了。不是命运乖张，是太作遭了报应。

性格是天生的，每个人都不一样。只要不存在精神障碍，都会在自己的生活圈里习惯性地活着。大大咧咧有大大咧咧的好处，谨小慎微有谨小慎微的好处。我就有两个这样的朋友，一个是四六不在乎，一个是不敢越雷池一步。四六不在乎的人胆如虎豹，越是风险大的买卖越要做，结果赚得盆满钵盈；不敢越雷池的这位朋友，花钱只要上千，就得考虑几天，生活过得平平静静，无大贵，也无大难。

人们谈起“命运”时，似乎总有一层神秘和玄乎在，意思是冥冥中有神在做这样或那样的安排，是命中注定、难以改变的。就是说，你有多大的福气，要遇到几个坎，一出生就定了。算卦先生给人算命时，经常会有这样的情节，在问了你生辰八字后，大惊失色：哎呀，你的命咋这么不好呢，有好几道坎！或者说，你前半生的命不好，后半生好。或你前半生好，后半生不好。相信的，吓得赶紧让他给支着儿；不相信的，一笑了之。

人们往往不会听凭命运摆布的，要改变命运，就要奋力抗争，追求理想的生活。贝多芬说，扼住命运的咽喉。意思是要把命运的主动权操控在自己手中，不屈服于命运的摆弄。我想，应该还有另外的意思，就是把不好的命运扼杀。因为人一旦扼住了命运咽喉，不好的命运就被卡死了。

都听过《命运交响曲》吧，那旋律是，“格格梗，格格梗”，像是在泥窝里跋涉，像是在痛苦中挣扎，像是在挥舞拳头抗争。的确，有志气的人是不会屈服于命运的，我们都知道张海迪，她曾经是一个时代的楷模。张海迪靠自己的拼搏精神，改变了命运。《红与黑》中的于连，更是个人奋斗的典型，只是他为了达到目的不择手段，暴露了人性的弱点。

知识改变命运，这话不假。以前的科举制度，就是凭知识、凭才华、凭本事改变命运的。十年寒窗，换来状元、榜眼、探花等进士功名，换来高官厚禄。我曾傻傻地想，怎么李白杜甫白居易王维们都当过官啊？就没想到他们是参加了科举、有了学位后才有了官职。现在的高考也是，成为农家孩子跃入龙门的有效途径。

有的人不需要奋斗就能改变命运，那的确是命儿好。比如说平民家的女子嫁入豪门，可这样的好事不是每个女子都能遇到的，也不是每个女子都愿意的。物质生活优裕了，精神上不一定优越。命运好不好，没一定的标准，每个人的理解也不同。

命运好坏有时候有很大的偶然性，比如抱养的孩子。一个孩子，好几家要抱养，遇到好的主，可能就享一辈子福；遇到不好的，可能就要遭很多殃。

过去，命不好的人多，因为穷，生活得不到保障，吃糠咽菜，逃荒要饭，穿着补丁摞补丁的衣服，几代人挤在一个茅草屋。现在，国家提出全面实现小康社会，命运不好的人就少了。不缺吃，不缺穿，有房住，有车开，平平安安，就是好命儿啊！只要你不去北京与人比官大，不去深圳与人比钱多，就会幸福满满。若说有命不好的，就是大鱼大肉吃多了，酒喝多了，身体消化不了，适应不了，生出许多富贵病来。有些人荷尔蒙分泌得多，就天天把劲使到女人身上，结果肾虚了，喝了汇仁肾宝，也没有达到“他好，我也好”的效果。

钱的故事

1977年，我升入县一中。记得那是个夏天，麦子黄梢的时节，发生了一件让我难忘的事。

我们的宿舍后有一棵大树，刮风的时候，树枝扫到窗玻璃上，发出哧喳的响声。我的铺位在窗的左侧，睡觉的时候，常把衣服扔在脚头；而早晨起床时，习惯性地先摸摸衣兜，看钱还在不在。这天，发现衣兜瘪瘪的，空空的。用手掏，没有；翻了个底儿，没有；我翻被子，撩褥子，掀枕头，还是没有，三块钱不翼而飞。就问相邻的两个同学，问他们见到没有，他们个个摇头，发誓说绝对没有拿我的钱。我哇的一声哭了，像个孩子似的号啕。以往，每周只花一块钱；上次回家，爷爷一下子给了我三块钱。那时的三块钱很管用，对于一个中学生来说，更是个大数目。

后来，一个同学悄悄告诉我，高年级有两个学生，晚上常到低年级学生宿舍偷钱，昨晚风大，我们睡得死，很可能就是从后窗进来的。我推开窗户，的确有鞋印，便找到副校长，说了我丢钱的事，并将那两个怀疑对象指给他看。副校长很负责，把那两个学生叫来。他们根本不承认，说绝对不是他们干的，也从来没干过偷鸡摸狗的事。没有证据，副校长只好让他们走了。我出副校长门时，见那两个人在远处站着。我害怕他们打我，就朝另一个方向躲去，但还是被截住了，他们威胁我说，哪一天把你揍扁！

还没挨打，还没被揍扁，我就转了学，到了城隍中学。这是公社的中学。当时每个公社都办了高中。到了这里，觉得哪儿都不如一中：总共两个班，百十多号人，连宿舍都没有；一中的钟声能几里地听得见，这里只挂了个铁片；一中有烧水的大锅炉，这里只是一口不大的做饭锅，喝的是熬锅水。学校规模小，我们的视野和心胸也跟着小，高考时只上了中师线。我就后悔了，若不转学，在一中上完，保不准考上师专呢。

20 世纪 80 年代末，我开了个门市，经营儿童服装。要到石家庄的新华批发市场进货，因带的钱多，怕不安全，就找了个同事一块儿去，各拿一半钱。去的头天晚上，老婆给我在贴身的秋裤上缝了个兜，我把钱装在了那里。到石家庄后，天刚擦黑儿，便住到了旅馆。睡觉的时候，同事把钱装在了枕套里，觉得头枕着比较保险。第二天要坐公交车去市场，有个妇女拿着个小喇叭，喊着“8 路 8 路……”，我们就上了 8 路车。车上人多，同事紧紧地摁着衣兜，我也贴着他，生怕钱被人掏走。到了市场后，我才想起把钱从缝着的兜里掏出来。兜没口，全缝住了，就解开腰带；裤子半秃噜着，我用指甲找线头。可是缝得密，怎么也解不开，就只好弯下腰，用牙去咬。市场里来回走的人很多，见我这样子，都忍不住看，看过之后就憋不住笑了。我想，这下可暴露目标了，所有人都知道了我带着不少钱。同事说，既然这样，就把钱攥在手里吧！我俩各在手里攥着一把，攥得牢牢的、死死的。到了一个摊位前，相中了一款服装，就想批发 20 件。卖主说，这里只有 10 件了，和我一起去家里拿吧。

我们跟着他，走进一条胡同。胡同很窄，还很深，拐了两个弯；胡同里没几户人家，都锁着门；再看地面，生着绿苔，说明这条巷子很少有人经过。

我的心里有了不祥的预感。正在这时，迎面过来三个人，都剃着光头，留着黑胡子，小流氓的模样。他们和卖衣服的是不是一伙的呢？是不是要抢劫？我俩互递了个眼色，扭转身子，箭一般地跑了……

世纪之交时，我在乡镇工作，当了分管几个村工作的片长。当时主要任务是征缴农业税和计划生育。农业税任务大，群众有意见，不配合，就上门催。白天去地里干活的人多，就趁晚饭时刻去催要。每天不管收多少，都要交到财政所。有一天缴款时，财政所所长用验钞机验出1500元的假币，就让村会计带回来了。支书、主任说，这可咋办？要我给书记、镇长讲情，看能不能减免掉这部分钱。书记、镇长不答应，没半点活口。村干部要我想办法，我想不出来，总不能分摊到别的户吧？支书无奈，说，谁收的钱谁赔吧。会计一听瞪了眼，说要钱没有，要命有一条。我反复做工作，准备让支书、主任、会计各从家拿500元赔付。支书、主任不情愿，他们的家属更是吵翻了天，说没法干了没法干了。不过，到最后还是拿了。会计不出，再怎么做工作也不管用。逼得急了，把计算器摔了，摔了个粉碎，然后夺门而出，大喊道，老子不干了！

村里倒有个验钞机，但不好使，也不能拿着去每家每户。有个村干部建议道，凡是百元钞都让他们写上名字吧，哪张打回来了，就让他换。都觉得行，就照办了。可是村里的人有写的，有不写的，不写的人把钱一扔，脖颈一横，来一句愿要不要。有个老头全是钢镚，哗啦啦倒了一院子。

回到村委会，我们开始数钱，见每张大票上都写着名字，有的能看清，有的像画画儿；有的把字写得很大，占去了半张；有的字很小，在角落躲藏着。我见到有几张上写的字多，不是姓名，是一句话，便去辨认。结果，上边写的是：乡镇干部……（此处省略三个字）

又过了十来年，身边发生了两件有趣的事。有个朋友老陈做辣椒生意，把腌渍好的辣椒卖给湖南客商。湖南那边没有及时给现钱，老陈就去催要。催要了半年，客户答应给了，先说给承兑汇票，老陈不干；客户又说开转账支票，老陈仍说不中，非要现钱。客商说，我们不动现，再说，你回去带那么多钱也不安全。不管咋说，老陈就是不听，非说见到现钱才放心。结果，50多万元，装了半麻袋。老陈给家里打电话，让厂子来三个壮汉，长得黑的、愣的、胖的……来的时候，他们拿了几个破袋子，里边装些烂套子。就这样，老陈一行四人上了火车，他们把麻袋往车厢一扔，坐在上边有说有笑。我怀疑这个事情的真实性。老陈说，实话给你说吧，有个袋子装了几块石头，有人敢抢劫，啪，上去就闷倒他了。

另一件趣事是，一位退休老人，和老伴住在农村的老家，每月领了退休金，都要从卡上取回来。他说，老在卡上不安全，万一给撤回去了呢？老两口平时花钱不多，慢慢就攒多了。他们买了个保险柜，钱多半放在那里，少半藏在其他地方。每隔几天，老两口就插上门，拉上窗帘，然后把钱拿出来，放成一堆，数数有多少。看着那么高的一摞，很满足，很享受。有一天晚上，忍不住又拿出来，一直看，不眨眼地看，觉得比看啥都过瘾。看着看着，两个老人眼皮沉了，一耷拉，睡着了。这时候，爬过来两只小老鼠，它们各衔走几张，然后返回来，再衔。到了天明，老两口发现少了一半，急忙就找，发现有咬坏的钱，寻迹到了鼠洞，刨了半天，抠了出来。幸好，老鼠铺窝用，没吃。老人赶紧去银行，把缺角、破碎的钱给兑换了，不过还是损失了几百块。

现在是2018年了，人们的收入提高了，购买力强了，拿现钱、用现款的时候却越来越少。除了储蓄卡、信用卡外，平时消费多用微信支付。不少人不在包里装一分钱了，只要花钱就用手机扫。“扫一扫”成了常用语。有一天我在街上看到有卖烤红薯的，想吃，却没带钱，就想用微信。可是，有二维码吗？走上前一看，烤炉上挂着仨牌牌呢，老头指着其中一张说，扫这个吧，新的，清楚。晚上散步，口渴了，就来到一个小店，用微信扫一扫，买了一瓶水。现在很多地方，不收现钱，只需要用微信钱包就可以。有一天在市里招待一位贵客，没想到，客人来的时候又带了四五个人。心想坏了，带的钱不够，我忙打开微信看，钱包里也仅剩下几十元。怎么办？可别丢人现眼啊！就给朋友发了条微信：抓紧给我发500元的红包。朋友照办，化险为夷。

我讲的这几个故事，看似没什么关联，细一琢磨，悟出不少理呢：如果经济条件好，就不会因为三块钱大哭，更不会有后来的转学；商贸繁荣、有了物流产业，就不用拿那么多钱、跑那么远路进货，也就不用担惊受怕了；国家实力增强，取消了农业税，干群关系才变得融洽；信用体系完善了，使用现金就少了，用卡成为习惯……改革开放使得国富民强，国富民强带来生活安全舒适。

听说以后坐高铁不用票了，有身份证就行；听说以后身份证也不用拿了，验证一下脸就行。我觉得稀奇，朋友说，到银行取款就是这样啊，有张脸就行。我突发奇想，如果连脸都不用，到大厅一喊，取10000元！那钱啪嗒落到脚面上，该有多爽啊！如果到商场买东西，喊一声，一套西服！哗，合身的衣服立即穿上了，才是爽呢！

纸　章

朋友让我以“纸”为题，写一篇3500字左右的文章。我难住了，对于命题作文，一向有些怯意。

沉思之时，眼前飘来一张张、一沓沓纸，以及各种色彩、各种用途的纸，它们飘动着，飞舞着，翻卷着，涌动着，搅动起我僵滞的思绪，让我从心底发出一声声喟叹。我竟不知，纸给我带来这么多的记忆、这么多的欢乐与忧愁。

最早的记忆是“粉莲”纸。我不知道是不是这两个字。上小学的时候，4分钱买一张粉莲纸，特别白，特别薄；一张大大的纸，折叠，折叠，再折叠，成了32开后，用小刀从折叠处割开，哧，哧，声音是那么悦耳。有时就不小心就割偏了，割扯了。小本子用订书机钉，或者用纳鞋底的线绳扎好。因为纸薄，铅笔尖能划透；用钢笔写，墨水能洇透；怕写斜了，底下铺一带格子的纸。学生写字是用蓝笔，老师批改是用红墨水的笔。

忘不了御寒的窗户纸。窗户纸与低档一点的宣纸差不多，糙糙的，麻麻的，比粉莲纸要厚一点儿。窗户纸虽然也是纸，但不容易坏。过去很少有人家安玻璃，多是在木方格的窗户上糊一层纸。一张纸，既能将外边的喧嚣挡住，又能抵御冬季的寒冷。我最喜欢听风刮窗户纸的声音，呼嗒，呼嗒，那么轻柔；

风急了的时候，呼嗒的声音大了些，不过风吹不破它，让人感到了小屋的温暖。

粉莲纸，窗户纸，都是一张薄薄的纸。我们常把“一层窗户纸似的，一捅就破”比喻为一些事理一点就透。此时，我却想到了“人情薄如纸”和“命如纸薄”这两个词，这与粉莲纸和窗户纸本没有半点关系的。

没有别的玩，就用纸折叠成三角、四角摔着玩；后来有了牛皮纸，它的威力大，能把用粉莲纸、香烟盒叠的三角、四角赢个净。每个孩子都有很多的三角、四角，每天都在叠，每天都在摔，攒得多了，用硬纸片折成个盒子，把它当作三角四角的“仓库”。

长大了些，对带颜色的纸感兴趣了。特别是过年时的红纸以及各色的纸。春联都是大红纸，有了红纸、有了春联就有了年。还有那剪纸，贴在门楣上的，红色的，绿色的，黄色的，蓝色的。一把剪刀，铰出那么的图形，小兔啊，小鱼啊，小鸡啊，小狗啊，那么可爱；花有牡丹，有玫瑰，有菊花，或含苞，或绽放；还有铰出来的字，福，春，喜迎新年；等等。彩纸洋溢出浓浓的年味。剪纸多为电光纸，很光滑，很明亮。

小时候，除了玩，就是向往吃。最好的食品是什么呢？细馃子。细馃子也叫“到口酥”，还叫“桃酥”。细馃子用草纸包着，上端覆一张红纸，红纸上印着字或图；然后用纸绳捆扎好，再绾出一个手提的系儿，提溜着。它的魔力就在这张包装纸上，细馃子油大，油通过包装纸渗透过来，洇湿了大半，让人想象出了它的香，它的好吃。别说到口就酥了，没到口，心早已酥了。

年龄大了，离开家乡，与信纸打交道就多了。那么喜欢写信，那么盼望收到信。信纸是我们常说的稿纸。信纸因上面的文字，成为想念、相思、相爱等情感的载体。外地上学的日子，我几乎每天写信，每天盼着信来。亲人的信，同学的信，乡亲的信，恋人的信。见信如面，见了信，就如见到了人。写给亲人的信，载着一份关心；写给同学的信，载着一份贴心；写给恋人的信，载着一份爱心——不，不是一份，是十份、百份、千份、万份、万万份。厚厚的爱，浓浓的情，让信纸变得沉甸甸的。

毕业之后，喜欢上报纸了。报纸是了解世界、了解社会、了解生活的窗口。我订了十多份报纸，每天来一厚沓子报纸；我一张张地翻，一版版地看，一篇篇地读，好像离不开报纸似的，一天不看，心里就恐慌得很。

后来我把在报纸上发表文章作为追求：一篇篇新闻报道，一篇篇言论，一首首小诗，一篇篇散文和小说；我把看到的、听到的、遇到的、想到的都变成了文字；写了就投，我想通过报纸让更多的人记住我的名字，了解我的生活、我的情感、我的世界。第一次在报纸上看到自己的名字后，欣喜若狂，比农民收获了一季好庄稼、工人造出了好产品还高兴。后来，我把发表过的文章装订成册，时不时地翻看一下，每次都会荡起幸福的涟漪。

再到后来，不满足于在报纸上发稿了，奢望出一本自己写的书了，这几乎是我终生的愿望。虽然现在网络文学盛行，电子版盛行，能静下心来读书的人不多，但我坚信，纸质书才是最好的读物，才更有价值，书香最香。我在网络上也写过长篇小说，在搜狐和新浪等大网站连载过，还被编辑重点推荐过，但总觉得不如书好。于是我便写了另一部小说，由花山文艺出版社出版。小说也就十几万字，两三百个页码，我却觉出了它的重量。哗啦，哗啦，每翻一页，书都发出动听的声响，都甜在心间，醉在心头。我多么奢望能有“洛阳纸贵”那一天啊！

至于办公，即使电脑和网络成为主要工具，但还是离不开纸张。很多文件、信息简报、报表还是要通过纸质的东西来完成。一纸调令，一纸任命，能改变你的工作、生活和命运。任命你职务的时候，怎么也要看到纸质的文件啊，没有这个，像没有证据似的。

忽然又想起了“纸醉金迷”这个词。纸醉金迷的生活离不开金钱。是啊，纸币在纸中最金贵、最有价值。人民币，美元，欧元，日元，港币……不管是哪个国家的纸币，都充满了魔力，让人疯疯地追，傻傻地爱。为了得到它，得到更多，奋斗，奋斗，再奋斗。可是，钱不是幸福的代名词，钱上没有污点才好。钱太多了，就是废纸一堆。窃以为，不如保留一颗宁静、恬淡的心，不如有一份平淡、质朴、本真、简洁的生活。

说着说着想到了冥币，这本不该出现在文章的结尾，但每个人都会死，都要面对这个不想涉入的话题。人死后，入土了，后人在祭日时来烧纸。不管人生前是否富贵，是否得过儿孙的济，此时，上千、上万、上亿元的冥币大把大把地烧，后人一边烧一边说：拾钱吧，拾钱吧！冥币冒着蓝烟，吐着黄黄的火苗，忽悠忽悠，袅袅绕绕，传递着对先人的祈祷和祝福。

朋友的命题作文只能就此打住了，指定的3500个字是完不成了。数了数，还不到2500个字。

孝　悌

大铁炮咣咣响过，就开始集合人了。总管，我们这里称为“大棚”的人，握着麦克风在喊，抬杠的哩，孝眷，上坟的亲戚，架孝的亲戚，路祭上的，响器班的，集合了啊，准备起灵，起灵了啊！

撒纸钱的人，掂着一只斗先行一步，一路走，一路撒着纸钱。孝子们开始拿上坟时举着的幡子。重孝子跪在地上，哭一声“我的爹（娘）啊”，就起灵了。

儿女们一个比一个哭得响，鼻涕一把泪一把。孙子们、外甥们、侄子们等也一一跪下，埋着头，哭叫着爷爷、姥爷、大爷、叔叔，或者奶奶、姥姥、大娘、婶子、姑姑等，痛哭流涕。远房的子嗣和关系远一点儿的亲戚，也全撅着屁股在哭，虽然眼泪不多，声音微弱。女眷们不跟着男孝子走，出得棚口，上了马车，或者后来有了的三马车、拖拉机，盘腿坐在车上哭。女人的哭，区别在于是否掩面：女儿、儿媳等重孝要对着众人没有遮掩地哭，声嘶力竭，泪流满脸，鼻涕流在衣服上，也不去理会；远房亲戚和本家出了嫁的闺女们，一手用叠好的毛巾捂着脸，一手摸着脚尖，念念有词地哭：“你往哪儿走了啊？”哭得没几声，将毛巾慢慢移动，待露出半个眼后，偷偷地向外窥，看围观的人有多少，看其他人哭没哭。遮掩，是为了好看，不至于干哭不掉泪。

说来，这都是以前的事了，起码二十年前，也可能是三十年前的事了，这是我们这一带农村举办葬礼的仪式。我想，恐怕多数省份也是这样的吧。

如今的情形就大不同了。我不止一次地、在不同的地方，见到了这样的场景：

哭的人越来越少，除了儿子、女儿们，看不到有其他哭叫的人了；即使孙子、外甥这些隔辈最亲的，以及亲侄子们，也只是举着幡子，低着头，跟着前边的人走，眼里没有泪水，也听不到一声哭喊，最多是表情庄重；即使孙女、外甥女等血脉相连的晚辈，也不怎么哭了。其他人更不用说了，他们不但不哭，连必要的样子也不去装。男孝子们蹲下来，有的连蹲也懒得蹲，一直站立着。他们说笑着，有的叼着烟吸，有的大声地接听电话，有的还玩着微信；女孝子连毛巾也省略了，不再捂脸，也不哭，也不怕人说，叽叽喳喳地说着别的话。

重孝子见没人陪着哭，没人烘托气氛，哭过几声后，也没有了声响。似乎，这真是喜丧了。就像庄子一样，媳妇死后，他还敲着瓦盆唱歌呢。

他们说，人死了，哭又有什么用呢？哭是让谁看的呢？生前已经尽孝了，死后好好埋葬就行了。若是在老人生前不孝顺，此时哭几嗓子就能赎罪了吗？

若是哭能报恩情，哪怕眼泪流成河。

早年的哭并没有让人看的成分，是出于内心的悲痛，是父子、母女血脉亲情的真实流露。在物质极为匮乏、基本生活无法保障的年代，死去的人对家里的影响太大了，正如哭着的人拉着长腔道：“你死了让俺咋过呢？”当时，在农村，家中的主要劳力没了，没人挣工分，分的东西就少，就有可能受冻挨饿；在城市，挣工资的大人去世了，一家老小生活质量就会急遽下降，真的是没法过了。不哭咋办？虽然没用。

现在不同了，经济条件好了，社会保障好了，不会“塌天”了，所以，眼泪少了，想念少了。

我认识的一位医生，是市某医院的一位主任医师，他父亲最近去世了，单位只给了三天假。市里的确与农村不一样，农村多是死后七天才埋葬。老人火化后第二天，他就上班了。这天他有三台手术要做，且都要他主刀。父亲刚刚去世，他能专心去做吗？做手术的过程中，脑子里能不闪现父亲的影像吗？后来，我问过他，他回答说，一上手术台，什么都不想了，什么都不敢想了，精神高度集中。他叹口气，接着说，谁不死呢？生老病死是自然规律，老人走了，我们好好活着就是最好的怀念。

也许，当医生的见过了太多的死亡，把死亡看成最平常的事。后来我发现，不仅仅是医生，其他行业和身份的人采取的也是这个态度。老人安葬之后，再没有守孝一说，该干啥干啥去；没过几天，情绪就完全回归到以前了，有酒瘾的开始喝酒了，爱热闹的参加着各种活动，有的人嘎嘎地说笑。有一位同志说，老人死了，再怎么痛苦也不管用，总不能再把自己憋病吧？

现在的殡葬省去了许多仪式。没有端着供品去坐席一说了，上祭后，亲戚的本家们就直接回家了；有的地方实行“一天清”，即不在头一天移灵了，埋的当天才抬到街上搭着的棚里；埋后第二天的圆坟也省略了，在抬杠子的人简单埋土后，孝子们从一旁返回来，把坟头堆圆。

三十年前，人们还有许多守孝的方式，比如，糊的白鞋不能拆除，直到它烂掉再扔；袖口和裤腿上的孝布也不能拆，必须过了五七(35天)；上班的人顾及形象，就在胳膊上戴一个小小的“孝”字，也是五七过后才摘下；一个月内不能理发、剪发，再长也得留着；几个月内不能参加娱乐活动，不能唱歌，不能喝酒，不能参加别人的婚礼；家里当年不能有男娶女嫁事项，即使定了日子的，也要推到来年；当年春节时门前忌贴红对联……

追溯到古代，特别讲究孝道，春秋战国时期，守孝时间长达三年。后来，守孝一年称为惯例。守孝期间，百日内要穿白色的孝服；百日之后，穿黑色、蓝色等暗色的衣服，不能穿红戴绿，不能浓妆艳抹；百日之内，夫妻不能同房。而对于做官的人来说，不论官做得多大，父母去世后，都要回祖籍守孝，称为“丁忧”。如果不回乡守孝，就可能受到御史弹劾。

唐浩明写曾国藩的《血祭》《野焚》《黑雨》三部曲，我印象最深的就是守孝一节。曾国藩的官不可谓不大，但在老母亲去世后，他还是要回家守孝。太平军危及清廷时，皇上让他带兵镇压，他都敢不从。自古忠孝难两全，曾国藩首选的是孝！

时代变了，人们的生活节奏快了，从实际出发，守孝显得越来越不现实了。用古代的孝道去约束现代人，不仅没有可能，也没有意义。守孝三年，要耽误的事太多，人们耽误不起：仕途上的失去了晋升机会，做生意的赔本破产，上大学的孩子，耽误学业领不到毕业证……别说三年了，半年也不可能。

只要心中有孝，何必在乎形式？

只是，如果逝去的是中年人，那么，不出一个月，健在的男人或女人就有可能再婚。儿女们好像也不再计较这些，该娶就娶、该嫁就嫁吧。再娶再嫁的老年人也越来越多，司空见惯了。

元好问在《摸鱼儿·燕丘词》中道：“问世间，情为何物，直教生死相许？”这是世间痴情男女所钟情的诗句。元好问虽然写的是大雁，实是希望青年男女能有大雁这般生死相依、不离不弃的爱情。

一只大雁死去了，另一只大雁便殉情陪葬，如果真是这样，这是多么伟大的爱情啊！它胜于人类的情感，是世间理想的爱情和婚姻模式。

《孔雀东南飞》的故事想必人人皆知。焦仲卿和刘兰芝的爱情感天动地。刘兰芝在遭到婆母赶回娘家后，自誓不嫁。可是，回到家才十多天，县令就遣人给他家老三做媒："云有第三郎，窈窕世无双。年始十八九，便言多令才。"之后，太守也派人来了，说他家也有妙龄儿郎："云有第五郎，娇逸未有婚。"而焦仲卿呢，他的母亲早为他选定了目标："东家有贤女，自名秦罗敷，可怜体无比，阿母为汝求。"

即使都能找到条件好的人，两个人终没有相负，刘兰芝投井而亡，焦仲卿随即"徘徊庭树下，自挂东南枝。"

这丝毫不逊于大雁的感情啊，比大雁的爱情更凄美！

此时，有的人可能会哈哈大笑，然后感而慨之：现在没有这样的傻人了。是啊，别说殉情了，配偶死了，不到几个月，就开始踅摸新人。人们都变得娇气了，学得精了，不让自己不舒服、不舒心，哪怕是一小会儿。

无论生前感情多么深厚，也无论有多少爱的誓言，一旦爱的人离去，爱情也好，感情也好，随之灰飞烟灭。背叛了吗？不忠了吗？不道德了吗？这几个问号好多人就没在心里打过吧！

也可以理解，人死了再婚，是生活的需要。活着的人结了离、离了结，把感情当儿戏，还被视作正常；活着的时候有人胡搞，找了三陪找二奶，还被当成了本事；何况是人死了，再找个伴儿，有什么可谴责的呢？

我听说，有一个老婆，临死前向老头交代：我死之后，半年以后再娶。老头一副悲痛欲绝的样子，发誓绝不再婚。可是，没过两个月，他就有伴了。还听说，有一个女人中年丧夫后，她一连嫁过五个男人，直到老得哪儿也去不了了。

年龄不大且身体健康的夫妻在打情骂俏时，有时也会试探对方：我死了之后，你还找不找？若回答不再找，不相信；若回答再找，上去就是一个拳头，你个没良心的！

不哭不要紧，养育恩情要牢记，血脉亲情永远是世界上最伟大、最圣洁的感情；守孝也是个形式，要紧的是心中有孝，遵守家训家规，不忘父母教诲，完成老人心愿；再婚也不要紧，结发情分不能忘，抚育儿孙的任务要完成。无论世事如何变化，孝心、亲情不能淡薄，这是做人的根本。

井台·扁担·缸

人一上年纪，就爱回忆往事：回忆经历过的事，回忆相处过的人。

脑子里忽就冒出井台、扁担和水缸了。

我们这样年纪的，谁也担过水。担水的工具有扁担、水桶和井绳。村里有几眼吃水井，每家都要从井里挑水吃。

担水多是在清晨，由每家的主要劳力去担，因为担水既需要力气，又需要技术。往往，井台旁等着几个担水的人，虽然没有排队，但还是按次序进行的，遵循着先来后到的原则。担水人都有一个井绳，井绳的一端拴个用铁丝或别的东西弯成的钩子，钩子挂住桶，顺着井口往下落，临到水面后，就开始“摆”，一上一下，一左一右，桶就倾斜了，口就朝下了，井绳再往下一落，扑通，就灌满了。然后就是用力提，两只手轮换着，一把倒着一把地提上来。也有技术不好的，摇摆了多次，也灌不满；或者，桶从钩子上脱落，掉进水里。就需要回家拿一个上边有三四个钩子、挂肉用的钩子，再接一根单绳，伸进水井里寻找。还不能耽误其他人提水，有时候只能等到人少或没人的时候才能找。

担水的人多，水提上来的时候，免不了要倾洒几点，井台上就总是有些湿滑，夏天还好些，到了冬天，就结成了冰，光滑得能让人摔倒。

担水的人很多，络绎不绝。水满，就往外潲，哩哩啦啦，筛成一条线。谁家担水没担水，一看这条线就知道。

那时候的扁担，两头弯弯，担在肩上，弯成半弧。担水的人不能迈大步，只能是小碎步快快走；步子大了，两头的水桶摇摆就大，潲出去的水就多；有的担到家，只剩下一半了。会担水的人，扁担随着步子的节奏，轻轻晃悠着，上下摆动着，咯吱，咯吱，很有韵律。

小孩子是不能担水的，因为个子矮，桶离不开地面，磕碰得一滴水不剩。在村里，谁能担水了，就算是长成大人了。

每家都会在院子里放一个水缸，水缸半人高，能盛下三担水。一般的人家，不会等到露出缸底的时候才去担水，剩一桶或半桶，就去挑了。

水挑满了，就用一个锅盖子盖好，一是怕一些柴火末子刮进去，一是怕把水晒温吞。庄稼人，从地里干活回来，都会一头栽进缸里，咕咚、咕咚喝上一气的，那才叫过瘾呢，那才叫解渴呢。

缸里的水除做饭和洗脸、洗衣服用之外，还有一个冰镇的作用。我记得自家做的凉粉，总要在缸里“顶一顶”的；整根的黄瓜也要放到水缸里，冰上半晌；捞出来吃的时候，凉凉的，嘎吱脆。还有打瓜，也要泡上一阵子才吃。

闷热的夏天，缸的外边总有些潮湿，像是水洇过来了；到了冬季，不少人家就把缸“包”起来，用谷草或别的什么。谷草围住后，用一根铁丝绑住，起到保温的作用。但是，冬季寒冷，包得再严实，缸里的水也要结冰。刚入冬，冻上一层薄薄的冰，小孩子们掰一块，当作冰糕吃；冻得厚了，吃水也困难，就用菜刀去砍，砍出一个窟窿后，从里边舀水吃。有的人家干脆把水缸挪到屋里。

担水不容易，就都省着吃，家里有老人的，嫌年轻人不知道省俭，总是在嘟囔；年轻人每次舀水，老人总把眼睛盯过去，看着不顺眼了，就狠狠地“剜”他。年轻人不服气，说，没水了我去担，又不用你管？！老人一脸的不悦，用更严厉的语气说，那也不行，那是造孽！

过去了，一切都过去了，现在家家用上自来水了，吃水再也不难了。水龙头一拧，水就哗哗地流出来了。

难忘啊，难忘，记忆深处的井台、扁担、缸。

蘸五味

老年人说的蘸盐泥，就像在讲一个童话，可它是真真的存在。六十来岁，或者更年轻一点的，都知道这个，有的还蘸吃过。盐泥是腌菜缸里的泥，是白萝卜、红萝卜、白菜等腌渍后留存到最后的泥。这泥细细的，犹如细沙，实则是菜上的泥土和风刮过后的浮土。这沙，这土，在盐水的浸泡后，像盐巴一样咸；又因了几样菜的滋味，让盐泥有了菜的混合味道。

早年间是没菜吃，腌下的菜吃完后，正逢青黄不接，就只好吃缸底的泥了。这泥能吃？能吃。不信问问你家的老人。

我没吃过盐泥，但听说过。少年时，吃玉米面的窝头多一些。窝头就咸菜，是每天每顿的饭谱。炒菜，那是很奢侈的了，一家人一年吃不了几斤油。但条件毕竟好些了，再没有吃盐泥的了。我蘸着吃的是香油盐。每天放学后，从篮子里够出来一个黄窝头，然后找到盐罐，捏一撮，放进窝头里；再找到香油，小心地滴上一两滴。香油与盐拌在一起，就是香油盐，吃起来很香。

还蘸过甜面酱。没别的菜吃，就蘸酱，酱有咸味，又有甜味，还有豆的香。若是豆瓣酱，就更加香。只不过，吃过后，嘴上往往留下一点点痕迹，看起来不雅观。

后来，生活好了，吃馒头多了，纯白面的。刚开始吃馒头那阵，觉得这么暄软、可口的东西根本不需要就菜。一个大馒头不几口就咽进了肚。再后来，炒菜是经常的了，至少是白菜。只是有时候懒，或者一个人吃的时候不值当炒菜，就从包着的纸中抓出一把白糖，用馒头蘸着吃，倒也能起到菜的作用。我家邻居，是五十来岁的两口子，因省俭惯了，常常是拿白糖当菜吃。

其实芝麻盐是很好吃的，芝麻炒熟，撒上盐，在案板上擀擀，擀得碎碎的，吃起来味道美，且越嚼越香，还有余香。半晌打个嗝，仍能泛出香。只是芝麻贵，芝麻盐里芝麻少，盐多。不过到底是比香油盐好吃多了。

上高中的时候，从家拿饭在学校吃。有一个同学的父亲，在辣椒公司上班；公司晒辣椒干后，有许多的辣椒籽掉出来。他拿回家，用油炒过，让儿子带到学校吃。辣椒籽黄灿灿、油汪汪的，吃起来比肉都好吃。平时一顿吃两个馒头，蘸上辣椒籽后，最少吃三个了。

现在蘸着吃的东西，就是辣椒酱了。辣椒酱不仅是有辣椒有酱，它配料还多，有花生，或者黄豆，还加了牛肉，七八块钱一瓶，算是高档品了。再有，就是早饭时的豆腐乳。吃豆腐乳不是图别的，只是图稀罕。现在的人，吃大鱼大肉也是常有，多半有了脂肪肝的疾患，吃上半块豆腐乳，起码减少脂肪的摄入，就如吃咸菜丝一样，为的是清口。

再有蘸着吃的，性质就不一样了，算是“讲究”了：比如黄瓜蘸酱、小葱蘸酱、生菜蘸酱；还有涮锅时的芝麻酱，既给肉调了味，又起到冷却作用。

唉，蘸着吃的，何尝不是生活的五味呢！

过年的仪式感

去商场购年货的时候，门口遇到两位因停车发生争执的人，他们气势汹汹，准备出手干仗。后来有人劝解，说了一句，快过年了，别惹事了。两位如梦方醒，气头瞬时小了下来，话语随之温和，撸起的袖子也放下了。

一句“快过年了”，让争执就此消解。我不禁发出感叹，是啊，快过年了，应该有个好心情。过年的气氛是喜庆的，心情不好影响过年，闹出事来就过不成年。过年不比平时，得喜气洋洋、热热闹闹才是。

常常在大年三十或正月初一，不经意地仰望一眼天空，看看与以往有什么不同。天或晴，或阴，或是刮风，或是飘着雪花。瓦蓝色也好，铁灰色也罢，或是黑沉沉的，与前几天和后几日相比，没有什么特殊。可又觉得这才是过年的天；如果适逢下雪，又会勾起“瑞雪兆丰年”的俗语。一切都是心情使然。

不由得想起鲁迅小说《祝福》中的描写：“旧历的年底毕竟最像年底，村镇上不必说，就在天空中也显出将到新年的气象来。灰白色的沉重的晚云中间时时发出闪光，接着一声钝响，是送灶的爆竹；近处燃放的可就更强烈了，震耳的大音还没有息，空气里已经散满了幽微的火药香。”

过年，有很多的仪式，有很强的仪式感。

换个心情就是仪式感之一。心情调节好了，才能与春节的气氛合拍。不惹事，不找事，把以往的恩怨与不快，统统抛到爪哇岛，哪怕是临时寄存。这样做，有图吉利的心理，春节心情好了，一年的心情都好。

有因小事闹得不愉快的人家，到了春节，也要“相逢一笑泯恩仇”了。远亲不如近邻，低头不见抬头见，几辈子都要相处呢，何必斤斤计较？再说了，有多大的事呢？说出来都是屁大点的事。让儿孙到对方家中给长辈们磕个头，拜个年，关系就得以修复。更不用说婆媳、父子之间的关系了，喊你一声爹，叫你一声妈，高高兴兴掏出红包就是了。

朋友、邻里、亲戚间的“债务”要念叨念叨了。你借我的钱，给了我；我欠你的情，赶紧还。经济债，感情债，不赊不欠。没有负债感，没有负罪感，心头干净，才能好好过年。

好氛围能产生仪式感。就像唱戏，先要搭个台子，还要有灯光、道具、布景做陪衬。一株蜡梅，两盆水仙，足以让小屋芬芳。门前的红灯笼映出祥和，窗上的剪纸透着吉祥。洒扫庭院，清除垃圾，心中亮堂堂；衣服、被褥、窗帘、沙发巾、碗筷、盘碟，洗出清爽。

打扫垃圾的深层次意义，还在于清除晦气。

新年要穿新衣服。虽然现在不缺吃穿，谁都有几件像样的衣服，但到过年的时候，还是要买几件的。穿平时舍不得穿的、最贵的、最能张扬的衣服。

连头型也要变一变，不如此，就不像是过年。

能换的都换掉：手机旧了，换；车子老了，换；电视小了，换。

一切为的是除旧布新，一切又都是为新年做铺垫。

春节期间还有各种禁忌，诸如不能扫地，不能倒垃圾，不能做针线活，不能说不吉利的话，不能串门等。这些都有说辞，如果不照着做，心存一年不吉利的暗示。

这既是对神的敬仰，也是祝福新年的另一种仪式。不犯禁忌，是对神的敬畏。

祭祀是重要的仪式。从腊月到正月，有几个重要的日子要到庙上烧香；老太太们带着金箔、香以及馍馍等贡品，磕一个头，口中默默祈祷，至少也要念叨一声“阿弥陀佛”。每户人家都有神灵牌，供奉着玉皇大帝、南海菩萨、财神爷、灶王爷等。每个人从小就知道老天爷最大，南海菩萨心肠最好。每个家族还有宗祖轴子，上写着列祖列宗的名字，晚辈们要在大年初一跪拜。还要到祖坟上磕个头，放挂鞭，让老人们回去过年。祭祀，要的是虔诚的心和规规矩矩的礼。

说来，春节是人神共有的节日，人神共度这一最喜庆的日子。

祭祀神灵时，仿佛神真的从天而降了，神踏着一片云彩，从天穹翩然而下，洒几滴甘霖，拨丝竹琴弦，咏天籁梵音。他们慈祥地望着人间，保佑着芸芸众生，护佑着黎民百姓，播撒着世间大爱。人们对神灵虔诚、崇敬，拿出最好的供品，磕出最响的头。

祖先就是家的神灵。祭祀祖先的时候，从香火缭绕中望见，他们从遥远的地方归来，风尘仆仆，一身疲惫，满眼都是思念的泪花。他们回了家，围在饭桌前，坐在炕头上，和家人欢欢喜喜过大年。

我是个无神论者，但我真心希望这世间有神灵，他们惩恶扬善，让好人有好命，恶人遭报应；让苍生没有贫穷、疾病的困扰，人人过上幸福美满的生活。

过年的时候，我也会在神灵像前祈祷：祈祷国泰民安、风调雨顺；祈祷全家人身体健康，一生平安；祈祷人丁兴旺、一代更比一代强。

再怎么恨一个人，也不要诅咒他爹娘早死，诅咒他出门撞死，诅咒他儿孙残疾。人心向善，神灵向善。

长辈们接受着晚辈们的跪拜。这仪式不能少，不能凑合。平时任你再怎么高贵，再怎么高傲，此时也要扑腾一声跪下来，叫一声大爷大娘、叔叔婶婶。你不能忘记生养你的故乡，不能忘记看着你长大的乡邻，他们再普通，再不起眼，也是你的长辈。跪拜，是教养；磕头，是感恩。

长辈们或许会说："来了就有了。"这完全是一句客套话，你如果当真，显得太没有诚心。

平时见岳父岳母不好开口称呼爹娘的，这时必须叫一声爹喊一声妈。若含含糊糊，只在嗓子眼嘟哝，回到家，媳妇们会翻白眼：一年就喊这一回，你都不能响响亮亮，从今往后，我也不喊你爹娘为爸妈了！

即或吃的方面，也与平时不一样。虽然这些肉食菜蔬平时也吃，但不会买那么多，不会一下子买齐。现在什么都不缺，超市和菜市场什么都能买到，随时能买到，可还是要大包小包地往家拎，冰箱塞满了，储藏间塞满了，鸡鸭鱼肉，水果蔬菜，干果零食，一样不缺，一直能吃过十五。

说到底，是过年哩，过年就应有过年的样子。

不吃饺子就不是过年。第一碗必须恭恭敬敬地端到神像前，第二碗要给父母端过去。

过年的意义在于团聚。为了团聚，儿女们从天南海北赶回。吃一碗饺子，放一挂鞭炮，起一次五更，磕一个响头，道一声祝福，这才是过年！

家人相聚，其乐融融。猛吃豪饮，放松了心情；胡侃海聊，融洽了感情。

闹腾之后，让心静下来，盘点一年的喜忧。如我辈书生，往往要统计读了几本书，写了多少字，发表了几篇文章；喜欢玩的人，则要数数爬过几次山，走了多少路，转了几座城市；对于多数人而言，则要把存款掂量一番；假如买房了、买车了，视为有大收获；孩子考上学了，成家了，录在年内大事记中。再盘算春节后的计划、行程、目标，给人生来个重新定位。

以前，不管老少，无论男女，人人盼着过年。小孩盼的是穿新衣服，放鞭炮，要压岁钱；大人盼着能吃上白卷子肉菜。盼啊盼，刚入冬季就开始盼，盼到雪花纷纷，盼到冰挂房檐，盼到喝腊八粥。腊八一过，眼忽忽跳，心怦怦跳，扳着指头数天。盼年又怕过年：钱够不够花，白面够不够吃，扯多少布才能都有新衣裳穿？欠别人的钱还不上该咋办？家境差的，还没过年，先愁出了白发。

如今啊，小孩子仍盼着过年，过年能挣好多好多的压岁钱，能买好多好多的玩具，能买手机，买电脑；过年能放几天假，到游乐城好好疯几天；大人盼着孩子长大，过了年就能上学了，就毕业了，就能结婚了，就要当爷爷奶奶了。他们呼出一口气，在心里说，总算熬出来了。

年轻人有点小忐忑，怎么一不小心就三十了呢？美好时光咋这么短暂，怎么转瞬即逝呢？青春呢？美貌呢？过了花季是雨季，还没有玩够，没有疯够，没有成家，没有立业，怎么又长了一岁呢？玫瑰花没开就要谢。是时候了，不能等了，不能拖了，过了年就定亲，定了亲就结婚，结了婚就生子，然后挣钱、攒钱。

中年人慌神了，还不到五十，头发白了一半，皱纹爬满额头，走路不带风了，干活没力气了。牙疼了，换了一颗牙，又换了一颗牙。看东西模糊了，不戴眼镜看不见，看一会儿就眼涩。这就是老了吗？心里觉得还年轻呢，还是个大孩子呢。待到有一天，有小姑娘叫了一声“大爷”时，心中直叫“毁了，毁了，真的老了，俨然是小老头了”。开始怕过年，怕长岁数，怕别人在自己姓氏前加老。是啊，再过几年，就退休了，就要成天在家看孙子了，就得与虫鸟花草相依相伴了。一年一年咋过得这么快呢？！

老年人有恐惧感，七十了，八十了，七十拐了几拐了，八十拐了几拐了，不知道还能拐几拐；怕被问年龄，明明七十几了、八十几了，偏偏要说快七十了、快八十了。不敢想，却常常想，还能过几个年呢？过了这个年，还有没有下个年？

年就是一道门，就是一道槛，就是一个关口。打开这扇门，迈过这道槛，闯过这个关，咣当，吧唧，过去的日子成为记忆；而新的一天、新的一年开始了：春天来了，桃花开，杏花开；夏天来了，蝉叫了，雷鸣了；秋天来了，枫叶红，桐叶黄；冬天来了，雁南飞，雪花舞。又是一个轮回。风不老，雨不老，天不老，地不老。

过年是收获祝福的日子——新年快乐，万事如意，幸福安康，阖家幸福。年，要欢欢喜喜地过；年，要正正经经地过。再说，过年就是迎接春天啊！河里的冰就要消融了，就要发出哗哗的流水声。再过几天，春风扑面，细雨迷蒙，树发芽了，花透出红，天地间暖洋洋、湿润润、甜滋滋的。春天的节日多好啊！

丢篮子

想起了许多年前的串亲戚、丢篮子。

丢，冀南一代的方言，就是“撂”的意思，也作“留”的用意；丢篮子不是把篮子留到亲戚家，而是给亲戚留下篮子里的几个馍。

串亲戚，一般是在春节期间，从正月初二开始，到初十左右。还有就是过庙会时串亲戚。这是亲戚们保持往来、联络感情、延续血脉关系的主要方式。亲戚需要常走动，来往少了，即使再近的关系，就生疏了，心慢慢就远了。

当时串亲戚，都要带一竹篮馍馍。馍馍是统称，实则包括馒头、枣馍、菜包等，馍馍上面覆一条方格手巾，然后用一方白粗布兜起竹篮，再打一个死结；手掂着，或扤着，大步往亲戚家走去。

亲戚热情地打着招呼，急忙地接过篮子，放在一边的床上或里屋的一个桌上，就拉起了家常，关心地问起家中每位成员的情况；接着就论起了年景，种的啥，收成怎样；然后就打听着晚辈们是否定亲了，什么时候嫁娶。

吃饭的时间到了，亲戚给舀上满满一碗菜。碗中的菜分两层，下边是蔬菜类，白菜或萝卜丝，夏季有可能就是茄子或冬瓜；上边是“帽儿”，海带和肉，还有几根粉条。那个时期穷，也只有过年和过庙会的时候才能吃上肉。因此，虽然碗中有肉，也只是可怜的三两片。肉不多，就多几条海带，海带多了，也能弥补一下肉的不足，显示菜做得实诚。

串亲戚的人望着平时吃不到的菜肴，馋得要流口水。但是，表面上还不能显出来，更不能几口吃下“帽儿”，那样显得“吃嘴”，让亲戚笑话，看不起。吃的时候就把“帽儿”用筷子扒拉两下，故意露出碗中的蔬菜；吃一口海带，吃一口白菜；吃一口肉，吃一口白菜；吸溜一根粉条，再吃一口白菜。一片肉不能一口吃下，咬半片就行；肉和菜按比例慢慢减少；一碗菜不能吃光，至少留下小半碗，否则让亲戚难堪。

亲戚试探道，够吃不，再添一点儿菜？！

串亲戚的忙回答，够了，够了，吃不完。

亲戚又问，做好了也没尝，好吃吗？香不香？

串亲戚的点头，好吃，香着呢！你也赶紧吃吧！

吃完饭，接着寒暄几句，就要回家。亲戚替串亲戚的把篮子掂起，往门口送；串亲戚的慌忙从篮子里掏馍馍。

亲戚说，已经丢了两个了，不用再丢了。

串亲戚的说，再丢一个，再丢一个。

亲戚说，不用了，不用了。

串亲戚的说，丢一个吧，丢一个吧！尝尝俺娘蒸的包子。

一个要丢，一个不让丢，推搡一番，争执几分钟后，有的就再丢一个，有的还是不丢。

串亲戚的就回去了。走在回家的路上，并不觉得轻松；因为一篮子的馍馍，只丢了两个，没减多少分量。

回到家，把篮子往桌子上一放，向大人交代一声：我回来了，俺姨（或姑姑、妗子、姥姥等）给俺做的饭挺香。

当母亲的便问，你吃了几个馒头呢？

串亲戚的儿子说，两个。

母亲又问，吃饱了没？

儿子说，算是饱了，再吃一个也能。

孩子出去了，母亲把篮子掂过来，把蒙着的方格毛巾拿出来，去数亲戚到底丢了几个，丢的是菜包，还是枣馍，或者是馍馍。如果是在正月，便会往篮子里添两个，让孩子明天接着去串另一家亲戚。

从我记事起，这个情景延续了近三十年。

后来条件好了，就不再掂篮子了，也不带馍馍了，改为馃子了。自行车的车把上，挂一串用纸绳扎好的馃子，晃悠着就去了；既方便，又好看。

再后来，家家户户都有了摩托。串亲戚的时候，后座上绑一箱或几箱方便面，一个亲戚家丢一箱。有的人家亲戚多，方便面能摞到房顶。不管串到谁家，都要摆酒席招待了。

现在，不比以往了，生活富裕了，带的礼品丰富了。串亲戚的时候开着轿车，后备厢里装着鸡蛋、食用油、大米、牛奶、水果等。有的更来劲，把喝的酒、吃的菜带齐了。

不管来时带什么，一律丢下。吃饭当然更随意了，很少再有“帽儿”了，大锅炖菜，想吃什么就舀什么；个个酒足饭饱，红光满面。

回家吃饭

“二小的哎——回来吃饭了啊！”

这样内容的喊声你听到过吗？

小时候，在农村，每天都能听到几次这样的喊声，一个喊过，另外的也喊，街巷中喊回来吃饭的声音不绝于耳。这喊声高亢、悠长，透着一股力道。

喊回来吃饭的角色，多是当娘的担任，也有姐妹兄弟来充当。

那时的孩子，不像现在这样整天闷在家里，写作业、看电视、玩电脑，只要一放学，就跑没影了，有的凑到一起玩捉迷藏之类的游戏，有的就是打闹着玩，或者去赌东西。赌的都是实物，比如摔三角、弹杏核儿，比如打柏、钢盅（都是谐音，本地同龄人知道），这些既是游戏又是赌的内容，让贪玩的孩子忘了时间，忘了吃饭。

那个年头，地里打的粮食少，收入少，也没多少好吃的；年景不好的话，有可能吃不饱，但是，每顿饭，一定要等到家里人都回来才能吃。

饭做好了，当娘的站在街门口，向着远处，喊起来了：谁谁谁，你在哪儿呢？快点回来吃饭吧！

喊了不听，就离开门口，到别处喊，从这个街头走到那个巷尾；到孩子爱玩的地方找，见人就问。有的站在房顶，两只手捂成个喇叭筒，对着东南西北四个方向可着嗓子喊几遍。

兄弟姐妹多是支应，门口喊两声就回去了。

当爹的一般不喊，喊起来也不会那么悠长，喊声既急促，又简捷，只喊个名字，连回家吃饭的话也懒得喊出来。如果是喊儿子，喊过两声后就动了粗：有本事死在外边别回来，饿死你个杂种！

当娘的心软，等不回来就不吃饭，有时就转遍全村找。渐渐地，喊声里透出了不满、怨恨。

当娘的看见孩子就在不远处弹杏核儿，气不打一处来，上去拧住耳朵往回拽，孩子仍不愿离开，边走边回头望，跺脚嚷：让我“Lang”回来啊！

每户吃饭的时辰有差别，喊吃饭的时间也就不一样。中午饭，有的要到日偏西；晚饭，有的吃到黑灯瞎火。傍晚的喊声传得远，整个村子的人都能听见。

谁家几点吃饭，街坊四邻都知道；谁家吃好吃赖，也能猜个差不离。

遇到改善生活，比如蒸菜包、熬肉菜，就不用喊吃饭了，全家人就都围在锅灶前，一声不吭，眼睛死瞪着锅里的饭菜，口水也在嗓子眼打转。连最淘气的孩子也安生了许多。

吃好的也好，吃赖的也罢，没人躲在家里吃，都要把饭场搬到门口，每个人都会端着碗吃，故意地吧唧嘴，把吃饭的声音传到外边。

有人戏言，如果几家人坐在村边的河沿上一起吃面条，吸溜的声音邻村都听得一清二楚。

喊吃饭成为历史了，现在看来，虽然有些原始，有欠文明，但在当时，袅袅炊烟当背景，玉米、薯干、白菜、萝卜做陪衬，再加上一声高过一声的呼唤，该是多么温暖的场景，传递着多么浓厚的亲情啊！

坐　席

要过年了，突然想起早年正月里新女婿、新媳妇的坐席。

那个年代，都是在年根儿才结婚的；刚过年，可不就是新女婿新媳妇嘛。

大年初二，新女婿要到丈人家拜年，然后由小舅子领着，再到本家的长辈家拜年。小舅子拎着一个褥子，提着一个篮子，从这家走到那家。

褥子是新女婿磕头时垫的，因怕弄脏了新衣服；篮子里有过年新蒸的馍，每个长辈家都要留下一两个。

垫褥子磕头是新女婿的特权，从第二年开始，就没有这样的待遇了。掂篮子留馒头也是第一年才有的，因为新女婿磕头后，本家的长辈们要往篮子里放两样东西：一个是磕头的钱，头不是白磕的，要给钱；一个是请帖，上边写了正月初几或十几邀新女婿来家坐席。时间是由几个本家事先就排好了的，既不能都在一天请，也不能在哪天出现空档。

一般是从初八或初九开始的，要看本家有多少户。本家户多，就开始得早；户少，就安排得晚，反正都要在正月十五前请完的，不能过了元宵节。因总共四五天时间，早中晚都要安排的。早晨在大爷家，中午就挪到叔叔家，晚上说不准就到了爷爷家。

坐席的时候，不是新女婿一个人去，而是由小舅子带着。那个时候，也并不是每家都安排酒席的，特别是早饭，吃得很简单的，熬好的白菜上盖一层“帽”，两筷子海菜，几片肉。中午热闹，不但本家的人来陪，还会邀请邻居或朋友来，两张方桌挤得满满的。

那个年头喝酒的机会少，每场必有几个喝醉的。不管谁醉，新女婿是不能多喝的。一般情况下，也没人劝新女婿的酒，且会为新女婿讲情的。新婚嘛，人家度的是蜜月。也有爱喝几杯的新女婿，一旦喝醉酒，就有人说傻，冠以傻女婿之称。

新女婿一天三顿地坐席，到了晚上，还不回自己的家，还住在媳妇家。丈母娘给女婿、女儿找来新铺盖，还要把煤火燃得旺旺的。人们就把这叫作住正月，有人就说，人一辈子在这个时候最幸福。

同龄或稍小的姑娘要来瞧新女婿，看长得俊不俊、精不精；向新女婿要钱，买糖，买瓜子，买花生吃。

新媳妇坐席与新女婿不同。新媳妇坐席时间要比新女婿早几天，要在新女婿住正月之前；不只在丈夫的本家坐席，还要到所有邻居和朋友家坐席。还有，邀请的人家，不只邀你一个人坐席，要把新结婚的媳妇都请来，年份多的有十几个甚至二十多个。

去的时候，一般由小姑子领着，也有由婆婆领着的。一二十个新媳妇，加上领着的人，组成了三四十人的队伍，称得上浩浩荡荡了。女人们爱说笑，走到哪儿，都是叽叽喳喳一片，到了谁家，谁家就热闹非常。

这么多的人，又都是女的，就没人安排酒席了，多是煮水饺。那个时候，因请的人家多，不是什么时间都能抢到的。人不来，饺子不能下锅，否则就成一锅糊糊了。

人一到，水饺就噼里啪啦地下了锅。虽然是给每人盛一碗，但新媳妇们吃上一两个就作罢了——这家吃得多了，下一家就吃得少了，假若每家都吃上几个，就会撑坏的。所以，到谁家都是吃上一两个就行了。但不能不吃，否则让请的人家不高兴。一天下来，能进十几家吃饺子，什么味道的都尝过了。

新媳妇穿红着绿地在大街上流动，招引来不少目光。大家都在打听着，这个是谁家的呢？那个又是谁的媳妇呢？有的人在比较，今年娶的媳妇中，谁的媳妇最俊俏？一比较，一议论，一宣传，当年最漂亮媳妇就诞生了。

坐席，一方小天地，一个近乎质朴的礼仪，把关系拉近了，把乡情变浓厚了，把亲情加深了。如今，生活水平提高了，这个习俗却没有了，这不能不说是一种文化和情感意义上的缺失。

锄　草

快到立秋的节气了，想起了早年乡下立秋前后的情景，最不能忘记的是“立了秋，挂锄钩”这句农谚，以及由此带来的喜悦心情。

草是伴着苗一起长的，苗刚长出来，草就钻出地皮；苗长得快，草长得比苗还快。因此，麦收过后十多天，地上就披了绿毯子似的。这时候，天天忙的就是锄地。谁家都有几张锄，家里有几个劳力，就有几张锄。天天锄，晌晌锄，地里的草好像永远锄不完、锄不净。

草多是一方面，赶上雨季是另一方面。草要比苗稠密得多；草不像苗长得那么有序，它不顺行，不沿垄，不按间距地疯长。有的是一丛丛，有的是几根根，稀疏不均；它长在苗之间，长在苗根旁，长在畦沿上；有的根深，有的肤浅，有的还绕在了作物上。

有农谚云：有钱难买五月旱，六月连霪吃饱饭。如果五月没雨，紧打紧闹把草锄净，秋庄稼就有好收成；反之，就会减产，甚至绝收。

玉米地里的草相对好锄些，玉米苗间隙大，垄与垄间距大，锄可以在玉米地里左耪右锄，挥动自如；因玉米扎的根深，锄草的深度也可大些，草不会把玉米棵连根拔起；若有长在根部的，弯下腰用手拔掉即可。

豆地的草没有玉米地的好锄，豆秧长得没有玉米快，没有玉米高；草多的话，能把苗遮掩住了，看得见草，看不见苗。若是没有铲掉麦茬，就更难锄，需要把草和麦茬一起耪掉；假若麦茬留得长，草长得旺，耪掉的麦茬加上草就把豆棵埋住了。种地仔细的人，就不停地把麦茬和草往垄中间扒拉。懒一些的不管这些，任由它在豆苗、豆秧上压着——不管的理由是，草总要被晒干的，苗总要挺立起来的。

谷子地里的草最难锄，垄小是一方面，根扎得浅是关键，你不得用大锄使劲地拉动，稍有偏斜，就把苗耪掉了；稍微深了，就会把苗连根拔起。谷子总是要精心伺候的，间苗的时候，用一种叫“小把把锄”的来刮：把儿短短的，锄头小小的、薄薄的，像张铁片。它不是在锄，而是刮了，最多是挖一下，把多余的苗刮掉，把长在根部的草刮掉。我们把这叫作“拨籽垄”。谷子和黍子都要拨籽垄的。

锄掉的草一见雨，重又扎下根来，死而复生。虽是趴伏状地长，虽不再油绿，多半是半黄半绿，病恹恹的，但你不管它，任由它长，还会长得很旺。野草除不尽，雨后又滋生。

即使不下雨，傍晚锄的草，经过一夜露水的滋润，第二天仍有可能活下来。草的生命力真是最顽强的，特别是马齿苋，只要根儿挨着地皮，就不会死。

这样说来，就得把草及时处理掉，有人把锄掉的草全部捡拾起来，放在畦垄上；草多，畦垄堆积得就高；草开始还是绿色的，慢慢地就变黄了，然而一场雨后，又在畦垄上长起来，再一滋生，又影响到了苗。

假若一段日子不下雨，就要浇地。浇地总会跑口子的，水从这个畦子流向那个畦子。这就得堵，用土堵住口子。盖了一层草的畦垄，却又不容易找到口子。即使找到了，因有草的覆盖，搭着空儿一样，仍有水从口子处流出来。

后来就有人把锄下的草扔到地头，或者是附近的小路上。地少，人多，可以这样做，如果好几亩地，根本就没有这工夫。

草一锄就是两个月，苗刚长出来就锄，一直锄到苗长大。玉米从一拃高就开始锄草，一直到长到人的腰部，甚至到胸部。谷子、黄豆，也都是长到不再长高的时候才不用锄。伏天锄地，汗水哗哗，一晌下来，能流半盆子汗水；身上的衣服被汗浸湿，皮肤就一阵阵刺痒；干脆就光着脊梁，任由火辣的日头暴晒，脊梁黑得像排子车车轴，至少像抹了厚厚的桐油。玉米长高了，想光着脊梁也不能，玉米叶子像长着刺一般，划拉在身上，一道道的血印。

你说只在早晨锄草，可是，早晨的工夫太少，不能保证把地里的草锄完，碰上阴天，草可能就死不了。假如因此耽误了工夫，赶上连阴雨，庄稼可就要遭殃，草高过了苗，就算是荒了。荒了地的人家，会被邻家笑死。有人专门在中午最热的时候锄，草在这个时候死得快。

立秋了，总算熬到了时候。立秋时节的庄稼已经长成了，玉米秆粗粗壮壮的，叶子宽宽大大的；黄豆也结了荚，豆秧搭起凉棚；谷子、黍子，直起腰身，不再是弱不禁风。几场雨过后，庄稼拔节的声音响响的。

草在这个时候就不长了，作物的茂盛，遮掩它见不得阳光，更重要的是，到了立秋，草就到了打籽的时候。草一旦结籽，就不再生长。

锄被挂起来了，锄要好好休息了。锄挂在墙上，挂在门洞上，挂在横着的杆子上；锄头亮闪闪的，锄把亮闪闪的，它被时光打磨，被黑土地、黄土地打磨；被人的信心和希望打磨。

天渐渐凉了，劳作了一季的农民要喘口气、歇歇脚了。难有的空闲，难得的清净。有的就串串亲戚，赶赶集；有的闲不住，把秧棚里的白菜苗栽插在留出的白地里，这将是一个冬天的蔬菜啊！

更多的人在收拾心情，等待着秋收，等待着硕果累累的收获季节，到时候，满地金黄，团团笑声。

熬菜

到底是老了，一提就是三十年前的事。

且说三十年前，我和一位老师在同一所乡中任教；我家离学校八里地，他家在半道，约五里地；因都没结婚，并不恋家，我们约定每周日下午返校。这样，周一早晨就不用急着往学校赶，就能按时上课。

我去学校时总要拐到他家，叫上他一块走。

我去这位老师家的时候，他在吃饭，他母亲给他做了熬菜。熬菜不是现在所说的大锅菜，是作为粥来食用的。做起来是这样的：先切半棵白菜，待水快烧开之际，放进去，然后再抓一把粉条，掰碎，两厘米长就行，也放进去；白菜和粉条都煮烂了，拌半碗白面疙瘩，也搅拌得碎碎的；等到滚锅后，加点油，放点葱花，再捏一点儿盐，一下子倒进锅里；再放点酱油也行，熬菜显得好看；放两滴香油更好，上边漂一层油花，吊胃口。

这位老师不一会儿就喝了一碗，然后舀第二碗，第二碗喝完后，我以为他饱了，就准备走，可是他还要喝；喝了三碗之后，我心想，肯定不喝了。谁知，他又舀了两勺，又喝了下去。四碗就四碗吧，反正碗不大。可是，我走出屋门后，他喊我再等等，说再喝一碗。我憋不住就笑，心想能有多好喝呢？喝这么多！

严格意义上讲，既然叫熬菜，就有菜的作用。喝熬菜的时候，不用再炒菜了，嚼着馒头，就着熬菜，就能应付了。有的就把馒头——早一些的时候是玉米饼子——泡进去，喝熬菜的时候把馒头也吃了。有的把馒头腾热，有的就直接泡凉馒头，泡不了几分钟，就热了。

以前做熬菜多，主要是因为打下的粮食少，就想着法节省。比如说熬白菜，白菜里边拌白面疙瘩，既有面食，又有蔬菜，多喝两碗，肚子问题就解决了。

说实话，以前我是不愿意喝熬菜的，原因就在于菜帮子太多，又没有多少油水。菜帮子白白的，块又大，一煮，面不拉唧的，没一点儿味道。我是宁可喝小米粥或玉米面糊糊也不喝熬菜的。

做小米粥或玉米糊糊时，往往先放进去一些别的，红薯啊、红萝卜啊、蔓菁啊，吃起来都是甜滋滋的。即使放几粒绿豆，或者黄豆，也有个捞头。再说，不做熬菜的时候，会专门炒个菜。

今晚我自己在家，想起了这个熬菜饭，就想做着吃。一方面是想回味一下过去的生活，另一个原因在于，中午大鱼大肉吃了，晚上就应该简单点，吃点好消化的食物。现在都说常吃的白菜富含膳食纤维，还能防癌什么的，吃一顿熬菜不是挺好吗？

我照着上边的步骤做了。自然，把菜帮子掰掉，尽量用绿叶，帮儿没有叶好吃；比三十年前放的油要多得多，以前都是把勺子架在火上，滴那么几点，现在随便一倒，就不会少于半两。白面疙瘩我也不想费事去拌了，还有点面条，放一柱，代替疙瘩吧。晚饭我不吃别的了，单喝这熬菜，看能喝几碗。

不一会儿就做好了。还别说，喝起来味道真不错。又是扒拉又是吸溜的，几分钟就喝了一碗；就舀第二碗，舀第二碗的时候想，今晚争取喝三碗。当喝了第二碗后，肚子就有些饱胀了，还打了饱嗝；喝第三碗的欲望一点儿也没有了。一个人的饭难做，只要做就多，就得剩。今晚至少剩下两碗，只好等到明天早晨继续喝吧！

我早想好了，明天早晨喝的时候，再往熬菜里泡点别的东西。很多天没吃油条了，就买两根油条泡呢。

还没吃，已闻到了它的香，觉出了它的好。

灶 膛 火

寒冷的季节里想到了火，那往昔岁月中灶膛的火，那在风箱拉动下的忽明忽灭、忽红或黄、忽高忽低的火，以及连接灶膛的炊烟、锅灶中焖着的、蒸煮的香。

呱嗒，呱嗒。

风箱在响。那个年代，做饭的柴火很多，田地里的作物，在果实成熟收获完毕后，皆可做柴。麦秸自不必说，麦茬也被铲掉，麦糠除了喂牲口，也会扔进灶膛里冒股烟；秋作物里的玉米秆、高粱秆、豆棵、花柴都是好柴火；就连玉米叶、玉米胡儿、玉米芯、高粱叶、豆叶，花壳等，都可烧锅燎灶。有的是在作物收获前做柴火的，比如高粱叶，稍稍发黄，就被爽下来，而豆叶只能到最后，等到豆棵被拉出地里之后 ，在某个早晨，最好有露水，用筢子挠起一个个捆。

除了夏秋作物的枝、干、叶外 ，就是草棵了，到了秋末初冬，青草衰败，失却了绿色和水分，草根没了抓力，轻易地就断了，竹筢子一搂，就是能烧的柴火了。

秋风扫落叶。树叶也能当柴火，打枣时落下的枣叶和干树枝，椿树、槐树、杨树、柳树落下的叶子，铺满了树的四周，竹筢子搂不起来，就用扫帚扫。

呱嗒，呱嗒。

每户人家都有个柴火垛，柴火垛里有秸秆，有叶子，有草棵，这是一年的柴火。做不同的饭，用不同的柴火。

若是蒸一锅新馍，就要用好烧、耐烧的柴，劈柴当然最好，一般人家没有，有也舍不得，要等到过年蒸馍、煮肉时用；平时就烧秸秆、花柴和玉米芯之类的，这样的柴，烧出的火大，把整个灶膛染红了，把拉风箱的妇女的脸映红了；火苗蹿出来，像龙的舌，舔舐着人的脸；熏得脸发烧，烤得身体也发热。那风箱拉得响，呱嗒，呱嗒，一声接一声，发出脆响。用麦秆做的笼屉，早已是热气升腾，细筤上凝结了晶莹的水珠。

呱嗒，呱嗒。

平时做饭，做稀粥，熥馒头，就用柴草和叶子之类或麦秸什么的了。往往不单用一种柴火；两种或者三种柴火，倒替着烧。易燃的把不好烧的柴引着，不好烧的就好烧了。柴火一小把一小把地添，一点一点地续，烧成文火即可。添多了，火上不来，冒黑烟；添少了，接不住气，浪费柴火。拉杆不能拉太长，风箱不能有太大的风；很多时候，不用风箱就能燃烧。

呱嗒，呱嗒。

最怕的是下雨天，连绵的雨让柴火湿了，让空气也潮湿了，去垛里撕，使劲刨，仍是湿的多干的少，这火就难烧了。风箱拉得再响，火也是明明灭灭的，用一根细棍去搅动，把柴火支起来，或者歪转头用嘴使劲吹，呛得眼泪鼻涕直流。灶膛忽地冒出火，几乎燃着了眉毛。

去树上掰几个树股子，不承想，也不干，树股子的汁液都烧出来了，哧哧地响，有一股呛鼻的、涩涩的味道。

大火下蒸出的馍，暄腾腾的，贴着锅的一边，都烧出一层黄黄的嘎渣，像如今商店卖的锅巴一样焦脆。蒸出的馍有松木的香。文火熬出的粥，黏稠稠，小米浸润个透；三块半截砖支起一把铝勺，抓两把麦秸，煎一个鸡蛋，香得舍不得吃；湿柴做出的饭，有烟熏火燎的味道，女人们说是串味了。

炊烟随着火势而变化，或缭绕着飘出，再袅袅升起；或滚出一团团的黑烟，气势汹汹，要把天染黑；或者冒出的烟中有火苗，火把烟都融化了，烟囱都烧红了。

炊烟中仿佛也带出了饭菜的香，馍的香，粥的香，肉的香，尤其肉香，弥漫了街道，香透了整个村庄。

呱嗒，呱嗒。

呱嗒的声响越来越远，呱嗒的情思越来越浓。那一声接一声的呱嗒，还有那灶膛的火，不时地响在回忆里，闪耀在睡梦中。

手擀面

酒足之后，准备主食，服务员进来，把主食说一遍，然后有人拿主意道：“手擀面条吧！”服务员又问，什么卤呢？答说：“西红柿鸡蛋。或茄丁、羊肉卤等。”服务员刚要出门，又补一句：“切点咸菜丝！”

这是酒桌上经常见到的一幕。

人们至今仍爱吃手擀面，不仅仅是因为它甜润爽滑的口感，更多的是对儿时的回忆，对母爱的回味，还有那念念不忘的一抹乡愁。

一年吃不了多少天白面的年代，吃一顿面条就是改善生活。粗粮吃多了，就盼着吃白面蒸的馒头、面条、水饺，面条相对省事些，吃起来口感也好。所以，不少人家就隔三岔五地吃面条。

擀面条需要一定的技术，不是每个人都会擀、都能擀好的。擀得好的，面皮薄，筋道，煮出来还不沾不黏；擀得不好的，擀的过程中，就把面皮弄破了，切出来的面条，有粗有细，煮出来后，断了好几截，短得如蝌蚪。

早些年，邻居有个大娘，家里人都爱吃面条，她不怕费事，三天两头擀，就练出手了；没什么菜，就切个咸菜丝，或炒个茄丝，炒个鸡蛋当卤子。那时连卖西红柿的也很少。没有卤的时候，就在面条里倒点醋，倒点酱油。即使如此，家里人吃面条的兴趣不减，那兴奋劲、幸福的表情、洋溢出来的满足感，比过年吃饺子差不了多少。往往，面条煮好后，一人一大碗，都蹲在街门口，圪蹴成一溜儿，吃出最大的响声，呼噜——啪，呼噜——啪，满条街的人都能听到，把从门前经过的人馋得流口水。

村边有一条河，河对岸是另一个村。暑天，吃晚饭的时候，溽热不退，假如吃面条，身上出的汗更多，人们就圪蹴在岸边吃。岸边有风，河里有水，要凉快许多。男人们光了脊梁，上了些年纪的女人在夜色的掩护下，敞开了怀。大家吃得很酣畅的样子。赶到多数人家吃面条，那响声就大了，大得传到了对岸。对岸的人家听见了，就也擀面条。有一天傍晚，河两岸蹲满了吃面条的人，呼噜——啪，呼噜——啪，好像故意发出声响。有人就戏谑说，面条把脸都甩肿了，烫得嘴片子都红了。但都不怕，谁也不示弱，像是在为荣誉而战。

生日总要吃一次手擀面的。天不亮，当母亲的就早早起来擀面条。这天的手擀面叫长寿面，母亲把最美好的愿望和祝福都寄托在面条上了。她们用心地擀，细细地擀，擀出来的面条最长，吃起来最筋道。面条擀得再长，不能从中扯断；不管多满的碗，也要吃得干干净净，这都有讲究的。我们祝福寿星的时候，都爱说寿比南山，福如东海，其实加一句，“像手擀面一样绵长筋道”，也不失吉利。第一碗一定是要给寿星的。

俗语中有句话，叫“出门饺子回家面”，是说家里有人要出远门，一定要吃上一顿饺子，意即饺子像元宝，祝愿多挣钱；还有就是包饺子需要的时间长，家里人围在一起多说会话。回家吃面，是因为家人想留你不再远行，面条像绳子拴住你的脚。无论饺子还是面条，都有美好的寓意。

以前还有几种情况是必须要吃面条的：过庙会吃第二顿饭，一般是面条，卤子就是中午剩下的菜；新婚之夜，给新娘子煮一碗面条；谁家演电影了，晚上要请放映员吃面条；等等。

现在的人图省事，不愿再去费劲地擀面条，多是机制面条，有扁的，有圆的；还有用方便面、挂面代替的。外地小吃进来后，又多出好些有特色的面，如兰州拉面、重庆小面、安徽板面、山西刀削面等。不管是哪种面，都是靠卤取胜，或者肉多，或者汤好。以面条取胜的，只有手擀面。那淡淡的麦香在口中久久回荡，那略显稠浓的面汤馥郁了心房。

有人编出这样的顺口溜："手擀面，宽又长，端起面条想亲娘。天天吃，吃不够，鸡蛋酱卤葱花香。"

哦，手擀面，永远不能忘怀的美食。

摇 摇 撒

摇不动柴油机的人，算不上地道的庄稼汉，称不上一个好劳力。20世纪八九十年代的农村，养儿子除了传宗接代外，竟是为了家里有个能摇动柴油机的人。计划生育抓得紧的年份，村干部让双女户做结扎，家长气愤地回击：“没有儿子，将来怎样种地啊？女儿家连柴油机都摇不开！”

这样的理由似乎十分充足。

我种地几年，没摇开过柴油机，每次浇地都需要人帮忙。末了，没改了文弱书生的形象。如我这样摇不开柴油机的尿包，若不是有一份工作，连媳妇都讨不上的。

在我的“魔鬼词典”里，对“农民”一词的解释是：摇摇撒的人。

那时，变压器还没有安到每个责任组的地头，用电动机的不多，多是用柴油机浇地。如果是新柴油机，或者气温高的时节，柴油机就好摇着。种地人也充分利用了柴油机的功能，在滚沸的水箱里，煮上快要成熟的小麦、玉米棒或毛豆角，待煮熟之后，津津有味地吃着。食物虽挂了一点儿柴油的味道，仍不失果实最初始的清香；那嘴角抹不掉的颗粒，闪动着饥饿和劳累后应得的那份满足。

假若入了冬，柴油机又是使用了多年的，浇冻水麦子时，就相当费劲。别说是我，一个三十来岁的壮汉子拼尽全力也不一定能摇开。一直摇，摇上半天，或两三个人轮替着摇，像接力赛跑那样，等到柴油机发了热，才有可能点着火。

入冬的夜晚，气温达到最低，接近零下，摇了半天，柴油机还是冰凉。为了提高转速，两个人站在一起，弓起腰，叉开腿，一个抓住摇把儿的里头，一个抓住外头，一齐用力，再不行，其他人就拉动两个轮子间的皮带，让它飞转起来。这样，摇着的希望就大。

有摇柴油机时不挂传动带的，待柴油机发动之后，将皮带一头挂住水泵，另一头，则用摇把拉直，往柴油机的转动轮上挂，摇把与轮子碰撞，闪出一片火花。

若还不行，就在沟坡里找些柴草，在柴油机周围点上，说是预热机器；怕不行，再找一个玉米芯，用钳子钳住，拧开油箱，蘸上柴油，然后放在柴油机的烟囱口点着；柴油机转动的时候，火苗被吸着，几乎全吞进到了烟筒。立马，柴油机剧烈地喘息，呼哧呼哧。这样，摇开柴油机的可能性就进一步加大。

劲道如果还不够，就用单绳绕两遭摇把儿，然后在柴油机两端各站一个或两个人，一起拉动绳子，给摇柴油机的人助力。绳子随着摇把儿一上一下地摆动。觉得是时候了，摇柴油机的人喊一声“撒”，在一边摁减压的人，急忙松开，嘣嘣，嘣嘣，嘣嘣嘣嘣嘣，嘣嘣嘣嘣嘣，柴油机晃动着身子，在冒出几股黑烟后，发出一连串的叫声。随之，出水管那里喷出一条长龙，在夜晚显得特别白亮。

就有一户人家，发现减压阀门不能用，便让家中的女人去供销社买。女人去的路上忘记了名称，在对售货员员比画了一阵后，说，就是那个……那个一摇一摇……然后喊“撒”的那个。

摁减压的人，多是家里的女人或劲小的人。摁减压的，必须紧密配合摇柴油机的人。柴油机往往是在打过几个转儿后才有可能着火；减压阀门撒得早了，就把火憋灭了，且把人的胳膊都能闪了；撒得晚了，转速达不到了，同样打不着火。因此，必须配合默契，喊声起，手已撒。

“撒！”虽然是那么短粗，却有着令人不容置疑、绝对服从的口气。“撒！”是胸有成竹时的自信，也是胜利在望时的喜悦。

“撒！”这声喊变得必不可少了。有一次，正值农忙，不少农户在收割了小麦之后忙着栽辣椒，邻居大刘，顾不上让人帮忙，一手摁着减压，一手抓着摇把儿，在打了两个“过儿”后，大喊一声：“撒！”柴油机突突地着了。

过后，大刘回过味来，站在垄沟上，嘎嘎地笑，这声喊，原来是喊给自己的。

如果没有这声喊，没有这个“撒”，柴油机是不是就不能点着呢？大刘埋着头，一直在琢磨，愣是琢磨不透。

哦，喂头圈

喂头圈，有叫作头物圈的，也有说成围头圈的，因为马厩里有围栏。头，指牛、马、骡、驴等大牲口，它们被简称为 “头”。喂头圈就是生产队喂头的地方。那个年代，不少人把牲口称作 “头口”。“牲”为牺牲、祭祀的意思，不符合人们对这些具有强大劳动能力的动物的崇拜心理。“头口”，则是把它们视为平等的一口。

小时候，我在喂头圈睡过，至今有一种亲切感，令我难以忘记。本家爷爷是饲养员，我和他的儿子，也就是我的小叔叔，陪他在这里睡。睡的地方是与头口相通的一间屋，中间隔了一个门帘。门帘是几个肥料袋缝在一起的，或者用草苫子充当。

冬季，天气寒冷，睡前都要烧炕洞，把炕洞烧热才钻被窝。喂头圈有个大场院，放着农具和柴草；场院里有的是玉米秆、花柴，还有其他的秸秆，想怎么烧就怎么烧，烧多少都不怕。土炕烧得特别热。

炕洞里的火熊熊燃烧，照亮了原本黑洞似的小屋。小屋的墙被烟火熏得不能再黑，随便用指甲划个印儿，都显示出白。若用指甲在墙上画条狗，或者画只猫，头几天像肤色黑的人的白牙，过几天就像久不刷牙人的黄牙那种色了，时间再长些，就看不见了，与墙壁一个颜色。墙壁上钉一小木板，上边搁放着煤油灯，睡觉前亮一会儿。窗户不大，二尺见方，糊着窗户纸。这样的环境，反倒觉得比别处温暖了些。

我们一边烤手，一边往火里扔红薯和花生。红薯和花生先是发出哧哧声，一会儿又发出滋滋的声响；过一会儿就有了红薯味，有了花生味。觉得烧熟了，就用一根花柴棍在灰烬里扒拉，那烧熟了的红薯和花生，外皮已烧焦，成了黑色，有的还在冒烟。我们不顾烧和烫，用手扒拉扒拉，就吸啦吸啦吃起来。那个香啊，真是香。

吃完后，不洗手、不洗脸就钻到被窝了，有时候听爷爷讲故事，有时候蒙头就睡。第二天，嘴边还能看到吃红薯时留下的一圈黑。

睡不着的时候，就听到头口发出的各种声音，闻到它们散发出的特殊气味。它们不时地发出噗噗的、听起来像是打喷嚏的声音；还能听到吃草料的声音，窸窸窣窣，嚼动时还发出嘎嘣嘎嘣声，是豆子或玉米籽的破裂声；头口蹄子踢踏的声音也能听见，头口不时地用前蹄或后蹄踢踏，能将地面踢踏出一个小坑来；偶尔，还会听到放屁声，它们屁声很大，但不是太臭；它们尿的声响也特别大，尿得很随意，尿液四处流溢，泛着白沫，泛着淡淡的酸气。

喂头圈是社员们记工的地方，每天吃完晚饭，下地干活的人拿着记工本陆续来这里记工。工分是队长和社员一起评出来的，有多有少：最高的十分，最低的也在五分。工分高低与年龄有关系，青壮年多是十分，半大孩子和老人工分就低；也与每个人的把式有关，犁耧锄耙、扬场放滚都会的人工分就高，只会打坷垃的就低；干满整天的记满分，比如评的是八分工，就给你记上八分，干半天的就记四分。

记工的时候，社员们集中到了一起，有什么事要说的，第二天干什么活，怎么安排、怎么分工，队长都会一二三地讲清楚。记完工，安排完活，人也不会马上走，说闲话拉闲篇就开始了——回家也没事可做，当时没有电视，也很少演电影，更没有麻将，打扑克还会被视为赌博；有电舍不得照明，一个月就是几毛钱的电费。

吸烟的人特别多，很少有烟卷，有也是几分钱、角把钱的。“红满天”，一毛三一包，吸“红满天”烟就算不错了。多是吸旱烟，长烟袋管，挂个烟布袋，装着旱烟丝。没有好的烟丝，多是粗劣的，发出呛人气味。不是一只烟袋，也不是几只，而是几十只烟袋同时在吸，同时冒烟。说烟雾缭绕是轻的，是一团一团的烟气，直辣人的眼睛，直呛人的嗓子，让你上不来气，让你头脑昏沉。吸烟的人打着喷嚏，流着眼泪；不吸烟的人，也跟着咳嗽、打喷嚏、流泪。一个个把脸憋得通红，咳声一阵紧似一阵，仿佛要把胸腔里的所有东西都咳出来那样。尤其是冬天，就在我们睡觉的小屋吸烟，还没有开始烧炕洞，烟囱已冒出一团一团的烟。

煤油灯的柴油味也混合到这里了，头口的大粪味、屁味、尿味，还有头口身体散发出的气味，统统混合到一起了。这是怎样的一种味道呢？没有这方面经验的绝对体会不到，体会过的永远不会忘记。我是难以用语言表达清楚的，你尽可以发挥想象。

闲话说够了，就听人讲故事，那时我们都把讲故事说成是“说古”。会说古的人一般都是认识几个字的，有的是从说书人那里听来的。故事本不精彩，听起来却津津有味。我们生产队说古的叫老堂，论辈分我叫他叔。老堂叔满头白发，卷曲出一个又一个钩儿。他说话很慢，半天放不出个响屁，他讲《大八义》《小八义》《三国》和《聊斋》。有一天他讲《三国》，说曹操领兵十万，要过江打刘备，走到一个山崖时，天上下起了瓢泼大雨……

说到这儿，他就吧嗒吧嗒抽起了烟。一袋烟抽完，把烟锅往鞋底磕磕，又续上一袋；他把保险灯的玻璃罩拧开，把头伸过去，把脸映得通红；把烟锅伸进去，猛吸一口，就冒出烟儿了。

说啊，说啊！有人催道。

老堂叔从鼻腔喷出一个圈儿，然后不紧不慢地再说一句；又有人催，他就再说一句，直到人都没了耐心。

也有捣蛋鬼，趁人们不注意，噗地将灯吹灭。小屋里有男有女，那不怀好意的青年男子早已挤到年轻女子的身边……

喂头圈，既是头口歇脚的地方，也是人们集聚的场所；既是生产队的中心，也是人们的乐园。它影响着每个人的生产、生活。如今没有了喂头圈，但是，每当我回忆起，总有一种滋味在心头，特别是喂头圈的气味，怎么都挥之不去。

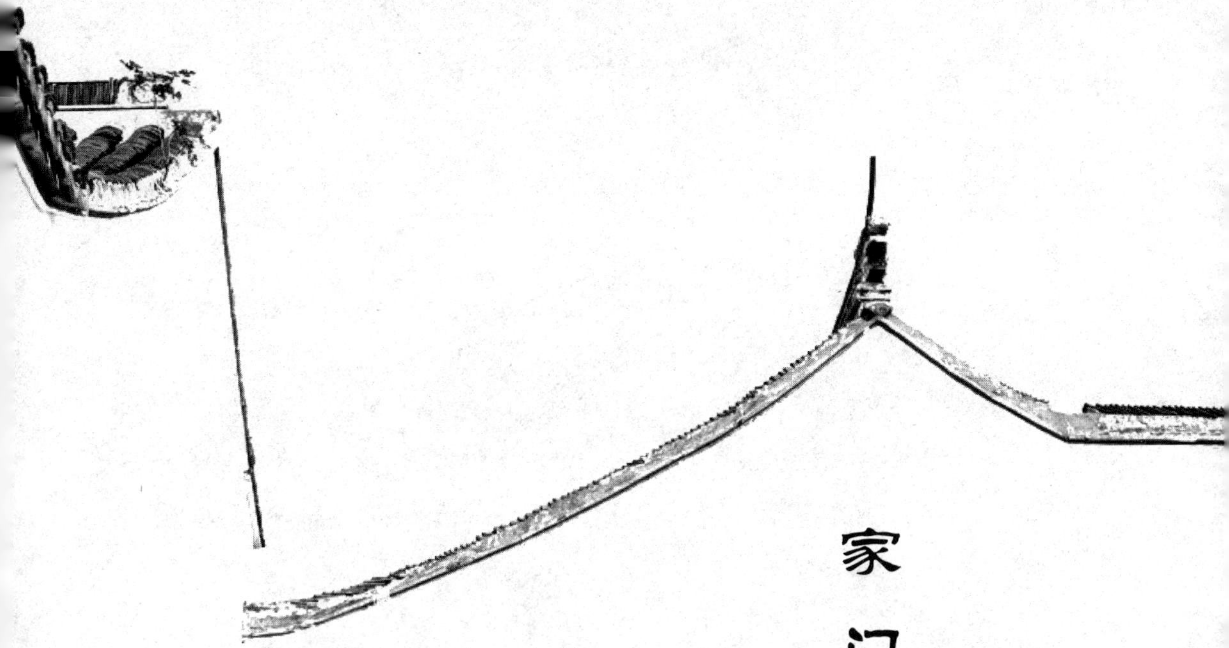

家门口

不老的记忆

最早，几个姓的人家是一起从山西洪洞老槐树下迁来的，他们在鸡泽的最南端落了脚，然后丈量了一下土地，各占一片。各户人家相距很近，也就几丈远，为的是相互有个照应。起村名的时候，各以自己的姓氏加上“村”，就有了张村、李村、杨村、尹村、范村，另外还有一个北赵寨。又过了若干年，有更多的人家来到了这里，按自己的姓氏分别在不同的村庄落了户；同时也有其他姓氏入住，与这几个村的人家和谐相处。几个村的位置是东西一溜儿一字排开。又过了若干年，村与村之间没有了空隙。有人就把几个村形象地称为“一溜村”。出门在外，有人问起家是哪儿时，人们就顺口说出一溜村。

一溜村有棵杨树，是与迁民一起迁来的，长到几人合抱不住的时候，日本人来了，砍了修炮楼。日本人走后，老根上发新芽，日益地蓊郁起来；七十年过去了，又长到几人合抱不住。杨树有灵气，成了“老杨仙”，人们给它围上红布，上写“心诚则灵”，十里八乡的善男信女都要来这里烧香磕头，祈求平安。过年的时候，鞭炮一挂接着一挂地放，老杨仙下炸出一片红彤彤的纸屑。

赵金海出生在范村。从人民公社时期开始，他的父亲就当村里的支部书记，一当就是三十多年；他又是一溜村第一个上大学的人；他的行政级别在一溜村也最高。

迁到这里后，人们才知道这里水土不好。首先是地势低洼，遇到雨季，白茫茫一片，庄稼全都泡在水里，用村里人的话语讲就是“咕嘟泡了”。玉米啦、高粱啦，这些大秋作物被淹没腰身，倒垂在水面，令人心疼不已。蛤蟆倒是多了，呱呱地叫着，让人听起来有点幸灾乐祸的意味。人们把地里的庄稼叫作望天收——收不收老天爷说了算。水下去了，赶紧补种些别的作物，“头伏疙瘩二伏芥，三伏过来种荞麦。”疙瘩、芥都是菜，属萝卜系列，荞麦是粮食作物，但产量不高，且不能天天吃。

不仅仅是地势低洼，三十年前，一溜村还是有名的盐碱窝。大片大片的盐碱地，高高低低，像戈壁滩一样，“春天白茫茫，夏季水汪汪，只听耧声响，不见粮归仓”是当时的真实写照。站在地头望去，在太阳的照耀下，无数的白色小颗粒闪耀着亮晶晶的光。假如你捏一点儿，放在舌尖上咂巴咂巴，定是咸咸的。这就是盐土，用它能淋出我们的食用盐来。

这样的土质是长不好庄稼的，如同常遭水灾的庄稼一样，也是望天收。盐分不高的田地，还能长出稀稀拉拉的庄稼，但是长不高，比如小麦，尺半高就算不错了；它更不会稠密、不会肥壮，下多少种子长出来还是那么几棵苗，上几车大粪也壮不起来。盐分高的地块，别说庄稼了，就连生命力极强的小草都长不出。只有碱蓬、羊角菜才使地上有了一点绿意；芦草想长起来，可是盐分高，拽着它离不开地面。有人戏谑道，这是连兔子也不拉屎的地方。

粮食产量就可想而知了，一亩地的小麦只打个几十斤，最多百十斤。

一度，一溜村的人们埋怨先人选错了生存的地方。

靠山吃山，一方水土养一方人。一溜村的人们靠着盐碱地过活。十几岁的赵金海跟着大人学会了淋盐，用淋出的盐换回生活必需品。

没在盐碱地生活过的人，是不会看到淋盐情景的，就连有些词也没听过，比如，盐淋子。可是，赵金海却会盘盐淋子。

盐淋子就是淋盐的池子，它呈长方形，约一米五宽、三米长、一米高，可容纳四五立方米的盐土。盐淋子四周用麦秸泥糊好，底部用夯实的胶泥铺设；在底部搭几根木棍，木棍上再铺一层秫秸箔，箔上撒些土木灰；淋盐的时候，先往箔上倒盐土，然后浇水；盐淋子一头有个出口，水从那里流出，流到一个瓷缸里，出来的就是盐水。盐水浮力大，人们测试它的时候，在盐水里放一个生鸡蛋：鸡蛋全部浮出来了，说明盐分高；鸡蛋开始下沉了，就说明盐分少了。盐分少了，就换上另外的盐土。

盐水淋出后，在一口大锅里熬；大铁锅能盛几担水，大火熊熊，盐水熬成了盐。当看到晶莹、洁白的大颗粒盐后，人们都禁不住要尝一下。赵金海也尝了，除了咸味，他尝到了苦，尝到了庄稼人的苦，尝到了一溜村人的苦。这些苦，在他少年的心里扎下根，且终生难忘。

除了淋盐，一溜村还制作出一种叫“血糕”的小吃来，其风味独特，远近闻名。说来，这也是被逼出来的，是当年涝灾之后种荞麦的结果。

做血糕需要两样东西，除了荞麦外，就是猪血、羊血。正好，北赵寨就有杀猪宰羊的传统。制作时，先把荞麦面制成糊状，把冷却的生血用刀划成小块，然后把血块放进荞麦糊中，再放些花椒、茴香，以及适量的盐；搅拌均匀后，摊在笼上，蒸出一个血糕坨；血糕坨再切成小块、薄片，就可以煎着吃了。

煎的时候是放在鏊子上的，先在鏊子上淋一点香油，然后把切好的血糕放上去；煎的时候需要慢火、文火；早先，燃的多是芝麻秆，因其木质多，耐烧，无烟。荞麦、猪血、香油混合后有一种别样的味道，吃过后还想吃。

村里人把煎血糕当作营生，上集赶会，支一个小摊，就吆喝起来了："快来吃啊，一溜村的血糕，好吃不贵！"吃的人没多少讲究，端一个蓝色的青花瓷盘，或站立，或蹲着，听着芝麻秆叭叭作响，瞧着鏊子下那黄黄的、红红的火苗，身上也暖和了许多。他们津津有味地吃着。

直到现在，赵金海仍能熟练地做出血糕。老娘卧病不起那几年，他不断地给她煎血糕吃。

上小学时，他就要到离村七八里的地方去读书。冬天天冷，母亲在头天晚上就开始给他准备吃的。母亲用小油瓢子往炒菜锅滴几滴棉籽油，放两把切碎的白菜，再切点高粱面窝头焖上。天还不亮，母亲就捅开煤火眼儿，把头天晚上的焖窝头热上；天蒙蒙亮，喊醒他，让他吃得身上热乎了再去上学。

母亲的恩情他一辈子难以忘怀。他从小就听惯了母亲的纺线声，夜晚，当他在煤油灯下写作业或已经钻到被窝时，母亲盘坐在炕上，摇着纺车，发出小蜜蜂一样的嗡嗡纺线声。他如听着小夜曲一样，安然而又甜蜜地进入梦乡。往往，他睡醒一觉后，仍能听到嗡嗡的纺车声，看到纺车烛影。他知道，母亲一纺就是大半夜。为了这个家，为了每一个孩子有饭吃有衣穿，她付出的实在是太多太多。

母亲不识字，却常常给他讲做人的道理，给他讲有哲理性的故事。他在公社工作时，常在村里吃派饭。母亲对他说，儿啊，不管人家做的饭好吃不好吃，你一定要说好；不管做的饭多么好吃，你也不要吃得太多，要给人家多留些。

他姥姥家在曲周县城，离他们家只有几里地。小的时候，他常常去曲周县城玩，去姥姥家玩。城东有一个大桥，横跨滏阳河。那个年代，滏阳河水面宽阔，且常年有水，河里常有载煤的船经过。桥上、桥下是最热闹的地方。姥姥家在桥东边，他缠着姥姥到桥头的小铺里买几个锭轱辘糖吃。锭轱辘糖圆圆的，两头尖尖，是旋出来的，旋出一道道槽；有白色的，有红色的，还有半红半白的，也有半白半绿的。那是那个年代最好吃的零食啊！他把糖噙在嘴里故意发出嗞啦嗞啦的吮吸声。

他清楚地记得，桥头有一家剃头铺；剃头师傅使用一把锋利的剃头刀，在给大人们剃光头。他记得每剃一会儿，剃头师傅就把剃刀往一个长条形的帆布上抹几下。那是在磨刀呢，还是在擦洗？他是小孩，就把后脑勺剃光，前边留半个头。

桥头上有卖“煎饼菜”的，曲周最有名的小吃。煎饼是用绿豆面做主料的，搅拌成稀糊，在鏊子上摊成小饼，薄薄的那种；菜是白菜叶，放在锅里煮，放上胡椒粉；待菜叶煮烂后，将小米面打成糊，熬成汤。吃的时候，将煎饼先放到碗里，然后浇上米面汤，滴点香油，加点醋，就成了。煎饼菜既是主食，又是菜，味道鲜美，营养也丰富。饭量大的人，往往要喝上三碗。

桥头还有一个炸馃子的，馃子中间用刀剁成一条条的，像盘锅灶时用的炉箅子，吃起来嘎吱嘎吱脆，好吃得吃不够。他只要去姥姥家，必得喝上两碗。

回忆起来，小时候的生活是苦的，但同时是快乐的。童年、少年时他得到了亲人太多的爱。

他是村里的第一个大学生。上大学时，母亲给他做了一双厚棉鞋，做了一条土布厚棉裤；鞋子和棉裤都不好看，不洋气，棉裤还是掖腰裤。有的同学还笑话他，他不嫌弃，他觉得这是世上最暖心的鞋、最暖心的棉裤。这是母亲摇着纺车纺出的线，这是母亲一锥子一锥子纳的鞋底，这是母亲一梭一梭织出来的布，这是经过了漂染浆洗才制成的衣。有的同学就对他说，金海啊，一看你穿的这厚棉鞋、厚棉裤，就知道是亲娘做的。听到这样的话，他心里更热。

是啊，亲娘！世上还有比亲娘更亲的人吗？

至今，他仍然留着母亲当年的织布梭，那是用坚硬的枣木制成的，发红，发亮。每次回到老家，他都要拿出来看看，在心里拜上一拜；他仿佛触摸到了母亲温暖的手，望见了母亲疲惫的腰身，听到了母亲脚踏织布机发出的“咣当”声。老母亲给他织的被子面、褥子面，他至今保存着。这些都是“四匹缯”，是技术含量很高的一门手艺，这门手艺不是每个女人都会的。母亲当年说，我要给每个孩子织两匹布，给他们做被子做褥子，等他们结婚时用。是啊，他结婚的时候，铺的、盖的就是娘织的“四匹缯”。他的媳妇也很稀罕这些“四匹缯”，过一段时间就拆洗一次，拆洗好了再铺、再盖。她说，这些粗布棉被，是老母亲一经一纬地织的，用多少年都不会坏，咱什么时候也不能扔。而金海觉得，盖在身上的粗布棉被，比鸭绒被还暖和、舒服。

赵金海后来有出息了，当记者了，当省电台驻地方记者站的站长了。他用的笔、本、挎包、水杯，用的办公桌椅从没有变过。笔记本是蓝色封皮，上边印着“广播日记”字样；他用了一本又一本，不知道一共用了多少本；每用完一本，写上日期，保存起来；多了，就整齐地摞起来。他挎的包，倒是个皮包，长长的带子挎在肩上，可是，皮掉光了，颜色陈旧，他还是舍不得换。水杯也用了十几年，从不离身，有了茶垢就清洗一番。他诙谐地说，这个杯子大，盛的水多，解渴。下去采访，再远的路也是骑自行车，他的车子跑遍了全市的大街小巷，到过周边的好几个县。他用的办公桌椅，是刚到记者站时用的，一用就是三十年，那种笨拙的样子让现在的年轻人看来，就是一件老古董。

搬新家了，地下室不算小，有20多平方米，可是地下室放的全是书报和用过的笔记本。媳妇嗔怪他，说，金海啊，你看看咱地下室有啥啊？半屋子烂书！卖了废品吧，留着占地方。他拒绝说，不卖！我工作多少年，没管过钱，没管过物，挣了一堆破烂书。我天天写稿找角度，没事了坐下来看看书。这点自由你还是要给的。妻子没好气地说，丢着吧，丢着吧，不管你了！

他拍了几张照片，发在朋友圈。我们可以看到，这些报刊都用塑料筋扎成捆了，一捆一捆垛起来，垛得有一人高。报纸、刊物放得时间久了，都发黄了。他把它当作了一生最大的财富。

母亲病了，不能自理了，金海和兄妹几个轮流伺候母亲。金海在邯郸工作、居住，但他每周至少要在家待三天。退休后，他就每天待在家里。他把面条煮得烂透了，用小勺一口一口喂娘吃。他为娘端屎端尿，还要为娘擦身子。几年下来，娘干干净净，竟没有生褥疮。

屋子里收拾得再干净，总少不了难闻的味道。他像不曾闻见一样。他说，伺候的又不是别人，这是生养自己的亲娘啊！他的孝顺，十里八乡的人都知道，个个感动得抹眼泪。他们说，有金海这样的儿子，也是福分啊！当娘的没白心疼他一场。

前年的除夕，老母亲躺在床上，她虽然意识不清，但望着窗外那棵百年老枣树枝头上的冰霜，隐约听到噼噼啪啪的鞭炮声，她似乎感觉到，冬天就要过去了，要过年了！金海凑到娘的耳边，对娘说，娘啊，是到了大年夜了，今天是三十，明天就要起五更拜年了。娘点点头，露出平时难以见到的微笑。

老母亲卧病七年，金海在床边伺候了七年。母亲弥留之际，已经说不出话来了，但她偶尔无力地睁开双眼，看看守护在身边的儿女，然后微微一笑。她平静、安详地走了，走过了八十五年的生命历程。

母亲的养育之恩难忘，家乡的一切难忘。他经常在夜里梦见母亲，梦见母亲给他焖的窝头，梦见母亲做的棉鞋、棉裤，梦见母亲教他做人的道理；他一次次地哭红了双眼，哭湿了枕头，有时哽咽得说不出话。

他还常常梦见那白茫茫的像戈壁滩一样的盐碱地，梦见那被水淹后倒伏的庄稼，梦见淋盐、煎血糕的情景，还有曲周桥头好吃的煎饼菜。

这些记忆每天在他脑海中翻卷着、重复着，常忆常新，让他一次次回到过去，回到生养自己的家乡，回到亲人的身边。他把遇到的人、经历的事一一写出来。

他乐于回忆，他把这些记忆深处的东西一一挖掘出来；他的记忆太多，怎么写也写不完；他记忆中的人和事，影响了他一生。他写自己，写亲人，写同事，写朋友。这些人成了他一生的追忆，这些经历成了他最宝贵的精神财富。

他对现在的生活很知足，珍惜生活的每一天；他疾恶如仇，见不得任何龌龊事；在他心里，处处盛开着鲜花，每个人都淳朴、善良。

退休了，他把老屋重新翻修了一下，不时地回家住一段。他在小院里种了丝瓜、北瓜。夏季的时候，瓜的枝蔓爬上了墙，爬上了房，小院绿意盎然。到了秋季，小院中的那棵枣树，挂满了红红的玛瑙样的枣。每次回来，他都要把爹用过的锡酒壶、娘用过的织布梭拿出来看看，他还要跑到小摊上去吃几块血糕，到桥头吃两碗地道的煎饼菜。过年的时候，还会到老杨仙那里放上一挂炮，在噼噼啪啪的鞭炮声中，祈求一切安好！

水中三朵艳丽的花

一

水已经退去了，留下的是冲击后的波纹痕迹和已经枯萎的庄稼。辣椒棵已干枯，棵上的泥巴变得干硬；玉米秆半倒着，叶子已染成黄色。地里的水不再流动，已由浑浊变清亮。村里倒没有一点儿水的痕迹，街道干干净净，还撒上了消毒的白灰，恍然一切成为过去。

我脑海中的波涛仍在汹涌着，它撞击着我的心扉，打湿我的情感。我的眼前依然闪现着洪水到来后的一幕幕，勇士们抗洪抢险的镜头历历在目。

洺河的水从武安、永年流来，流经本县的双塔镇、店上乡、风正乡、鸡泽镇。洪水来势猛，流量最高达到每秒 5700 立方米。洺河河床浅，加上好几段就没有河堤，水一过来，立即就进了村。

县里组织所有单位的干部职工上了堤。县武装部还组成了两个应急小分队。

袁艳芬是县国土局的副局长，是一个能干的女将。她带领的一支由基干民兵组成的应急队，在 7 月 20 号下午到达普高村。普高村在县的西南角，临近永年，是洪水较早到达的村庄。大约黄昏时分，水开始涌向这里，水面显得很宽阔，一眼望去，白茫茫一片，水天相连。水肆无忌惮地冲撞着，比喻为野马也好，比喻为一匹狼也罢，看起来是很疯狂的，惊心动魄的。已经是十六年的时间县里的几条河流没有发生过大的洪水了。人们看到水来得猛，涨得也快，心跟着扑腾起来。

不一会儿，水就进了村庄。袁艳芬望着奔流的水，心里慌起来。但她是带队的，她不能畏怯，更不能退缩，只能咬着牙顶着。水慢慢地没过她的脚脖，没过她的膝盖，后来就到腰部了。水很凉，水流急，她不到一米六的小个子在水里晃来晃去；给她仗胆的，是身上穿着的救生衣。救生衣的扣子上打着死结，任谁也解不开。她打着哆嗦，嘴唇变得黑紫。远处看，她只是个黑影，在水里晃来晃去。

一开始，群众不愿意撤，喊破嗓子也没人理；水越来越深了，街中心达一米多深，村外的低洼处水深达到三米时，群众又都抢着出去。她指挥着，维持着秩序，将群众搀扶到皮划艇上。一个，又一个，她一趟接着一趟地跑。突然，她看到了挺着大肚子的孕妇，还有怀抱着几个月大婴儿的妇女，一打听，才知道最小的孩子才五天。婴儿的啼哭，在湍急的流水中分外刺耳，所有人给她们让出来一条路。她搀扶着她们，艰难地向前走着。她们上船后，不忘向她挥挥手，而此时的她，泪花早已模糊了双眼。

半夜，雨突然大了，哗哗哗，眼前一片迷蒙，可是，转移群众的工作不能停下来，需要加快速度。大家累了，饿了，浑身无力了。要知道，他们是吃了中午饭来的，十多个小时过去了，水米还没打牙呢。饭送不过来，送过来谁又会去吃呢？别说静下心来吃饭，就连瓶装水也顾不上喝一口的，每一个人的手和脚就不能消停一刻。袁艳芬后来对我说，能喘口气的一小会儿，就是赶紧到高一点儿的地方，双手扶着墙，弯身，将小腿分别抬高，把胶鞋里的水倒出来。而这个动作，不雅观地说，就像小狗撒尿啊！

队员范钦个子高、力气大，到了这个时候，也累得没有了半点力气，他对袁艳芬说：“袁局，委屈你了，能不能给俺找根烟呢？实在是想吸了。”袁艳芬蹚水过去，找到一个村干部，要过一支烟。她不想耽误他的时间，就点着了；她吸一口，呛得咳咳地上不来气；她蹚过去，将烟塞到范钦的嘴里。而此时的范钦，背上背着一个耄耋老人。

她和队员们在水中泡了十多个小时，展开双手看，已经泛白了。

她带的队员其实是又分了两组的，另一组在柏枝寺村，那里的水同样很深。铲车，都见过吧，前边那个铲斗本是铲土的，而这个时候，每次坐着十五六个村民，一车一车地往外送呢！

我问她，当时在水中害怕吗？她说，谁要说不害怕，那是睁眼说瞎话。

这个我信。她说的话算不上高尚，但绝对是实情。

二

张丽芬是国土局的另一名女领导，在抗洪一线，她带领的局机关人员，表现得同样出彩。

她是最早投入一线的，19 号的夜晚，就来到了东柳村的河堤上，那时，洪水还没有到来，县里让几个单位在这里待命。这晚，雨下得大，下个不停，她和 11 名同志身披雨衣，手握铁锹，站立在桥头，观察着水情。雨水打湿睫毛，流进眼中，变得涩涩的；揉一揉，睁不开眼，更加难忍。雨打在雨衣上，发出啪啪的响声；雨衣上滴下的水，流进裤管，流进胶鞋，变得冰凉冰凉。远处望去，黑黝黝一片，所有的房屋、树木，都在遭受着暴雨的抽打——似乎，传来的都是呜咽声：庄稼在啜泣，树木在啜泣，房屋在啜泣。

站着，立着，整整一个晚上。腿发酸了，脚麻木了，神志都有些模糊了。

天刚亮，就看见滚滚的洪水奔涌而来；水是黄色的，土地的原色；水是浑浊的，裹挟了太多的泥土。水中漂浮了大量的柴草和树枝，还漂来几只死猪，还有一个冰箱。这说明，上游的村庄已经进水，说明了洪水来势凶猛。历来，洺河害多利少。由于历史的原因，洺河出鸡泽县境后，河道变得很窄，泄洪能力非常低。说到底，洺河的抗洪，主要任务就是转移群众。张丽芬和队员们赶到村里，挨家挨户动员撤离。嗓音嘶哑了，手中的小喇叭没电了，村民们似乎对洪水的到来毫不在意。他们说，我们经历了几次洪水，没事的，再大也不会大过“六三年”。还有一个老人对她说，闺女啊，没事，俺村的男女老少都是好水性，水真的大了，我们也能游出去。到了另一家，家里的主人没事人似的在宰杀公鸡，还挽留他们在家里吃饭。张丽芬哭笑不得。这样下去，工作可怎么做啊？群众反而在做我们的工作呢。张丽芬想，再不想想办法，一个群众也转移不出去，那样的话，任务可就完不成了，群众也就要遭殃了。

她不认输，在工作中，她从来就没输过。

先做老人的工作，再做妇女的工作，一个一个来，慢慢地来。车联系好，住的地方联系好，给他们最大的安全，让每一个人都放心。跑一趟，不管用；再去一次，白来。有的人家见他们过来，干脆就关门不见。有个队员说，算了吧，反正咱们已经尽力了，他们实在不愿转移，没有办法了。她瞪他一眼，说，出了事你负得起责吗？那个队员不吭声了。她说，说一次不管用，我们就说十次，再不行，就去他家一百趟，直到他们离开。

有这样的决心，什么任务完不成呢？

她和队员们做了 182 户的工作，让 920 名老人和孩子先行撤离……

两天两夜没有合眼，一天只吃了一顿饭，那家农户宰杀的鸡不知道炖烂了没有，反正她没有闻到肉香。

当天晚上，她和同志们就到了另一个战场——留垒河的决口处。堵口子，用的是沙袋，她一个女同志，肩扛手提，没有输给任何一个男人。一干就是十多个小时啊，手上起了泡；泡破了，随即流出血来。太阳毒毒的，出的汗把衣服一遍遍浸湿浸透，然后结出盐花。

她将裤腿挽上去，看到的是黑白分明的皮肤。那晒黑的皮肤还透着一点红。

那红，是太阳的颜色，太阳的烙印。

三

我问过她，你怎么叫魏魏啊？魏是不是你妈的姓呢？因为在大多人的心中，一个女同志，应该叫薇薇，或者伟伟。她摇摇头，给我讲名字的来历：她出生那年，正值作家魏巍的《谁是最可爱的人》一文发表，爸爸说，就叫康魏巍吧，将来也当个作家。又觉得一个女孩子叫巍不太合适，就叫魏吧。于是，康姓后边就是两个魏字了：康魏魏。

在单位，她是办公室主任；洪灾来后，领导安排她做后勤保障和宣传报道。

车辆、食品、装土的袋子和铁锹，她都备齐了。谁是司机，谁负责采买，每次准备多少饭菜，她都计算得一清二楚，都安排得妥妥帖帖。

但是，她想去一线，她不愿在二线。

从 19 号晚上开始，前线的汛情和同志们在一线的动态，通过微信一一向她传来。她看到了肆虐的洪水，看到了水淹进村的景象，看到了同志们奋战的身影，她将这些信息及时上报给县里，将收集的一张张照片发往县里所有的公众平台。她的工作完成得很出色，信息和照片被采用最多，传播很广，影响很大。

但她还是坐不住。她向局长请示，要到一线去，要到最危险的村庄。局长被她的执着感动了，让她去了东柳村，让她做好宣传的同时，帮助张丽芬一起做群众的转移工作。她高兴了，精神头大了，欣然前往。她苦口婆心地劝说着群众，帮助转移的群众拿东西；同时，她用手机不停地拍着。她把她拍的和单位同事拍的照片，一张张传到网上。

程静召在洪水中抱着几个月大的孩子行走；柏枝寺村的抢险队员们在输送完群众后的席地而睡；王照军局长在决口处手握小喇叭沉着指挥；袁艳芬吃着火腿肠、面包，倚在树上睡着了；张丽芬风风火火地抬沙袋；吴佩一口气喝一瓶水……这些照片引起很大的反响，人们再一次地被他们的精神和行为所感动。不仅如此，更重要的是激励了全县上下战胜灾害的信心和决心，而这，起了无法估量的作用。

她又想，应该建个群，把单位的同志都拉进来，在群里可以发布信息，可以下达通知，可以了解各种情况。

很快，群建起来了；很快，群发挥了作用。

“后勤组请注意，马上送来三十个人的饭！”

“各小组马上集合，留垒河出现决口，立即赶赴南三陵！赶赴南三陵！”

按照局领导的指示，她在微信群里使用语音功能一遍遍地喊道。

康魏魏被自己感动了，她没想到微信的作用这么大，没想到宣传的作用这么大。她不会制作“易企秀”，就请来一个朋友教，整整一个晚上啊，她将最经典的几十张照片汇集到了一起，她给相册起好名字，配上音乐，然后在群里发布……

她发出的照片被转发上万次，她制作的相册被认为是最好的。

谁也没想到的是，她的家里还有两个孩子需要照管，她的丈夫身体不好需要照顾，她的婆婆重病在身需要照顾……她是家里的顶梁柱啊！

又想起了她的名字。魏巍写了《谁是最可爱的人》，此时我想说，康魏魏就是最可爱的人啊！

写到这里，我想到了这篇文章的标题，我称三个女同志是开在水中的艳丽的花，那么，能够在水中生长的花有哪些呢？自然先想到荷花。荷花在水中生长，有着别样的红。何况，她们是国土人，她们的脚下有肥沃的泥土，她们开的花当然非常艳丽！

北　　北

红砖灰瓦的大宅院里，一个可人的小女孩，在欢蹦乱跳着，她跑着、玩着，她采着桃花的红，葡萄架上的翠，她任性地在姥姥的呵护下，张扬着童年的狂。姥姥的家就是她的全部世界，姥姥的家充溢着爱。她无忧无虑，望着蓝天，望着白云。香椿树上的秋千，给她带来笑声，她悠啊，荡啊，在一悠一荡里，疯长着童年的快乐。

玩累了，她就会在姥姥的大床上，蜷缩在姥姥的怀里，闻着粗布印花棉被的味道，听姥姥讲着远古的故事。姥姥是个识字人，是个三里五乡有名的文化人。姥姥一字一句地读，娓娓地讲，上千年前、几百年前发生的事，她都听得痴迷。她滴溜着圆圆的眼睛，仰起稚嫩的脸，向姥姥问个不停。姥姥读着善良，读着仁厚，读着勤劳，读着信仰，这些美好在她幼小的心田发了芽、扎了根。

明眸皓齿，扎着大辫子的妈妈，生下她这唯一的孩子，更是视若珍宝。妈妈有双美丽的大眼睛，妈妈有高挑的身材，妈妈长得哪儿哪儿都好看。妈妈喜欢上好的布料，喜欢穿带小碎花的裙子；妈妈喜欢戴项链；妈妈是那样爱美，县城里没有人不知道她的美丽。妈妈温柔、平和、亲切、宽容，没有骂过她，更没有打过她。妈妈身上散发出蔷薇的芳香。在她少年的时光，妈妈为她播下爱美的种子，让她有了不凡的气质。

妈妈喜欢读书，中外名著读过一册又一册，能把许多人不愿读、读不懂的《红楼梦》读得通透。她被妈妈揽在怀里，在大观园里游，在潇湘馆、蘅芜苑里转，读着林黛玉的诗、填着薛宝钗的词。妈妈也会写诗，能写一手好文章。妈妈让她从小就写作。

她还有一个好父亲，在她的生命中，父亲是那个最疼爱她的男人。父亲把什么事都给她安排得妥帖，会和她一起看电影，会讨论李白的诗、苏轼的词，会一起有滋有味地听京戏。

父女俩站在壶口瀑布，望着奔腾怒吼的浪涛，齐声吟诵："君不见，黄河之水天上来，奔流到海不复回……"他是个大男人，但有女人一样细致的心，他无时无刻不在关心她，呵护她。

她生长在被李白发出"魏都接燕赵，美女夸芙蓉。淇水流碧玉，舟车日奔冲"感喟的大名城。宋时，大名是除京都长安和东都洛阳的第三大城市，更有1042年的陪都辉煌和"北京大名府"的桂冠。宋仁宗当政时期，这座古城的繁华让文人墨客心向往之，书写出旷世诗篇。更重要的是，大名城风风雨雨几千年，演绎了无数的人世传奇！就连《水浒传》中的玉麒麟卢俊义和浪子燕青，也在那座古城留名。

多少年后，那地上、地下的建筑和藏品，仍散发着灿烂的光华，有着难以估量的价值，折射出深厚的历史文化底蕴。直到现在，生活在这座古城的人们，仍以它的历史和辉煌而自豪。多少次，她站在古老的城头遥望，在城墙上一步一步度量着历史的长度，感慨着浓淡舒卷的风云变幻。

待她长大成人，又是在大名师范读书，她的家与学校一墙之隔。优美、幽静的校园，校内放出的悠扬晨曲，以及那朗朗的读书声，都让她心驰神往。

大名师范曾是省立七师，校长是经历过新文化运动、有新的教育理念的谢台臣，他传播新思想和进步文化，提出“尊重劳动，会生产，说真话，做实事”的办学方针。从这所学校里走出了谢蕴山、王从吾、平杰三、铁瑛等200多名职业革命者，更有许多蜚声海内外的著名学者。这里汇聚了不少知名的讲师，无论音乐、书法，还是教写作课的老师，很多是在邯郸甚至在全国都叫得响的人。南宫碑体的传人王乐同就是她的书法老师。她弹得一手好琴，写得一手好字，有了写作的欲望，练出了好的文笔。

姥姥的疼爱，爸妈的启蒙，历史底蕴的熏染，学习氛围的浓厚，这一切，为她日后的写作打下了基础。就连姥姥家的紫藤、秋千、围墙，以及妈妈的爱美之心，都濡染了她。写作的基础，扎根于她生活的这片热土，来自于心灵深处，靠一天天的勤奋所积累。它已经绽放出了芳菲，它必将是一树繁花。

后来的日子里，读书成了她最大的爱好，成为她生活中不可或缺的内容。她喜欢文学，喜欢历史。书架上的书满满的，一个书架不够，就再打一个；墙壁就是书架，书架成了墙。满墙都是文化，满屋散发书香。在这面墙下，她贪婪地吮吸知识；在这面墙下，她打扫历史的风尘；在这面墙下，她聆听大师的教诲；在这面墙下，她领略生活的斑斓。

后来，读书的目的变为写作了，她写自己的亲人，写生活的城市，写自己和身边人复杂的情感，写人生的大彻大悟。她的作品，文字是那样优美凝重，思想又是那样深邃，文化底蕴是积淀后的充盈、厚实，文字之中处处透露着真、善、美。

她遗传了母亲的基因，她把自己修饰得纤尘不染。一头披肩长发，一袭黑纱长裙，一张笑意盈盈的脸庞，让她成为名副其实的大美女。她的美，有天生的成分，有后天的营养，更多是文化的浸润。

爱写作的人，喜欢独处，喜欢在喧嚣中寻一份宁静，连续几年，每逢春节，她就背上行囊，和家人一起到遥远的江南，到山水间寻找一份静谧，在别人家的鞭炮声中，独守一份孤寂，度一段脱离了喧嚣和繁华的时光。

除夕夜，她来到西塘，欣赏着江南的风花雪月，在水乡洗濯尘俗。在孩子们红红的鞭炮，家家户户挂着的咸鱼腊肉，如曲儿一样的吴侬软语，以及石板路嗒嗒声中，去体验江南的风物。青瓦灰墙，桨声水流，拱月石桥，在夜半微风中体会西塘的前世今生。厅堂回廊，碧池青石，袖珍小桥，深长弄堂，逼仄房屋，小巧轩窗，都令她留恋。她在这里怀古，更在这里沉思。

又是在春节，她来到镇江，在没有暖气的清晨醒来，听着窗外的瑟瑟风声，滋生出略带温暖妥帖的恍惚。

镇江有三千年的历史，有过“舳舻转粟三千里，灯火临流十万家”的鼎盛浮华，更有辛弃疾慨叹千年兴亡事的怅惘。

镇江有金山、焦山、北固山，每一座山，有清净的过往，有刀劈斧凿的疮疤。当然，这里同样有吴侬软语，有古建筑散发的幽光，还有从北方刮来的猎猎罡风。她挑一家老店，坐在细条板凳上，氤氲在冒出的缕缕热气中，有滋有味地吃着镇江独有的“锅盖面”。

每到一个地方，都会激发她的才思，让她的笔恣肆汪洋。她创建了自己的写作平台，这里成了她沉淀思想、宣泄情感、展示才华的所在，这里聚集了许多喜欢她的读者。

在她的笔下，一个个历史人物和事件，与现实紧密地相联，从历史中破解现实，从沉浮中参悟人生。

她是一个柔弱、娇媚、秀气、一举一动满是女人味的人，可是她的文章总是那么大气、雄浑、厚实。同时，她又是一个多愁善感的女子，她曾在长夜里痛哭，也曾幻想在自己温暖的床上睡个不醒。

说起来，我是她的校友，都是大名师范毕业，只不过我大她二十岁，在我毕业的第二年，她才出生。二十年相隔一代人，代沟却有一道道。不过还好，她每篇文字我都细细地读，慢慢地品，就在这品读中，喜欢上那种典雅、大气、雄浑和娟秀。在她的文章里，我了解了她的情感，她的喜好，她的那个朦胧又真切的梦。我在她的文字中享受着美，我喜欢上那种“大散文”。我也热爱写作，我与她多了同学的亲切和关爱，多了文友间的相通和相近。

她是个美女，她是个才女，美女和才女加起来，叫北北。

增　彦

增彦是我本家的一个叔叔，20 世纪 90 年代初，就去日本留学了，取得博士学位后，留在日本工作，算起来有二十多年了。

现在互联网发达，我俩互加了微信，虽然不能常见面，微信说说话，像在跟前一样。

有时就聊聊小时候的光景，忆起的时候，仿佛回到了少年时代，置身于生养我们的村庄。

增彦叔大我三岁，我们两家都在大街住，错对门，小时候天天在一起玩。

下午放学后，增彦叔，我，还有比我小一岁的小鹿，三个人背着箩头，拿着镰刀，去村南的地里割草。身后，有三条小狗尾随着，那是我们仨各养的小狗。到了地里，不是心急着割草，往往先玩，玩够了再割草，每次回来时，天都黑透了，家里人巴巴地等我们吃饭。

有一次，我和增彦叔一起搂柴火，搂得多，高过了箩头系儿，我背不动，又舍不得扔一点儿。增彦叔比我高，力气也大，就来帮我。他把他的柴火背出一段路后，再回来接我。村里的地远，有四五里地，他就是这样一段一段地把我的柴火背到了家。

增彦叔人实在，干活也踏实。在生产队时，粮食分得少，红薯也不够吃。我们常去地里“溜红薯”，谁“溜”出来归谁有。我和小鹿是满地跑，看哪儿土堆大了，哪儿有红薯秧，就去那里挖两锨。增彦叔不，他顺着一个畦子，一锨一锨地挖，不留一点儿白地。我们以为那样做的是无用功，谁知到了最后，他却比谁都“溜”得多，我们半箩头，他一箩头。

增彦叔懂得多，割草拾柴火路上，经常给我们讲这讲那的，多是其他小伙伴不懂的。秋末的一天，我们在河坡玩，河坡上的芦草泛出红色，风一刮，起伏如水，特别美。增彦叔就给我讲风景描写。我记住了。学《小英雄雨来》课文时，有一道题让把课文中的景色描写部分写出来。我想起了增彦叔给我讲的内容，就写出来了。班里其他同学就不清楚，全答错了。教我们语文的是何老师，发作业本的时候，先把我的作业本找出来，然后气愤地把其他同学的作业本全摔在了地上。

增彦叔性格内向，话不多，看起来不入群似的——其实不，他在小伙伴中很有影响力，是孩子王。晚上，特别是有月光的晚上，一条街的小伙伴都来找他玩。他给我们编排节目，让我们扮演侦察兵，安排我们当师长、旅长什么的，却给个子最矮的小军起了个“包袱”名。直到如今我也不明白，这是个职务呢，还是给起的外号？

村临洺河，村里的人多会水，在家娇养的孩子不会，学习好的也不会。我们以为增彦叔也不会，因为从来没见过他在河里游。那天，我和小鹿、小军他们在桥头玩，见从远处游来一个人，头发好长，漂散在脑后。我们想，没听说有女的会游泳啊。到得近前，原来是增彦叔，他留分头，头发长，一个猛子出来，就像个女子了。

增彦叔是个孝顺的孩子，母亲在世的时候，他每年都要从日本飞回来，给老人家过生日。回到家，他守在母亲跟前，给母亲说说在国外的情况，给母亲洗两件衣服，给母亲做做拿手菜，把孝心尽够。

增彦叔在北京、在日本学习工作多年，并且相当有成就了，但始终没有忘本。回到村，他乡音不改，方言没忘，更没有半点架子，坐在门墩上，与乡邻拉着家常。有人问，啥时候回来的啊？他答一声，夜个（昨天）。乡邻又问，啥时候走呢？他答，赶明儿（明天）。

老　　张

老张快七十了，是乡中学一个做饭的老头，老张家住乡中所在地，住在一个叫辘轳的小巷里。

在食堂吃饭的老师总共十个，早晨和晚上多是我一个人在那里吃。我没结婚，吃住在校，别的老师一放学就回家了。

老张人长得高大，腰不驼，腿不弯，且有宽厚的手掌。他最拿手的菜就是炒茄丝，最出味的就是蒜瓣的香。花椒，白糖，醋，辣椒，都在最合适的时候放。一份菜才一毛，我常常要一份半。即使这样一天三顿地吃，月底一算账，才七八块钱。

这是一九八二年的事。那年我师范刚毕业，二十岁。

老张爱跟吃饭的老师开玩笑。他问王老师都坐过什么车，王老师说汽车、火车、马车、自行车都坐过。老张说，你有一样车没坐过——拖车。

拖车是牲口拉的用木头做的，能搁犁、耙等农具的一个运输工具，它没有轱辘，与雪地上的狗爬犁差不多。

老师们也爱给老张开玩笑，马老师出一道题考他：有两个人要过一条河，可是只有一条能承载一个人重量的小船，两个人要同时过去，怎么办？

老张淡然一笑，好办，一个人在船上，另一个人扶着船游过去。

马老师是英语老师，否定道，不，不，不行，必须同时在船上。

老张不服气，说，那就不可能。

马老师让他再想想，老张就又去想，想到一个，被马老师否定一次，怎么着都不符合题的要求。老张直埋怨马老师的题太难，自己的脑袋太笨。

大家都在大口地吃饭，独老张癔症着。突然，他把大腿一拍，说，有了！

老师们被吓一跳。老张嘴里蹦出一个字：蹦！

老张的意思是，两个人在船上，轮着蹦跳，这个蹦起来，那个落下来。

老张在老师群中，脑筋也变得活泛起来。

晚饭，老张做得比较早，他有时候在学校住，有时候回家住。在学校住的时候，我们两个就坐在操场乘凉说话。偌大的校园，偌大的操场，显得很空旷，只有我俩的影子一摇一晃。有时候我就把二胡拿出来，我拉，老张唱。老张爱唱豫剧中的哭戏。

老张关心着我的婚事，问我，谈对象了吗？我说没有，年龄不大哩。老张就说，抓紧吧，早点结婚好。老张说他十四岁就结婚了，十五岁就有了孩子。

这个我听说过，上几辈人婚结得都早。

后来的日子里，老张不断地问我谈对象的事。我都有些不耐烦了。

我有个秘密没向人说过，更没有给老张说：就在老张村里，就在辘轳巷里，我有一个高中女同学，叫刘晓敬，人长得好，当时是校花，我暗恋过她。但那时候谁敢谈恋爱呢？男女生之间连说话都很少的。后来，我考上大学了，刘晓敬落榜了。现在她的情况一无所知了。

那天傍晚，没话的老张又找着话说，仍催着我找对象。我一时兴起，就对老张说，我有意中人了，就在你住的那条辘轳巷，与你是邻家，你给牵线如何？

老张不相信似的问，谁呢？你咋不早说？

我脱口而出：刘晓庆。

刘晓庆当时很红，是很出名的影星。但我想，老张这么大的年龄不一定知道。

这晚，老张就回去了，他想尽快打听出来刘晓庆是谁家的闺女。

后来听老张说，那晚躺在炕上，钻进被窝，他和老伴挨家挨户地数，可怎么也想不起来谁是刘晓庆。老两口将身子翻过来掉过去的，一夜未眠。

老张就问邻居打听。年龄大的一个个摇头，也不知道刘晓庆是谁；就问年轻人，年轻人说，你那么大岁数，打听刘晓庆干吗啊？

潜台词就是——怎么老不正经呢？

终于有人对老张透底了：刘晓庆是电影明星，在北京住着呢。

老张觉得受了耍弄，但是老张没恼，表面上看不出异样。王老师听说了这事，问老张，你给曹老师介绍对象了？老张说，是，刘晓庆。马老师笑，有门吗？刘晓庆同意吗？老张说，她这两天在北京呢，过一段时间回来后，让他们见个面。王老师说，你要介绍成了，我请你喝十场酒。马老师说，我给小曹送一千块钱的大礼。王老师见马老师比自己慷慨，就更来劲，说，我就不姓王了。马老师有些迟疑，然后下定决心：不管怎样，我还是姓马。

我有些诧异，老张怎么这么说？葫芦里卖的是什么药呢？

大家都在笑。老张没笑。

过了几天，老张找到我，神道道地说，刘晓庆回来了，晚上在俺家见个面吧！

我哈哈大笑，说，老张，行了，是我对不起您，到此为止，到此为止。

老张阴沉着个脸，说，你这个孩子咋这样？你说她是你的意中人，我给你介绍了，怎能不见面？

那就去，心一横，我倒要看看老张演的是哪出戏。

还没走到辘轳巷，就闻到了一股槐香。辘轳巷的巷口有一棵歪脖槐树。

老张特意换了个大灯泡，平时点的是 15W 的，现在换了个 100W，不大的屋子很耀眼。

我听见了脚步声，听到了嘎嘎的笑，我的心跟着咚咚地跳。进得门来，我一眼就认出来了，原来是她！刘晓敬，与刘晓庆一字之差，我高中暗恋的同学。

我喜出望外，与刘晓敬亲切地交谈了起来。谈了这几年各自的情况，相互打听着同学们现在都做什么工作。望着校花，心里感到特别甜美，她依然是那么靓丽，那样清秀可人，那活泼开朗的性格始终没变。

我们几乎都忘了今晚是来相亲的了，好像就是专门来回忆在校情景的。

还是刘晓敬先把话挑明了，“你是大学生，你有工作，俺可是农民，你不嫌弃吗？”说完，她羞赧一笑。

“你是校花，最漂亮的姑娘！”

“俺还是喜欢有知识的人……”

静默了一会儿，我把心中的疑问抖出：我是逗老张开心的，说是要和刘晓庆谈对象，他怎么找到了你，是听错了吗？

刘晓敬笑了，笑得很响，他说你是个内向的人，故意把我的名字说错，他猜到了你的心思。

老张不糊涂，我佩服至极。

我提议道，咱们到外边走走吧！

刘晓敬说好，就告别了老张和他的老伴。

村外，一轮明月悬挂在中天，银辉洒满大地。乡间的小路上，风格外凉爽。我们的心也格外清爽。

好人老宋

老宋，四十有九，面慈性温，体偏瘦，一副儒生之相。

宋于乡镇公干多年。昔，乡镇头绪繁杂，每任务下达，乡干多一哄而上，一蹴而就，遭民怨，遗后患。宋则不然，体恤民之苦、众之难，仁爱情怀，和风细雨，田间地头多有其影，村民宅院常闻其声，以此感化矣。然事与愿违，始终不顺达，拖全乡后腿。同事多哂之，谓宋非乡镇之材。宋求教于老马，设酒宴，讨真经。马一一道来，皆肺腑之言。酒毕，二人回乡府，马令宋习之，指书记坐骑："敢碎车之反镜乎？"宋无二话，捡砖砸之。马又指乡长室内煤球，曰："复敢碎之耶？"宋脚踢手扒，仍不碎，取水泼之。满室碎煤污渣，不可置脚。马意满，发结业证鼓励。宋以为学成，村口遇村民老田，遂上前呵斥："还不完税？再不缴，耳光抽之！"田推车荷锄，欲锄杂草，其知宋为人绵软，竟不理，曰："让开让开，地里活多，休逞脏形。"话毕，乃蹬车而去。宋颓然，始知实战仍不行哉！

老宋重亲情，乐助人。其姨母之子，邻县一平民，累年无交往，音信互不通。忽一日，登宋府，寒暄毕，提及承包土地十亩，尚缺资金三千。宋慨然允之，点一沓与之。弟窥宋手尚有余款，曰："可再借两千，购种子化肥，秋后并还？"宋又允。孰料，秋，未还；来年，亦无音。越二载，弟诉苦于宋："夫疏于管理，所借之款，无影无踪。"且问："可否再借资金，做小商小贩，以图东山再起？"宋叹气连声，称再无款可借。弟责宋为富不仁，复数次骚扰，且必令宋酒肉待之。宋甚苦。又二载，宋买房，催弟相还，弟再推之，后良心发现，用自养蜜蜂所酿蜂蜜两瓶馈赠宋。宋甚喜，谓蜂蜜两瓶源自千余蜜蜂之多日劳作，实属不易，故谢之。遂不提还款之事。好事者问及，宋释然："总算有说法矣！"

老宋心善良，对狗亦怜惜。宋居独门小院，养一母狗，以看家。隆冬，生煤火于狗窟；酷暑，抱爱犬入冷屋，曰："条件具，不可虐。"春，狗发情，狂躁不安，吠声不已，可怜兮兮。宋恐狗走失，常锁门囚之。后不忍狗为情所困，乃灌入人用避孕药，恐有失，缝裤头于狗尻，而任其游走。孰料，人畜不可兼用，狗数夜不归，孕。宋欲以药堕之，扼杀多命于雏形，又心不忍。月足，瓜熟蒂落，产九崽，其一仔左后肢稍跛。宋遍告亲友取之，恐其遭弃，独留跛犬自养之。犬乃雌性，成，复产子，子又有孙，子子孙孙，无穷匮焉。故宋庐大中小狗不绝，送狗成其次业。

老宋善待友，心赤诚。宋有爬山之好，常与三四友结伴。入春，太阳未暖，花草不发，宋约王、刘、陈三人至七步沟览胜。王、陈狡黠，而刘独憨，欲戏耍耳。王、陈夹刘于中，王递"黄鹤楼"惑之，陈捡鹅卵般石五六，次第落刘包，刘浑然不觉，吞云吞雾、谈笑风生。

宋于旁不忍，双足击地，暗责王陈不仁，怨刘愚钝。欲白于刘，王、陈冷目相向，宋怯之不言。宋以语晓刘："累否？可小憩耶。"刘大言告之："吾不知累为何物。"仍大步跨腾，面不改色。宋怜之，又曰："吾与汝交换背包。"刘先谢，后从之。宋顿觉沉重二倍。宋再央王、陈饶之，且曰憨人不可愚弄。王、陈不许，且怜其善。又过半晌，刘与宋换包，刘不觉沉重。午，四人围坐就餐，王问刘："累否？"刘摇头。陈拉刘背包，哈哈状，怎奈何，只得清水两瓶，火腿一根。王陈不解，宋笑曰："吾实不忍，二次换包前弃之。吾多有冒犯，自罚白酒两杯。"话毕，一饮而尽，如灌驴腔。刘尚在鼓中，不知所云。

荷尔蒙

虽然自己老胳膊老腿了，却赶时髦地成了驴友。驴是野驴，脚蹄留在荒山野岭。久在闹市的人，生发出回归自然的冲动。

刚入春，棉袄还没脱，就去了一次林州的太平山。太平山本是一景点，同时野线多，我们选择了其中一条野线。

组织者梅花联系了安阳一个叫紫色风铃的热心驴友，她对那边的路径熟悉，说能给我们当向导。

十六个人中多有网名，也就是在群里的昵称，名字很逗，如梅花，听起来是个姣好的女子名字，实际上是一个五十岁的小老头；才二十岁的小伙子，本该充满朝气，血气方刚，却取名糊涂仙，还有叫白咖啡、蓝色小妖什么的。只有我们三个“新驴”没有昵称，他们就叫我们老赵、老曹、老王。

老赵是个退职干部，长年练太极拳，身体棒棒的。登山刚开始，他就走在最前边。新驴本应该有个照应，可他不管不顾，想独领风骚。他脚步匆匆，紧跟紫色风铃，成了带路的人。老王取笑他没见过女人。我说，人家老赵纯洁着呢，可不是那样的人。

不承想，紫色风铃和老赵一路说笑，竟迷失了路。满山坡的树，满山坡的荆棘，连个脚印也没有，人们不得不用手使劲划拉着。枝条摔打在脸上，刮在手上，生疼生疼的，连衣服都会被划破。刚出来，又突现一陡峭的山崖，大家都面面相觑、望而生畏了。人们埋怨着紫色风铃，埋怨着老赵。就要返道回去的时候，紫色风铃却猿猴一样攀了上去。老赵见她行，不甘示弱，脚尖蹬住一个凹处，手抓住一个近乎衰败了的枝条，喊叫紫色风铃拉他一把。随后，领队的梅花也上去了。他们扔下来一段绳子，又找了几个树股子，让想要上去的人抓住。绳子短，下边的人就搭起人梯，都有拼一把的劲头了。事后大家都后怕，说实在危险。梅花说，参加户外运动是要有一种精神的。

老赵性急，没等人全部上去，就和紫色风铃前行了。路走得很艰难，我们算得上开辟者。山腰中只容得下半个身子，很多时候就是猫着腰走的。山越爬越高，四下一望，不由得倒吸一口凉气。我们都气喘吁吁了，走不了几步就歇一会儿，就大口大口地喝水。老赵距离我们都有五百米远了，我们看到他的背包里飘出一个红色的东西，便断定是紫色风铃的外套。老赵热心，在帮她拿。老王问我，老赵咋这么有劲儿呢，超出我们这么远？我说，老赵饭量大。梅花幽默，说，老赵身上的荷尔蒙多。老王笑了，随口说，老赵见到小风铃，浑身散发荷尔蒙。我们都大笑，说可以把老赵编编。我心想，老赵遇到我们仨，算是倒霉了，我们三个人的嘴都很毒。

老王对着山涧吼：退职干部赵跃红，头次登山就逞能，见到导游小风铃，浑身散发荷尔蒙……老赵在山对面听见了，想编老王，可是拙嘴笨舌想不起来词，急得喊，老王是个大坏蛋！

老赵终于在等我们了，他点燃上一支烟，跷起二郎腿。老王说，你看人家老赵身体就是好，面不改色心不跳，身不出汗气不喘。老赵吹嘘说，别说这样的小山了，就是登珠峰，也不在话下。

老赵上山拿的水少，就想喝老王的。老王说，户外有规矩，山上不借水。

老赵就讨好老王，说老王口才好，说起话来一套一套的。老王不领情，自己咕咚咕咚地喝，不瞄老赵一眼。老赵就不停地咽唾沫。梅花嘲讽老赵说，你和小风铃一出错不要紧，今天非搭黑不可。老赵说，不怕，你多管一顿饭。

天黑才下山，在林州找到一家小饭馆，要了两桌菜。梅花吆喝：喝酒的凑一桌，不喝酒的凑一桌。老赵爱喝酒，说，反正谁不喝咱也得喝。说罢，就先倒了一大杯。菜还没上来，老赵就当水灌了进去；菜还没上齐，老赵两大杯酒进肚；准备上主食了，老赵赶紧又抢了第三杯。我好心提醒他，多喝水吧，你在山上就喝水少。老赵说，喝水不过瘾。

第二天上班的时候，我腿肚子肿了，脚脖子也酸。见到老赵，我问他累不。他说，累倒不累，就是腮腺炎犯了，好疼。我心说，活该，谁让你喝那么多酒？

梅花和老王听说了，就想把老赵的登山经历编写成完整的顺口溜。他们一人一句，让我整理出来：

退职干部赵跃红
头次登山就逞能
见到导游小风铃
浑身散发荷尔蒙
爬天摸地瞎折腾
哪不能走往哪行
本来三点能下山
一直爬到六点钟
晚餐豪饮三大杯
次日起来腮发肿
大言不惭喊狠话

下次登山俺还行

老赵是个很随意、很豁达的人，听了这样的顺口溜，不急不恼，说，随他们的便，不在乎，出来就是放松的，咋高兴咋算。后来他又说，我要编老王。老赵是个知识面比较宽的人，但是编顺口溜不拿手。他找了一张稿纸，吭哧吭哧地编起了老王。编好后，问我写得如何，不好的话就改改。我实在是不敢恭维，不押韵不说，也不合乎实际。老赵有些无奈，叹口气，没说别的，只一句：老王是个大坏蛋。

我宽慰老赵，说，你别着急，我再给你编一个正面的，把你当英雄写。老赵催说，你快点，最好发到群里。

我是这样写老赵的：

退职干部赵跃红
威风不减当年勇
初攀林州荒野岭
猛冲猛打排头兵
荆棘挡道他开路
绝壁迎头先攀登
当地导游小风铃
遇见老赵拜下风
崎岖山道四十里
一路欢笑有歌声
晚餐豪饮三大杯
疲劳顿时无踪影

下次爬山别忘我

保证还当第一名

老赵很满意地说，这样好，比较真实。

我和他开玩笑，给你发到群里可以，需答应一件事。

你说吧，尽量答应。

你也得有个昵称了。

好听的还是难听的?

中性的，不好不坏。

你说。

荷尔蒙。

老赵先是皱眉、瞪眼，继而呵呵一笑，说，有啥呢，愿意叫就叫吧，咱不在乎，人要是没有了荷尔蒙还不能活呢。

隆冬捕鱼

隆冬，没有往年的冷，没有冰天雪地。四九的天了，动物没有蛰伏，人也不安生。这天，却有些冷，好像是入冬以来最冷的一天。八九点了，窗外还黑沉，天气预报说有雨夹雪。本想在被窝里读贾平凹的《老生》，到十点钟再起床，不料，手机铃响个不停。妻问，谁呢，星期天打电话？我没看来电显示，就知道是老夏。果然，老夏嗓门大，不用免提都能听到：吃饭了没？现在就出发好吗？我说我还没起床呢。老夏有些急，快点啊，我先走！我嗯嗯了两声，重新缩进了被窝。老夏是要我一块儿去城外的小河捕鱼。老夏昨天新买了网。撒的网 140 元，粘网 25 元。老夏回家不敢和老婆说是他买的，说是和我摊钱买的，一半一半。

野外的风呜呜地吼，直往鼻孔和嘴巴里钻，直往脖子里拱。不一会儿，我就打凉嗝了，腹腔也开始咕咕叫，还有些肚子疼。我真是弱不禁风了。我心说，这是图啥呢？想吃鱼到市场上买几斤。老夏说，自己捕的鱼，自己做着吃，味道不一样呢，吃得香。老夏还说，鱼可以炸着吃，也可以做酥鱼，春节的时候都不用买鱼了。听老夏这么一说，我的馋意上来了。

小河不远，在一个公园的附近，水就是从公园流出来的。小河的两边有几棵柳树，树枝光秃，但仍努力地摇摆着。小河的中段有座小桥，远处还有个水闸。我们就选择在闸的附近。小河的水很清亮，偶尔还能看到游动的鱼。小河的水被闸挡住，就不流动。不流动的水不浑浊，就十分难得。但没有结冰，今年一个冬季都没结冰。即使不见阳光的水段，也是薄薄的一层，承受不起一点重量的。

河边更是冷，寒意甚浓，有刺骨的感觉，仿佛河里的水泼到了身上。我一手捂着耳朵，一手扯紧上衣的衣角，背转身子躲着风。老夏不怕冷，一网一网地撒着，还下了粘网。老夏的技术还行，撒出去的网多呈圆形，网入水面，唰的一声，溅起的水花很小。渔网带上来的泥水把老夏的裤脚都弄脏了，鞋上也沾满了泥。老夏顾不上擦洗，掂着网来回走，撒一网换一个地方。后来，他的鼻尖上有了汗珠，额头上也有了汗珠，他满脸通红。我不会撒网，就跟着老夏，把打上来的鱼捡起来。鱼很光滑，逮住了，还会从手上出溜下来。

河边有几拨人，都在捕鱼。不时地有喊叫声传来，“起网了！”“好家伙，这么多！”“不行，网眼有点大，小鱼粘不住。”循声望去，见一六十来岁的老头的粘网上白亮亮一片，他的小孙子挥动着手中的鱼，欢快地蹦跳着。我期待着，我们的网上也有那么多。我催老夏说，先别撒网了，咱起粘网吧！老夏沉得住气，不慌，不慌，网还没全沉下去呢。

我冻得打哆嗦，看路边有一低凹处，便跑过去避风。那里有不少柴草，我让旁边的一个小伙子点着。火苗很快蹿了上去，开始还有些蓝焰，火大了就是黄色的焰，到后来，红光一片了。火顺着风，向南蔓延过去。我怕把庄稼地里没有拔下来的棉花棵引着，就赶紧用脚踩灭。旁边的小伙子看火势大，也帮着熄灭。后来，只剩下一小片了，柴草发出噼噼啪啦的声响。我蹲下来，烤着手，暖着身子，脸也发热了。我安慰自己，如果在家不出来，暖和是暖和了，哪能享受到这样的情境？

老夏突然喊我，快点，鱼好多，提不动了！我迅速跑过去，见老夏挽起袖子，提起一头慢慢拉动。这么多，这么多，这么多！每提起一片，我呼喊一声。全部提起来后，网上是密麻麻一片。有的鱼在使劲地摇晃着，想挣脱掉。也有挣脱掉的，又回到了河里，没挣脱的，等着就擒。

我们将渔网摊在河边的小道上，一条一条摘下，触摸着冰凉的鱼，我的手跟着冰凉，指头上还沾了鱼鳞。不过，冬季的鱼不像以往那么腥气。摘鱼开始不熟练，后来找到窍门了，先捏住鱼的头，另一只手捋住网线，轻轻一拽，就出来了。来的时候带来两个小水桶，我们就将鱼放在里边。鱼多，鱼摞鱼，挤得透不过气，压得受不了，鱼儿们就扑腾个不停，就费力挣扎，有的实在忍受不了，一个跃身，从桶里跳出来。鱼一到了地上，就拍打着尾巴，拍着拍着，就不动了。老夏将两个半桶倒在一起，说，都给你吧。我说不能不能，网是你买的，鱼也主要是你打的。老夏说，我就是来过瘾的。

雪花悄无声息地开始飘落，有的落到鼻尖上，有的落进脖颈里。今年第一次降雪，好新鲜的感觉。刚才一阵忙活，一点儿都不觉得冷了。

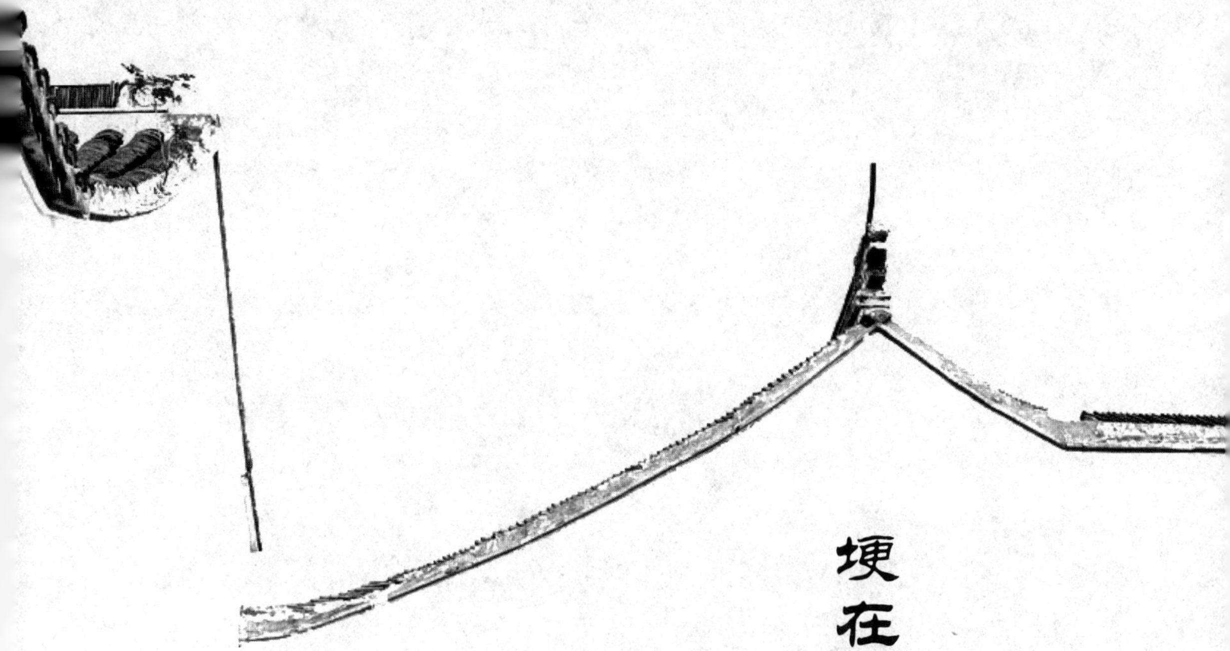

埂在新坡绿

本　色

我们出发了。

向着心中向往的地方——革命圣地延安和古都西安。

因石太线有部分路段不通，我们改走邯长线—太长线，然后上青银高速。邯郸与延安的地理位置大致是在一条经线上的，因没有高速直通，只能向北到太原、吕梁后折转向东南。

邯郸至长治经老区涉县，就进入连绵的太行山脉了。山上的树干茁壮，枝叶茂盛，绿意盎然；开垦出的梯田全成了绿油油的麦田。长治至太原的一段，同样的太行山脉，就有了另外的一种色调。山不再是青色，山石间多土质，以及石灰石，呈现出土山土丘的地貌。这些山丘上没什么植被，只有新栽的几片柏树和别的什么树，但不蓊郁，更无挺拔。越往西，黄土高原的特征越明显，绵延几百里竟看不到田地，更没见到耕作的人。进入陕西境地，地貌其实已不能叫山了——黄土堆积起来的高地，叫什么呢？叫丘陵，还是称作高原？有首歌不是叫《黄土高坡》吗？想必就是这一带了。我不知道教科书上把这一地带称作什么。这里的黄土据说已有千百年的历史，这样的地貌延续了一个又一个世纪。这应该就是土地的原色、本色，是黄种人的底色。我们生活的地球失去了太多的本色，而黄土高原的本色没有变。黄土经年累月，风雨淘洗，沉淀下软弱后的坚硬，默默地俯卧在西北的疆域，永不褪色。

隧道也是一个接一个，有的很短，有的很长。有人又发感叹，人无所不能，多硬的岩石也能开凿，多长的山脉也能打通。此时，我联想到时光隧道的含义，时光隧道连接着过去和现在，并通向未来。眼前的隧道何尝不是串联起了历史和现实呢？

虽然，黄土的本色没变，但是人在不断地改造着自然，改变着本色。黄土高坡下耸立起了一座座大小城市，有高楼和铁塔，有绿树和红花；高速公路、高速铁路从莽原似的黄土中穿刺而过，它们宛如一条条银链熠熠生辉。有人惋惜夹缝中的城市：城市建筑再美，也要被四周的黄土染色。他们比喻道："一个清秀清纯的少女被一个衣衫褴褛、裸露着黄皮肤的老汉拥抱；一个风姿绰约的贵妇人披了一件破大氅。"我断然否定，城市在黄土的映衬下显得更加崭新、靓丽；楼群扎根在黄土深处，更加牢固；黄土与城市又是历史与现实的写照。

颠簸了十五个小时，晚上九点才到达延安。我们已是疲惫不堪、饥肠辘辘。但这些都不算什么，心中很快就被一种实实在在的满足填补，心中的喜悦不言自表：我们来到革命圣地了，来到毛主席等老一辈革命家生活和战斗的地方了！宝塔山上金光闪闪，我们的心飞向了那里。

杨家岭，王家坪，枣园，留下了一代领袖的足迹，镌刻下一代伟人的崇高，演绎了中国历史的传奇。中共七大会址、文艺座谈会会址、中央办公厅、中央大礼堂、军委会议室，多么庄严、神圣的地方，它们见证着历史，见证着神奇。我们敬仰的同时，为简陋的设施唏嘘，当年的条件真是太艰苦了，取得革命的胜利真是太不容易了。但是，延安的天是湛蓝的天，清新的天，飘扬着歌声的天；延安的大地，涌动着春的气息，涌动着夏的激情，涌动着胜利的洪流。延安成了热血青年向往和奔赴的圣地：这里是熔炉，锻造着革命的意志；这里是学堂，回答着中国的问题；这里是舞台，排练着天地的大剧。在这里，我一次次地想起了关于本色的话题。革命之所以成功，之所以在艰难困苦的条件下取得胜利，正是因为一代人坚守了共产党的本色，有着必胜的信念。我站立在中共七大会址，想象着当年主席做报告的情景，心中默念：我们要保持艰苦奋斗的革命传统，保持与人民群众的鱼水关系，保持清正廉洁、勤俭节约的好作风！

宝塔岿然不动摇，延河奔流不变色。那一个个窑洞啊，散发着泥土的清香；那一个个旧址啊，仍绽放着夺目光芒。

导游告诉我们，延安人自有一种特别强烈的自豪感，其程度不亚于北京人。是啊，当年，延安成为全国的大后方，延安人民与军队血肉相连，鱼水情深，共同抗战，做出了不可磨灭的贡献。也正因为有了延安的这块宝地，革命才最终走向胜利。

延安至西安的途中，我们领略了壶口瀑布的壮观。黄河水一路走来，平平淡淡，从从容容，全没有汹涌，没有豪迈，气候条件的变化，使它失去了当年的气势和风采。我心想，这样的涓涓细流，能形成多大的瀑布呢？车还没到，心先凉了半截。

简直想象不到，神奇这么容易诞生。几乎只是涓涓细流的黄河水，到了这里突然咆哮了，突然发威了；它汹涌而至，响声如雷，奔腾跳跃，白浪滔天。溅起的浪花竟有几丈高，形成的水帘放着七彩霞。太美了，太美了，不虚此行啊！

黄河的平静，就是它的本分和平凡；黄河的咆哮，既是它的个性张扬，又可视为它本色的诠释。

途中经黄陵县，拜谒了黄帝陵。这是轩辕黄帝的陵寝。黄陵内古柏参天，苍老中透着遒劲。我们得知，陵内不同年份的柏树达八万多棵，千年以上的柏树就有三千多棵。轩辕庙前，黄帝手植柏有五千多年树龄，树干七人合抱才能围拢。千年柏树虽然树皮斑驳，树干呈现着灰褐色，但仍是繁茂浓郁。它们默默地生长，经历着风雨，经历着世纪的变迁。黄陵是历朝历代举行国家大祭的场所，每到清明节，就在这里祭奠。1937 年 4 月，正值国共和谈之际，毛泽东亲自撰写了祭文，前八句高度概括了黄帝的伟业：

赫赫始祖，吾华肇造，
胄衍祀绵，岳峨河浩。
聪明睿知，光被遐荒。
建此伟业，雄立东方
…………

西安在祖国版图的中心，十三代帝王选择这里建都，成为政治、经济、文化中心达 1100 年之久。它北濒渭河，南倚秦岭，按易经学说，北水南山，称之为“阳”。它经历过最强盛的汉、唐时代，足以证明其风水之好。何况，中国第一个皇帝嬴政把陵寝也选在了这里。去西安旅游，主要就是看临潼的兵马俑、华清池等。兵马俑是世界七大奇迹之一。在别人的描绘和书本的记叙下，我脑海中的景象是：成千上万的士兵列队站立，一个个神采各异、栩栩如生。步入展厅的瞬间，扑面而来的仍是泥土的气息，那样浓烈。我看到了，看到了壕沟里一排排的士兵俑，它们的神态活灵活现，只是铠甲和头盔让人遥想起古人。和想象不一样处，就是数量的差异，兵马俑没有想象的那么多。一号大厅是最多的，也就是几百个吧。令人惊异的是，这些站立的士兵后头，仍有大量的没有修复的兵马俑，有的缺胳膊断腿，有的身首分开，有的露出半个身子，有的已化为碎土。修复需要高技术，也需要很长的时间。假如只是复制，那是很简单的工作，但是，那样就没有价值了。恢复原貌才有意义，恢复原貌才能展现历史。

几天的行程下来，我的脑海存留了太多的黄土，我的发际和身体被一层黄土覆盖，黄土的气味侵入我的骨髓。同时，我的思想和灵魂被黄土和本色所吸引，且给我以强烈震撼：如果说西安是民族之根，延安是民族之魂，那么，根扎在黄土，魂荡在黄河——而黄土、黄河都是我们民族的本色。

秋游内蒙古

一

原定八月份的会议，直到十月中旬才召开，地址定在了张家口的怀来。怀来被命名为中国葡萄之乡和中国葡萄酒之乡，怀来还是战斗英雄董存瑞的故乡。会议期间，我们参观了长城葡萄酒酿造公司，品尝了不同价位的葡萄酒。后又从怀来来到涿鹿，拜谒了供奉着黄帝、炎帝和蚩尤的中华三祖堂。

会议共三天，之后就是自由活动了。邯郸的几个同事，带着怀来酸酸甜甜的葡萄，选择了去内蒙古玩。内蒙古虽偏远，季节也不对，想着秋天别有一番的景色，就匆匆上路了。

想象中的内蒙古当然是“风吹草低见牛羊”了。但是，牛羊是见了，却看不到一望无际、“风起云涌”般的绿草。第一感觉就是，土地是广袤的，但缺少了生机，且透着一股荒凉。路上，看到了牛拉着犁耙耕作的原始劳动，看到了辛劳的农民或是牧民在劳作，看到了低矮、简陋的房屋。这里，百里远的路程上没有一个大村庄。

腿脚慢慢有些凉。来的时候，我准备了保暖内衣。看来，早晨和晚上绝对用得上。

来内蒙古看什么呢？我的心随着原野的凉、腿脚的凉而凉。后来又自我安慰，不一定看到最美的景色才算旅游，不同地域会给人不同的感受，有着不同的心情，同样是旅游的意义所在。我常对人说，旅游不仅仅是去景点，从一上路就开始算作旅游了。旅在车上，游在景区。如果不来内蒙古，怎么能知道内蒙古秋天的气候和景色？怎么能体验出另一种生存环境？

进入呼和浩特市，立即有了现代化的气息。虽然满眼的蒙古文和蒙古包的造型，但和所有的城市一样，这里高楼林立，车如川流。导游小李是呼伦贝尔大草原那边的人，长得有点像斯琴格日乐。她告诉我们，呼市人口只有一百多万人，只有一座立交桥。我诧异，怎么看不到蒙古族打扮的人呢？她说，真正蒙古族人，大多在呼伦贝尔草原，这里百分之七十的人来自山西，当年走西口的人的后代。我的脑海中打出一个大的问号：山西人走西口，山东人闯关东，夹在当中的河北人为什么既没“走”又没“闯”呢？是恋家？是生活富足？抑或是因为受穷受苦的适应力强？我问同行的人，他们说，河北人也不是不走不闯，而是下山西，1943 年，不少人下山西求生存。

我还很吃惊地发现，街上有马车在嗒嗒地行走，这在别的城市是绝对看不到的。也许，赶马车的就是蒙古族人，他们的习惯得到了尊重。

看见有背书包的放学少年，急匆匆地骑着自行车往家赶。我心想，孩子的生长地多是不可选择的。在这里，到了冬天，冰天雪地，穿最厚的衣服御寒；假如他们的父母在南方，他们出生在南方，看到的就是小桥流水的景象了。他们没有到过南方的时候，以为世界是同一种气候同一种色彩的，以为哪里都是一样冷。出生在哪里，生活在哪里，都是命中注定的吗？至少，是由父辈的生活决定的。

不到六点，天色就灰暗下来，风虽然是悄没声地吹过来，脊背上还是感受到凉意。街上的人开始稀少，再晚一点儿，所有的商店就关门了。嘿嘿，我傻笑了两声，这样的生活习惯一定会制约经济的发展。小李却说是因为天气的寒冷，呼市十月十五号就开始供暖，一直供到来年的四月十五号，整整六个月。

二

呼市的景点主要有大召寺和昭君墓，还有就是绥远将军衙署。

大召寺汉名无量寺，其中最壮观的就是大雄宝殿。它采用了汉藏结合的建筑形式，整个殿堂金碧辉煌。记得在千手千眼观音像前，我们几个都在许愿，还上了香钱。上钱的大多是一元，我本意也是一元。钱不在多少，心诚则灵嘛。谁知，从裤袋掏出来的是五元。我迟疑了片刻，上一元还是五元呢？主意很快拿定，五元，不能再从衣袋里掏，再去换，那样就不虔诚了，许的愿也就不灵了。

释迦牟尼像前，佛家弟子们在高声诵经。我看到，有好几个二十来岁的年轻弟子，有一个还特别肥胖，大圆脸，大头。我便不由得想，他们有着怎样的生活环境和生活经历呢？

昭君墓在呼市南郊九公里处。昭君和亲的故事人人皆知，昭君被赞为匈汉和平友好的使者。董必武曾题词曰：“昭君自有千秋在，胡汉和亲识见高。”昭君墓有三十多米高，我们踏着台阶登上去的时候，都有点气喘了。小李说，其实王昭君并没有葬在这里，全国有两百多处的昭君墓呢。我唏嘘起来。

才看过一部长篇小说，名字叫《湖光山色》，获第七届茅盾文学奖。写的是河南南部一个小山村的故事。故事的主要讲的是，有一天，从北京来一学者，见到一个叫暖暖的女人，要她带他到村北的山上看看，说这里可能是楚国所在地。然后就发现了一排石头垒的墙，疑为楚长城。不久就陆陆续续来人考证，都是这个学者的学生。暖暖在家接待他们。他们都给了她食宿费。

后来，来的人越来越多，房屋不够住，就新盖了三间屋。还是不够住，又盖了三间屋，起名叫楚地居。既然居住就要缴费，多一天就多一天的钱，暖暖就想方设法留旅游的人多住一天。怕游客没地方看，就寻找看点。村边的湖中央有一个三角区，有时候就莫名地升起一股白烟，就把它当成了一个景点，这样游客就能多住一天。后来暖暖还嫌挣钱少，就想到距村不远的地方有一座寺庙，这样就成了三个景点。及至有一天，从省城来了一个叫薛传薪的人，要和暖暖合伙开发旅游景点，一下投资三百万，算真正把这个小山村的旅游事业带动起来了。盖宾馆挖地基的时候，挖出一个长满绿锈的铜器，就被认定为编钟，由此推断这地方举行过什么和王宫有关的仪式。后来就想象是楚王离开此地时搭建起一个简单的祭棚，用以举行告别仪式。于是，这里又添了一个新景点：离别棚。

有的旅游景点就是这样打造出来的。

即使如此，又怎样呢？只要能让人愉悦、增长知识、带来怀念、净化心灵，总是好的。

三

鄂尔多斯市是新兴的一个美丽城市，以前只知道鄂尔多斯羊绒衫，以为它只是一个品牌。就像徽州，因有黄山的名胜，改为了黄山市。导游小李说，鄂尔多斯历史悠久，现在可以称得上“扬眉吐气”：“羊”绒全国闻名，“煤”炭产量全国最高，稀“土”是中国主要储藏地之一，天然“气”探明储量占全国三分之一。在鄂尔多斯你能看到很多的名贵车——不单是车，任何一个名牌的产品，只要一上市，这里就能最先看到。这里的暴发户也称得上最多，因为是才富裕起来，不少人的脸上仍不失淳朴的模样。但也有炫富者，生活日用品都是坐着飞机到北京去采购。

我们转了几个商店，想买件纯绒的羊毛衫，或者牛皮的夹克，但是，看到那赫然的数字后，往往是倒退几步，再倒退几步；上万元的衣服，实在是接受不了。原本想买一件衬衣，也只是几百元的预算。干脆，过过眼瘾算了。

真正震撼人心的还是成吉思汗陵。成吉思汗不愧为一代天骄。成吉思汗陵就在鄂尔多斯市南几十公里的地方。进入陵区大门，映入眼帘的景象让人受到强烈震撼：在一片高低不平的草地上，有黑压压的铁马在奔腾，一个个将士骑在马背上，抡着大刀，摇旗呐喊。马队后是数十头长着长犄角的牛在拉一辆大车，车上安装着蒙古包，是成吉思汗办公和休息的地方。蒙古包据说直径有五十米。车后有猎狗，有雄鹰。这气势，足以显示出草原的辽阔和广大，足以显示出成吉思汗以及蒙古族的勇猛和彪悍。

小李说，这些雕塑都是铁铸的，创作于你们河北的高阳。成吉思汗的后代们一直供奉着他，整整三十九代人了，日夜守护在他的像前，香烛点燃了七百多年，每天二十四小时从不间断。我由衷地赞叹他们。

鄂尔多斯还有一个好去处就是响沙湾，这是一片沙漠地带，之所以有响沙湾的名字，是因在天气晴朗的日子里，沙的滑动会发出类似鸟鸣、机器的嗡鸣等声音。这就有了诗意在里头。到了那里，最好玩的还是滑沙。滑沙刺激，即使有了一把年纪的我们，也忍不住要去经历、享受一下那动人心魄的运动。可是，滑动的过程中，除了惊叫声，竟忘记了听沙的声音。总的感觉，这里的沙漠没有想象中的广阔。后来看到了沙漠中的骆驼，不过骑骆驼是要收费的，没几个人去骑。

几天的行程很快就结束了，朋友问我，感觉怎么样呢？我回答他们，怎么说呢？我只能带着一种炫耀说，我去过内蒙古，虽然没到草原，没住蒙古包，没听到马头琴，没点燃篝火……但那地界，我是实实在在地踏过了。你看，我带回来的酒，是那种用羊皮缝制的袋装的，这就是蒙古的风味啊！

你领略了吗？那浓郁的蒙古风情！

翻过那座山

冬季登山，不是为了看风景。冬天的山已是光秃秃的了，且不说茂密的林、浓郁的草、娇艳的花、甜甜的果没有了，就连被季节涂染的红叶也早已凋零，随风飘散在山坡和沟壑间了。这时的登山，说到底是为了给平淡、悠闲的生活“找份罪受”，如同他人讥刺的那样：吃饱了撑的。

要去的是邢台西的天河梁。天河梁的名字，多半是因牛郎织女传说而来。牛郎和织女，一个在天河的这头，一个在天河的那头。如今的天河梁，是晋冀的分界线。天河梁的西边，是晋中的和顺县，天河梁的东边，是邢台的白岸乡。

天河梁脚下，是一个叫王山铺的小村，虽然不甚出名，却有两处名胜在其左右。村西南是天河山景区，正东是大峡谷地质公园。小村夹在其间，多的是失落。

攀天河梁，南起走马槽，北到南天池，然后下山，全长20多公里。

我们一行八人中，七人都是老驴，唯我一头新驴。因此，一路上，总有人为我操心，为我捏一把汗。走了不多远，就有人喊：“老曹，行不行啊？”怕我踩空，或者滑到，又会有人转过头提醒：“这里的树叶是搭空的啊，注意！”“抓住树枝，手脚并用！”我多少就有些自责和不安了：朋友都为我担惊受怕，我成了累赘了。

谁也没想到此行有这么大的强度，就连不怕苦累的老驴们，也暗暗叫苦。上山的时候，陡峭自不必说，它没有一条明显的路径，以致在半途，八人中分出了三路。其中叫“小妖”的，是一路直上，我们打趣说，“小妖”就是巡山的，替大家找找路，是分内的事。“小妖”义无反顾，不管遇到多难走的路，不管有多艰险，向着最高峰攀登了。另一路有两个人，他们绕了个大圈，以为会有好路可走，谁知，山势比任何地方都险，根本没有下脚的地方。我们待两路人马各报了路况后，才选择了沿河道而上的路线。哪是河道啊，全是大大小小的石块，是洪水肆虐的时候，从山上冲下来的碎石。不平坦不说，它是顺着山势往上走的，石头光滑，一不小心就会滑溜下来。

登得山顶，是一片开阔地，有一条马路盘山通过。开阔地是草甸子。听说，夏天的时候，全是绿草覆盖，期间盛开着不同颜色的小花。而现在，到处是风干了的牛粪和羊屎蛋。

休息了片刻，就要出发，而此时已经十二点四十了。领队“满江红”说，路赶得紧些吧，否则，天黑了下不得山。

我本以为要走的路会像眼前的开阔地那样好走了，没走多远，又是先前的地形了。本是下山的路，却时上时下，变化不定，令我大汗淋漓、气喘吁吁。全是树叶遮掩，分不清哪儿是路了，就多了一分危险。这个时候，拐杖起了最大的作用，成了探路仪。“满江红”老大哥般地时刻关心着我，到了一平坦处，问我：“说实话，你现在怎样啊，不要硬撑。”我说：“说实话，我是真‘草鸡’了。不过，只要能喘息一会儿，还能撑下去。”

即使到一点多了，大家还是不说吃饭的事，说是翻过这座山，到达南天池，有一座小庙，可以当作用餐的地方。我的背包里装了很多吃的东西，但我没有动用的意思，或者说饿了故意不吃：出来为的是减肥，如果吃个不停，不停地补充能量，还有什么意义啊！心想，快了，快了，坚持，坚持！

这个时候也容不得打退堂鼓，荒山野岭，偏僻小道，扔下你一人不管，算怎么回事呢？别人负不起这个责。这个时候，我对挑战极限一词有了更深的理解。我在心里说，只要不是累得趴下，就一直走下去。

即使下了这样的决心，我还是总拽着队伍的尾巴。往上攀的时候，胸闷，喘粗气；往下走的时候，因不是登山鞋，脚尖紧紧地顶着鞋尖，脚指头磕得生疼。

到了，到了，终于看到那座小庙了。人们欢呼着，仿佛看到了希望，迎来了胜利。

这里就是山西境内了，就是南天池了。在这里，我们看到了织女洗澡的水池，上书“天池”二字；还有一个小亭子，想必是为牛郎织女修建。亭子内书写了《鹊桥仙》一词：

纤巧弄云，飞星传恨，银汉迢迢暗度。金风玉露一相逢，便胜却人间无数。

柔情似水，佳期如梦，忍顾鹊桥归路。两情若是久长时，又岂在朝朝暮暮。

登顶东望，太行峡谷之壮丽映入眼帘。我们不是观景的，依然领略了这份壮丽。大峡谷一道又一道，她雄踞天地之间，给大自然增添秀色；其青石滴翠，红石流霞，屏蔽了尘世的喧嚣；一片片的云雾缭绕期间，虚幻了一份仙境。再东望，就是层层的梯田了；梯田没有了庄稼的遮挡，更加层次分明了。

我就想啊，如果不是坚持，如果没有翻过那座山，到得了南天池，不是白来一趟了吗？

下山依然不轻松，路难行，天愈加地冷。

“一米阳光”不顾劳累，驾车将我们送回。下得山来，听得见淙淙的流水声响，哦，这是南洺水，我们原本没有注意到的。它涓涓细流，为我们送行；它一路欢歌，为我们祈求好运。出山的小路上，牧羊人驱赶着一大片云彩似的羊群；羊咩咩的叫声，打破了山里的寂静和空旷。

“你们看，天桥！”同行的“瑞虎”望见连接隧洞的邢汾高速大桥，情不自禁地惊呼道。是啊，那桥横跨山顶，高耸入云，不正是天桥吗？有了这天桥，就连接了山外，连接了世界；连牛郎和织女见面，怕也要便捷得多了吧！

马岭关寻踪

爬到不老青山半山腰的时候，看不到山了，左看是树，右看是树，前边是树，后也是树；望望天，也是树枝树杈，仿若到了森林。叫得上名的，有橡子树，白桦，山桃，古松，野杜鹃；叫不上名的树，比叫得上名的还多。树有高有矮，有粗有细，有的只是些枝杈，似乎算不得树。因有攀出来的一条小路，倒也没多少磕绊，不用太过担心，不会挂伤脸，或者扯住衣服。小路容得下一人走，只是树叶太厚，足有尺余深，便看不清路了，踩着树叶走就是。树叶很干，脚踏上去，哗啦，哗啦，如蹚小河。好在，没有在陡坡处，人滑不下去。

从树的缝隙回望，起点是一个巴掌片大的小村，村叫圪塔店，只有二十来户，村边有“马岭关”标志，属山西昔阳。

哗啦，哗啦，我们继续走着，几十年、上百年树龄的古树一一来到面前，它们形状各异，有的没有主干，像是埋在了地下，拱出来个头；有的像怪兽，枝干犹如胳膊、腿、掌。它们经历了风雨沧桑，见证着日月更替。

山的阳面多树木，没想到山的阴面也如此茂盛。初冬时节，松树依然墨绿，其他树木虽然没有了一点翠，地上有这么厚的叶子，说明它没死，它在夏季是茂盛的。偶有叶子少的地方，依稀能看出青的草。夏季，山野一定是葱绿的。

有人耐不住寂寥，喊嗓子了，喊得特别长，响亮且辽远，传遍山野的沟沟壑壑。长啸过后，高天处传来两声悦耳的鸟鸣，声音也是那么辽远。喊嗓子的人接着喊，鸟儿接着应，一问一答似的。我问他喊的什么，鸟答的什么。喊嗓子的人笑了，说，我第一声的意思是“我来了”，第二声是问“你在哪儿呢”，鸟答的话分别是“欢迎你”和“我想你”，我们都笑了，都笑他多情。

蹚过铺满树叶的小路后，再次开始攀登，在连续提升了350米后，沿山梁行走了约1.5公里，就来到了不老青山主峰——十字格梁。这是邢台与昔阳交界处，是邢台西部太行的最高峰，高达1822米。

远处望，几道山梁映入眼底，往下看，深不可测。此刻正是中午，阳光洒在山巅，着了黛；阳光照在峭壁，挂了辉；阳光铺在丛林，涂了金；阳光穿透谷底，生出岚。天湛蓝湛蓝，如才染了色的布。太阳无声，山梁无声。树也无声，但是细的枝干摇摆了，山高，无风也摆动。

高处自然有凉意袭来，时值中午，太阳又这么好，寒意并不浓。我定定地望着太阳，一个怪怪的念头冒出来，太阳几万年、几亿年面对沉默的山，寂寞吗？山上没有泉，没有小溪，谁与太阳共舞，谁对太阳敬仰？

即或对人，也是如此吧。人在大山深处，也会变得沉默如石吗？

很快我便释然了：风景秀丽的山川能让人怡情，能让人抒情，能让人陶醉，可是，能让人的心静下来吗？能让人产生深邃的思想吗？能让人变得深刻吗？我们不是不知道，风景越好的地方越嘈杂。

我们是来寻一种清静和恒久的。

这里有一道“鬼谷口”，相传旷世奇人鬼谷子曾来这里隐居，并修道授徒，他的高徒中，除了孙膑、庞涓外，还有人们熟知的毛遂。想必，就在这高高低低的仰视、俯视中，能憬悟和参透生命的本真。

想起来《山海经》，它描绘的是远古的山河，包括稀有的植物和动物。

卷一《南山经》中云："南山之首曰䧿山。其首曰招摇之山，临于西海之上，多桂，多金玉。……又东三百里，曰堂庭之山，多棪木，多白猿，多水玉，多黄金。又东三百八十里，曰猨翼之山，其中多怪兽，水多怪鱼，多白玉，多蝮虫，多怪木，不可以上。又东三百七十里……"

看看，多么好的自然风景，有山，有水，有奇木，有怪兽，有黄金，有美玉。

到这样的地方修炼恐怕是不行的，有奇山怪石怪兽不怕，有宝藏就不好了，心更静不下来。

按照我们的路线，接下来就是下山了，同行的老董是个智者，他踏遍了冀南的三百里太行，他不走风景线，只爬野山，有的地方不止去过一次。他每天骑行，还在环城水系追鸟拍照，与大自然融为一体。今天，他像个活地图似的，做了一天的向导，他早早地就把今天的路线勾勒出来了。

还是用《山海经》的形式描述以下的行程吧！

从十字格梁向南，走冀晋分水岭，约四公里，至马岭关烽火台，下沟绕道一公里，过古营房，西关门，古石桥，古碑刻，至东关口，后进邢台明水掌，下行三公里，从此出。途多悬崖，峭壁，古树，大蓟。古有金钱豹、褐马鸡、果子狸、黄羊出没。今有大鸟飞翔，有野猪粪便，无其他踪迹。史载有泉，有河，多水，今有桥，少水，无金，无玉。

金钱豹的足迹找不到了，果子狸的影踪也难觅，只看到一个放羊的男子在半坡赶着羊群，与他说话，他竟是一口地道的普通话。这让我们感到惊奇。

说来，马岭关是太行山五大雄关之一，是秦汉以来中国北部边陲的一个重要关隘；明建有长城，现墙砖犹存；长城上有烽火台，敌台，附近还有几间石头垒砌的小屋做兵营。烽火台须从峭壁上攀登，我们作罢，从山底望了又望。

看来，静寂的山峦也曾有过烽火，有过战争，有过嘈杂。我就怀疑，这世上还有清净的地方吗？

烽火台在山丛中显得破败，城墙也早已坍塌，兵营也只是四五个屋子，不规则地排列着，且只剩下半人高的墙体。我又想，兵营里又能驻多少兵？

我独对东关门感兴趣，它是一个拱形的门洞，门洞不高，也不宽；门洞的两个拐角处有圆形凹槽，应是门轴基槽。城门已不再，远处看，像一个圆圆的洞口，我计算着，假如一起往外跑或向里进，一次能挤进几个人呢？

之所以感兴趣，是因为想起了函谷关。老子年老之时，骑着青牛，一路西行，要归隐大自然。出函谷关的时候，把关的人知道他是个大学者，作为出关的条件，要他写一篇文章留下。老子只好答应，写了五千字的《道德经》，然后骑着青牛，披着彩霞，走向荒漠，去了谁也不知道的地方……

老子的足迹无人能觅得，老子的结局至今是个谜。

老子实现了他的夙愿，回归了大自然。我们呢，去往哪里？

才五点钟，暮色就降临了。先下山的人呼喊着我们，老董的脚步快了，我的脚步也快了……

奇境消得半日闲

正是酷暑时节，中伏的第二天，我从邯郸来到了常州。在邯郸，连续多日的 36 摄氏度高温；到常州，达到了 38 摄氏度。有人问，这么热的天不去北方避暑，干吗到南方去熏蒸啊？我笑说，江南也有阴凉地。

到得常州的第二天，我们去往“南山竹海”。南山地处溧阳境内，在苏浙皖的交界，在常州的西南方向，途经滆湖、长荡湖、天目湖。

滆湖，很多人必定生疏。滆湖还有一个好听的名字，叫西太湖；滆湖湖面浩渺，水天相连，一眼望不到边，但水深不足 1.5 米，湖面平静无波。在苏南，它是太湖之外的第二大湖，因为名气小，流连的人也少。长荡湖的大闸蟹听说很好吃，却因为不是阳澄湖，便没有名气。天目湖在地图上看得见，有不少看点，因要急着去南山，便只好舍弃了。

车急速地行驶着。路两边，多是湖面，多是水塘，多是树木，多是草地，即或有建筑，也很别致，比如滆湖上的灯塔，高架桥上的“城堡”。

一见到湖面，见到水，见到翠绿的竹，不说实际温度是多少，心先凉快了，清净了。这就是氛围吧，这就是环境吧，这就是氛围、环境产生的作用吧！

若想凉快，必去山林水草间；若寻清净，必在曲径通幽处。

在纷扰的尘世间，给自己寻一块清净之地。

距南山近了的时候，是郁郁葱葱、翠翠绿绿的画卷。人未上山，心中先有了竹的气象。

竹子覆盖了整个南山，有35000亩。竹子因年份不同，高矮有别，粗细不均，远望过去，呈现的是一团团、一堆堆、一丛丛的景象，犹如海水涌动、波涛翻滚。竹海，是最贴切的比喻。

前看是竹，后看是竹，左看是竹，右看是竹，抬头还是竹。竹挺拔直立，竹直插云天，竹密密实实，竹层层叠叠。竹子遮挡着视线，竹子把天地笼罩。山不高，也不险，走到哪儿了，走了多远，上到多高，心中一片茫然，其实也不想弄明白，在竹海中荡漾，身心愉悦，时间越长不是越好吗?

竹，挺拔，清秀，高雅。南山上不乏对竹的赞美。在一块竹简上，就看到了苏东坡的诗句："宁可食无肉，不可居无竹。无肉令人瘦，无竹令人俗。"

竹子的亮色，让心跟着清亮；一路同行的，还有汩汩的泉水。叮咚，叮咚，细小的声音，清脆悦耳，拨动着心弦。水流不大，清澈见底。路边有一石臼，是个泉眼，冒出一圈一圈的水，不渴的人也禁不住咕咚几口。

哦，静湖，像一面镜子，如一块绿绸。它给南山灵动，给竹海着彩。水特别绿，像染过色一样。掬一捧，却是清亮透明，原来这绿是翠竹映照。

湖边排着十几个竹筏，你若想坐，山姑可将筏划进湖的深处，把你带到天水合一、一尘不染的境地。

我在心中打着比方，对于南山，对于竹海，静湖是个什么角色呢？我说它是一片相思地。是山的相思地，是竹的相思地。山与水相缠相绕，竹与水相依相偎。

南山除了水声，还有鸟叫，有的悠长，有的高远。还有"人鸟共欢"的地方，鹦鹉学舌，孔雀开屏……让你与鸟对话，欣赏着鸟的千姿百态。蝴蝶特别多，它在竹林间翩翩舞动，尾随着行人，不离不弃。

悠扬的丝竹声从远处传来，那是有人在吹箫，听着像是《月光下的凤尾竹》。后来又听到古筝的弹拨声，是《高山流水》。只有此景，才能产生此情，才能有共鸣。

阁楼也有几座，古色古香，这是喝茶的地方。嗅着丝丝缕缕的茶香，气定神闲，闭目遐思，忽有禅意浮身。

当代诗人叶千华就是溧阳人，他把南山竹海的美好做了总结：“尘嚣今远避，清静水声幽。耳顺闻丝竹，鸟语上层楼。南山松喻寿，竹海示温柔。碧波轻槎泛，品茗能忘忧。”

南山不仅有竹文化，还有寿文化。我看到，大小不一的“寿”字写在高高低低的山石上，或篆或隶，或行或草，据说有一百种字体。

拾级而上，到一广场，赫然有巨大铜像映入眼帘，啊，老寿星！这是一个头像，光亮的额，硕大的头，这应该是全国最大的寿星铜像了吧！看介绍，说寿星的头有 12.5 米高。正视他，虽然是慈眉善目，但眼睛下垂，似在半闭着眼；侧目观看，才是一副笑脸。在人们的印象中，寿星就是一副笑眯眯的形象啊！

此时，我想到了“寿比南山”这句祝福语。我想，这里就是南山，这里有最大的老寿星，“寿比南山”中的南山应该就是这个地方。寿比南山不老松，松呢？还真有，坐索道翻越到山那头，有一个松院，最大的一棵有两人合抱粗，有着上千年的历史。

一切都得到印证似的。

同行的人却说寿比南山中的南山不在这里，在海南。我在手机上百度，答案不一：有说是陕西境内、秦岭中段的终南山，那里是道文化、佛文化、孝文化、寿文化的发祥地；有说在三亚，三亚的鳌山就叫南山，有美丽的传说；

还有说在山东、在福建的。

不管南山到底在哪里，我就认定这里。竹升华人的品格，湖纯净人的心灵；茶香让魂魄安宁，丝竹把烦恼驱散……能让你净心的地方，就是最好的所在！何况，这里有最大的寿星，有最多的寿字，会让你罩上吉祥，长命百岁。

一个人不可能长久地清闲，他得活在现实中，活在滚滚红尘中。从这里走出去，又是车流人流，又是喧嚣纷扰，但有了这半天的宁静，心会恬静许多；每当累了倦了的时候，寻得半天闲，找一方盛景，不让尘世蒙眼，才是最好。

抒情淹城

我在炎热的夏季，踏上了这块远古的大地。春秋时期，延陵（今常州武进）之地的淹城，虽早有耳闻，终没机会相见。今天，揣着一颗沉甸甸的心，去追寻那段历史，去缅怀令人敬仰的先贤，去体味一段凄美的爱情故事。

2700 多年了，似乎一切远去了，一切没了踪影。当我零距离地贴近它、触摸它的时候，体察出了真实，以及实实在在的内容。来到这里，就置身在了一个原始的、原生态的世界。这片土地太过古朴，呈现的是大自然的原色。它覆盖着世纪的尘土，挂满历史的蛛网，刻记着吴国的兴衰。

淹城是国内保存最完整、形制最独特的春秋遗址。它有三条河流环绕，有三道城墙护卫。子城，内城，外城，坚如磐石；子城河，内城河、外城河，飘若彩练。一道城墙一道河，大圈套小圈，层层相套。说是军事城堡，却像生活家园。

三条城河的水缓缓流淌，从古流到今。两岸树木倒映其中，搅得它心事重重。三道城墙的墙土被太阳烤焦，任雨水冲刷，依然如巨龙盘踞。

大树参天，花草繁荣。作为军事城堡的淹城，却是诗意盎然。香樟，朴树，枫杨，榔榆，高大挺拔，蓊蓊郁郁；还有那么多的藤蔓，虬枝缠绕，盘根错节。

这完全是自然形态，没有修剪，没有打理，任性地生长，自生自灭。花开了谢，谢了开；树枯了，枝折了，然后钻出新芽。满塘的荷花，映红人的脸庞；起伏的蒹葭，诉说着情殇。

淹城的主人季札，即淹君，是让孔子都仰慕的人，被誉为南方“第一圣人”。他是吴王寿梦之子，曾三次让位，执意不为王，执意不回吴，在自己的封地延陵构筑了属于他的王国。取名为淹，以示淹留于此、至死不归的决心。淹城，是他的精神家园。

远古的吴国，曾是蛮荒之地，人们文身断发，被贬称为“蛮夷”。季札出使鲁国，传播儒学，学习礼乐文化。乐工为他歌《周南》《召南》，又为他歌《邶风》《鄘风》，为之舞《象箾》《韶箾》，又为之舞《大武》《大夏》，季札领会其韵其美，一一做出评价，透析周朝的盛衰之势。他语惊四座，众人为之侧目。

他诗化了淹城，关雎井，关雎桥，蒹葭道，每一处都柔情似水，每一处都爱意浓浓。长 11 米的独木船，欸乃在绿水碧波中。水流哗哗，桨橹呀呀，歌声飘飘。

季札给女儿取名为淼，意含三河之水。淼出落得亭亭玉立，她美丽、善良、聪颖，纺纱织布、琴棋书画样样好，是淹君的掌上明珠。她追求美好的爱情，向往幸福的生活。她与心爱的人——留城的公子炎在关雎井旁定情，在蒹葭小道上对歌。公子炎觊觎护城之宝白玉龟，骗取淹君和淼的信任，将其盗走。淹君爱之深，痛之切，不问青红皂白，将淼碎尸三段，分葬成头墩、肚墩、脚墩。如今，十米多高的坟冢长出一片小树林，四周又有广阔的、如毯子般的草坪铺展。每逢清明时节，淹城的百姓为她扫墓上香；在她坟前许的愿，每次都灵。人们就叫她百灵公主。

“淹溪古迹，曲水环围，苍松郁秀，颇类空山无尘绝俗之境”，这是古人的赞美。有人评价说，“明清看北京，隋唐看西安，春秋看淹城”。当我亲近这片最古老、最有历史文化价值的遗址时，却见游人寥寥，观者无几。我不由得感慨：淹城没有“涂脂抹粉”，它呈现的是本色；淹城没有“攀龙附凤”，淹君以德写春秋；淹城没有“七拼八凑”，三城三河足以厚重；淹城更不是“子虚乌有”，那 2700 年的信念依然在坚守。可是，认识淹城的人有几何？青睐它的有几多？遗址没有“造古”好吗？不如仿古一条街好吗？

淹城无语，什么也不说。吴越的秀，江南的美，淹城的奇，淹君的伟，古老的爱，今天的情，就在此地，就在那里。

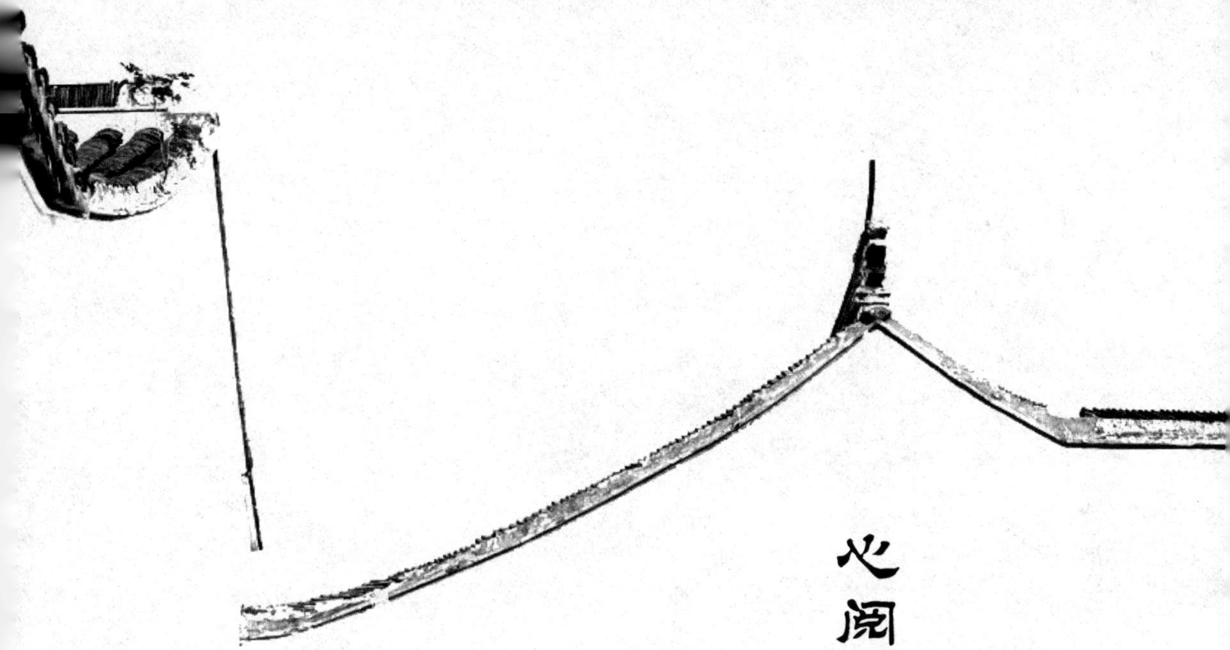

心阅朝夕

称呼的道道

在街上碰到以前的同事，我脱口喊道：“平安的！”他本叫张平安，“平安的”是早年对他的习惯称呼。我就想，一个本来挺好的名字，怎么就多了个“的”呢？这里边多少有些不恭和轻视吧？

还有很多的例子佐证。好好的名字不叫，非要改变一下。我们小时候，都是从名字中找出一个字，然后在前边加一个“老”，比如我吧，本叫“勤学”，可是不管大人小孩，都是叫“老学”。邻居一个叫占军的，都叫他“老占”。几岁的小孩也会被称为“老”。家里孩子多的，会在名字前加上顺序号和排行。比如一个叫宋平方的，排行老二，便都叫“二平方”，兄弟叫建平，人们都称他为“三建的”。

研究起来，称呼还真有不少道道呢。从一个人对另一个人的称呼上，可以显示出这个人对那个人的态度，显示出两者的亲疏，显示出人的地位差异。

亲昵一点儿的，应是儿化音和单字。顺儿，芬儿，云，江……能这样称呼的，多是父母对孩子，或兄弟姐妹和夫妻之间的互称。关系特好的也能儿化和单字。

亲切一点儿的，就是名字后边加辈分，以及姓或名前加“小”，比如胜利哥，前进叔，秀丽姐，锦绣姨；比如小曹，小王；比如小平，小琳；等等。有的领导开会也会这样说："刚才正伟书记的讲话很切合实际……"正伟姓江。

特别正规的应是连姓带名一起叫。学校点名应该都是这样的：李荣光、江战海等。在严肃场合，不管是表彰还是处分，更是要用全称。总不能这样说：经局长办公会议研究，决定给予小马和小朱（或志娟、爱国）严重警告处分。

夫妻之间也有全称的，表示一种爱意或戏谑，有开玩笑和挖苦的成分。比如说："王海洋，你可真行啊！都欺骗到老婆身上了。"

夫妻之间称"老赵""老田"，显示出一种平等关系，老伙伴、老夫妻的感情在里边。

有职务却被称"老孙""老季"，如果是同级别的，没什么不妥；如果下级称上级，肯定不乐意。有点地位却没官职的，喜欢被称为"秦老""黄老"。"老"字放到姓氏后边比放到前边地位高。

称自己父母为"老头""老太太"的，受众应该是其他人；当着父母面这样称呼，就是大不敬了。"老爷子"还算勉强过关。

年轻人一旦确定恋爱关系，就在网上贱呼呼地称"老公""老婆"，多是表示亲密。

称呼不是固定的，还是这个人，场合不同，称呼就不一样。比如，在公共场合，称职务的多；私下场合，关系较好的，如果称职务，反倒显得疏远了。

称呼与"距离"有关。官越大，"距离"越远，反倒不称职务。身边的小官官，称职务的反而多。一个村干部提起省委书记，肯定是连姓带名；如果称呼乡党委书记，肯定就是刘书记、李书记了。

还有，越往上叫名字的越多，省、市秘书长签批文件给书记，多是：请志强同志阅示。到了县级，办公室主任就不这样签批了，而是：呈 × 书记阅示。这和越是大官越没架子、越是小官越讲面子一个道理。这也不是本文要研究的内容了。

在任何场合，只要提起来就称呼职务的，一般是顶头上司或心中敬重的领导。顶头上司惹不起，敬重的领导要尊重。夫妻吵架，埋怨领导不公，来一句："梁局长那样办事，实在是太欺负人了！"真是把领导当领导的典范了。

最反感的应是含有贬义的外号，不对着本人称呼也罢，开口就叫，张口就来，就有点儿不把人当人的味道了。这很容易引人恼火，甚至干架。

坚不可摧的铜墙铁壁

太行山，囊括北方山脉的所有特征，说不上多么挺拔，也谈不上怎样的俊秀，她就像一个老农那么朴实，像最本色的生态那么原始。经历了风雨沧桑和血与火的洗礼后，却又是那样巍峨，那样神奇，那样壮观。

抗战大剧《太行山上》在央视首播，我是怀了一颗敬重的心去看的。对于这段抗战历史，从书本上了解了不少，129师司令部所在的涉县赤岸村，我也拜访过几次。重温那段历史，感慨万千。面对伟人的铜像和司令部的旧址，我鞠躬再鞠躬。

中华民族有过屈辱的历史，中国人民经受过战争带来的苦难。战争是残酷的，无数的将士倒在枪林弹雨之中，又有无数的无辜百姓惨遭涂炭。中国共产党领导的八路军，面对日本帝国主义的侵略，奋起反击，誓死保国，壮举惊天地，泣鬼神。八路军129师在刘伯承、邓小平的指挥下，辗转太行，作战冀南，紧紧依靠广大群众，展开了令敌寇闻风丧胆的游击战、运动战，打了一个又一个漂亮仗。几次战役，击垮了敌人的疯狂，削弱了日寇在华北乃至全国的力量。

中国人民胜利的法宝在于，有中国共产党的正确领导，有毛泽东等一代领袖的胸怀大局、运筹帷幄、决战千里的韬略，有抗战将士不怕牺牲的无畏精神，更重要的就是人民群众的全力以赴，打的是一场人民战争！饱受欺凌的贫苦百姓一旦动员起来，就会汇聚势不可当的力量，就会无往而不胜。“军民团结如一人，试看天下谁能敌？”军民肩并肩，形成了坚不可摧的铜墙铁壁。本剧的中心也就放在了这里，浓墨重彩的一笔就是“9000将士进涉县，30万大军出太行。”

人民群众的激情来自于对共产党、八路军的拥护和爱戴，来自于对侵略和反人类的仇恨。为了抗战的胜利，千千万万的穷苦百姓甘愿献出一切、献出生命；就会出现“母亲叫儿打东洋，妻子送郎上战场”的动人场面。部队所需的给养无私地奉献，战士的冷暖时刻记在心上。军爱民，民拥军，军民一家人。

刘伯承、邓小平率领的129师，把人民群众比作父母，把人民的利益看得高于一切，紧紧依靠人民群众，紧紧团结人民群众，才取得了辉煌的战果，赢得了一场场胜利。刘伯承、邓小平的丰功伟绩永载历史，刘邓的名字响彻云霄。

太行山，抗日军民的鲜血将你染红；冀南大地，可歌可泣的故事在传颂。不能忘记过去，不能忘记先烈。回顾历史不忘本，实现梦想从头越。今天，党领导人民实现中华民族伟大复兴的中国梦，带领亿万人民奔小康，我们要坚定跟党走的决心，同心同德，形成新的铜墙铁壁，完成时代赋予的使命，共同铸造辉煌！

千里太行青翠，古赵邯郸复兴。祝愿祖国强盛，邯郸的明天更美好！

给膀爷“号脉”

夏日的多个场合，谁都目睹过膀爷们旁若无人的风采。不知别人有何感受，我是不愿正眼多看的，先是视觉上的不雅，那整个脊背和肚皮不可能光滑如绸布，几颗黑痣和几颗红疣说不准就在明显处，瘊子上长着一撮毛。这儿一疙瘩，那儿一块疤也在所难免，胳膊一挥，浓密的腋毛映入眼帘。然后就直接影响到味觉，腋窝出汗多，肯定有异味。不过，膀爷不是任谁都能当的，我端详着膀爷的脸谱，掂量着膀爷的身段，姑且画个像吧。

心宽体胖者众。性格直爽不拘泥，豪侠仗义敢作为。任云卷云舒，我自波澜不惊；任山崩海裂，我自岿然不动。从端倪中看全貌，从举止上看性格。光着膀子，不是别的，性格使然，心态表现。况且，一身肥膘，汗腺稠密，分泌量大，糟践了光鲜的衣裳，不如节约水资源节约布料为好。还有，肥胖者的皮肤白，肥胖也能展示生活水准，多少掺杂一点炫耀的成分。

文化素养不高。对中国的传统美德、儒家的修身养性之说、现代的文明礼仪知之甚少。谁凉快了谁舒服，管他顺眼不顺眼。他们还会把穿着长袖的人视为假斯文、假正经、神经病，死要面子活受罪。他们很现实，不做亏本的买卖。

如何改变这种与城市环境、文明生活相悖的现象呢？我以为需要软硬兼施。

所谓的硬，就是在空间上给以限制。就像公众场合不得吸烟一样，违者罚款，或加以其他方式的干涉。想光膀，回家光去。谁去管？公安能管，城管能管，所辖区域的负责人能管。

所谓的软，就是创造良好的环境，包括人文环境、自然环境，加上潜移默化的教育。我们都知道，到了新加坡，看不到吐痰的，这是因为，除了处罚重，就是城市美化得好，令人不好意思吐，或者说就没有吐的生理反应和欲望。谁忍心将一口浓痰射到娇艳欲滴的鲜花上？同样的道理，我们的膀爷在一个非常庄重和整洁的场合，也绝对不会光着膀子。光膀子不是个体行为，往往是你传我，我传你。

即使有碍观瞻，也断不能在大街小巷挂上“不光膀子光荣，光膀子可耻”等内容的条幅，最多写上“提倡文明，讲究公德”等极抽象的标语。想调侃一下的，就在显眼处写上“温馨提示：光膀子容易感冒！”或者，“这儿不是原始森林，不能展示原生态！”

膀爷这种“病”，好治。但治好不易，仍需努力。

碎片化阅读和书香

有一天我在看书，一朋友进来，顺手翻转书页，看到我阅读的是文学期刊《收获》后，大吃一惊："现在谁还看这个？谁还有这样的雅兴和耐心？恐怕只你一人了吧！"随后他又看到我桌上的《包法利夫人》和《百年孤独》，竟哈哈地笑了，说我快要成为另类了。

我就较真，去了一趟邮局，看订阅《收获》的是否只我一个。经查，全县订阅份数为"2"。

我是坚持每天阅读的，多是文学作品，包括中外名著、获奖的长篇小说、大型文学期刊等。我从中受益很多，既了解到我们生活的这个时代，又熟悉了这个时代的人的生活，有了对人生更多的思考和领悟；既徜徉在艺术的海洋，受到美的熏陶，又提高了写作水平。

只不过阅读的环境不佳，多是在疑惑的眼神下、不解的责备中、琐事的干扰下进行。能清净的地方，只有开着台灯的床头了。

只要阅读，就能闻到书香；那泛着油墨的清香，沁人心脾。

以网络为主的碎片阅读又是怎样的境况呢？先说我那天冒出的想法：假如两个月不看微信朋友圈和公众号会不会有什么损失？

我的答案是，有。起码，哪天开始、哪天终止的车辆限号知道得晚些，PM2.5 的实时数值不知道，网上流行语不知道，朋友们的动态不知道。比如说流行语吧，别人来一句“蓝瘦香菇”，你还真要去菜市场找着买呢。

后来发现，网上阅读不仅仅是这些，它和纸质书一样，包含着丰富的内容，让人同样能获取知识，汲取营养。比如心灵鸡汤吧，别以为那些内容是拼凑的，是花里胡哨的，是糊弄不谙世事的小鲜肉的。它的文字很美，哲理性很强，教育意义很深。即使到不惑之年、知天命之年以及生命暮年，读读它，仍会有启迪有收获。有的文章作者虽然张冠李戴，冠之莫言、杨绛的名字，也不打紧，只要是好文章，作者是谁在其次。

我就订阅了十多个公众号，包括文摘报、读者、天涯、人民日报文艺、人民文学、收获、长篇小说选刊等公众号，从中读到不少佳作。虽然有些文章不是新近的，但其生命力是长久的，不会过时。每天早晨刚睁眼，都会阅读一到两个小时的。

有人对各国人均读书量做统计，说犹太人每年读六十多本，日本人每年读二十多本，中国人不到两本。很多人就大发感慨，说中国人怎么怎么的。又有人做统计，说我们每年的以网络为主的碎片化阅读量最大，一年阅读量加起来，相当于三十本大部头书。这可是了不得的事！

当然，若要做学问，还是读大部头的著作；若是休闲，若是愉悦身心，若是感知新事物，碎片化阅读也就足够了。不能说什么样的阅读好，什么样的阅读不好，要因人而异，因工作、生活、爱好而定。有人把碎片化阅读鞭笞得体无完肤，也实属极端。你说书香，可是有人把它搞臭，把它当作擦屁股的纸：又出书了没有？厕所的纸没有了！

遇到这样的人，你又能怎样？不过是嘿嘿一笑，心底里闷闷地嘀咕一声：道不同，不相为谋。

不仅仅是廉吏的于成龙

近段时间，央视正在热播的电视连续剧《于成龙》成为热议的话题。于成龙是历史上有名的廉吏，已是尽人皆知。这次看电视剧，对于成龙有了更多的了解——他不仅仅是廉吏、清官，被康熙皇帝称之为“天下第一廉吏”，他还是一位勇敢、多谋、仗义执言、为民请命的好官。

45 岁的于成龙大器晚成，顺治十八年被派到烟瘴之地的广西罗城任七品官。从老家山西奔赴到广西，需要走三四个月的时间。出发时，漫天飞雪迷蒙了黄土高坡，那凛冽的风、彻骨的寒没有吓倒他，一辆毛驴车就吱扭在漫漫长路上了，他要历尽坎坷，经过许多荒无人烟的地方。做官赴任，既没有人送，也没有人接，一路上说不准遭遇什么样的灾难。到了广西，抚台大人把丑话说到前头，让他在桂林休息几天，好好想想去不去罗城？因为第一任的知县上任不到两天就吓跑了，第二任知县在县衙被人杀害了。于成龙想都没想，抱起官服和官印，就去上任了。

上任之初，当地的恶霸谢德昌想给于成龙一点“颜色”看看，他要攻打苗寨，消灭骆涛罗寨主，同时杀死于成龙——杀不死也至少给他点下马威。谢德昌佯攻上寨，实取下寨，骆涛和骆四姐没看透他的把戏，却被于成龙识破；

于成龙献计，来个将计就计；结果，大败谢德昌，活捉二当家的谢永清。

于成龙的官是越做越大，从罗城知县一直做到巡抚、总督，做过大学士，被康熙追赠为太子太保。无论在什么地方，无论做多大的官，于成龙都没忘记百姓的疾苦，没有忘记为百姓谋利。在罗城，他建立保甲，严防、严惩盗贼；搞联防，让邻近县的盗贼望而生畏。上任合州知州，为解决土地荒芜、流民不附的问题，他规定了“凡一占即为已业，后亦不得争论”的制度，使合州人口骤增，田地复垦。升任总督后，他兴利除弊，开列了十五条积弊，责令所开“积弊尽行痛革”。与此同时，他制定了以“勤抚恤、慎刑法，绝贿赂，杜私派，严征收，崇节俭”为内容的《新民官自省六戒》，作为地方官的行为准则。

于成龙爱民如子，在福建上任之初，就对海禁政策予以否定，他对当时的统治者动辄以“通海”罪名兴起大狱，使许多沿海渔民罹难的现实痛心疾首，他主张重审已判为死刑的百姓，对怕得罪清室而劝阻他的人说：“皇天在上，人命至重，吾誓不能咸阿从事！”结果，千余名百姓免遭屠戮而获释。

电视剧正在热播，相信会有更多人的热议。在党的十八届六中全会和十八届中央纪委七次全会之后，播出《于成龙》电视剧，有更深远的意义。

勤奋当如许渊冲

看了两期《朗读者》，了解了两个勤奋的人，一个是中英法三种语言翻译家许渊冲，九十六岁高龄，每天工作到凌晨三四点钟，要在一百岁前把莎士比亚的作品全部翻译完；一个是童话大王郑渊洁的父亲郑洪升，八十六岁的人了，每天早晨四点起床写微博，拥有了三十六万的粉丝。

我刚过五十岁没几年，就觉得老了，工作之余写点东西，身边也有夸我勤奋的人，就多多少少有点满足感，有时候就自我安慰，差不多就行，别太累了。

像我这样年龄的，甚至比我还年轻的，没有了目标，没有了事业，没有了追求，没有了动力，不再勤奋的大有人在。他们说，已经就是这样了，还能怎样呢？什么都看开吧，吃好，喝好，玩好，健健康康、平平安安比什么都好，其他的都不重要了。

年轻人中懒惰的也不少，有父母的大树庇荫着，花着父母的钞票，浑浑噩噩、醉生梦死地过日子。玩到半夜十二点，睡到上午十一点，看书就瞌睡，干活就说累，早早鼓起啤酒肚，不到四十岁就迟钝。

像许渊冲、郑洪升这样高龄的人，依然能精神矍铄、激情四溢，就是勤奋使然。他们勤于思考，忘我工作；他们的思维就会敏捷，肌体就会健康。

这不是瞎说，这是有科学依据的：大脑不用不活，胳膊腿不动生锈，所有的“零件”是越用越好用。

“老骥伏枥，志在千里。”许渊冲、郑洪升们有理想、有抱负、有追求，他们活到老，学到老，做到老；他们从事着热爱的事业，做着自己喜欢的工作，实现着自己的人生价值，同时为国家、为人民奉献着自己的聪明才智。

勤奋能使人成功的名言和例子太多太多了，我不想引用和引述。我要说的是，于许渊冲来说，他怎么能一辈子勤奋呢？我们耳熟能详的是，一个人做一件好事并不难，难的是一辈子做好事。套用到“勤奋”就是，一个人勤奋并不难，难的是一辈子勤奋。那么，像许渊冲这样的人是怎样做到一辈子勤奋的呢？

一个是他们没把自己看老。我们都知道语言学家周有光，他说，他从八十一岁开始，将其作为一岁，从头算起。在他八十五岁真正退居书斋后，自学电脑写作，九十三岁时出版《比较文学初探》一书，一百岁的时候《百岁新稿》问世。

再一个是有远大的目标。许渊冲为什么每天工作到很晚，就是为了实现把莎士比亚作品翻译完的目标。杨绛也是如此，百岁时被查出患有心衰，但她依旧乐观豁达，读书写作从不间断，晚上一点半睡觉。直到一百零二岁时完成 250 万字的《杨绛文集》八卷。

想起了身边发生的事，有一个老人已经八十多岁了，她的父母还健在，老母亲依然唤她：妮啊，来，给娘梳梳头。

所以，以后再也不敢说自己已经老了，再也不敢懒惰了，在许渊冲他们看来，咱还算个毛头小伙子呢！二三十岁的年轻人，你们也赶紧勤奋起来吧，你们不过还是个娃娃呢，勤奋起来吧，你们还能成大事呢。

见义勇为就是“豁出去”

前几年，我的一位朋友骑摩托车去一个距离所在县城100多里的地方办事，半道突然摔倒，摔得很重，不省人事。许多人看见了，装作没看见，或者就是看个“热闹”，不予理睬。附近村的一个农民大哥看到了，赶紧拨通了“120”，并跟随救护车到医院，然后又从我朋友的手机上翻到家里的电话。后来，朋友得到了有效治疗，很快就痊愈了。

朋友是个重情义、懂感恩的人，与救他的这位农民大哥结下了深厚的友谊，每逢过节，必去看望他，家里有什么事是尽力帮忙。

值得称颂的是，从此之后，这位朋友只要见到有人遇险遇难，必要给予帮助：见到迈不动腿的老人，就主动上前搀扶；见到倒地不起的，必要上前问清情况；谁家有天灾需要捐助了，他从不犹豫，慷慨解囊……这可能就是榜样的力量。我问过他一个许多人都会提的问题：假如你去扶摔倒的老人，其家属对你误会了，认为是你撞倒的，让你赔偿，怎么办？他说，我想过这个事，但是，我是豁出去了，哪怕他们误会，我也一定要先救人！

是啊，豁出去了，豁出去需要勇气，豁出去就是义无反顾，豁出去要的是一种精神。假如都豁不出去，都犹豫不决，都视而不见，那结局只能是：

一桩桩的悲剧接连发生，社会风气越来越差，不幸的人的心灵受到更大伤害。相反，都要豁出去了，也就少有豁出去的事了。因为，见义勇为、扶危济困一旦成为社会的大环境和人们普遍的价值认同，就没有误会了，就没有危险了，就是一种“常态”了，就不用心怀悲壮地“豁出去”了。

也有豁不出去的例子。苏州一名65岁的大妈，雨天骑自行车摔倒在马路上，造成腿骨骨折，在10分钟的时间里，路过的上百名汽车和行人中，没有一人搀扶，大妈对围观者大喊：是我自己摔倒的，我不会讹你们！可是仍无济于事。老人说，她今年65岁了，没想到自己也能遇上这样的事。她躺在湿地上，眼泪吧嗒吧嗒地往下掉。后来，来了一名记者，才把她送到了医院，挽救了道德的最后颜面。大妈事后说，经过这件事，明白了一些事情，以后她要遇到有人倒地，她肯定会上去扶一把！

不是说非要经过一次帮助、经历一次危难才会有同样的侠义情怀，是说社会的大环境很重要，榜样的作用很大。比如说这次邯郸市政府对二十五件见义勇为的事迹进行表彰，就是要宣传和歌颂那些敢于“豁出去”的人，就是扬善惩恶、传播正能量的一个有效途径。多宣传，多表彰，才能形成一种风气，才能造就一种环境。

文明也要金钱来“呵护”

读到一篇文章，说在日本的一条公路上，发生了堵车，堵得很远很远。然而，在长达几公里的路上，并排的那条逆行道上，空旷如也，没有一辆车。堵车的车队遵守着规则，没有车去往前赶，直接开到走不动的地方。我就唏嘘不已，假如在中国，无论如何看不到这样景致的，定是有人见缝插针，把道占得满满的；定是把喇叭摁个不停，聒噪不已。假如有中国人在这个车队，可能会方向盘一打，嗖地往最前边跑，还会骂一句：日本人，真他 × 的傻！

到底是谁傻？大家不一会儿就明白：日本人遵循交通规则，共同维护着秩序，待堵车事故一排除，所有车就会迅速前行，耽误的时间比起我们都去挤，要少许多。明知道这样，我们仍乐此不疲地一而再，再而三地犯这样的低级错误。

不仅仅如此，不文明的行为不仅在于抢道，还在于骂人，因为都要往前挤，少不了急刹车的情形，稍不留神，还有碰车的危险，甚至会把对方的奶奶妈妈们骂一通。有人说，最不爱骂人的人，一旦开上车就改了脾性。

都说国人的时间观念不如西方国家，若从开车上看，外国人望尘莫及的。我们最珍惜时间，个个是加塞高手，人人都争强好胜。

还看到过资料，说是在德国吧，或者是在英国、法国，车辆都给行人让路，即使是绿灯行的情况下，见有行人，车辆便主动停下，哪怕再等一次红灯。他们的时间真是这么充裕吗？未必。

说句跑题话，还是在德国，只要在路上见到有人摔倒，或者发生交通事故，所有的车辆都会停下来，所有的行人都会跑过去，直到把人扶起来，把事故处理清。素昧平生，不相干的人和事，可他们都那么自觉地去给予帮助。

例子都是国外的，有崇洋媚外之嫌，凡到过国外的，都会证实。

有人就会说，还是人的素质问题，倒也是，但中国人素质就低吗？所有中国人素质都低吗？绝对不是，我们有五千年的文明，我们是礼仪之邦。

问题来了，到底是什么原因造成中国人不遵守规则，不讲社会文明了呢？还是离不开社会制度的建立，这是说惯了的理由，但的的确确就是这样，特别是在创建文明的初始阶段，还是要有相关法律来制约。到了新加坡就会知道（别烦，又是国外的例子），吐第一口痰被发现，会被处以约合 5000 元人民币的罚款；吐第二口痰，将会被处以约 10000 元人民币的罚款。随便倒垃圾，第一次给以约合人民币 4800 元的罚款；第二次倒，加倍处罚。我们都知道新加坡是花城，环境最洁净，社会秩序良好，人最讲文明，而这文明就是靠重罚得来的。

咱们也有规定，公众场合不能抽烟，公职人员不能在办公室抽烟。管住了吗？没有。谁去管？没人。公众场合情况可能稍好些，办公室就像没这规定一样。

这样说，该咋办？完善法规和制度，再加上宣传教育。法规、制度是爹，宣传教育是娘，生出的儿子叫文明。现在我们在交通违章上的处罚也越来越严厉了，比如说闯红灯，扣 6 分，罚 200 元；酒驾扣 12 分，罚款 1000 到 2000 元，暂扣驾照 6 个月；醉驾刑拘；等等。现在敢于违章的人越来越少了。制度让人形成习惯，习惯造就品质，品质高就是素质高，素质高了，文明程度就高了。

关键需要有人执行、有人监督，然后还得一视同仁。

由范雨素的精神欲望说开去

范雨素火了，因一篇《我是范雨素》的文章。这位来自湖北襄阳市襄州区打伙村、在北京做育儿嫂的初中毕业生，空闲时写下了十万字，她说："活着就要做点和吃饭无关的事，满足一下自己的精神欲望。"

写十万字对有些人来说不是太难的事，但对于做育儿嫂的范雨素来说难能可贵，更重要的是，她是在用笔写自己，写和她一样的底层人的苦乐，而且文字是那样质朴、稚拙和幽默。《我是范雨素》中有句话尤其让人称道："我的命是一本不忍卒读的书，命运把我装订得极为拙劣。"这篇文字一夜之间点击率为"10万+"。

文字好固然重要，人们更多关注的是她的生命历程和生活方式，是对人生的追求和精神欲望，是除了"吃"之外的其他生活。范雨素12岁时写下了"赤脚走天下"的誓言，不辞而别到南方看世界去了；在海南岛上逛荡了三个月，便打道回府了；然后，她在老家的一个小学当老师。但她不能忍受"在乡下过坐井观天的生活"，20岁那年来到北京做育儿嫂，住在了东五环外的皮村。

到了皮村，这里的工友之家、皮村社区文化中心、打工文化艺术博物馆成了她以及和她一样身份的人的精神家园，让她有了精神欲望。她写《农民大哥》，写长篇小说《久别重逢》，她的生活丰富起来，但她的写作绝不是为了发表和出名，她选择闭门不出避记者。

前几年火了的诗人余秀华也是湖北人，她是个脑瘫患者，有着比普通人更坎坷的命运，有着与范雨素同样强烈的精神欲望，有着对爱情的执着追求。她写的诗惊世骇俗，成了一个时期读者最喜欢的诗人。她的诗充溢着爱的躁动和呼唤、爱的欲望和幻灭的意蕴。她出版了《月光落在左手上》《摇摇晃晃的人间》《我们爱过又忘记》等诗集，还参加了由诗刊社主办的“最底层的人”诗歌朗诵会。我们可以想象一下，没有精神欲望，哪来爱的追求；没有爱心打底，哪来的诗篇和诗集？

和范雨素一样，余秀华的语言同样精彩，《穿过大半个中国去睡你》令人“瞠目结舌”：“其实，睡你和被你睡是差不多的，无非是/两具肉体碰撞的力，无非是这力催开的花朵……”没有切肤之痛的爱，哪来如此的感悟？

再来看邢台市南和县郝桥乡的白茹云，这位参加了《中国诗词大会》的癌症病人，没有被病魔吓倒，反而徜徉在诗的海洋，领略着唐诗宋词的风骚。有了这样的精神欲望和支柱，便有了战胜病魔的勇气和信心。床头、地头、灶头不再有生存的逼仄和苦痛，而处处充满了诗意。因了精神支撑，让她挺立起“千磨万击还坚劲，任尔东西南北风”的风骨，展现出宠辱不惊的淡定心态。她写的“子孝母慈邻里赞，豆棚瓜架乐融融”诗句，多了生活、生命的轻松。

有人吹凉风、放凉气，说，读书、写作当不得吃，当不得喝，是闲人、文人干的事。可是，范雨素、余秀华、白茹云，哪个是“闲人”呢？不但不“闲”，她们生活在最底层，生活得最艰难，为了吃，为了穿，为了生计，不得不四处奔波。她们的物质生活极为贫乏。

几年前，我写过一篇《可怕的动物化趋势》，说当前某些人注重追求吃喝，追求感官刺激，追求肉体满足，太沉溺于生理需求和物质享受了，越来越动物化了。虽然这篇文章失之偏颇，但也有不少实证。

追求优裕的物质生活没错，但不能只有追求物质的欲望，而没有一点精神欲望啊！物质生活再丰富，如果没有精神生活来填充，不会幸福到哪里去。票子，车子，房子，欲壑难填，能不筋疲力尽、焦头烂额吗？先是吃不到肉，后来吃上猪肉，然后又吃鸡，再吃鱼，现在又要吃鲍鱼了。吃了鲍鱼之后再吃啥呢？若有食欲，消化功能又好，多吃些肉无妨，怕的是整天为了减肥而去健身，怕的是因肥胖引起一身的病啊！

总觉得先前的“暴发户”和后来的“土豪”不是褒义词。人还是要多点文化气质、多点优雅——最起码，也得会“附庸风雅”。像网上说的，见到帅哥之后，来一句：“陌上人如玉，公子世无双。”见到美女之后，吟道：“北方有佳人，绝世而独立。”而不是只会说：“哇，好帅！”或者：“我去，她好美！”

即使附庸风雅，也是有了精神欲望后的结果。

时代对女性角色的重新定位

根据亦舒同名小说改编的电视连续剧《我的前半生》落下帷幕了，这部热播剧在观众中引起了热议，我也受到感染，对时代，对社会，对女性有了新的认识。

《我的前半生》这部小说出版三十多年了吧，亦舒始终围绕着女性独立这个主题，要女性自立、自强、不依附于男人。主题说不上新鲜，为什么仍然引起了强烈反响了呢？我看还是人们对小说反映的生活和爱情有共鸣。

罗子君是个漂亮的女人，大学毕业后嫁给陈俊生后，做了十年的闲职太太，饭不用做，孩子不用照看，唯一要做的就是保护好自己的美貌。可是，陈俊生厌倦了，罗子君再漂亮、再温柔，天天对望，就相看两生厌了。他不再迷恋她的美貌，嫌她没味道了，将她抛弃了。分手时，不管陈俊生的借口是什么，实际上是喜新厌旧，想出轨了。男人嘛，始终爱一个女人的有几个？

罗子君显然没有想到这个结局，这让她乱了方寸，猝不及防。她原来是个衣食无忧、受不得一点儿委屈、娇气得不得了的“小女人”。然而，她经历了人生的巨变，从一个养尊处优、四体不勤的阔太太，到被“教科书式小三”抢走老公的弃妇。

后来，她在贺涵和唐晶的帮助下，或者说是在遭遇打击下，发愤图强，一步步走上事业巅峰，不得不说她是一个成功逆袭的励志传奇人物。

唐晶是与罗子君完全不同类型的女人，她追求的是先立业，后成家。她冷静、理性，有事业的追求，有经济上的独立。但是她太过理智，缺少女人的感性、任性、有味，在遇到贺涵这样的好男人后，建立起的却是亦师亦友亦恋人的关系，在猜忌贺涵与薇薇安关系后，惧怕贺涵成为罗子君第二。

凌玲就不同了，有心也好，无意也罢，反正是让陈俊生找到了女人和家的味道。他在凌玲这里很放松、很舒服，感觉到了关怀与体贴。凌玲没有罗子君貌美，没有唐晶做人的强势和事业上的成功，但她却把陈俊生俘虏了，把男人俘虏了。我们不说凌玲的品位如何，在讨好男人上，她比罗子君和唐晶都强。

不同年龄的男人对女人的要求也不一样，年轻时看重的是外貌，中年看重的是味道。时代不同，对女性的要求也不同，过去是相夫教子，现在是养家、顾家。

这样说来，社会对女人似乎不公了，女人的角色实在是复杂，女人实在是难当了——既要赚钱养家，跟上丈夫的脚步，又要负责温柔贤惠、貌美如花；还要照顾好双方父母，当好孩儿他妈。

你做不到，就有可能像罗子君那样被抛弃，就可能像唐晶那样始终站在婚姻的边缘。这让人怀疑，世上还有真正的爱情吗？用主人公的话说，这个世界上从来没有过永恒的避风港，真正能遮风挡雨的唯有自己。是啊，谁也不会天生就对你好，谁也不会永远对你好。

话说回来，这也是时代的进步。女人再不像过去那样，几乎就是男人的附属品；婚姻再也不是从一而终，勉强地去维持。

女人该如何面对时代和生活呢？一位女同志对我说，婚姻、家庭可能有很多不幸，但是不幸到来之前她不会往坏处想，在老公抛弃她之前，她坚信忠贞的爱情；当不幸真的来了，她会坦然面对。

大多女性看过这部电视剧后，幡然醒悟：女人要自立，要自强。

尽管有人对电视剧的改编给予否认，说是把经典之作改编成了八点档的狗血家庭肥皂剧，说该剧颠覆了自己的“三观”，但几个演员演技上线，话题尖锐，给人启发和领悟。对剧作者来说，这就达到目的了。

心灵的芳华

一

先是看了罗楠的文章，得知各大影院正在放映《芳华》，也没当回事，现在几乎没去影院看过电影。第二天是星期天，正在理发，好兄弟老岭打来电话，说他在影院门口，要我过来一起看《芳华》。我离不开，就推脱了。后来，影评铺天盖地，朋友圈相继晒出剧照和评论。都说好，那就去看看吧。我在原创群招呼了一下，问谁想看，结果只有三人搭话了。我让单位的小姑娘小慧给我从网上购票，小慧说，去的时候戴上围脖吧，一来天冷，二来被感动了，能擦泪。我嘿嘿笑了，我想我不会哭。

影院只有七个人，他们说，都是你“忽悠”来的，你要不“忽悠”，今天下午是不是就不用放映了？后来又来了两个姑娘，凑了九人。四点整，开始放映了。

偌大的影院显得好空旷。

二

开始没觉得怎么好，就是一个文工团的事，男主角叫刘峰，女主角叫何小萍，长得好看的叫林丁丁，叙述者叫萧穗子。文工团的男女都很帅气、漂亮，但是对待何小萍就显得不那么友好了。穿军装照张相品质就不好了？再说也不值当群起而攻之啊！还要去掏人家的胸罩，看是不是垫胸了。碍你们什么事了？特别是那个伴舞朱克，不再与何小萍有身体接触，腰也不揽了，也不托举她了，何小萍身上真有那么大的味道吗？年轻姑娘散发的可是芳香啊！你说她的思想臭？哼，你比她强？还有那个陈灿，不想和林丁丁好，却要了人家的项链做牙垫。

爱情被禁锢的年代，年轻人的心里燃烧着火把，何况在文工团，妙龄男女那么多，还有那么多的肢体接触。刘峰就相中了林丁丁，说不离开文工团的原因就是舍不得离开她。是啊，这句是真心话，很多人、很多时候离不开一个地方，就是因为有一个舍不得的人。林丁丁乐意听，听起来很受用，没显示出一点反感。刘峰就冲动了，上去拥抱了，拥抱的力度还挺大。让人看见时，刘峰觉得没什么，表达爱意何罪之有？可是林丁丁怕人说她作风败坏、腐蚀“活雷锋”，就污蔑刘峰耍流氓，还说解她乳罩的襻扣了。小姑娘家家的，说这个也不害臊，俺咋没见他把手伸进你后背呢？

也不只是刘峰和林丁丁谈恋爱，文工团还有人谈恋爱，他们不是拥抱，而是男的用勺喂女的吃罐头，还去吻了人家姑娘。看到的人不四处说，便也没事。

部队对刘峰做出了处分，让他到了边疆伐木连。何小萍气不忿，在有了当女主角的机会时，却装病不演出。结果，也被不动声色地处分了，到野战医院去了。

三

让人震撼的是祖国南疆战争的爆发，那画面让人的心一直揪着。战争是残酷的，隆隆炮声，震耳欲聋，一具具血肉模糊的尸体，让人惨不忍睹。这都是年轻的生命啊，十六七岁，十七八岁，多么美好的年华，瞬间就消逝了。战争，历来就是人类的大灾难。战争，没有赢家。那个十六岁的小战士，浑身是伤，被烧得看不清面目了，他让何小萍转告他的三个姐姐，每年清明节轮流到坟头给他上炷香。还有一个画面，也很悲壮，就是刘峰的驼队遭遇敌人的袭击后，有一个战士陷进了沼泽，刘峰费尽力气，可就是拉不上来。后来，刘峰的右臂被打伤了，更是无力将战士救出，那个身体一点点陷进去，那只手在一点点消失……生命本是最珍贵的，有时却在倏忽间消失。

那场战争过去快四十年了，我们任何时候不能忘记那些在战场上拼杀的英雄们。

四

令人落泪的还有解散文工团时那场聚会，战友们喝着酒、唱着歌，排解着心中的伤感。说伤感准确吗？我不知道，心情肯定很复杂，其中有不舍，战友之间的不舍。战友情，同学情，是一辈子都不会忘记和舍弃的。记得我们师范毕业离开校园的那天，同学中也有很多掉眼泪的。离开那座小城时，不少人饱含深情地挥挥手，说，再见了，我的第二故乡！

《送战友》那首歌唱得很悲怆，唱得跑了调，唱得撕心裂肺。其中一句歌词是：革命生涯常分手。是啊，人的一生，总有离别的痛苦。现在想想，过集体生活是件很幸福的事。小时候几个小伙伴在一起睡觉；上学时，同学们吃一个锅里的饭。不管当时能不能合得来，有什么不愉快，过后许多年，那感情攒存着呢，深厚着呢。就像文工团解散时，一切恩怨都烟消云散了，留下的只有深深的情谊。

五

青春是要绽放芳华的，年轻的生命富有激情和诗意，它散发着芬芳，勃发着生机，有着昂扬的力量，创造着人世间的美好。

影片中我看到更多的是心灵的芳华、人性的芳华，它与年龄无关，它会长生不老。

刘峰是死活不承认对林丁丁有猥亵行为的，他就是爱她，就是想和她谈恋爱，就是要表达对她的爱意。当上级谈话，问他是不是把手伸进林丁丁衣服时，他用拳头回击了那个人。他不能屈从，不能违背自己的意志。他被调到边防时，毫无怨言，在战斗打响后，冲锋在前，不怕牺牲；在急需治疗的时候，他不愿离开牺牲的战友和重伤员，他失去了治疗的时间，右臂被截肢。在没有被善待后，他依然用自己的行动、用自己的生命去谱写最美的华章。他的心灵绽放出芳华！

何小萍是个苦命人，从小就没有得到过爱，到了部队还是受歧视。她太渴望爱了，渴望得到人们的关怀。可是，她不但没得到，反而处处受排挤。在刘峰受到处理后，她为他抱不平，她没有因为没得到爱，而让这个世界缺少爱。她向往人间的公平、正义，向往人间的善良、美好。为了他，她不惜牺牲自己。这是多么美好的情感啊，这是最美好的心灵！

芳华，是心灵的芳华。它长在心底，生生不息。

到了最后，刘峰和何小萍坐在了一张长椅上，他拥抱了她，两个有着美好心灵却又命运多舛的人走到了一起。

六

散场后，天已黑下来了，北风正紧，我打了个战。

平凡人生的精彩情节

按旧历年说，今年进了两次影院，一次是观看《芳华》，另一次是看才上映的《无问西东》。这几年很少进影院的，是因这两部影片的宣传力度大，以及铺天盖地的评论，让我去凑热闹了。影片咋样呢？说句大实话，有可看的地方，有几个好情节。

这就足矣。如今，都说好的影片有吗？

两部影片中都有打动人的情节。至于主题好不好，故事好不好，演员漂不漂亮，演得好不好，仁者见仁。

才看的《无问西东》，打动我的是陈鹏与王敏佳的爱情。准确地说，是陈鹏对王敏佳的爱。用陈鹏的话说，要托住王敏佳的爱。

情节一：王敏佳问陈鹏什么是“核”，陈鹏拉着王敏佳的手，从教室跑出来，穿过马路，穿过人群，穿过树林，穿过田野，穿过风声，奔跑不止，将全身的力量爆发，将全部的热情挥洒。他是想用这样的举动，形象地说明核的力量，核的威力，核的作用，核的原理。他是以此向她表白，爱情有核的力量，无人能够阻挡。

情节二：王敏佳为老师许伯常抱不平，被师母刘淑芬怀疑勾引老师。在一次批斗大会上，王敏佳被打得昏死过去。陈鹏以为她死了，冒着大雨前来“收尸”。她活过来了，陈鹏为她堆了个假坟头。王敏佳面部留下疤痕，蒙面不能见人，陈鹏给王敏佳寄来包裹：在一堆金黄的银杏叶中有一瓶雪花膏。陈鹏是想修复她脸上和心灵的疮疤。

情节三：刘淑芬在带头殴打王敏佳的过程中，得到了心理上的满足。王敏佳“死”了，作为师母的她，良心上过不去，道德上受到了谴责，随之心也死了，对这个世界彻底绝望了。她拖着疲惫的身体回家，她的脚步是那么沉重，又是那么坚定，她神色迷离地走向了院中的那口井。“扑通”一声，与这个世界诀别了。她用这样的方式救赎灵魂。

那“扑通”声，让人的心怦怦跳。

情节四：沈光耀，出身豪门，投笔从戎，参加空军，投入到残酷的战争中，最后驾着被击中的战机撞向日本鬼子的军舰，以身殉国。撞舰时的那一声轰鸣，又在观众的心头久久回响，产生了强烈的震撼。那位美国教官曾对飞行员说过，培养一个优秀的飞行员不容易，当遇到坠机危险时，可以弃机逃生。沈光耀有这样的机会，但他毅然决然地选择以死抗敌。

再来回放一下《芳华》。刚上映时，评论就纷至沓来，叫好声一片，说看过影片的人都哭了。看过之后，我觉得并非评论所言。只不过，文工团的美女倒是养眼了，片中的歌曲倒是打动人心了。再一想，那都是老歌啊！《送战友》是电影《驼铃》的主题歌，《绒花》是《小花》的主题歌。

但有打动我的情节：文工团解散时，有一场告别舞台的演出。此时，女主人公何小萍处于精神失常、正在治疗阶段。她作为一名观众在台下观看。演出的某个情景触动了她的某根神经。她悄悄从剧场走出，来到屋外的草坪上，跳起了独舞。这里没有舞台，没有观众，没有掌声，她翩翩起舞，宛若天仙，比任何演员都跳得好，比她以往任何一场都跳得好。她是在跳舞吗？那明明是心灵的舞蹈，美的化身。

还有影片结束时，已是断臂的刘峰，见到沧桑过后的何小萍时，两个人坐在那条长椅上的对白。他们话语不多，却饱含了生活的苦辣酸甜。何小萍说她有句含在嘴里十多年没说出的话，那就是："能抱抱我吗？"刘峰用一只胳膊拥抱了她，她露出了灿烂的笑容。这是最深沉的爱，这是不带一点儿杂质的爱。旁白响起："……一代人的芳华已逝，面目全非，虽然他们谈笑如故，可还是不难看出岁月给每个人带来的改变。倒是刘峰和小萍显得更为知足。"

那一刻，我的眼泪真的是想冒出来。

以前看过的电影，有的能回忆起来，有的模糊一片。从我的经历看，小时候看的电影倒历历在目，比如《英雄儿女》中的王成，在最后与美军拼杀那一刻，握着爆破筒，高喊一声："向我开炮！"然后跃入敌群。这样的情节，一辈子也不会忘记。

其实，现实生活中有更多的人、更多的故事、更多的情节让我们感动。比如，央视每年评出的"感动中国"的人物，哪个不是令我们感动万分呢？陈玉蓉为了在短时间内消除她的重度脂肪肝，好给儿子移植肝脏，7 个月的时间里，每天暴走 10 公里，每顿只吃半个拳头大的饭团，硬是把脂肪肝治愈了，成功地给儿子移植了肝脏。这是世间最伟大的爱啊！感天地，泣鬼神！

人不可能一辈子都过得精彩，不可能经常有好的"情节"上演。精彩的"情节"是自然的、诗意的、浪漫的、闪光发亮的一个点、一个片段、一个章节。它不是刻意的，不是作秀，它本能地发自于身体和内心的某一处、某一刻，是人的内在品质的一个激灵。

不由得，我回忆起自己的人生，像放电影一样把几十年的生活过了一遍，想找出感动自己的几个"情节"。没想到，竟是这样难寻。后来，总算想起了一件事，但终不知道算不算精彩的“情节”。那是二十多年前的事了。是个夏天，下午三四点的时候，乌云滚滚，电闪雷鸣，继而倾盆大雨。而此时，妻子骑着车子正从老家返回。我赶紧骑上车子，去半路接她。我清楚地记得，在我刚出城的时候，天黑得什么都看不到，每一道闪电都像将天空劈成两瓣那样；而雷鸣，就像要炸裂这个世界，炸裂人的脑仁似的。怎么办？找一个避雨的地方先躲躲，等雨小了再去接，还是不顾一切、冒着危险前行？一秒钟的犹豫后，就无所畏惧、奋不顾身地冲向如注的雨幕中。路上的水哗啦啦流成了小河，身子被雨水浇得透透的，眼睛睁不开，完全凭感觉往前走。我一边骑车，一边观望，还不停地喊着她的名字。大约一个小时后，才碰见了。此时，妻子也被雨淋坏了，冻得直打哆嗦。我紧紧地拥住了她，她泣不成声……

我们多是平凡的人，过着平凡的生活，度着平凡的人生。切莫以为平凡的人就没有精彩的人生，没有精彩的生活，没有精彩的情节。恰恰相反，平凡的人，生活在社会的底层，人间烟火味最浓，酸甜苦辣都品尝过。他们感情淳朴、真挚，他们向往美好，向往平等，感恩生活，珍惜生命，散发着人性的光芒。陈鹏、王敏佳、沈光耀、刘峰、何小萍、王成、陈玉蓉，他们哪个不是平凡人呢？刘淑芬更是普通。他们因有好的“情节”，人生大剧才演得精彩；他们才变得不平凡，才令人感动不已。

断不是每个人都能演绎出精彩情节的，一个品质不好，修养不够，没有爱心的人，写出的只能是蹩脚的“剧本”。

且说邹忌

《邹忌讽齐王纳谏》一文，多数人耳熟能详。邹忌是齐国的相国，“修八尺有余，而形貌昳丽”，按今天的话说，就是一典型的帅哥。然而，在外表上他还是有点儿不自信，先后问妻、问妾、问客：“吾孰与城北徐公美？”我与城北的徐公谁更美呢？妻、妾、客都回答道：徐公没有你美。当他见到徐公并仔细端详后，对比出自己不如徐公美，于是就反思，为什么我没徐公美，而妻、妾、客都说我更美呢？结论是妻偏爱我、妾害怕我、客有求于我。他就把这个道理讲给齐威王听，说他受到的蒙蔽最大。齐威王听取了他的意见，下令让臣子都来给他挑毛病，并根据情况进行不同的奖励。结果，“群臣进谏，门庭若市”，齐威王受益匪浅。“燕、赵、韩、魏闻之，皆朝于齐。”几个国家的国君听说了，也都来朝见齐国了。

重新读过之后，对邹忌这个人有了进一步的认识。

邹忌有爱美之心。他有先天的优势，有高大的身材，仪表容貌非凡。每天上朝前还要对着镜子照照，看脸上有黑点没，牙缝里有韭菜没，扣子是否系偏了。他拿最美的徐公做参照，视作形象上的目标、对手，说明邹忌是很爱美的。

邹忌有审美之能。尽管妻子、小妾、来访的客人都说他比徐公美，他也想比徐公美，但见到徐公后，还是自愧不如。这很了不得：一方面说明邹忌有审美情趣，对美有自己的标准；另一方面说明邹忌有自知之明，有不为众人所惑的意志。不像现在的女孩，听到别人喊过几次“美女”后，就真以为自己是美女了，当终于认识到差距后，又拿气质做“掩护”。

邹忌有成美之心。当他认识到 “溢美之词”危害后，敢于把道理讲给齐威王听，让他不要受嫔妃、近臣、朝中的大臣、有求于他的老百姓蒙蔽，不要光听好话，不要被表象所迷惑，要居安思危，多听反面意见。邹忌所言、所做，为的是齐国的长治久安，为的是齐威王的形象和功名。他有成人之美的品德。

邹忌不简单。如今“邹忌”少了，我们来学学邹忌这几点。

且说冯谖

《战国策》有文，叫《冯谖客孟尝君》，想必大家有印象。冯谖何许人也？齐国一“贫乏不能自存”的穷小子，他托人要到齐国的公子哥田文——后来有了封地的孟尝君那里混口饭吃。战国时期，诸侯争霸，各国诸侯竞相招募人士，以备国用。孟尝君养有门客数千人。

因为门客多，孟尝君不得一一相见，何况人说冯谖“无好”“无能”。孟尝君不重视冯谖，周围人便不好好待他。冯谖倚着门柱，弹着他的剑说：“长铗（即剑），归来乎，食无鱼。”意思是说，剑啊，咱回去吧，没有鱼吃。孟尝君得知后，就让他和其他门客一样，该吃啥就吃啥。过了几天，冯谖又击剑了，说：“长铗，归来乎，出无车。”孟尝君听说后，就给他车坐。冯谖高兴了几天，故伎重演，说：“长铗，归来乎，无以为家。”意思是说无以养家、养老母亲。孟尝君就派人给他老母亲食用的东西。食鱼、乘车、养其母的愿望一一满足后，冯谖不再击剑唱歌了。

冯谖后来为孟尝君收债市义，游说诸侯，巩固了孟尝君的地位，使其为相数十年而无祸，算是做了最大的回报。

投到孟尝君门下是冯谖的幸运。史载，孟尝君在薛地（今江苏北）的时候，设法招致从各诸侯国来的士人，连一些流亡的或犯了罪的人都投到孟尝君的门下。孟尝君手下会狗盗会鸡鸣的人救过他的性命，所以他对谁都不慢待，都当作有用人才。如果不是这样，冯谖就是再唱长铗歌管什么用？你把嗓子唱哑谁理你？孟尝君还特别大度、宽容，当冯谖“矫命以责赐诸民”，假传孟尝君的命令，宣布把债款全部赏给老百姓后，孟尝君也只是说：“诺，先生休矣。”好了，算了吧。像孟尝君这样的人不多吧！

假如冯谖活到了今天，会怎样呢？在无任何成绩的时候就提条件、要待遇，要鱼，要车，要高薪，我想是行不通的。冯谖豪放、自信、有才、不容置疑，但你得有实绩啊，靠实绩说话，用实绩服人。还有，如果你恃才傲物，目中无人，我行我素，先斩后奏，没人会喜欢你。何况，招聘会上人山人海，公务员报考挤破脑袋，一个职务几百个人抢，离开你谁都能过。幸好，招聘录用的时候就把各种待遇讲清楚了，合适就干，不合适拉倒。再说，优秀的人才不会被埋没的，有贡献了自然有高待遇。干得好了，自然有鱼吃。

是先要待遇再干活，还是做出成绩再讲待遇，你也来说说。

且说毛遂

说起毛遂，想到的是自荐，赵国的毛遂自荐到楚国谈合纵抗秦的事。自荐时，平原君与他的对话颇耐人寻味。平原君说，贤能的人生活在世上，就好比锥子装在口袋里，它的尖端马上就会露出来，你在我这里三年了，没有人称赞你，也没看到你有什么长处。毛遂回答说，那是因为你没把我装在口袋里，否则，我早就脱颖而出了。平原君信了他，让他跟着去了。结果，毛遂不辱使命，迫使楚王答应联合抗秦。

平原君门下有几千名食客，不是每个人都有展现才能的机会。食客之间尚不能相互了解，何况平原君？这就需要把握好机会，在关键时候能大显身手。如果一直默不作声，可能一辈子都是个吃白食的。

近读余秋雨的《中国文脉》中的一文得知，从隋唐开始的实行了 1300 多年的科举考试，并非完全靠试卷说话，其中也有推荐和自荐。比如，大诗人王维让岐王帮忙，把十篇旧作献给有决定权的公主，让她见识才能后再推荐，结果中了状元。白居易也写过自荐信，后来进士及第。828 年，崔郾到洛阳主持科举考试，太学博士吴武陵推荐了《阿房宫赋》作者杜牧；837 年，高锴主持科举考试时，令狐绹推荐了李商隐。

现在保送上大学和研究生，也是根据学生的综合成绩和表现，向上一级大学推荐的，其形式与科举时的推荐情形接近。

自荐者除了勇气之外，重要的是要有担当使命、完成任务的实力。毛遂成功了，证明他有两下子。如果毛遂到楚国一点作用没发挥，那就落下笑柄了，成为人们讥讽的对象了，毛遂不但不能封为上客，而且一定会被轰走。

推荐者除有双“慧眼”外，要出于公心，代表民意，既要对上负责，又要让群众满意。王维、白居易、杜牧、李商隐实至名归，证明不是吃干饭的。如果名不副实呢？如果他们是㞞包笨蛋呢？推荐杜牧、李商隐等人的官员们就会声誉扫地，信任度降低，还会被追责。

自荐和推荐有时候是被“逼”出来的。毛遂说得好，你如果早点把我装在口袋里，我早就脱颖而出了。是啊，由于多种因素制约，不是每个人都有展示才华机会的，也不是每个人都能发出自己那份光和热的。

自荐和推荐不是不可行，但只是用人渠道中的一种，重要的还是要靠科学、规范的制度来做保障，以期发现人才，做到人尽其才；没有了制度约束，什么荒唐事都可能发生。